CHRISTIAN KLINGER

DIE LIEBENDEN VON DER PIAZZA OBERDAN

Gedruckt mit freundlicher Unterstützung der Kulturabteilung der Stadt Wien.

MIX
Papier aus verantwortungsvollen Quellen
FSC® C004378
FSC
www.fsc.org

Grafische Gestaltung: Dorothea Löcker, Wien
Umschlagabbildung: © Shelley Richmond/Trevillion Images
Druck und Verarbeitung:
EuroPB, s.r.o., Tschechische Republik
ISBN 978-3-7117-2099-3

Informationen über das aktuelle Programm
des Picus Verlags und Veranstaltungen unter
www.picus.at

CHRISTIAN KLINGER

DIE LIEBENDEN VON DER PIAZZA OBERDAN

ROMAN

PICUS VERLAG WIEN

WIENER ZEITUNG VOM 29. JULI 1914

An meine Völker!

Mit diesen drei Worten begann die größte Katastrophe des 20. Jahrhunderts und sie nahm ihren Ausgang in Wien. Mit diesen drei Worten war die Initialzündung gelegt. Diese Worte trieben einen endgültigen Keil zwischen die Völker Europas und legten es in den nächsten drei Jahrzehnten wiederholt in Schutt und Asche. Sie ließen zerteilte Länder, verbrannte Erde und vertriebene, verhungerte, entrechtete, ermordete Völker zurück und bahnten dem kollektiven Hass den Weg.

6. APRIL 1945,
TAG NULL, FREITAG

Durch die Luke in der Holztür zwängte sich ein schmaler Streifen Licht in die Zelle und schenkte den Insassen Hoffnung. Die Nacht war vorbei. Ein neuer Tag hatte begonnen, und das bedeutete, dass sie den alten überstanden hatten.

Doch auch dieser Tag fand seinen Anfang in einem Schrei. Ein Schrei, der klang, als versuchte die Stimme, diesen gequälten Körper zu verlassen. Eine Flucht hinaus und weg von dem Ort der Schmerzen.

Und da kamen vom Hof noch andere Schreie: Die ukrainischen Wachen rülpsten sie aus ihren betrunkenen Kehlen. Es waren Hetzrufe, bissig wie scharfe Hunde, denen man die Kette abgenommen hatte. Sie bohrten sich in die Gehirne der Gefangenen.

Pino griff nach seiner Jacke und tastete sie vorsichtig ab. Es brauchte seine Zeit, bis sich ein leichter Widerstand unter dem Stoff gegen den sanften Druck seiner Finger stemmte. Sie würden es nicht finden, machte er sich Mut. Mit dem Anflug eines Lächelns streckte er sich auf der Pritsche aus. Vorsichtig, damit ihn die Prellungen nicht schmerzten.

Unter ihm regte sich Stipe. Der stöhnte, als er seinen Körper auf die Seite drehte. Auf ihn hatten es die Aufseher gestern besonders abgesehen. Er hatte die lauteste Stimme. Und die schönste.

Die abgestandene Luft in dem engen Kabuff roch sauer. Nach Schweiß und nach Urin. Es kam vor, dass man es nicht mehr halten konnte, wenn sie einen in eine Ohnmacht prügelten. Hier störte das keinen mehr und die freute es, wenn einer in seinen eigenen Exkrementen krepierte. Es war eng, so eng, dass man kaum atmen konnte, aber sie waren unter sich, und keiner von ihnen, die das Schicksal so boshaft zusammengeführt hatte, zählte mehr als fünfundzwanzig Jahre.

Vielleicht hätten sie ihn gehen lassen. Vielleicht würden sie ihn sogar jetzt noch gehen lassen. Er hatte Häuser bauen wollen. Groß und eindrucksvoll wie das Empire State Building in New York. Doch er würde New York nie sehen, nie würde sein Fuß amerikanischen Boden betreten. Feindesland jetzt. Dabei gab es dort die besten Architekten, Menschen, die bereits die Zukunft bauten. Und er lag in einem engen Bretterverschlag, der in die alte Fabrikshalle hineingezimmert worden war. Die Deutschen waren gute Planer, wenn es um die Architektur des Todes ging. Und wenn es darum ging, halb Europa die Zukunft zu nehmen. Perfektion der Vernichtung.

Draußen wurden weitere Stimmen laut. Ein herrisches Bellen – für nichts anderes hielt Pino die in der harten, fremden Sprache geschrienen Kommandos – hallte durch den Hof des Backsteinbaus, und das Poltern der Schaftstiefel über die Steine, wenn die Soldaten zum Morgenappell liefen, verstärkte die einsetzende Hektik.

»Sie kommen uns holen«, sagte Stipe von unten. Er streckte den Kopf vor und Pino konnte in seinem Gesicht die Angst vor dem Ungewissen ablesen. Kein Glanz in der Stimme und keiner in den Augen. Zwei tote Punkte in einem fahlen Gesicht, dessen Muskulatur schlaff, aber nicht entspannt war.

»Ich habe auch Angst«, sagte Pino, um dann nachzuschieben: »Aber bald ist es vorbei. Dann sind wir frei.« Er lächelte, und seine Lippen zitterten, als wehrten sie sich gegen diese Lüge. Sein Herz zitterte ebenso, als ahnte es den Preis der Freiheit. Draußen zitterten die Luft und auch der Boden, es zitterte einfach alles.

Die Nacht war Pino Robusti wach gelegen, hatte darüber nachgedacht, was er noch alles hätte sagen wollen, was er noch alles hätte tun wollen, was er Laura hätte sagen wollen, was er mit Laura hätte tun wollen. Er sah ihr Gesicht. Er dachte an ihren Geruch, ihre weiche Haut. Er hoffte, sie würde bald in ein neues Leben finden.

Er dachte an seine Eltern. Für sie würde es keinen Trost geben. Ihr restliches Leben lang würden sie die Trauer mit sich schleppen müssen. Er fühlte sich schuldig, weil er es hatte so weit kommen lassen, weil er nicht versucht hatte einzulenken, sich zu retten. Weil es ihn mit Stolz erfüllt hatte, dass er ein politischer Häftling war, einer, der sich gegen dieses Regime gestemmt hatte, der mit dem Einsatz seines Lebens gegen die Deutschen gekämpft hatte. So wie sie alle hier auch. Wenn er nur nicht diese Scheißangst hätte …

Der Junge in der Zelle nebenan – Pino schätzte ihn auf vielleicht sechzehn Jahre – hatte die ganze Nacht über gewimmert. Wiederholt hatte er nach den Eltern gerufen. Er verstand zwar nur schlecht Slowenisch, aber jeder hätte mitbekommen, wem dieses weinerliche Flehen gegolten hatte. Die anderen hatten versucht ihn zu trösten, hatten ihm mit rauen Stimmen ruhig zugeredet und so getan, als hätten sie alles das schon einmal hinter sich gebracht. Als wäre der Schrecken geringer, wenn man Erfahrung damit hat.

Die Tür flog auf. Mit einem Knallen wurde eine Holztür nach der anderen aufgerissen. Sie traten nacheinander hinaus, so wie sie es die letzten Tage schon gemacht hatten. Und das schon seit Wochen. Wochen, die den Übergang in ein neues Leben bedeuteten, nachdem Pino so brutal aus dem alten gerissen worden war. Egal wie geordnet sie standen, aufgefädelt wie die Zinnsoldaten, die Wärter prügelten mit ihren Stöcken auf sie ein und befahlen, gerade zu stehen, in Reih und Glied.

Sie schimpften und pöbelten sie an. Man musste dazu kein Deutsch verstehen, der Tonfall war Beleidigung genug. »Saubande! Elendes Pack, verfluchtes!«

Pinos Hintermann, dem einer der Wächter einen Stoß in den Rücken gegeben hatte, rempelte ihn an der Schulter und Pino musste einen Schritt zur Seite machen, was ihm selbst wieder einen Schlag von einem anderen Wachmann einbrachte. Schnell reihte er sich wieder ein. Wieder blitzte kurz die Idee in ihm auf, sich zu wehren, sich dem Zwang zu widersetzen. Sich vor den SSler zu stellen und ihn direkt anzublicken. Mit einem Leuchten in den Augen würde er lächelnd sagen: »No!«

Doch dann würden sie ihn aus der Reihe zerren und wieder so lange verprügeln, bis ihm die Sinne schwanden, und es wäre wieder nicht ausgestanden. Abermals würde er in der Zelle warten müssen.

Der Zug aus Gefangenen bog vom Gang in den großen Hof. Das Licht blendete die Männer nach den langen Stunden in der Dunkelheit. Einige hielten sich schützend die Hände vor die Augen. Auch Pino blinzelte. Er sog die Luft ein, die nach Frühling roch. Er dachte an die ersten gelben Blüten auf dem steinigen Karstboden, an den Duft von Salbei, der vom Wind in die nahen Dörfer getragen wurde. Sie sahen die Wand, die voll von Einschusslöchern war. Instinktiv rückten die Männer zusammen wie eine Herde, die eng aneinandergedrückt ein drohendes Unwetter zu überstehen hofft.

Die Sonne entflammte die roten Ziegel der ehemaligen Fabrik, und in den blinden Fenstern, da, wo es noch Glas gab, brach sie sich. Die Henker hatten ein anderes Feuer entzündet. Seit Tagen schon stieg Rauch aus dem Schlot in den Himmel. Dann rief einer der Schergen: »Marsch, marsch, ihr Banditen, in Zweierreihen antreten!«

Das Empire State Building war das höchste Gebäude der Welt. Dreihunderteinundachtzig Meter ragte es in den Himmel, mit Antenne kratzte es sogar mit vierhundertdreiundvierzig Metern an den Wolken. Nichts auf der Welt, von Menschen geschaffen, war so hoch. Diese Höhe konnte es nur erreichen, weil man einen speziell mit Eisen verstärkten Beton für den Bau verwendet hatte. Es war im Stil des Art déco und in der Rekordzeit von nicht einmal zwei Jahren errichtet worden, geplant vom Architekturbüro Shreve, Lamb und Harmon. Er sagte sich diese Daten vor, als würde er eben geprüft werden. Dabei würde er vermutlich das Bauwerk niemals sehen, und auch niemals darüber geprüft werden. Das schien sich nun mit einer heimtückischen Gewissheit abzuzeichnen.

Das Tor wurde aufgerissen. Das Tor, das den Weg in die Freiheit oder den Weg in die Gefangenschaft bedeutete. Je nachdem, von welcher Seite man es betrachtete und in welche Richtung man ging. Ein grau lackierter Mannschaftswagen fuhr in den Hof. Pino atmete durch. Vielleicht machten sie wieder einen Ausflug.

9. AUGUST 1916
(MINUS 10.467 TAGE), MITTWOCH

Willkommen in der Hölle!

Links und rechts von Vittorio spritzten Erde und Steine durch die Luft. Es war Mittwoch und die Schlacht dauerte nun schon fünf Tage. Fünf Tage, in denen sie zum ersten Mal etwas vorrücken konnten. Doch dann mussten sie wieder in die Stellungen zurück. Vor, zurück. Etwas vor, weiter zurück. Ein bisschen vor. Ein Todesreigen. Und das Leichenorchester spielte auf. Dazu trommelten die Kanonen, sie gaben den Rhythmus des Sterbens vor.

Mit jeder neuen Detonation drückte Vittorio Robusti sich noch fester gegen den Erdwall. Mehr Schutz gab es nicht. Er umklammerte sein Gewehr. Es war das Einzige, woran er im Moment Halt finden konnte. Der Befehl zum Angriff war schon vor Stunden gekommen, doch sie saßen in der Falle, wie schon so oft. Wer es nicht wahrhaben wollte, wurde von den Maschinengewehrsalven niedergemäht. Die österreichisch-ungarischen Verteidiger auf der anderen Seite hatten sich eingegraben, und von beiden Seiten pfiffen die Kugeln über den Fluss. Die schweren Geschütze rissen Löcher in die Erde. Seit Tagen hingen sie fest. Die Luft war mittlerweile schwer von dem vielen Pulverdampf. Die Hitze machte einem das Atmen fast unerträglich. Hinzu kam der süßliche Verwesungsgeruch, der sich mit dem Pulver und dem Rauch der brennenden Bäume und Leichen vermischt hatte und wie zähflüssiges Bitumen die Lungen verstopfte. Abgesehen vom Donnern der Haubitzen waren die Schreie der Verwundeten und Sterbenden unerträglich. Der Piemonteser aus seiner Einheit schien es ausgestanden zu haben. Er hatte aufgehört zu wimmern. Er war einer der Ersten, der mit lautem Hurra aufgesprungen war und den gleich die erste Salve von drüben zu Fall gebracht hatte. Vittorio hatte den Kopf eingezogen und sich sofort hinfallen lassen, als mechanisches Knattern eingesetzt hatte. Der Piemonteser hatte die Augen weit aufgerissen und war der Länge nach in den Graben zurückgekippt, die Uniform überall rot gesprenkelt. Er hatte ihn für tot gehalten, doch nach gut zwei Stunden hatte er wieder zu stöhnen und zu klagen begonnen. Nur Sanitäter waren keine gekommen. Die kamen erst, wenn die Todesmelodie der Maschinengewehre verstummt war. Jetzt war es zu spät. Das zählte nichts in diesem Krieg. Niemand holte die Verletzten, niemand holte die Toten. Seit Tagen schon nicht.

Vittorio zuckte zusammen. Eine Granate war wenige Meter vor ihm eingeschlagen. Der Druck der Explosion versetzte ihm einen Schlag. Sand und Erdreich bedeckten seinen Körper. Er wischte sich den Staub aus dem Gesicht. Offenbar hatte es der feindliche Posten genau auf ihre Stellung abgesehen. Sie lagen seit dem Morgen unter Beschuss.

»Psst«, hörte er von rechts. Neben ihm robbte sich Jacopo an ihn heran. »Wir müssen hier weg. Bald ist das alles in Dampf aufgegangen«, sagte er. Als er Jacopo betrachtete, sah er, dass ihm eine Kugel oder vielleicht durch die Luft geschleudertes Gestein sein linkes Ohr zerfetzt hatte. Nur mehr ein kleiner Fetzen blutiges Fleisch war von der Muschel geblieben. Das Blut auf Hals und Uniformkragen war eingetrocknet. Jacopo fasste ihn an der Schulter und drückte ihn hinunter. Der Graben war voll von Leichen. Es würde kein Leichtes sein, über die Körper der Kameraden zu robben, um von hier zu fliehen. Es war ein Schwimmen in einem Meer aus Fleisch und Knochen.

Jacopos Familie stammte aus Padua. Vittorio und er kannten sich von der Universität. Beide hatten dort vor dem Krieg ein Studium der Rechte begonnen. Im Gegensatz zu Vittorio, der sich freiwillig gemeldet hatte, war Jacopo eingezogen worden. Gegen seinen Willen. Alles hatte er versucht, um dem Kriegsdienst zu entkommen, doch seine Familie hatte zu wenig Geld, um ihn freizukaufen, also musste er an die Front einrücken. Während im Regiment einige glühende Anhänger des Risorgimento mit ihrem Leben dafür kämpften, dass Italien als Staat wieder erstarkte und an die einstige Größe anschließen konnte, haderten diese Feiglinge mit ihrem Schicksal, das jetzt verlangte, dass sie sich für ihr Vaterland einsetzten. Doch der Feigling Jacopo hatte einen untrüglichen Überlebensinstinkt. An seiner Seite schien es tatsächlich, als ob eine unsichtbare Macht Kugeln und Schrapnelle fernhielt.

Er war ein Streber. Vittorio hatte zwei Vorlesungen mit ihm besucht. In der ersten Reihe sitzend hatte er oft den Arm gehoben, um auf sich aufmerksam zu machen und den Vortrag des Dozenten mit seinen Fragen zu unterbrechen. Für diese Fragerei erntete er ein Kopfschütteln der anderen Studenten, doch ein Professor hatte tatsächlich milde gelächelt, war sie doch Beweis dafür, dass nicht alle Hörer sanft entschlummert waren. Im letzten Jahr waren die Gedanken ohnehin woanders gewesen. Keiner dachte an den Codice Civile, wenn es um die nationale Frage des Landes ging. Die meisten Politiker hatten sich feige gegen den Kriegseintritt Italiens ausgesprochen, doch das Volk hatte sie gezwungen umzudenken. Dazu hatte es Vordenker wie Gabriele D'Annunzio gebraucht, der mit der Macht des Wortes die Macht des Volkes entfachte und dann hatte wirken lassen.

Sie zogen beide die Köpfe ein, als eine Granate hinter ihnen explodierte und einen Regen aus grober Erde niedergehen ließ. Das Licht war gedämpft von dem vielen Rauch und dem

Staub, der in der Luft hing. Von hinten setzte die eigene Artillerie ein. Salve um Salve wurde in Richtung Hügel abgefeuert. Die Einschläge ließen die Erde zittern. Die Krater wuchsen immer schneller im Rhythmus des Trommelfeuers.

»Wir haben Gorizia eingenommen!«, hallte es durch die Reihen der Italiener. Tatsächlich wirkten der Bombenhagel und das Donnergrollen, als ob es sich um das Aufbäumen eines sterbenden Tieres handelte, das im Todeskampf seine letzten Kräfte mobilisierte.

Vittorio schloss die Augen und dankte dem Herrn, der nun endlich ein Einsehen mit der Sache der Angreifer zu haben schien. Er lag da in seiner Deckung im Dreck, seine Uniform staubig und ramponiert. Risse und Löcher wie auch Flecken hatten dem ehemals grünen Stoff zugesetzt, sodass er nun aschgrau aussah wie die Gesichter der vielen Leichen um ihn herum. Auch seines hatte die Farbe in den vielen zermürbenden Stunden der letzten Tage verloren. Es ging nicht um Bodengewinn, das Einzige, wonach die Überlebenden seines Korps trachteten, war, weiter am Leben zu bleiben. Nur überleben! Die große Übermacht der italienischen Angreifer ließ das Oberkommando leichtfertig mit den zur Verfügung stehenden Soldaten umgehen, munkelte man. Auch dass die Erfolge nicht annähernd so groß seien wie die Verluste an Männern oder Material. Die einfachen Soldaten hüteten sich natürlich, so etwas laut zu denken, darauf stand Kriegsgericht. Aber einige Zeitungen hatten es geschrieben und die Leute auf der Straße, genau diejenigen, die noch vor wenigen Monaten mit lautem Hurra-Gebrüll auf diesen Krieg mit Österreich-Ungarn gedrängt hatten, zweifelten jetzt daran und brachten auf ebensolche Weise ihren Unmut zur Geltung. Vittorio hatten diese bösen Rufe zuletzt ebenfalls zugesetzt. Doch hier und jetzt, in der Stunde des Sieges, war sich Vittorio sicher, konnte niemand mehr zweifeln.

Die öffentliche Entrüstung über diese zersetzenden Gedanken würde diese Schmierblätter wegfegen wie die Bora den Staub. Mit einem Mal sah er wieder den Sinn darin, hier zu liegen. Im Dreck, umgeben von faulenden Körpern. Er konnte wieder atmen, die Luft schien reiner, weniger drückend, und die Hitze war erträglich geworden. Vergessen waren der Schmerz und der Hunger, ebenso wie der Sand zwischen den Zähnen. Und seine Uniform (wie stolz hatte er sie getragen, als er in den Zug gestiegen war, mit einem Schlag zum Mann geworden) hatte wieder etwas von ihrem ursprünglichen Glanz erhalten. Er klopfte sich den Staub von den Schultern und empfand in diesem Moment nur mehr Verachtung für Jacopo, der sich zusammengerollt in eine Mulde gekauert hatte wie ein Wurm. Was war das für ein Waschlappen!

»Ssst!«, zischte dieser in Vittorios Richtung, doch das Mörserfeuer übertönte in dem Moment jegliches andere Geräusch. Jacopo drückte jeden Zentimeter seines Körpers tief in die Erde, während es Vittorio juckte, endlich aufzuspringen und mit einem »Viva l'Italia« loszustürmen, die feindlichen Reihen zu durchbrechen. Er sah sich mit gezücktem Säbel einen Österreicher nach dem anderen niederhauen. Doch diese Kriegsromantik, dieser Traum vom Kampf Mann gegen Mann, war hier und jetzt vorbei. Hier siegte der, der am Ende noch Soldaten hatte, um das Artilleriefeuer länger am Lodern zu halten. Vittorio holte tief Luft, hinter einem Stein richtete er sich langsam auf, kam auf dem einen Knie zu ruhen, während der Fuß bereit war, seinen Körper hochschnellen zu lassen.

»Ssst!« Jacopos Zischen drang endlich an sein Ohr. Der hatte sich zu ihm hingedreht und sah ihn aus geweiteten Augen an. Es war plötzlich still geworden. Die Granaten schwiegen. Entfernt hörte man den Wind durch die Bäume streichen und ganz leise das sterbende Wimmern der Verwundeten. Mit der

Hand bedeutete er Vittorio beinahe zornig, sich wieder hinzulegen. Er blickte sich zu seinen Kameraden um. Sie hatten ihre Deckung verlassen und schritten vorsichtig, die Waffe im Anschlag, vorwärts. Links und rechts von ihm, etwas vor und auch hinter ihm gingen sie langsam auf die Stellung der Verteidiger zu. Nur das Rauschen der Blätter auf den Bäumen am nahen Ufer war zu hören, sogar das Wehklagen der Verwundeten schien aufgehört zu haben. Vittorio erhob sich ebenfalls und ging los. Da setzte das Pfeifen eines Lufttorpedos ein und das Blitzen des Sperrfeuers baute sich vor den Angreifern auf wie eine tödliche Wand, durch die keiner gelangen konnte. Der schwarze Rauch der Ekrasitgranaten stieg in Säulen in den Himmel. Es brodelte wie in einem Hexenkessel, der Gestank kam direkt aus der Hölle, und bald war das Schlachtfeld zu einem Inferno geworden. Ein Italiener nach dem anderen wurde umgemäht. Wer konnte, suchte Schutz in den Kratern, die die Geschosse in den steinigen Boden gerissen hatten.

Als sich von hinten der Hufschlag eines Pferdes näherte, hörte Vittorio noch, wie der Melder sagte: »Die Österreicher haben sich zum Bahnhof zurückgezogen, wir müssen weiter zum Bahnhof!«, dann waren ein Schlag gegen seinen Körper und eine verzehrende Hitze der letzte Eindruck, den er für Sekunden wahrnehmen konnte, bevor er in ein dunkles Loch fiel.

Die Wärme war die Umgebung, die ihn beschützte und zugleich erdrückte. Zwei große schwarze Augen, so dunkel wie die Nacht, starrten ihn an, dann begann er zu schweben.

15. AUGUST 1916
(MINUS 10.461 TAGE), DIENSTAG

Sie hatten ihn gefunden, begraben unter dem Kadaver eines Pferdes, das von einem Mörser getroffen auf Vittorio geschleudert worden war. Der halbe Leib mit seinen offenen Rippen und dem heißen Fleisch hatte sich wie ein Panzer über Vittorio gelegt. Das Gewicht, das auf ihm ruhte, brach ihm zwar sämtliche Knochen, beschützte ihn aber vor dem weiteren Kugelhagel und fing sogar die meisten Granatsplitter ab. Nachdem das Gefechtsfeuer einige Stunden später, nach dem weiteren Rückzug der Österreicher, verebbt war, hatten sich die Sanitäter des Croce Verde auf die Suche nach Überlebenden gemacht. Es war das Verdienst Jacopos, der seine Erdhöhle erst nach dem Abflauen der Kampfhandlungen verlassen hatte, dass sie ihn überhaupt mitgenommen hatten.

Die Helfer hievten nur die wenigsten Verwundeten auf ihre Bahren. Oft gab es auch tatsächlich niemanden mehr zu retten. Da blieb nur noch, Kalk auf die Kadaver zu streuen, damit sich die Seuchen nicht allzu rasch ausbreiten konnten. Bei denen, für die es aufgrund der Schwere der Verletzungen keine Hoffnung mehr gab, blickten sie betreten zu Boden (und auch das immer seltener), machten ein Kreuz (das fast gar nicht mehr) und gingen zum Nächsten weiter, über den sie sich beugten, um einen ersten Eindruck zu gewinnen. Einen Eindruck, der über die Chance, die nächsten Stunden zu erleben, Auskunft geben sollte. Die meisten ließen sie liegen. Auch Vittorio hätten sie liegen gelassen. Er atmete kaum, der Kadaver des Tieres verdeckte seinen Körper, unter ihm eine Blutlache. Jacopo schnellte vor, Gefahr durch einzelne Heckenschützen schien nicht mehr zu bestehen, und deutete auf den Körper seines bewusstlosen Studienkollegen. »He, was ist mit ihm?«

Der eine Sanitäter schob sich an ihm vorbei, ohne ihn eines Blickes zu würdigen. Seine Uniform war schlamm- und blutverschmiert und auf seinem Bart klebten Krusten von Blut oder Eiter. Über der Stirn hatte er sich offensichtlich selbst einen Verband angelegt. Im Mundwinkel hing, nur vom Speichel gehalten, eine Zigarette, die erloschen war. Jacopo ging ihm nach und bekam ihn an der Schulter zu fassen. »Was ist mit ihm, hab ich gefragt!« Er schob sich an dem apathisch wirkenden Mann vorbei und stellte sich dem anderen Helfer in den Weg.

Der hintere Sanitäter mit dem Verband drehte sich zu Vittorio hin und gab ihm einen Tritt in das unter dem Pferd hervorragende Bein. »Da ist nichts zu machen, der wird nicht mehr.« Mit dem Blick deutete er auf das Blut.

»Ihr Trottel, das ist nicht seins, glaubt mir, der wird wieder, der hat nichts abgekriegt.«

Jetzt zeigte der Vordermann doch eine Reaktion, indem er laut auflachte. »Nichts abgekriegt? Auf dem liegt ein halbes Pferd. Wer da wohl der Trottel ist.«

Da stürzte Jacopo zu Vittorio hin und zerrte wild und unablässig an dem Leichnam des Tieres. Ungläubig sahen die beiden Sanitäter dem jungen Mann in der zerrissenen Uniform zu, wie er immer mehr an Mensch zutage förderte und wie sich langsam dessen Brustkorb hob, als endlich wieder Luft in die Lungen strömen konnte. Als sich Vittorios Gesicht von Aschgrau wieder zu normalem Kriegsbleich gefärbt hatte, begriffen die Sanitäter. »Der Cretino hat recht«, sagten sie zueinander, »der lebt noch.« Auch das Stöhnen, das Vittorio von sich gab, als sie ihn auf ihre Bahre luden, klang nach Lebenswillen und unterschied sich von den üblichen Todeslauten der Verwundeten.

Sie brachten ihn ins Ospedale Militare Principale nach Padua. Die Stadt, der er als Student den Rücken gekehrt hatte, um seinen Patriotismus im Feld unter Beweis zu stellen, empfing Vittorio jetzt als einen von vielen Verwundeten. Wegen der immer größer werdenden Verluste, zu denen die Militärführung auch die Verwundeten zählte, war man gezwungen gewesen, immer größere Kapazitäten für diese zu schaffen. Die wenigen Feldlazarette reichten schon lange nicht mehr aus. Seit diesem Jahr hatte sich Padua zu einem regelrechten Spitalszentrum des Krieges entwickelt. Zusätzlich zum Militärspital hatte man auch in den zivilen Einrichtungen wie dem Ospedale Civile mehrere Hundert Betten für die im Kampf Verletzten vorgesehen, sodass die Stadt nun insgesamt über eine Kapazität von mehreren Tausend Betten verfügte. Doch auch diese war bald erreicht. Der Krieg fraß die Menschen, und diejenigen, denen er nur ein Bein oder einen Arm abgebissen hatte, landeten hier.

Vittorio lag in einem Saal mit gut dreißig Metallbetten. Das Quietschen der ausgedienten Bettfedern vermengte sich mit dem Röcheln und Stöhnen der Kriegsversehrten. Sie trugen blutgetränkte Verbände am Kopf oder über das Gesicht, andere hatten dort, wo früher eine Extremität gewesen war, nur mehr einen abgebundenen Stumpf. Morphium und andere Opiate standen mit dem Fortschreiten des Krieges kaum mehr zur Verfügung, also mussten die Patienten die Operationen ohne entsprechende Narkose über sich ergehen lassen. Chirurgie mutierte zur Fleischhauerei.

Die Luft war abgestanden und drückend. Die Ausdünstungen der Patienten vermengten sich mit dem Arbeitsschweiß der Pfleger und der wenigen Schwestern, die man hier einsetzte, und man roch die Anstrengung derer, die mit dem Tod kämpften, und jener, die sich für deren Leben einsetzten.

Vittorio schien zu den Glücklichen zu gehören, denen das Schicksal weniger böse mitgespielt hatte. Er war bei seiner Einlieferung nicht aus der Bewusstlosigkeit erwacht und hatte dann ein paar Tage vor sich hin gedämmert. Vor zwei Tagen hatte er sich erstmals aufsetzen können. Er klemmte sich an das Bettgestell und stellte zum ersten Mal die Beine auf den Boden. Das Brennen und Ziehen in seinem Unterleib hatten ihn aber sofort wieder in die Liegeposition gezwungen, wo die Schmerzen bald ein wenig nachließen.

Auf seine Frage, wie schwer es ihn erwischt hatte, hörte er von den Schwestern nur: »Warten Sie auf den Arzt«, und auch vom Pfleger, der ihm Essen brachte und ihn notdürftig wusch, erhielt er dieselbe Antwort.

Bis auf wenige Ausnahmen wahrten die Schwestern und das Krankenpersonal die Distanz zu den Verwundeten. Offenbar wollte man keine emotionale Bindung zu jenen aufbauen, von denen man nicht wissen konnte, ob sie die Nacht überleben und ihr Bett für den nächsten Patienten demnächst frei machen würden.

Durch die Fenster drang schwüle, heiße Luft, die sich als zusätzliche Last auf die Verwundeten legte. Der Luftzug, der die Vorhänge schweben und den Stoffbezug der wenigen Paravents zwischen den Betten tanzen ließ, brachte anstelle von Linderung zusätzliche Wärmeströme. Den Fiebernden legte man nasse Tücher auf die Stirn, in der Hoffnung, ihnen so ein wenig Kühlung zu verschaffen.

Der Arzt war ein zerknautschter Typ von etwa vierzig Jahren. Sein fahles Gesicht war unter dem strohgelben Bart, der wie ein Rapsfeld im Frühjahr hervorstach, von Kanten und Furchen durchzogen. Meistens schritt er gehetzt durch die Gänge zwischen den Krankenbetten, schnaufend vor Eile und Rauchwolken verpuffend. In seinem Mundwinkel klebte eine

Zigarette, die zu seinem Gesicht zu gehören schien wie seine Nase. Er rauchte auch beim Operieren, und wenn er dabei ein Aschehäufchen verlor, meinte er nur, Asche sei antiseptisch und für den Patienten in dessen Situation noch das Beste, was ihm passieren konnte. Sein Kittel war blutverschmiert, und hätte er nicht diesen durchbohrenden Blick gehabt, der Medizinern gemein ist, die auch ohne Röntgen in ihre Patienten schauen können, man hätte ihn leicht mit einem Fleischer verwechseln können. So viel anders war seine Aufgabe hier auch nicht, wenn er die zerfetzten Gliedmaßen abtrennte, um zumindest den Rest des Körpers zu retten.

In einer Rauchwolke begab er sich heute zu Vittorios Bett. Der versuchte sich aufzurichten, um zu salutieren. Auch wenn der Doktor keine Uniform trug, waren die Chirurgen doch alle im Rang eines Kapitäns oder zumindest eines Leutnants.

»Ah, ich sehe, unserem Ritter geht es schon wieder besser.«

Die Geschichte seines Tierpanzers hatte schnell die Runde gemacht. Sein Überleben und seine Errettung waren wegen der skurrilen Begleitumstände wohl außergewöhnlicher als so mancher Heldentod, der oft still und unbeobachtet gestorben wurde.

Ein Stechen und ein ziehender Schmerz, der wie ein Aufschrei seinen Körper durchdrang, zwangen Vittorio dazu, sich wieder auf die Matratze fallen zu lassen. Er konnte sich nur am Ellenbogen aufstützen, um nicht wie ein hilfloser Käfer auf dem Rücken zu liegen.

Doch jetzt, da endlich die Gelegenheit bestand, Auskunft über seinen Zustand zu erhalten, galt Vittorios erster Gedanke etwas völlig anderem: »Haben wir Triest erobert?«

Irritiert wandte sich der Militärarzt zu seinem Adjutanten um, der den Kopf schüttelte.

»Aber wieso denn nicht? Wir standen doch schon so gut wie vor dessen Toren?«

Der Arzt dämpfte die Zigarette in einem Blechnapf aus und sagte: »Diese Frage musst du dem Generalstab stellen, ich bin nur für den menschlichen Auswurf von dessen Plänen zuständig. In dieser Eigenschaft kann ich dir nur sagen, dass der Krieg für dich zu Ende ist. Sobald wir dich wiederhergestellt haben, gehst du am besten nach Hause.«

»Ich kann nicht nach Hause. Meine Familie stammt aus Triest. Ich habe hier in Padua nur studiert.«

»Dann studier fertig und such dir eine Arbeit und dann eine Frau. In genau der Reihenfolge.«

Es war das erste Mal, dass der Arzt durch seinen verwitterten Bart so etwas wie ein Lächeln zeigte. Dieses gefror aber schnell wieder. »Eines muss ich dir noch sagen. Gewisser Freuden wird dich der feindliche Granatsplitter womöglich beraubt haben. Ich glaube nicht, dass du Kinder haben wirst.«

24. OKTOBER 1917
(MINUS 10.026 TAGE), MITTWOCH

Die Wende kam in der Nacht auf den 24. Oktober, als sich das Kriegsglück zugunsten der Verteidiger wenden sollte. Österreich-Ungarn hatte Unterstützung von seinen deutschen Verbündeten erhalten. Zusammen mit den Truppen des Habsburgerreichs – bei den Italienern waren wegen ihrer Tapferkeit besonders die muselmanischen Bosniaken mit ihren roten Mützen gefürchtet – startete das deutsche Oberkommando im Schutz der Dunkelheit und trotz des Wetters und der damit verbundenen schlechten Sicht eine gewagte Gegenoffensive. Binnen weniger Stunden hatten sie die meisten Stellungen der Italiener überrannt. Die Deutschen setzten Gas ein und die Gegenwehr der bisherigen Angreifer, die nun zu Verteidigern geworden waren, war gering. Das Giftgas hatte das Tal um Flitsch in ein Massengrab verwandelt und am selben Tag war Habsburg wieder in Karfreit (von den Italienern Caporetto genannt) am oberen Isonzo angelangt.

Später würden Militärhistoriker meinen, dass neben der waghalsigen Kriegstaktik der Mittelmächte vor allem ein Faktor für die italienische Niederlage verantwortlich war: das seit Beginn der Kampfhandlungen mehr als zwei Jahre zuvor andauernde Zögern General Cadornas, des Oberbefehlshabers der königlich-italienischen Armee. Der war auch viel zu sehr damit beschäftigt, sich dem Machtkampf mit General Capello, dem weit besseren Strategen, zu widmen und diesen aus seiner Umgebung zu entfernen, bevor er ihm gefährlich werden konnte. Trotz großer italienischer Überlegenheit an Kriegsgerät und Soldaten hatte sich die Front festgefressen, und bis auf die Besetzung von Görz und die Eroberung der Hochebene von Bainsizza konnte sich die italienische Führung keiner weiteren Erfolge rühmen. Für die Rückschläge wurden jedoch die niederen Chargen oder die am Schlachtfeld verblutenden Soldaten verantwortlich gemacht. Kein Wunder, dass diese Soldaten bereits kriegsmüde waren und sich gern in österreichische Gefangenschaft begaben.

Vittorio hatte zu der Zeit bereits sein Studium beendet. Weil die meisten jungen Männer in der Armee dienten, war die Schar der Studenten auf eine Handvoll geschrumpft, und diese konnten des Vertrauens und der besonderen Zuwendung der Professoren sicher sein, besonders wenn sie wie Vittorio ihrem Land ihre Gesundheit geopfert hatten. Dieses Land war de jure ein neues Land für ihn, Italien war eine neue Heimat, denn bis zum Eintritt in den Kriegsdienst in der königlichen Armee war Vittorio Untertan der Habsburger gewesen. Mit seinem Eintritt in das italienische Heer hatte er die österreichische Staatszugehörigkeit verloren, und ihm war auf sein Ansuchen auch schnell die neue von den Italienern bewilligt worden.

Vom weiteren Verlauf des Krieges erfuhr er nur wenig. Das, was man in den Zeitungen lesen konnte, entsprach so gar nicht den eigenen Eindrücken und den Berichten so mancher Frontkämpfer, die länger als er in den Schützengräben ausgehalten hatten. Triest, seine Heimatstadt, war immer noch nicht befreit, und er hatte Sehnsucht nach seinen Eltern.

Doch die beschönigten Meldungen der Führung stimmten ihn jedes Mal zuversichtlich. Das italienische Königreich hatte zwar seine zahlenmäßige Überlegenheit nicht erfolgreich zum Einsatz bringen können, beherrschte dafür perfekt die Regeln der Kriegspropaganda, die es verstand, die eigenen Schwächen als Stärken hervorzukehren und den Gegner zu verteufeln und gleichzeitig zu verharmlosen.

Noch am Abend des 24. Oktobers spielte der *Corriere della Sera* die Offensive der Mittelmächte herunter. Doch die Flüchtlingsströme und die Berichte der wenigen Kämpfer, die den Rückzug geschafft hatten, gaben Anlass zu schlimmster Befürchtung. Als die Österreicher am vierten Tag der Schlacht in Udine einmarschiert waren und der Rest der italienischen Truppen sich hinter den Piave zurückgezogen hatte, war wohl allen klar, dass nicht nur das Ziel Triest in weite Ferne gerückt war, sondern der Krieg auf diesem Schlachtfeld für die Armee nicht mehr zu gewinnen war.

Vittorio litt darunter, dass er keinen Kontakt mit seiner Familie herstellen konnte. Seine Eltern lebten weiterhin im österreichischen Feindesland. Er hatte einen Brief in die neutrale Schweiz geschickt, wo eine Cousine seiner Mutter lebte. Er hatte die Verwandte, die er nicht kannte, gebeten, den Brief an seine Eltern in Triest weiterzuleiten. Aber er wusste nicht, ob sie seinem Wunsch entsprochen hatte und wenn ja, ob seine Eltern den Brief erhalten hatten. Und selbst dann war er vielleicht der Zensur zum Opfer gefallen. Eine Zensur, die auf beiden Seiten die öffentliche und die private Meinung vorgab.

Seine Eltern – er vermisste sie trotz aller Gegensätze. Sein Plan war ein anderer gewesen: Er hatte sich vorgestellt, wie ihn seine Heimatstadt beim Eintreffen mit der siegreichen Armee empfangen würde. Die Leute, die im Spalier neben den Straßen gestanden wären, und er, wie er mit seinem Regiment an dieser Menschenmasse im Gleichschritt vorübermarschiert wäre. Über die Riva Carciotti zur Piazza Grande. Die Damen hätten mit ihren blütenweißen Taschentüchern gewinkt und echte Patrioten die Tricolore geschwungen. Spätestens dann hätte sein Vater den gegen ihn gehegten Groll aufgeben. Dachte Vittorio. Es war schon schwer gewesen, den Vater davon zu überzeugen, in Padua studieren zu dürfen. Der Vater hatte ihn nach Wien schicken wollen, auf die Technische Universität, um sich als Ingenieur später hier dem Schiffsbau widmen zu können. Das Recht zu studieren, noch dazu das italienische, stieß bei ihm auf erheblichen Widerstand: »Etwas Sinnloseres fällt dir wohl nicht ein?«, hatte er ihn mehr zur Rede gestellt denn gefragt. Er schüttelte den Kopf, als hätte er den Glauben an die Vernunft seines Sohnes gänzlich verloren. »Wir leben in Triest. Triest ist seit sechshundert Jahren Teil des Habsburgerreichs und wird es auch bleiben, also wirst du mit deinem Wissen hier nichts anfangen können. Wenn du also weggehen willst, wenn du Italiener werden willst, dann bitte, dann aber nicht auf meine Kosten, ganz sicher nicht«, hatte Giuseppe Robusti die Diskussion abgewürgt und sich zum Fenster gestellt, Vittorio den Rücken zugedreht. Dass er am ganzen Körper zitterte, entging Vittorio nicht. Nur die Überredungskunst seiner Mutter, einer stillen und sanften Person mit ergrauten Haaren an den Seiten und einem Lächeln im Herzen, die ihrem einzigen Kind keinen Wunsch abschlagen konnte, brachte den Vater zum Einlenken. Doch den späteren Kriegsdienst gegen die ehemalige Heimat hätte er ihm niemals durchgehen lassen. Er gehörte zu jenen Italienern, die in der Herrschaft der Habsburger keinen Nachteil für die Stadt sahen. Im Gegenteil: Er hatte eine gute Anstellung beim Österreichischen Lloyd und die Familie hatte vor einigen Jahren eine neue komfortable Wohnung in der Via dell'Acquedotto beziehen können. Der nahe Giardino Pubblico lud zum Spazierengehen ein, und das Teatro Politeama Rossetti lag auch nur einen Steinwurf weit entfernt. Mit dem gehobenen Gehalt des Vaters war es Vittorio als einzigem Kind der Familie auch möglich zu studieren. Dann kam der Krieg dazwischen.

Sein Vater war zugleich auch dem italienischen Volk verpflichtet. Die Wurzeln der Familie Robusti reichten in den

Raum um Venedig zurück. Dieses war bereits seit über fünfzig Jahren wieder ein Teil Italiens, und es war auch kein Zufall, dass Vittorio seinen Vornamen mit den italienischen Königen teilte. Der Vater war also doch Patriot, aber er war pragmatisch genug, die Verwaltung von Triest durch die Österreicher als Faktum hinzunehmen, ohne sie zu hinterfragen und ohne seine eigene nationale Identität zu verleugnen. Für Vittorio war er ein Italiener, der sich mit den Habsburgern arrangiert hatte. Wie so viele damals.

Vittorios Hoffnung auf eine baldige Rückkehr in seine Heimat schien jetzt mehr denn je unrealistisch. Wenn der Lauf der Geschichte, der jetzt Fahrt aufgenommen und den bisherigen Stellungskrieg weg von den Schützengräben und den befestigten Stellungen hin zu einem Eroberungskrieg entwickelt hatte, es so wollte und wenn Österreich-Ungarn weiter in dem Tempo durch die Ebenen Oberitaliens zog, dann würde der Kaiser bald in Padua Einzug halten. Wenn das passierte und sie seiner habhaft wurden, hätte er im besten Fall mit Kerker zu rechnen, und das auch nur, wenn die Österreicher in der Laune des Gewinners großzügig Amnestie gewährten. Denn auf Hochverrat stand die Todesstrafe. Genau dieses Schicksal war etwa Cesare Battisti widerfahren, der sogar als Deputierter zum Reichsrat exekutiert wurde, nachdem er als Alpini in österreichische Gefangenschaft geraten war. Doch noch war es nicht so weit. Italien hatte Verbündete, die es nicht hängen lassen würden.

Eine andere Sorge quälte ihn. Was, wenn es seinen Eltern schlecht ging? Was, wenn seine ohnehin etwas schwache Mutter krank war? Wie oft hatte sie sich an ihm abstützen müssen, wenn sie von Schwindel befallen wurde. Was, wenn sie ihn gar nicht mehr empfangen könnte? Auch der Vater war nicht mehr der Jüngste. Sicher hatten sie ihm den Kriegsdienst erspart, dazu war er zu alt. Aber vielleicht war sein Herz schon zu müde für die Strapazen, die es auch hinter der Frontlinie für die Zivilisten zu ertragen galt. Krankheiten und Seuchen waren in Zeiten wie diesen hinter jedem her. Es war ja auch in seinem Heer so gewesen, dass ein Großteil der Toten gar nicht durch feindliche Mörser oder im Kugelhagel gestorben war. Der Typhus hatte sie dahingerafft, geschwächt, wie sie wegen der mangelhaften Ernährung waren. Und dabei war Italien sicher noch in einer weit besseren Versorgungslage als das im österreichischen Teil gelegene Triest, das als Teil der kaiserlich-königlichen Monarchie von vielen Fronten umgeben und vom meisten Nachschub abgeschnitten war. Diese Gedanken wollten ihn nicht mehr loslassen. Jeden Morgen legten sie sich schwer auf seine Brust, und jeden Tag waren sie schwerer abzuschütteln. Er fühlte sich einsam. Er vermisste die Eltern und die wenigen Schulfreunde.

Er tröstete sich mit Besuchen im Caffè Pedrocchi, damit er wenigstens abseits seiner Ausbildung bei Gericht unter Leuten sein konnte. Doch auch dies konnte seine Sehnsucht nicht stillen. Ihm fehlte das Meer. Das Wasser, das zu jeder Jahreszeit in anderen Silbertönen glitzerte, die Wellen, die auf unendliche Art gekräuselt waren, je nachdem, woher der Wind kam und davon abhängig, welche Strömung gerade herrschte. Die Flut, die sich gegen die Molen legte, wenn sie der Scirocco in Richtung Land schob. Blies die Bora, dann häufte der Wind oft Wasserberge an, die am Ende der Welle wie eine Wand umfielen und die See mit ihrer Gischt unter sich zum Brodeln brachten. Vittorio schloss die Augen. Er stellte sich vor, wie eine Brise über seine Wangen strich und das Meer draußen beim Kastell gegen die Klippen stieß. Er schmeckte die salzige Luft und das Rauschen erfüllte sein Herz, wenn er an all das dachte. Heimweh. Es verbrannte sein sonst gesundes Herz.

Er schüttelte den Kopf. Er war in Padua, stand im Hausflur und nur das Haustor lag vor ihm. Ein Termin drängte sich vor die wehmütigen Erinnerungen. Vittorio kämmte sich mit den Fingern durch sein schwarzes Haar und klemmte seine Aktentasche unter den Arm. Forschen Schrittes ging er zum Gericht.

Vittorio war ein durchaus hübscher Kerl. Er war schlank und überdurchschnittlich groß, hatte spitze Wangenknochen und dunkle, geheimnisvolle Augen wie ein Orientale. Dazu dichtes, glattes Haar, das er nach unten verlaufend zum Nacken hin rasiert hatte. Seit dem Krieg ließ er auch öfter seine Bartstoppeln stehen und rasierte sich nur jeden zweiten, manchmal gar erst jeden dritten Tag. Er war zwar nicht sonderlich muskulös, aber sein drahtiger Körper hatte ihm im Feld gute Dienste erwiesen, wenn es darum gegangen war, schnell und gelenkig zu agieren. Mit seinem kerzengeraden Gang machte er durchaus Eindruck auf Frauen. Das war schon in seiner frühen Jugend so gewesen, etwa wenn er im Anzug mit seiner Mutter über die Rive spaziert war oder durch den öffentlichen Garten. Nicht selten, dass eine junge Dame ihm verstohlen einen Blick zugeworfen hatte. Er hatte das meist nicht registriert. Seine Mutter dafür umso mehr. Sie umfasste dann stolz seinen Oberarm und drückte ihren Kopf gegen seine Schulter. Obwohl er als Student der einen oder anderen Schwester eines Studienkollegen vorgestellt worden war, blieben seine Verabredungen im gesellschaftlich tolerierten Rahmen. Mehr als ein Spaziergang in Begleitung des Bruders oder ein Tee zu dritt war da nicht drin. Das störte ihn aber nicht. Nicht ungern hatte er sich auf seine Studien konzentriert und Frauengeschichten vermieden.

Natürlich waren sie mit einem der Unteroffiziere in einem Bordell gewesen, bevor es an die Front gegangen war. Wenigstens in dieser Hinsicht sollten die Knaben als Männer sterben.

Aber er hatte, anders als manch anderer Sohn aus wohlsituiertem Haus, in Padua keine Liebschaften laufen, von denen man sich, wenn es später um Karriere und standesgemäße Familiengründung ging, mit Geld freikaufen musste.

29. OKTOBER 1922
(MINUS 8193 TAGE), SONNTAG

Vittorio spazierte Arm in Arm mit seiner Frau über die Riva Tre Novembre, wie die ehemalige Riva Carciotti nun hieß. Das übliche Treiben aus Handkarren, Droschken, Automobilen und Händlern, die fliegend ihre Waren feilboten, war heute zum Erliegen gekommen. Dafür bevölkerte eine Vielzahl von Spaziergängern, die alle sauber und adrett gekleidet waren, die Straße am Hafenbecken. Auch die Ruß und Dampf spuckende Eisenbahn überließ heute die neben dem Wasser gelegenen Schienen den Menschen in ihrem Sonntagsgewand. Ein Eisverkäufer schob seinen Wagen zur Scala Reale und wartete dort auf Kundschaft. Vor dem Café Orientale auf dem Hauptplatz spielte eine Kapelle. Der Wind trug den Schall hinaus zum Meer und Vittorio konnte die zum Besten gegebenen Walzerklänge hören.

Nachdem sie die Messe besucht hatten, wollten sie den milden Herbsttag dazu nutzen, um am Molo San Carlo über das Meer zu schauen. Auch dieser wie ein ausgestreckter Finger in die Adria ragende Steinsteg war erst im März dieses Jahres umbenannt worden. Zur Erinnerung an jenen Zerstörer der Marine, der am 3. November 1918 dort angelegt und Triest für das italienische Königreich beansprucht hatte, hieß er nun Molo Audace. Vittorio musste sich an den neuen Namen erst gewöhnen. Noch in der Scuola elementare hatte er gelernt, dass die Mole nach dem im Jahr 1740 im Hafenbecken gesunkenen Schiff benannt war. Man hatte damals beschlossen, das Wrack nicht zu bergen, sondern das Schiffsgerippe als Fundament für einen Steg ins Wasser zu verwenden. Später war dann aus der Holzkonstruktion die steinerne Anlage entstanden.

Vittorio war mit Elisa nun schon etwas über ein Jahr verheiratet und sie würden noch diesen Winter ihr erstes Kind bekommen. Elisa trug ein langes Kleid aus dickem Stoff mit Knöpfen an der Seite, das fast zu warm für diesen Tag war. Vittorio trug seinen Mantel offen.

Sie betraten die Mole und nickten einigen Paaren zu, die gleich ihnen gemessenen Schrittes über die unebenen Steinquader stiegen. Bei klarem Wetter konnte man die Kräne der Werften in Monfalcone ganz nah sehen, ebenso die Lagune von Grado. Elisa drückte ihren Kopf gegen seine Schulter, so wie es seine Mutter bei ihren Spaziergängen immer gemacht hatte.

Die Rückkehr in seine Heimat vor gut zwei Jahren war völlig anders verlaufen, als er es sich gedacht hatte. Ohne die Glorie des siegreichen Heimkehrers und ohne jegliche Willkommensfreude. Italien hatte den Krieg gegen Österreich-Ungarn nicht verloren und noch Ende Oktober 1918 hatte der Comitato di Salute Pubblica di Trieste die Abspaltung der Hafenstadt von Österreich erklärt. Doch Vittorio war in Padua geblieben und hatte seine Ausbildung zum Anwalt beendet. Er hatte dazwischen versucht, seinen Vater am Telefon an dessen Arbeitsstätte zu erreichen, dort aber erfahren, dass dieser nicht mehr für den Lloyd arbeitete. Zu guter Letzt hatte er ihn dann in seinem Stammcafé erreicht. Das Caffè San Marco befand sich nur wenige Hundert Meter vom Volksgarten entfernt. Meist ließ der Vater ihn und seine Mutter alleine im Park spazieren gehen und wanderte ins nahe Kaffeehaus in der Corsia Stadion, um dort in Ruhe die Zeitung zu lesen oder mit anderen Männern zu diskutieren und zu politisieren. Von einem Kameraden in seinem Regiment hatte er erfahren, dass man in diesem Café während des Krieges Dokumente für Patrioten fälschte, um ihnen die Flucht nach Italien zu ermöglichen. Kein Wunder, dass es nach dem Kriegseintritt Italiens sofort von Austriacanti, den Anhängern Österreich-Ungarns, verwüstet worden war.

Als er den Vater am Apparat hatte, der zunächst nicht mit ihm hatte sprechen wollen, klang dessen Stimme völlig verändert. Verbittert. »Wir haben uns nichts mehr zu sagen, und sehen will ich dich schon gar nicht.« Dann legte er grußlos auf. Später erfuhr er von seinem Onkel, dass die Mutter, wie befürchtet, die Strapazen des Krieges nicht überlebt hatte. Dahingerafft von einer Infektion wie so viele. Der Vater sei über ihren Tod nicht hinweggekommen und habe alle jene, die gegen Triest gezogen waren, dafür verantwortlich gemacht. Warum der verbitterte Mann dann weiterhin dieses Kaffeehaus frequentierte, das doch so offensichtlich auch Keimzelle des Irredentismus war, erschloss sich Vittorio nicht. Auch die Straße davor war nun nach Cesare Battisti benannt worden. Dieses letzte Telefonat mit dem Vater brannte sich als schwarzes Loch in Vittorios Seele.

Elisa zog ihn am Arm. Sie blieben stehen. Vittorio sah sie an. Sie hatten das Ende der Mole noch nicht erreicht. »Was ist da los?«, fragte sie ihn. Da bemerkte auch Vittorio, was seine Frau verunsichert haben musste. Von der nahen Piazza Tommaseo drang lautes Geschrei zu ihnen hinüber. Es überlagerte die Töne des Pianos, die aus dem gleichnamigen Café noch bis vor Kurzem auf die Straße gedrungen waren. Sie sahen, wie sich ein junger Mann aus der Menge löste und sich vor den Schlägen der anderen duckend in ihre Richtung gelaufen kam. »Verräter!«, tönte es aus der Menge, und: »Tötet das Schwein!« Die Meute nahm die Verfolgung auf und stellte das Opfer an der Kaimauer, wo dem Armen nichts anderes übrig blieb, als sich mit einem Sprung ins Wasser zu retten. Die Verfolger suchten nach Gegenständen, die sie nach dem ins Meer Geflüchteten werfen konnten. Holzstöcke oder Unrat wurden in die Richtung des

Mannes geschleudert, der sich mit seinen hilflosen Ruderbewegungen kaum an der Oberfläche halten konnte. Als einer einen Pflasterstein ausgegraben und ihm gezielt an den Kopf geworfen hatte, versank der Mann selbst wie ein Stein in den Fluten. Die Menge johlte und grölte.

Elisa gab einen spitzen Schrei von sich. Vittorio zog sie an sich, drückte ihren Kopf gegen seine Brust und verdeckte ihr die Augen. »Komm, lass uns nach Hause gehen«, sagte er dann.

Doch Elisa sah ihn aus feuchten Augen an. »Warum machen die das?«, fragte sie ihn.

Er schüttelte nur den Kopf. »Sie wehren sich. Italien muss jetzt stark sein.«

Elisa löste sich von Vittorio. »Diese Feiglinge!«, sagte sie leise. Sie dachte daran, dass ihr Mann ihr verboten hatte, öffentlich über Politik zu reden. Die Erde Europas war vom Blut Hunderttausender junger Männer getränkt worden, doch die Saat, die daraus keimte, verhieß keinen Frieden.

Triest hatte sich verändert. Vor zwei Jahren hatte im Sommer das slowenische Kulturinstitut, der Narodni Dom, gebrannt. Mittlerweile machten die Faschisten offen Jagd auf alle Slowenen, die noch bis zum Kriegsausbruch zur Identität der Stadt beigetragen hatten. Der Krieg hatte nicht nur Triest, sondern ganz Italien in eine tiefe Krise gestürzt. Lebensmittel waren nach wie vor knapp und die Wirtschaft hatte sich noch nicht erholt. Unter dem Eindruck der Revolution in Russland stellten sich einige Tagelöhner oder Feldarbeiter gegen ihre Gutsherren oder Fabrikanten und beanspruchten die Herrschaft über die Betriebsmittel. Doch dagegen gingen die faschistischen Schlägertrupps, die damit ihr Verständnis von Recht und Ordnung durchsetzen wollten, mit aller Vehemenz und Gewalt vor. Diese neue Kraft im Staat wurde zumeist auch toleriert, wenn nicht sogar begrüßt, so schwach war die legitimierte Exekutivgewalt des Staates. Aber doch stark genug, um selbst einen Aufstand in San Giacomo niederzuschlagen. Vittorio hatte die Notiz in der Zeitung gelesen und es hatte ihm einen Stich in der Brust gegeben. Wie schon zu Kaisers Zeiten, als das Militär auf die streikenden Arbeiter des Lloyd geschossen hatte, schoss jetzt die eigene Armee auf das hungernde Volk. Was hatte das Abschütteln des fremden Jochs verändert, hatte er sich damals gefragt.

Aber das war erst der Anfang. Ein Mann strebte ohnehin nach der ganzen Macht in Italien: Mussolini. Vittorio hatte ihn einmal gesehen, das war gleich nachdem er nach Triest zurückgekehrt war. Diese einseitige Begegnung war ausreichend gewesen, um sich ein Bild vom Führer der Faschisten einzuprägen.

20. MÄRZ 1945
(MINUS 17 TAGE), DIENSTAG

Sie hatten Pino aus seiner Zelle geholt. Er folgte dem Wachsoldaten über den Gang. Die Schritte auf den blanken Steinen hallten von den kahlen Wänden wider. Zur Linken reihte sich eine Tür an die nächste. Durch die Fenster auf der gegenüberliegenden Seite konnte Pino sehen, dass der Himmel bedeckt war und einzelne Sonnenstrahlen durch die Wolken durchbrechen wollten. Der Winter schien vorbei. Er dachte an Laura. Was sie wohl in diesem Moment machte? Und er fragte sich auch, ob sie an ihn dachte, so wie sich seine Gedanken beinahe nur um sie drehten. Er hoffte, dass sie den Brief bereits erhalten hatte. Es war wichtig, dass ihr jetzt nichts zustieß.

Er hatte keine Ahnung, warum sie ihn hier festhielten, doch in diesen Tagen geschah viel ohne Grund. Der Wachmann stoppte vor einer Tür und klopfte an. Eine Stimme drang auf den Gang. Der Soldat öffnete und schubste Pino hinein. Er fand sich in einem Büro wieder, vor einem Schreibtisch, an dem ein anderer Soldat saß. Hinter ihm fiel Licht durch ein Fenster, das den Raum in Zwielicht tauchte. Davor tanzten Rauchfäden, die der Offizier mit seiner Zigarette produzierte. Er hatte markige Wangenknochen und kurzes strohblondes Haar. Seine Kappe mit dem Totenkopfemblem lag vor ihm auf dem Tisch, über den Papiere verstreut waren. Er deutete auf einen Stuhl, der vor dem Schreibtisch stand. Nachdem Pino sich gesetzt hatte, fragte der Mann: »Verstehst du mich, ich meine, verstehst du Deutsch?« Pino fiel der schmale Mund auf, mit Lippen, die kaum dicker als ein Federstrich waren.

Pino nickte.

Ein anderer Soldat, der im rechten Winkel an einem weiteren kleinen Tisch hinter einer Schreibmaschine saß, begann zu tippen, als Pino nach seinen Personalien gefragt wurde.

Pino verstand tatsächlich etwas Deutsch, auch wenn er kaum ein Wort sprechen konnte. Sein Vater beherrschte diese Sprache, weil er vor dem Großen Krieg, als Triest noch in österreichischer Hand gewesen war, auf eine deutsche Schule geschickt worden war. Das hatte der Großvater so entschieden. Der hatte angeblich für die Österreicher gearbeitet und darauf bestanden, aber so genau wusste das Pino nicht. Er kannte den Großvater nicht, hatte ihn nie gesehen, weil dieser und sein Vater seit dem Tod der Großmutter angeblich kein Wort mehr gewechselt hatten. Er wusste nicht einmal, ob der alte Mann noch lebte. Obwohl sein Vater diese Sprache nicht liebte, hatte er früher manchmal Deutsch mit ihm gesprochen, als Pino noch klein war. Vielleicht aus einer Laune heraus, oder wenn er etwas vor der Mutter geheim halten wollte. Er hatte auch noch ein paar alte Kinderbücher aus seiner eigenen Kindheit, aus denen er Pino vorgelesen hatte. Und auch einige der Alten in der Stadt sprachen noch Deutsch, was jetzt in Zeiten der fremden Besatzung oft das Überleben sicherte, da sie auf diese Weise Missverständnisse zwischen den Einheimischen und den Besatzern ausräumen konnten. In diesem Augenblick, als er sich dem Offizier der SS gegenübersah, wünschte Pino, dass auch er diese Sprache besser sprechen könnte. Dann hätte er dieses Missverständnis hier aufklären können.

1. SEPTEMBER 1920
(MINUS 8983 TAGE), MITTWOCH

Die Rückkehr in seine Heimatstadt war glanzlos und von jeglichem Pathos beraubt. Kein Sieger, kein Befreier, der da kam.

Gleich zu Anfang des Krieges war er ausgefallen und hatte dann dank der Expertise des Militärarztes Schlachtfeld gegen Hörsaal getauscht, während andere in den Gräben verbluteten, das Gedärm aus dem Leib gerissen. Klar, er war verwundet worden, und natürlich hatte er für diese Verwundung einen Orden erhalten, einen ganz einfachen aus billigem Blech. Andere hatten durchgehalten. Bis zum Ende, und die waren jetzt die Sieger, die wahren Triumphierenden. Vielleicht war sogar Jacopo, dieser Waschlappen, darunter. Vittorio konnte sich gut vorstellen, dass er unbeschadet jede Schlacht überstanden hatte, versteckt und geschützt, bis das Gemetzel vorüber war. Er hatte ihn seitdem nicht gesehen. Er hätte ihn nicht als Freund bezeichnet, dafür fehlte es ihm an der nötigen Sympathie für diesen Menschen, aber ja, er war sein Lebensretter. Vittorio verdankte ihm sein Leben.

All diese Gedanken dämpften seine Stimmung an diesem Tag, der selbst drückend schwül war, mit bauschigen, trüben Wolken, die über der Stadt hingen. Er stand auf der Piazza vor der Stazione Centrale, dem Südbahnhof, wie er vor dem Krieg geheißen hatte. Er klopfte sein Jackett ab und strich die Falten aus, die sich im Zug beim Sitzen gebildet hatten. Er griff nach seinem Koffer und überlegte, eine der Tramlinien ins Zentrum zu nehmen, entschied sich dann aber, auf die Mole vier zuzusteuern, die gleich hinter dem Bahnhof lag. Er wollte entlang des Meeres zur Piazza Grande mit dem Rathaus und den Prachtbauten der Versicherungsgesellschaften spazieren.

Das Meer! Da war es endlich wieder. Man konnte nicht in einer Stadt am Meer geboren sein, in der salzigen Luft, die von der Bora wie eine Glasur über die Häuser gestrichen wird, und dann im Landesinneren glücklich werden. Er erreichte das Hafenbecken und sog die Luft in seine Lungen, als gälte es, sie von dem Staub und dem Dreck der letzten Jahre, dem Leiden des Krieges, und von dem beißenden Geruch nach Chlor und Desinfektionsmittel, der ihm im Spital in der Nase hängen geblieben war, zu reinigen. Ihm wurde heiß und der Schweiß bildete Perlen auf seiner Stirn.

Ein paar Fuhrwerke und eine Straßenbahn zogen an ihm vorbei. Die Fischerboote schaukelten beim Ponterosso im Canal Grande. Hoben sie sich, gaben sie den Blick auf den verwitterten Bootslack frei, der ihren Rumpf in den verschiedensten Farben überzog. Am Himmel kreischte eine Möwe. Sie verfolgte eine andere, die ein Stück Beute im Schnabel davontrug. Um den Fischmarkt herrschte geschäftiges Treiben und einige Händler lieferten sich mit Kunden lautstarke Diskussionen, wenn es um den Preis ging.

Zu Hause! Vittorio sagte sich immer wieder vor, dass er jetzt zu Hause sei, doch er spürte es nicht. Die Stadt wirkte verändert, das Treiben gedämpft, als hätte jemand eine Glocke über die Stadt gestülpt. Er war müde, sagte er sich, auf der Suche nach einer Erklärung, warum er so erkaltet war. Vielleicht hatte sich gar nicht die Stadt, vielleicht hatte er sich verändert?

Er stockte vor der Piazza Grande. Der Platz mit Blick auf das Rathaus war geleert. Er wirkte gespenstisch, so kahl, wie er jetzt vor seinem Auge lag. Wo waren die Beete hin? Wieso hatte man die Bäume entfernt und wo waren die Kioske hin? Der Park, den hatte es schon gegeben, da war er noch gar nicht auf der Welt gewesen, da waren seine Eltern in ihrer Jugend spaziert, Jahrzehnte musste das her sein. Gut, manchmal stank es, wenn im Sommer die Hunde ihr Geschäft hier verrichteten, und schon früher waren Stimmen laut geworden, dass das Grünzeug die Sicht auf das Meer verdecke, aber deswegen gleich alles niederwalzen? Er blickte sich um, betrachtete das Gebäude des Lloyd, der jetzt den Zusatz »Triestino« trug. Natürlich war der Blick nun freier und man sah die herrlichen Gebäude wie den Palazzo Pitteri, die Casa Stratti und das Hotel Vanoli in all ihrer Pracht, die den Platz umschlossen wie Kinder, die sich zum Ringelreihen-Spielen aufstellen. Oder erinnerten sie Vittorio an die Reihen aufgestellter Soldaten, die den Platz in seiner nunmehrigen Größe bewachten? Ein Platz, der mit einem Mal so groß geworden war, dass man ihn für Märsche, Paraden oder zum Exerzieren verwenden mochte. Dabei war der Krieg eben erst vorbei, der Bedarf an Soldaten musste doch gestillt sein. Jetzt waren Männer gefragt, die das Land schnell wiederaufbauten und es wirtschaftlich in neue Höhen führten.

Doch überall herrschten Hunger und Not. So schön die neue Freiheit war, war sie doch mit Leid und Tod erkauft und musste jetzt weiter mit dem Hunger der Menschen am Leben gehalten werden.

Vittorio war die Lust vergangen, seinen Spaziergang durch die Stadt fortzusetzen. Er suchte den Zettel in seiner Tasche, auf dem er die Adresse seines Onkels notiert hatte. Er hatte ihn seit seinem sechzehnten Lebensjahr nicht mehr gesehen, erinnerte sich kaum, wie er aussah, und doch hatte dieser ihm schnell zurücktelegrafiert, als er ihn postalisch von seinem Vorhaben unterrichtet hatte, nach Triest zurückzukehren. Zuvor wollte er sich aber noch frisch machen und seinen Reiseanzug gegen bequemere Kleidung tauschen.

Er schlug die Richtung zur Piazza della Caserma ein, wo er ein Zimmer in einem Albergo gemietet hatte. Sein Gepäck hatte er vom Bahnhof schon vorausgeschickt.

»Sie haben also unser neues Recht studiert?« Der Mann hob die Augenbrauen und gab Vittorio seine Zeugnisse zurück. Er musterte den jungen Mann, der sich da bei ihm in der Kanzlei vorstellte. Vittorio hatte ihn aus Padua angeschrieben und sich bei ihm um eine Stelle beworben. Dottor di Ruan hatte ihn eingeladen, sich persönlich vorstellen zu kommen. Jetzt stand Vittorio vor dem wuchtigen Schreibtisch in dessen Kanzlei. Die Wände waren verstellt mit dunklen Holzregalen, die bis an die Decke reichten und in denen Buchrücken an Buchrücken gereiht war. Vittorio betrachtete den schlanken Mann um die sechzig: Seine Haut war von der Sonne olivfarben und er trug einen sandfarbenen Leinenanzug.

»Wir brauchen jetzt Männer wie Sie«, sagte Ruan zu Vittorio, der seine Dokumente wieder in die Tasche packte. »Leute, die bereits Erfahrung mit der neuen Rechtsordnung mitbringen. Die uns bei der Umstellung helfen können. Auch ich werde mich umstellen müssen. Wir alle werden uns umstellen müssen«, sagte er seufzend, nicht ohne eine Kummerfalte auf der Stirn, und Vittorio ahnte, dass er damit nicht nur den Austausch des Allgemeinen Bürgerlichen Gesetzbuchs gegen den Codice Civile meinte. Ruan strahlte Erfahrung und Besonnenheit aus. Er ahnte, was auf ihn zukam. »Ich werde einiges zu lernen haben«, sagte er lächelnd. »Und das gerne von Ihnen, Herr Kollege.«

In den nächsten Tagen lernte jedoch Vittorio. Wie man beim hiesigen Gericht aufzutreten hatte. Und zwar devot, den Richter mit Höflichkeiten und geheuchelten Komplimenten umgarnend. Wie man sich als junger Mensch zurückzunehmen hatte, wie man mit einem Kopfnicken falsche juristische Schlüsse zu begleiten hatte. Auch dass sich bis zu manchen Abteilungen noch nicht ganz durchgesprochen hatte, dass die Habsburger passé waren, nur mehr ein Abschnitt der Geschichte, dem man keine weitere Beachtung zu schenken hatte. Man hatte sich zwar von den Österreichern, aber noch nicht gänzlich von manchen rechtlichen Besonderheiten derselben befreit, und Vittorio hegte keinen Zweifel, dass einige dieser Eigenheiten wohl auch noch in hundert Jahren bestehen würden.

Die Tage vergingen und damit die Wochen auch.

Er kam jeden Morgen pünktlich in die Kanzlei von Dottor Ruan, die in der Via della Cassa di Risparmio lag. Er trank einen kleinen Kaffee in einer Bar in der Nähe und überflog dort die Schlagzeilen des *Piccolo*, der Zeitung, die nun schon seit fast vierzig Jahren über die Geschicke der Stadt berichtete. Danach kam er in die Kanzlei, wo neben einem Berg aus Akten auch einige Aufträge seines Chefs auf ihn warteten. Die Kanzlei verfügte über einen eigenen Telefonanschluss und meist hieß es: Rufen Sie da oder dort an oder fragen Sie nach diesem oder jenem! Wenn es keinen Gerichtstermin gab, verflog die Zeit mit diesen vielen kleinen Aufgaben am Vormittag dennoch im Flug. Ruan pflegte meist Auswärtstermine und war offenbar froh, dass er jetzt einen Juristen in der Kanzlei sitzen hatte. Zu Mittag ging Vittorio öfter ins Buffet Da Pepi, das nur einen Häuserblock von der Kanzlei entfernt und eigentlich immer zum Bersten voll war. Viele der Angestellten der nahen Banken und Versicherungen, und sogar die Beamten aus den Regierungsgebäuden am Platz oder dem Rathaus frequentierten gerne das Lokal, wo man sich bei einer Scheibe Schweinefleisch in einem Panino stärkte. Dazu trank man ein kleines Dreher-Bier. Der Geräuschpegel war hoch und die Gespräche verliefen akustisch ineinander wie die Farben auf den Bildern der französischen Impressionisten, deren Gegenstände aus den Bildern meist auch nur aus der Differenz zwischen Licht und Schatten heraustraten. Dottor Ruan ging zu Mittag meist nach Hause essen. Vittorio überlegte, während er seinen Blick durch das Lokal wandern ließ und die Männer in ihren grauen und schwarzen Anzügen mit den halbrunden Hemdkrägen und den dunklen schmalen Krawatten taxierte, dass die meisten hier entweder Junggesellen sein mussten oder von weiter her kamen und daher nicht daheim aßen. Daheim. Das Wort, das er im Krieg gelassen hatte. Versenkt in den Wassern des Isonzo neben Knochen und rostigen Waffen, wo die Hoffnung so vieler junger Männer ertränkt worden war.

Abends saß er oft lange im Schein der Lampe, die ihm ein Arbeiten bis in die Nachtstunden ermöglichte. Das Haus war schon vor dem Krieg als eines der ersten an die Stromversorgung angeschlossen worden, weswegen das erleuchtete Stockwerk der Kanzlei auch einen Teil der Straße davor erhellte. Kehrte er dann in seine Unterkunft zurück, ging er oft ohne Abendessen zu Bett. Das war gut für die Linie, da er anders als sein Chef, der im örtlichen Ruderklub in Barcola aktiv war, keinen Sport trieb. Da er seine Arbeit machte und seine Aufgaben zum Teil übererfüllte – ging es etwa darum, zu einem Problem ein Judikat zu finden oder auch einen Aufsatz, kam er oft mit mehr als einem Ergebnis, und Dottor Ruan war überaus zufrieden –, ließ ihm sein Chef freie Hand, was die Dienstzeit betraf. Manchmal verließ er so wie heute zwischen zwei Terminen die Kanzlei und machte sich in die ehemalige Via dell'Acquedotto auf. Zu dem Haus, das er früher mit seinen Eltern dort bewohnt hatte.

Dieser Boulevard war nach dem Vorbild der Ramblas in Barcelona gestaltet worden. In der Mitte, zwischen Alleebäumen, verlief die den Fußgängern vorbehaltene Fläche, an den Rändern, die Hausfronten entlang, verlief parallel dazu an jeder Seite ein Fahrstreifen. Vor jedem Café standen Tische und Stühle, und auch der Platz für die Passanten wurde dadurch immer enger, das Straßenbild aber belebter, wenn das Menschenmeer an den vielen Lokalen vorbeiwogte.

Jetzt hieß die Straße Via XX Settembre und war damit ein weiterer Straßenzug, den man in Erinnerung an einen der Meilensteine des Risorgimento umgetauft hatte. Zum Gedenken daran, dass man Rom, das bis 1870 als Kirchenstaat selbständig war, an diesem 20. September mit Italien vereinigt hatte. Vittorio dachte an Signor Brunner, seinen Geschichtslehrer, der sich immer, wenn es um jüngste Geschichte Italiens ging, in Pose warf, die Brust aufblähte, dabei den Rücken durchstreckte und Cavour nachäffte, in strenger Pose, so wie man ihn von den Bildern her kannte. Auch wenn sich sein Lehrer darüber lustig gemacht hatte, hatten diese Geschichten in dem Knaben etwas ausgelöst, das ihn fortan in seinem Denken wie auch späteren Handeln begleitete: seine Heimatliebe und das Wissen darum, dass diese Heimat Italien war und nicht eine fremde Herrschaft. Er las damals die Geschichte von Guglielmo Oberdan immer wieder, und er sah sich selbst als diesen Helden, schlüpfte in dessen Rolle, aber mit dem Unterschied, dass er den österreichischen Kaiser getötet hätte und damit selbst zum Helden geworden wäre. Jungenträume, auch wenn er damals bereits vierzehn oder fünfzehn Jahre alt gewesen sein mochte. Erinnerungen wurden hier wach. In dieser Gegend, die ihm noch vertraut war aus jenen Tagen, und jetzt auch wieder fremd, so wie man einen alten Pullover, nach Jahren aus dem Kasten gezogen, auch nicht mehr gerne trägt. Ist der Kreislauf der Routine einmal unterbrochen, stirbt das Gewohnte wie ein geknickter Ast.

Er erreichte das Eck zur Via Domenico Rossetti, die zu seiner Rechten wegführte. War es kalt und feucht, taten sich die Fuhrwerke auf dem steilen Anstieg oft schwer. Jetzt sah man aber auch immer mehr Automobile, die durch die Straßen fuhren. Die letzten Schritte ging er, als trüge er Stiefel aus Blei. Das Blut pochte in seinen Schläfen. Langsam setzte er Fuß vor Fuß und kam gesenkten Blickes kaum vorwärts. Am Ende stand er dann da und betrachtete die Fassade. Der helle Putz war an manchen Stellen abgeblättert und auch die Fensterläden waren von der Bora angenagt, der dunkle Lack am Holz spröde und aufgestellt. Sein Blick kletterte über den Balkon hinein in den großen Raum, wo die Eltern das Speisezimmer hatten. Dann schlich er um den Eingang wie ein Dieb, der auskundschaftete, wann die beste Zeit wäre, um in so einem Haus einzubrechen. Wehmütig zog er schließlich ab.

Wenige Tage danach traf er seinen Onkel Leopoldo. Sie saßen bei einem Glas Wein und Vittorios Versuch, etwas über seinen Vater zu erfahren, wurde vom Verwandten abgeblockt. Das Gespräch drehte sich um allgemeine Themen und Fragen. Vor allem um die Lage in Italien, jetzt da der Krieg vorbei war und das Land in einer tiefen Krise steckte, die auch vor Triest nicht haltgemacht hatte. Viele fragten sich, wie es weitergehen sollte. Es gab Spannungen und Reibereien, und auch wenn der Sieg nicht am Schlachtfeld, sondern am Verhandlungstisch in St. Germain errungen worden war, sorgte genau dieser Friedensplan für die nächsten Konflikte, weil der Streit um Fiume entbrannt war.

»Auf all deine Fragen und deine Sorgen um unser Land gibt es eine Antwort. Komm am zwanzigsten gegen elf Uhr zum Politeama Rossetti.«

»Wird Alessandro Moissi auftreten?«

»Besser, viel besser, das kannst du mir glauben.«

Jetzt war der Tag gekommen. Vittorio stand vor dem prachtvollen Theater. Er wartete vor dem Eingang und fragte sich, während diese Anspannung an seinen Magennerven zog, ob der Onkel vermittelt habe und mit seinem Vater erscheinen werde. Es war für einen Montag viel los auf den Straßen. Aber die Geschäftigkeit wirkte so, als ob die Menschen nicht ihrer Arbeit nachgingen oder einen Auftrag zu erfüllen hätten, sie wirkte, als ob die Menschen auf etwas warteten. Hoffnungsvoll und mit ungeduldiger Unruhe. Ein Tumult setzte an. Vittorio sah, wie eine Menschentraube sich näherte, die in ihrem Inneren etwas barg und in seine Richtung auf den Eingang des Theaters zustrebte. Die Leute redeten wild durcheinander, als gälte es, hier nicht abseits zu stehen, sich einfach bemerkbar zu machen, um später sagen zu können: »Ja, ich war dabei. Ich habe es gesehen!«

Vittorio verfolgte gebannt die Szenerie, die sich da vor seinen Augen abspielte. Vom oberen Teil der Straße kamen einige junge Männer in schwarzen Uniformen gelaufen. Sie wollten sich mit dem von unten herannahenden Zug vereinigen. Blutjunge Kerle, denen kaum der Flaum am Kinn stand, und dennoch mit einer Entschlossenheit in den Augen, die er an sich selbst seit dem Krieg nicht mehr kannte. Einer, der kaum älter war als die anderen, aber diese mit lautstarker Stimme befehligte, als wäre er seit jeher General, nickte Vittorio gebieterisch zu, als er auf die Seite trat, um Platz zu machen. Jemand tippte ihm auf die Schulter. Er fuhr herum und sah den verschmitzten Blick seines Onkels, der ihn anlächelte und sagte: »Hab ich dir zu viel versprochen?«

»Wer sind die?«, fragte Vittorio, der aber bereits eine leise Vorahnung hatte, wer für diesen Aufruhr verantwortlich war.

»Die Hoffnung für unser Land. Die Hoffnung für Italien«, sagte der Onkel, der Vittorio weiter zum Eingang schob.

Kaum hatten sie die Stufen erklommen, setzten Beifall und Jubel von der Straße her ein und Vittorio konnte erkennen, was der Pulk in seinem Inneren barg: einen korpulenten Mann, ebenfalls in schwarzer Uniform, der sein Kinn wie ein trotziges Kind vorreckte und mit gespannten Wangen den Eindruck vermittelte, als würde er etwas mit den Zähnen festhalten.

»Wer ist das?«, fragte er leise, die Antwort bereits ahnend.

»Mussolini. Den Namen wirst du dir merken müssen.«

Was Vittorio mehr erstaunte, war die Tatsache, dass er im engsten Umfeld, keine zwei Schritte von dem Mann in Kämpferpose, ein vertrautes Gesicht ausmachte: Jacopo, der Mann, dem er sein Leben zu verdanken hatte. Der Bursche, der sich vor jeder Kugel weggeduckt hatte, bevor sie noch abgefeuert wurde. Der aber mit seinem Einsatz dafür gesorgt hatte, dass Vittorio nicht am Isonzo verreckt war. Und der jetzt in der ersten Reihe derer stand, die sich Faschisten nannten. Auch Jacopo trug eine schwarze Uniform. Sein Blick war starr geradeaus gerichtet, seine Haltung steif. Mit festem Schritt war er Teil des Trosses, der auf das Theater zusteuerte. Der Menschenschwarm folgte. Das Gemurmel und das Getrappel erinnerten Vittorio an ein Bienenvolk, das eine Blüte umgarnte. Doch hier war die Blüte schwarz. Finster und dennoch lockend genug, um viele Menschen anzuziehen. Vittorio machte einen Schritt zur Seite, um den Pulk passieren zu lassen, als ihn der Kamerad wohl ausmachte und ihm einen kaum merklichen Blick schickte. Ein geringes Nicken bestätigte Vittorio, dass er wiedererkannt worden war. Da legte sich eine Hand auf seine Schulter und drückte ihn vorwärts.

»Jetzt komm schon, sonst sind alle Plätze besetzt«, sagte sein Onkel und Vittorio ließ sich ins Theater drängen.

Er lehnte im Halbdunkel an einer der Säulen. Rauchschwaden stiegen aus den Sitzreihen empor. Gegen die Scheinwerfer, die auf das Pult auf der Bühne gerichtet waren, zogen sie bläuliche Kringel in der Luft und der Geruch des verbrannten Tabaks vermischte sich mit dem Schweiß der erhitzten Männer. Vittorio betrachtete den Mann auf der Bühne, der im Licht stand. Das Theater war ein passender Ort für dessen Auftritt, fand er, denn der Redner sprach mit übertriebenen Gesten und ausufernder Mimik. Die Bühne war der ideale Platz, um die Bedeutung des Gesagten durch maßlose Übersteigerung vorzugaukeln, so wie ein Zauberer die Aufmerksamkeit ablenkt und so den Trick vor den Augen seines Publikums versteckt.

»Die über San Giusto gehisste Tricolore ist heilig!«, brüllte der Mann mit dem verkrampften Gesicht und der geballten Faust, die er durch die Luft kreisen ließ. Diese Aussage schlich sich über den Samt der Bänke und die schweren, gerafften Vorhänge in die Gehörgänge der Anwesenden. Mussolini hatte seine Zuhörer schon gut eine halbe Stunde mit patriotischen Phrasen eingesülzt. Er hatte an erster Stelle die Triestiner und deren Faschisten für ihren Einsatz im Sinne der Italianità gelobt. Er hatte an die Größe Roms erinnert und klar seine Feindbilder skizziert: Slawen und Sozialisten.

Vittorio schauderte, er erwartete einen Jubelsturm wie auf dem Fußballplatz. Gejohle, Applaus und in die Luft fliegende Hüte. Doch er täuschte sich. Das Publikum verharrte schweigend auf seinen Plätzen. Die Umstehenden betrachteten nur den einen Mann auf der Bühne, folgten seinen Worten mit offenem Mund. Sie hatten ihr Herz verschlossen. Die Emotion war wie eine breiige Masse über ihr Hirn geflossen und hatte auch ihren Verstand verschlossen. Und irgendwann war die Masse um ihr Hirn gehärtet wie Bernstein. Erstarrtes Harz, das Insekten Jahrtausende überdauern lässt. Gegen das Licht ist so etwas schön anzusehen, auch wenn das eingeschlossene Lebewesen schon lange gestorben ist.

Nachdem Mussolini gesprochen und am Ende seiner Rede dann schließlich doch von tosendem Applaus und frenetischem Jubel bedacht worden war, saß Vittorio mit seinem Onkel in einem nahen Kaffeehaus. Ins San Marco hatte Vittorio nicht gehen wollen. Er hatte nach diesem Auftritt im Theater plötzlich Angst, seinem Vater zu begegnen. Er fühlte sich auch unter den Menschen in der Bar nicht wohl und bestellte erst auf mehrmaliges Drängen seines Onkels ein Glas Wein.

»So ein Tag gehört gefeiert«, sagte Onkel Leopoldo, »der wird noch in die Geschichte eingehen.«

»Oder wir alle werden in genau dieser Geschichte eingehen.« Vittorio fühlte sich verraten. Der Krieg hatte ihn seine Familie gekostet und jetzt drohte ein anderer, ihm auch sein Italien wegzunehmen.

»Nein«, sagte sein Onkel und drückte sein Glas aufdringlich gegen das von Vittorio, »das ist die Zukunft. Wir werden wieder groß, wie Rom es war. Da ist für andere kein Platz.« Er trank sein Glas leer. »Also für uns schon.«

Der Gesprächspegel verebbte mit einem Mal, als sich die Tür öffnete und einige Schwarzhemden das Lokal betraten. Die Gäste betrachteten die jungen Männer in den schwarzen Uniformen, die sich lautstark an einem Tisch niederließen, zwar argwöhnisch, jedoch nicht ohne Bewunderung. Kaum hatte der Kellner die Runde bedient, erhob sich einer der Faschisten und wanderte mit seinem Glas zum Tisch von Vittorio und seinem Onkel.

»Hab ich doch richtig gesehen. Unser Held vom Isonzo! Ich habe gehört, du hast die erste Reihe im Feld gegen die erste Reihe im Hörsaal getauscht?« Jacopo zog einen Sessel heran und setzte sich.

Vittorio nickte. »Stimmt. Ich habe fertig studiert, bin jetzt Anwalt. Und du? Du siehst gut aus.«

Jacopo pfiff durch die Zähne. Arrogant lehnte er sich zurück und bedachte Vittorio mit einem gönnerhaften Blick. Der Onkel verfolgte die Szene gebannt. Offenbar fühlte er sich von dem Besuch geschmeichelt und fragte: »Dürfen wir den Signore vielleicht auf etwas einladen?«

»Ja, du bist selbstverständlich unser Gast«, bestätigte Vittorio, der in dem Moment meinte, vielleicht etwas von seiner Schuld abzutragen und seinem Retter damit zu danken.

»Natürlich, der Herr Anwalt kann es sich jetzt leisten. Du hast dich nicht mehr gemeldet. Ich habe nichts mehr von dir gehört, seit … du weißt schon. Dafür treffe ich dich jetzt hier, in Triest. Was sagst du zu Mussolini?«

Als der Kellner am Tisch vorbeiging, zog ihn Vittorio an seinem Jackett. »Bringen Sie meinem Freund bitte, was er möchte. Es geht auf meine Rechnung.«

Doch Vittorio hatte damit nicht die gehoffte Ablenkung erzielt, Jacopo harrte immer noch einer Antwort. »Wir Italiener, denke ich, wissen, was wir zu tun haben«, sagte Vittorio ausweichend.

»So ist es«, sagte Jacopo und klopfte dem ehemaligen Kameraden auf die Schulter. Fest, ganz bewusst eine Nuance zu heftig, als dass es als Überschwang durchgehen hätte können. »Damit scheint ja klar, dass du dich uns anschließen wirst. Triest hat eine wachsende Zelle. Jeden Tag werden wir mehr. Nicht nur hier, in ganz Italien. Jetzt gibt es endlich einen, der weiß, was zu tun ist, und wir werden ihm folgen. Und ich hoffe, du auch.« Jacopo verließ den Tisch. Im Gehen drehte er sich nochmals zu Vittorio. »Danke für die Einladung. Ich werde mit meinen Kameraden noch auf diesen wunderbaren Tag und diese schöne Stadt anstoßen. Du kannst entscheiden, ob du dich zu uns setzen magst.«

Vittorio setzte sich an diesem Tag nicht zu Jacopo.

Es sollte in den nächsten Wochen nicht die einzige kritische Begegnung bleiben. Wenige Tage später machte sich Vittorio auf, das Grab seiner Mutter zu suchen. Er nahm die Straßenbahn, um zum Cimitero cattolico di Sant'Anna zu fahren, der größten Nekropole der Stadt. Dort vermutete er ihr Grab. Von jenem Teil der Familie, mit dem er noch Kontakt hatte, wollte ihm niemand verraten, wo man sie beerdigt hatte. Man hatte Stillschweigen wie ein Tuch über den Ort der letzten Ruhestätte gebreitet. Vittorio erfasste jedes Mal eine tiefe Sehnsucht, wenn er über die Uferpromenade ging oder sich in der Nähe des Giardino pubblico aufhielt, weil die Erinnerung an die Spaziergänge mit seiner Mutter dort an seiner wunden Seele rüttelte. Er wollte sie suchen gehen.

Die meisten Straßenbahnen waren mittlerweile elektrifiziert worden, was die Wege in der Stadt stark verkürzte. Doch die gesteigerte Fahrgeschwindigkeit brachte noch immer Probleme im dichten Verkehr der Stadt mit sich. Autos gab es wenige, und je weiter man sich vom Zentrum entfernte, desto häufiger waren die Straßen noch voll von Pferdefuhrwerken, deren Weg die Schienen der flotten Waggons kreuzte. Seine Straßenbahn befand sich knapp hinter dem Ospedale della Maddalena auf der Via dell'Istria, als der Fahrer eine Notbremsung einlegte. Ein Ruck ging durch den Waggon und einige Gäste hatten Mühe, sich festzuhalten. Ein Handkarren hatte sich in den Schienen verfangen und war mit einem Rad im Gleis stecken geblieben. Der Handwerker, der den Wagen zog, fluchte und schwitzte, schaffte es aber nicht, sein Gefährt aus der Falle zu befreien. Vittorio stieg aus, da der Weg nicht mehr weit und das Wetter an diesem Tag schön war und zu einem Spaziergang einlud. Als er sich dem Friedhofstor näherte, bemerkte er eine Gestalt, die ihm in einiger Entfernung folgte und offensichtlich darauf bedacht war, den Abstand zwischen ihnen beiden zu wahren. Vittorio setzte sich auf eine Bank und tat, als hinge er seinen Gedanken nach, da blieb der andere stehen und betrachtete die Zeitungen bei einem Kiosk. Der Mann war klein, sichtlich kleiner als er selbst. Er trug einen grauen Anzug, der für das Wetter zu dick wirkte. Aber es gab genug Leute, die sich nur mehr eine einzige Garderobe leisten konnten. Männer in Wollanzügen waren im Sommer kein ungewöhnlicher Anblick mehr. Auch nicht jene, die ein mehrfach geflicktes Stück trugen oder Schuhe, denen man die wiederholten Reparaturen ansehen konnte. Der Mann trug einen Hut aus abgewetztem Stoff, der sein Gesicht bis zur Nasenspitze verbarg, und dennoch konnte Vittorio sehen, dass die Züge darunter faltig und grau waren wie das Papier einer alten Zeitung. Eine besondere Gefahr schien von ihm nicht auszugehen, also setzte Vittorio seinen Weg fort. Vorbei an Blumen- und Obsthändlern.

Am Friedhof ging er einige Wege ab, nicht wissend, wo oder was er suchen sollte. Ein Grab, eine Nische, einen Namen? Er dachte gar nicht mehr an den Verfolger, als er ihn hinter einem Baum ausmachte. Er drehte sich schnell um, duckte sich hinter einem Grabstein weg und verharrte dort geschützt in Warteposition. Wie er es vermutet hatte, gab der andere nach einigen Minuten seinen Schutz auf. Jetzt sprang Vittorio aus seiner Deckung und versperrte ihm den Weg. Er erstarrte, als er den andern nun aus der Nähe sah: der Anzug zu weit, viel zu weit. Der Stoff hing an den Schultern herab und die Haut an den Händen war runzelig wie eine vertrocknete Frucht. Und doch war ihm der Mensch vertraut. Da war diese Erinnerung, da war ein Gesicht, ein Gesicht wie …

»Sie sind mein Vater! Papà!«

Vittorio breitete die Arme aus, machte einen Schritt vor, doch der andere drehte sich weg. Er riss abwehrend die Arme hoch, um eine Barriere zu bilden. Den Kopf weggedreht, schrie er: »Lassen Sie mich! Ich habe keinen Sohn! Ich habe keine Familie mehr!«

Dann rannte er davon. Ein paar Friedhofsbesucher standen wie angewurzelt da und starrten auf Vittorio, dem die Tränen über die Wangen rollten.

Einige Tage später schickte ihn sein Chef zu einem Auswärtstermin nach Barcola. Zuvor erklärte er Vittorio den Auftrag: »Einer der Teilhaber von Camis & Stock wünscht eine Rechtsberatung. Er möchte die dortige Destillerie vergrößern und benötigt Unterlagen für den Bankkredit. Offenbar möchte er seine Villa dort belehnen. Und leider ist der Signor Camis etwas kompliziert und möchte nicht in unsere Kanzlei kommen. Außerdem ist er letztes Jahr Witwer geworden und daher ist sein Testament, in dem er seine Frau als Universalerbin vorgesehen hatte, ebenfalls zu ändern. Ich denke, er wird alles seiner Tochter vermachen.« Vittorio nickte. »Es kann aber auch sein, dass das Vermögen an die Verwandten seiner Frau geht. Immerhin hat sie es in die Ehe eingebracht. Gustavo hält die Unterlagen draußen für Sie bereit.«

Als Vittorio noch immer auf seinem Platz verharrte, fragte der Advokat: »Noch etwas?«

»Ich dachte, wir reden einmal über …«

»Ich weiß, Sie machen sich Gedanken über Ihre Zukunft. Aber alles zu seiner Zeit. Herr Camis ist ein wichtiger Klient. Wenn alles zu seiner Zufriedenheit abläuft, dann können wir uns gerne über Ihre Rolle hier in der Kanzlei unterhalten. Aber jetzt gehen Sie besser, sonst kommen Sie zu spät und dann ist Herr Camis sicher nicht zufrieden. Er hasst Unpünktlichkeit.«

Mit flotten Schritten begab sich Vittorio zur Straßenbahnhaltestelle, von wo die Linie 6 direkt nach Barcola fuhr. Barcola war früher ein Fischerdorf gewesen, doch noch vor dem Krieg hatten einige Fabrikanten dort ihre Villen errichtet. Damit waren sie nahe beim Castello di Miramare, aber auch schnell in der Stadt. Außerdem lag ihnen so das Meer zu Füßen, ganz ohne die hässlichen Frachthallen, die das Gebiet um den Hafen prägten. Er ging über den Corso Vittorio Emanuele III und seine Gedanken drehten sich um das Anliegen, das er mit Ruan hatte besprechen wollen. Es war ihm nicht um eine Partnerschaft oder eine Gehaltserhöhung gegangen. Er wollte den Notar um Hilfe bezüglich seines Vaters bitten. Er wusste, dass der Dottore gute Verbindungen zum Stadtrat hatte. Er hatte ihn bitten wollen, diese spielen zu lassen, um mehr über das Schicksal seines Vaters zu erfahren. Bezog er eine Rente oder bekam er sonst eine finanzielle Unterstützung? Irgendetwas musste Vittorio unternehmen. Es konnte nicht angehen, dass sein alter Herr, der letzte verbliebene Elternteil, verbittert und in Armut an seinem Schmerz verging, ohne dass er ihn ins Leben zurückholte. Er musste ihn finden und sich mit ihm aussöhnen. Wenn er etwas mehr verdiente, und das hatte ihm Ruan vorhin in Aussicht gestellt, könnte er eine größere Wohnung suchen und den Vater zu sich holen. Er hatte ihm viel zu erzählen und er war überzeugt, dass er ihm einen Lebensabend in angemessenen Umständen ermöglichen könnte. Die Zeiten würden wieder besser werden, daran bestand kein Zweifel. Die Wunden, die der Krieg dem Land und auch der Stadt zugefügt hatte, heilten zwar langsam, aber sie heilten.

Vittorio betrachtete die wenigen anderen Fahrgäste. Wer wohl um diese Zeit durch die Gegend fuhr? Die Arbeiter, die eine Anstellung hatten, waren in der Fabrik, und wer ohne Beschäftigung war, sparte das Fahrgeld für andere, lebensnotwendigere Ausgaben. Entgegen dieser These saß vor ihm eine alte Frau, deren Stoffkleid schwer mitgenommen wirkte. Es waren notdürftig geflickte Risse zu sehen und der Stoff war an einigen Stellen ausgebessert worden. Das weiße Haar hing fett in Strähnen vom Kopf und Schweißtropfen hatten sich in den schwarzen Härchen um ihren Mund verfangen. Sie hielt ein Paket auf ihrem Schoß. Fest umfangen hielt sie es, als gälte es, es ja nicht aus den Augen zu lassen. Vielleicht waren die letzten Habseligkeiten drinnen, die sie mit sich führte, oder sie brachte ein paar Lebensmittel zu einem Verwandten, der es noch schlechter als sie erwischt hatte und jetzt auf ihre Hilfe angewiesen war.

Am Fenster auf der anderen Seite des Ganges lehnte ein junger Mann in einem modischen Anzug und paffte den Rauch seiner Zigarette durch das offene Fenster. Der hat offenbar keine finanziellen Sorgen, dachte Vittorio. Die Hose aus blaugrauem Stoff mit dünnen Streifen in einem dunkleren Grau fiel leicht und locker die Beine hinab. Auf den Füßen, an denen er zweifarbige Lederschuhe trug, lag die Stulpe ein wenig auf, so wie man es in den neuen Magazinen sah. Der Hut war aus hellem, geflochtenem Stroh mit einem hellblauen Band oberhalb der Krempe.

Die Sonne brach sich in den staubigen Scheiben der Straßenbahn. Neben der Straße hatten die Lokale und Kaffeehäuser die Markisen als Schutz gegen ihre späte Kraft ausgefahren, um die Auslagen abzuschatten. Die Tramway fuhr jetzt den Viale Regina Elena entlang, vorbei am Lazzaretto di Santa Teresa. Nicht wenige Triestiner besuchten diesen Platz am Wochenende, weil dort ein Bad im tiefgrünen Meer mehr zu bieten hatte als in den Bädern hinter dem Hafen. Um ins Wasser zu gelangen, musste man über die Klippen klettern, was nicht immer ganz ungefährlich war. Zwar hatte die Kommune das Schwimmen dort untersagt, doch hielt sich kaum einer daran. Das hatte ihm sein Chef erzählt, der selbst zum Rudern dorthinfuhr, wann immer es seine Zeit erlaubte.

Von der Endstation hatte er noch einen Fußmarsch von einigen Minuten zu bewältigen, dann sah er die Zufahrt, die von der Hauptstraße zwischen den niedrigen Häusern abzweigte. Er grüßte einige Männer in grauen Hüten und gleichfarbigen Anzügen, die vor der Häuserfront saßen und Karten spielten und die seinen Gruß mit einem Nicken erwiderten. Die Villa umgab ein in Terrassen angelegter Park. Pinien spendeten Schatten und das Haus war aus hellem Stein mit einer großen Terrasse im ersten Stock. Kleine Zwiebeltürmchen umgaben dieses Stockwerk. Ein Gärtner, dessen Haut wie die der Fischer unten auf der Straße von der Sonne gegerbt war, betrachtete ihn. Schweigend schnitt er weiter die Äste eines Busches. Vor dem Haus parkte ein Automobil. Das Verdeck aus dunklem Tuch war zugezogen und hinten hatte es einen großen Koffer montiert, in dem die Herrschaften ihr Reisegepäck verstauen konnten. Der Wagen stand vor dem Portal, daneben gab es einen kleineren Eingang, der offenbar den Dienstboten oder Lieferanten vorbehalten war. Vittorio fühlte sich nicht als solcher, also läutete er beim Haupteingang. Durch die geöffneten Fenster im ersten Stock drang Musik in den Garten. Jemand schmetterte eine Arie aus »Rigoletto« über die Wankelmütigkeit der Frau. Ob der Hausherr selbst sang? Dazu klang die Stimme aber zu blechern.

Weiter vorne im Garten machte er eine junge Frau in einem lichtblauen Kleid aus, die an die Balustrade gelehnt gelangweilt einen Sonnenschirm über ihrem Kopf drehte und Richtung Meer blickte. Sie musste seine Schritte auf dem Kies gehört haben und wandte sich jetzt um, und für einen Moment trafen sich ihre Blicke. Sie hatte grüne Augen, deren Farbe dem Meer unten in der Bucht glich, und ihre Lippen bewegten sich, als ob sie etwas murmelte. Vittorio zog seinen Hut, doch die Frau drehte sich schnell wieder weg, als die Haustür geöffnet wurde.

Eine Haushälterin mit Spitzenhäubchen stand im Eingang und bat ihn in die Eingangshalle, von deren Plafond ein schwerer Kristallluster hing, direkt über seinem Kopf. Vom oberen Stock stieg ein rundlicher Mann, der einen Hausmantel mit Brokateinsätzen trug, gemächlich die Treppe hinunter.

»Sie sind pünktlich, das schätze ich«, sagte der Hausherr und streckte die Hand zum Gruß aus. Obwohl Signor Camis zu wissen schien, wer da gekommen war, stellte Vittorio sich vor und wurde in den ersten Stock in einen hohen Raum mit großen Fenstern geführt. Die Bücher in den Regalen kennzeichneten den Raum als Bibliothek und, wie Vittorio aus dem großen Schreibtisch im hinteren Eck schloss, zugleich als Arbeitszimmer. Die Musik war jetzt raumfüllend laut. Die Vorhänge standen offen und durch die geöffneten Fenster sah man das Meer, auf dessen Wellen silberne Schaumkrönchen im Licht tanzten. Entfernt war ein Dampfer zu erkennen, der den Hafen ansteuerte.

Signor Camis hob den Tonarm des Grammofons und der Sänger verstummte. Vittorio verharrte in der Mitte des Raumes, unsicher, wer das Wort ergreifen und wo man sich zur Besprechung niederlassen würde.

»Caruso als Duca, herrlich, nicht?«

Camis strich beinahe zärtlich über den messingfarbenen Trichter des Geräts, dann packte er die dicke, mit Schellack überzogene Scheibe in die Hülle aus festem Papier. »Ich habe auch Platten aus Amerika, mit einer Musik, die die Neger dort machen. Aber das kann man nicht mit Verdi vergleichen, das ist, wie soll ich sagen, sehr viel urtümlicher. Interessiert?«

Vittorio schien überfordert. Er hatte keine Ahnung, was er antworten sollte. Ausweichend gab er zu verstehen, dass der Anlass, zu dem er geholt worden war, bei allem Interesse für die Kunst, ein anderer wäre.

»Sie haben recht«, sagte Camis, »ich bin so verrückt nach Musik, dass ich mich ständig damit umgeben muss. Und glauben Sie mir, Platten sind erst der Anfang. Haben Sie schon von Radiowellen gehört?«

Vittorio nickte ernst. Er hatte davon gehört und er hatte deren Einsatz erlebt. Nur mit Kunst hatte das damals nichts zu tun gehabt und es löste auch keine angenehmen Erinnerungen aus. »Ja, im Krieg hat man sie eingesetzt.«

»Aber das meine ich gar nicht. Ich habe gehört, dass man in England damit experimentiert, um Musik über den Äther auszustrahlen. Verstehen Sie?« Vittorio schüttelte den Kopf. Er fühlte sich an die Schulzeit erinnert, als der Lehrer die Klasse prüfte und keiner der Schüler den Stoff ausreichend gelernt hatte.

»Man kann damit Musik hören«, setzte Camis seinen Vortrag fort. »Überall, wo ein Empfangsgerät steht. Man braucht keine Platten, man braucht kein Grammofon. Mit dem Empfänger können Sie ein Konzert empfangen, das, sagen wir, gerade in Mailand aufgeführt wird.«

Vittorio sah wenig Sinn dahinter, ein Konzert aus Mailand in Triest zu hören. Es gab genügend Stätten in der Stadt, wo Musik aufgeführt und Konzerte gespielt wurden.

»Ich sehe Ihren skeptischen Blick, junger Mann, aber glauben Sie mir, das hat Zukunft, das eröffnet ungeahnte Möglichkeiten.«

Vittorio hatte sein Stichwort. Er räusperte sich und sagte: »Ja, genau. Wegen der Möglichkeit, Ihren Kredit aufzustocken, bin ich da.«

Camis nickte. Sie ließen sich beim Schreibtisch nieder und gingen die Unterlagen durch.

Knapp zwei Stunden später hatten sie die Angelegenheit so weit besprochen, dass für Vittorio klar war, was es zu tun galt.

Er wollte sich schon von seinem Klienten verabschieden, als Camis ihn aufhielt. »Warten Sie noch kurz. Wenn Sie schon hier sind, können wir das andere auch gleich besprechen.«

Er zog ihn zurück zum Schreibtisch und erläuterte sein Begehren. Vittorio fuhr sich durch sein festes Haar, sodass ihm eine Strähne ins Gesicht rutschte. Er strich sie sich schnell wieder aus dem Gesicht und sagte dann: »Ist das Ihr Ernst? Sie ist Ihr einziges Kind!«

»Ich habe es reiflich überlegt. Wenn es um das Unternehmen geht, müssen Privatinteressen zurückstehen. Wer soll die Firma weiterführen? Das Mädchen? Ich weiß, es gibt heute schon einzelne Frauen, die meinen, sie müssten studieren und uns Männern unsere Arbeit streitig machen. Aber so habe ich Elisa nicht erzogen. Sie weiß, wo ihr Platz ist. Sicher nicht in der Chefetage einer Fabrik. Hätte ich einen Sohn …« Er seufzte und blickte dramatisch zum Himmel.

»Sie könnten nochmals heiraten und …«

»Entweder Sie verhöhnen mich oder Sie wollen den Tatsachen nicht ins Auge sehen. Ich bin fast sechzig, wie soll …?«

Vittorio blickte zu Boden. Er dachte daran, was ihm der Arzt im Feldlazarett erklärt hatte. Er selbst würde wahrscheinlich nicht einmal eine Tochter haben, wenn der Mann recht gehabt hatte. »Sie könnte heiraten und Ihr Schwiegersohn …«

»Es reicht«, fiel ihm Camis scharf ins Wort, »ich habe Ihnen erklärt, worum es geht und Sie arbeiten das in diesem Sinne aus, wenn ich bitten darf. Genau darum geht es mir ja. Ich brauche keinen eingebildeten Gecken, der sie wegen der Fabrik heiratet. Das macht sie nur unglücklich. Sie soll jemanden bekommen, der sie um ihretwegen heiratet und auch bereit ist, für sie zu sorgen.«

Camis hatte Vittorio gebeten, ein neues Testament für ihn auszuarbeiten, jetzt, wo die Fabrik vergrößert werden sollte.

Es ging darum, dass seine Tochter nach seinem Tod keinerlei Anteile an der Destillerie erhalten sollte, dafür aber eine einmalige Abfindung aus seinem Vermögen und eine geringe jährliche Apanage, die aus den laufenden Erträgen des Werkes zu speisen wäre. Eine Auseinandersetzung um die Anteile nach seinem Tod sollte verhindert werden. Hinzu sollte der Passus kommen, dass sie nach der Heirat auch den Anspruch auf die jährliche Leistung aus dem Unternehmen verlieren würde, weil Camis verhindern wollte, dass sich der Bräutigam in ein gemachtes Nest setzte und ohne zu arbeiten das Geld seiner Frau durchbrachte. Die Villa sollte zur Sicherung des nötigen Kredits in die Firma eingebracht werden, dafür hätte die Familie ein Wohnrecht, dies aber nur bis zum Ableben des jetzigen Hausherrn. Vittorio dachte an die junge Frau, die er vorhin im Garten gesehen hatte. Die Arme war mit einem Schlag mehr oder weniger um ihr Vermögen gebracht worden.

»Ich rede noch mit Dottor Ruan, weil ich bei einigen Passagen seine Meinung hören möchte, aber sonst, so denke ich, haben wir das schnell durch. In ein paar Tagen schicke ich Ihnen die Entwürfe für beide Angelegenheiten vorbei.«

»Warum kommen Sie denn nicht wieder selbst vorbei? Wir haben hier viel zu wenig Besuch«, sagte eine angenehme helle Stimme.

Die junge Frau von vorhin stand in der Tür. Die junge, hübsche Frau, wie Vittorio erst jetzt auffiel. Offensichtlich spielte sie wirklich mehr mit ihrem Schirm, als dass sie ihn als Schutz gegen die Sonne verwendete, denn ihre Haut war eine Nuance zu stark gebräunt, um als nobel durchzugehen. Natürlich konnte die Farbe auch von einem täglichen Bad herrühren. Die Triestiner gingen gerne baden und man war der allgemeinen Auffassung, dass ein Bad im Meer der Gesundheit förderlich sei. Daher baute die Kommune an allen Orten ein Bad nach dem anderen. Vor dem Krieg war das Laterna eröffnet worden, das Vittorio oft mit seiner Mutter besucht hatte. So lange jedenfalls, wie die Kinder bei ihren Müttern im Bereich der Frauen bleiben durften. Als er größer geworden war, hatte man sie getrennt, und erst weiter draußen im Meer konnten sie sich wiedersehen, wenn sie schwimmend die Mauer überwunden hatten, die das Bad in die jeweiligen Geschlechterbereiche teilte.

»Das ist meine Tochter Elisa, und das ist Dottor Robusti. Mein Anwalt hat ihn geschickt«, stellte Camis die beiden jungen Leute einander vor.

Vittorio nahm fast militärische Haltung an, schritt mit steifem Rücken zu ihr vor und ergriff die ihm gereichte Hand, wobei er den Kopf neigte. Er hätte in diese grünen Augen eintauchen können, doch dann starrte er in der eingenommenen Position auf die sich unter dem blauen Stoff abzeichnende Brust, und er meinte, sie in dem Moment, als sich ihre Finger berührten, heftiger atmen zu sehen.

Camis sagte: »Wir sind fertig, der Dottore verlässt uns gleich. Was hast du heute noch vor, mein Kind?«

Elisa lächelte, als Vittorio wieder Abstand zu ihr einnahm, und sagte: »Ich möchte in die Stadt. Ich dachte mir, ich fahre ins Caffè degli Specchi, dort treffe ich vielleicht ein paar Freundinnen. Alessandra und Veronica sind um diese Zeit meist dort.«

»Aber Kind, du weißt doch, dass Emilio heute seinen freien Tag hat. Emilio, müssen Sie wissen, ist unser Chauffeur«, sagte er an Vittorio gerichtet. »Deswegen konnte ich heute ja auch nicht in die Kanzlei zu Ihnen kommen«, erklärte er weiter.

»Aber das macht nichts. Ich kann die Signorina gern mitnehmen. Natürlich nur, wenn es Ihnen recht ist«, schob er schnell nach, in der Erkenntnis, hier vielleicht eine Grenze des Anstands überschritten zu haben.

»Sie haben ein Automobil?«, fragte der Hausherr ungläubig.

»Nein, natürlich nicht. Ich bin mit der Tramway gekommen.«

»Wunderbar«, sagte Elisa, »ich fahre gerne mit der Straßenbahn.«

Daran würde sie sich vielleicht auch gewöhnen müssen, dachte Vittorio, als er an die strengen Bestimmungen, die ihr Vater für sein Testament vorgesehen hatte, zurückdachte.

Camis ließ sich von seiner Tochter schnell erweichen, Vittorio musste ihm allerdings versprechen, sie auch auf dem Heimweg zu begleiten. Es gab immer noch genug Anarchisten und Sozialisten, die sich auf den Straßen herumtrieben, meinte er.

»Sie kommen spät«, stellte Ruan fest, als Vittorio am Abend in die Kanzlei zurückkehrte. Er hatte bereits die Lampe auf dem Schreibtisch eingeschaltet und blickte fragend zu seinem Mitarbeiter. »War die Sache so delikat?«

»Ja, das könnte man so ausdrücken«, sagte Vittorio, der sich schwertat, sein aufgeregtes Herz und das Lächeln, das sich seiner Seele und seines Körpers bemächtigt hatte, zu verbergen.

»Und ließ es sich regeln?«, fragte der Advokat, der Vittorio wohl durchschaut hatte und sich jetzt wieder seinem Akt zuwandte.

»Ja, Signor Camis wird zufrieden sein. Und er hat mich noch um etwas anderes gebeten. Es geht darum, dass …«

Ruan hob seine Hand und gebot Vittorio Einhalt. »Das können Sie mir morgen auch erzählen. Sie können jetzt gehen.«

»Danke, bis morgen.«

Ruan nickte, dann sagte er, als Vittorio im Begriff war, den Raum zu verlassen: »Ich an Ihrer Stelle würde spazieren gehen. Oder betrinken Sie sich, damit sie morgen wieder einen klaren Kopf haben. Sie wissen schon, der Alkohol lenkt von den Frauen ab.« Er grinste verschwörerisch.

19. MÄRZ 1945
(MINUS 18 TAGE), MONTAG

Giuseppe, von klein auf meist nur »Pino« gerufen, strich sich durch sein dichtes schwarzes Haar, das er nach hinten gekämmt hatte. Einen Hut trug er nicht. Die jungen Leute gaben jetzt im Krieg wenig auf die Konvention. Und so kitzelten ihn die Strahlen der Märzsonne, die sich auf den kommenden Frühling vorbereitete und heute die Erde einmal so richtig aufheizte, damit die Natur endlich mitbekam, dass der Winter vorüber war. Ein wohliges Kribbeln überzog sein Gesicht, die Wärme drang durch den Stoff seines Hemdes und ließ seine Hose warm werden. Die Jacke hatte er über die Schulter geworfen.

Er war aufgeregt wie ein Kind, das auf seine Geburtstagsgeschenke wartet. Er sehnte ungeduldig Laura herbei, seine Verlobte, heute würden sie mit Pinos Eltern reden. Die Hochzeit sollte noch vor dem Sommer stattfinden, am besten im Mai. Da war es noch nicht so heiß und man durfte auf schönes Wetter hoffen. Und die Zeit der Bora war normalerweise auch vorüber. Natürlich würden seine Eltern einwenden, dass Pino zunächst sein Studium beenden solle. Aber sie wollten nicht länger warten. Der Krieg dauerte schon viel zu lange. Pino musste jetzt Arbeitsdienst leisten, wer weiß, dachten sie sich, wie lange das sein Studium verzögern würde.

Er begann auf und ab zu gehen, weil er es nicht mehr erwarten konnte, Laura endlich wieder in seine Arme zu nehmen. Sie hatten sich am Wochenende nicht gesehen. Er hatte Dienst gehabt und es war ihm nicht gelungen, sich frei zu machen. Aber sie hatten bereits ihre Pläne geschmiedet. Nichts und niemand würde sie jetzt noch aufhalten können.

Dann traf ihn ein Lichtreflex im Auge. Eine Warnung, als er die schwarzen Lederstiefel in der Sonne glänzen sah. Unauffällig verließ er die Straßenbahnstation und wechselte hinüber vor den Eingang des Albergos. Doch die beiden Männer in ihren schwarzen Uniformen hielten weiter auf ihn zu.

Laura und Pino hatten sich auf der Piazza Oberdan verabredet, wo die Tranvia nach Opicina ihre Station hatte. Es war ihr üblicher Treffpunkt. Der Platz war erst vor wenigen Jahren umgestaltet worden, indem man die alten Kasernengebäude aus der österreichisch-ungarischen Monarchie abgerissen und das Areal mit modernen Bauten gesäumt und viel weitläufiger gestaltet hatte. In der Mitte stand ein Monument. Dennoch sprachen die meisten Leute noch von der Piazza della Caserma. Pino dachte an seinen Vater, der immer ins Schwärmen geriet, wenn er von den nationalen Märtyrern erzählte, deren Lebensgeschichte zugleich meist eine Leidensgeschichte war. So wie die des jungen Mannes, der jetzt dem Platz seinen Namen gab. Wann immer der Vater die Heldenhaftigkeit des Guglielmo Oberdan betonte, der sein Leben für seine Ideale und ein geeintes Italien geopfert hatte, fragte Pino sich, was der arme Kerl eigentlich erreicht hatte? Das Attentat auf Kaiser Franz Joseph war gescheitert, nachdem ihn ein Spion am Bahnhof mit seinen Bomben hatte auffliegen und festnehmen lassen, und der irredentistische Student, der noch keine fünfundzwanzig Jahre alt war, hatte sein Leben verloren. Genau in der Kaserne der Österreicher, die hier bis weit nach dem Krieg gestanden hatte, war er hingerichtet worden. Dass er für seine Heimat Italien gestorben war, schien Pino umso erstaunlicher, als er der Sohn eines Österreichers und einer Slowenin war. Für sich selbst sah er keinen Anlass, seinen Heldenmut unter Beweis zu stellen, da jetzt die Deutschen in Triest den Ton angaben, und es war eine bittere Ironie, dass viele davon aus Österreich stammten und genau hier, an diesem Platz, ihr Hauptquartier hatten. Würde Oberdan heute leben, er hätte wohl wieder seinen Rucksack mit Bomben gepackt.

Pino fühlte sich nicht zum Helden berufen. Natürlich sollte man etwas zur Befreiung der Stadt leisten, aber man musste vorsichtig sein. Das war ihm und seinen Kommilitonen klar. Schon ein Vorhaben ohne Ausführung, den falschen Leuten erzählt, konnte zur Erschießung durch die Besatzer führen. Er versah seinen Arbeitsdienst ohne großen Enthusiasmus, aber doch so, dass man ihm keinen Verrat vorwerfen konnte. Besser, man eckte nicht bei den Deutschen an. Besser, man ging ihnen aus dem Weg. Auch wenn ihm mit jedem Tag mehr und mehr bewusst wurde, dass etwas gegen die fremden Soldaten getan werden sollte.

»Papiere!«

Die beiden SS-Männer hatten Pino erreicht. Sie bauten sich vor ihm auf wie eine menschliche Mauer.

Mit zittrigen Händen holte Pino aus dem Jackett seinen Ausweis und auch den Passierschein hervor. Er versuchte sich zu beruhigen, sagte sich im Stillen selbst vor, dass alles in Ordnung sei, dass die SS-Männer ihn wieder laufen lassen würden. Weil er nichts Böses getan, weil er nichts Böses vorhatte. Manche Menschen haben die Gabe zu wissen, wenn etwas vorbei ist, wenn das Ende da ist und man sich dem Unaufhaltsamen zu beugen hat. Der Schütze beim Duell weiß, dass er gefehlt hat, noch bevor ihn die Kugel des anderen niederstreckt. Hier ist der Weg zu Ende. Auch Giuseppe Robusti wusste das, den sie alle nur »Pino« nannten. Er wusste es in dem Moment, als er dem SS-Offizier seine Papiere hinhielt, auch wenn er weiterhin zu sich sagte, dass dies gleich vorbei sein würde.

»Mitkommen«, sagte der eine SS-Mann. Der andere ergriff Pino am Oberarm und steuerte ihn mit festem Griff in Richtung ihres Hauptquartiers. Pino wollte keinen Widerstand leisten, und dennoch blieb er stehen wie ein bockiger Esel. Er wand sich aus dem Griff und drehte seinen Kopf nach jeder Richtung. Er spähte über den Platz, hielt nach Laura Ausschau, doch sie war nirgends zu sehen.

23. DEZEMBER 1920 (MINUS 8870 TAGE), DONNERSTAG

Vittorio saß mit einigen Freunden im Caffè Stella Polare in der Via Dante Alighieri. Über den nahen Vorplatz der Kirche Sant'Antonio, die über das Ende des Canal Grande wachte, pilgerten einige Kirchgänger. Sie waren in Richtung der serbisch-orthodoxen Kirche von San Spiridione unterwegs. Es war die Zeit der Abendmesse und einige Männer aus dem Café rannten sofort auf die Straße, um die Slawen auf ihrem Weg zur Andacht anzurempeln oder ihnen den Weg zu verstellen. Als Vittorio, dem diese unschönen Szenen nicht entgangen waren, aufstehen wollte, hielt ihn Enrico am Ärmel zurück. »Lass gut sein, Vito, sonst geht es dir wie im Gymnasium.«

Enrico und er waren gemeinsam in die deutsche Schule gegangen. Enricos Vater war Österreicher gewesen, geboren in Mürzzuschlag. Noch vor dem Krieg war er nach Triest gekommen. Die Mutter, eine echte Italienerin aus Muggia, hatte sich bei Kriegsausbruch scheiden lassen, und er, Enrico, war im Krieg an die Front nach Bulgarien geschickt worden. Er hatte ihn unbeschadet überstanden, jetzt, da sich das Leben zu normalisieren schien, wollte er Polizist werden. Er hatte sich beworben, nachdem er seiner Mutter erklärt hatte, ihren Tabakladen nicht übernehmen zu wollen. Das Stehen hinter einem Verkaufspult sei keine Männerarbeit, fand er.

Der Schulfreund spielte jetzt darauf an, dass jedes Mal, wenn Vittorio sich in einen Streit eingemischt hatte, er es gewesen war, der eins auf die Nase bekommen hatte, und den die Lehrer danach auch noch bestraft hatten.

»Du hast recht«, sagte Vittorio und entspannte sich wieder. Er griff nach seinem Glas und schaute auf die Uhr. Sein Onkel sollte auch noch kommen. Leopoldo Robusti, genau genommen der Cousin seines Vaters, hatte ihn ja schon vor einigen Wochen für den morgigen Abend zum Weihnachtsessen eingeladen, doch Vittorio hatte schon eine andere Verpflichtung. Eine, die seinen Herzschlag beschleunigte und seine Brust wärmte, selbst wenn die Bora wie ein eisiger Besen durch die Straßen fegte. Der Onkel hatte es akzeptiert, doch seine Tante hatte ihm nochmals einen Brief geschickt, um ihn in aller Form einzuladen, aber auch sie musste er enttäuschen. Er überlegte, wie alt ihre Kinder jetzt eigentlich waren. Diese Robustis hatten zwei Söhne und eine Tochter. Cousins und Cousine. Doch der Kontakt war nicht eng, und so musste er jedes Mal nachdenken, wer wie hieß. Die Buben mussten jetzt auch schon junge Männer sein, so um die zwanzig. Cosimo und Enzo. Richtig. Aber der Name seiner Cousine wollte ihm partout nicht einfallen. Sie musste bald achtzehn sein. Oder war sie älter als ihre Brüder? Er nahm sich fest vor, sie nach den Feiertagen zu besuchen. Vielleicht sollte er ihnen einen Neujahrsbesuch abstatten. Sie wohnten ja nicht aus der Welt. Die Via dell'Istria lag an derselben Straßenbahnlinie, die auch zum Friedhof führte, er war sicher schon an ihrem Haus vorbeigefahren.

Als er klein gewesen war, waren sie manchmal alle gemeinsam hinaus nach Barcola gefahren und dann bis zum Eingang des Schlosses gegangen und hatten sich vorgestellt, wie die Räume mit schweren Möbeln und glänzenden Ritterrüstungen vollgestellt sein mussten. Er und seine Cousins hatten sich mit Schwertern aus abgebrochenen Ästen einen Kampf geliefert und um das Herz der holden Maid, in diesem Fall die kleine Cousine, gerittert. Aber das war in einer anderen Zeit gewesen, die ihm so entfernt vorkam, als hätte sich dieses Leben auf einem anderen Kontinent zugetragen, in einer Epoche, die man nur mehr aus Geschichtsbüchern kennt. Dabei waren das vielleicht zehn oder fünfzehn Jahre, die ihm vorkamen, als hätte sie ein anderer gelebt.

Jetzt war er aber wieder da, jetzt war er zurück in seiner Heimat und er wollte hier seinen Platz beanspruchen und Freunde treffen. Freunde von früher, so wie Enrico.

»Was wolltest du eigentlich machen?«, fragte dieser und holte ihn damit aus seinen Gedanken zurück an den Tisch. Den anderen Freunden am Tisch war Vittorios Ansinnen gar nicht aufgefallen. Sie waren so in ihre Diskussion über Frauen vertieft gewesen, dass sie die beiden etwas abseits sitzenden Burschen gar nicht wirklich wahrnahmen. »Wolltest du denen vielleicht helfen?«

Vittorio zuckte mit der Schulter. »Ich weiß es nicht«, sagte er, »vielleicht ja, warum?«

»Denen hilft man nicht, verstehst du? Die bedrohen unser Land.«

Vittorio lächelte verlegen und schüttelte den Kopf. »Nein, das sind fromme Menschen auf dem Weg in die Kirche. Es sind Mitbürger, die unseren Respekt verdienen ...«

Enrico ergriff Vittorios Hand. Für eine Freundschaftsgeste drückte er zu fest zu. Er sagte: »Ich weiß nicht, was du auf der Universität in Padua gelernt hast, aber offenbar bist du mit unserer Lage hier nicht vertraut. Wir werden sukzessive umklammert und bald weht in Istrien die jugoslawische Flagge. Ich kann den Zorn der Menschen auf die da gut verstehen. Das Nobelste, was man ihnen angedeihen lassen kann, ist, sie nicht zu prügeln, aber helfen? Sicher nicht.« Er spuckte aus.

»Ich verstehe nicht, ich weiß nicht, woher dieser Hass kommt, du hast doch ...«

»Ich habe den Durchblick und im Gegensatz zu dir lese ich

die Zeitung.« Er hielt Vittorio den *Piccolo* hin. »Sie schicken ein Kriegsschiff nach Fiume, um D'Annunzio zum Rückzug zu bewegen. Verstehst du? Bis auf die Faschisten lässt die gesamte Regierung diesen Helden hängen. Natürlich schürt das den Hass.«

»Die Faschisten …«, murmelte Vittorio.

»Ja, Mussolini, das ist der Mann der Stunde, der wird etwas für Italien machen. Du kennst doch Mussolini?«

»Wer kennt ihn nicht?«, sagte Vittorio.

So brutal, wie seine Schlägertrupps überall auftraten und so laut, wie er sich selbst als den Messias für Italien anpries, wäre es unmöglich gewesen, ihn nicht zu kennen, selbst wenn man im hintersten Winkel des Karstes in einer Höhle lebte.

»Ja, ich habe ihn im September im Rossetti erlebt«, sagte Vittorio.

»Du warst dort?« Enricos Augen begannen zu leuchten. Er rückte näher an Vittorio heran. »Und? Wie war er?« Enricos Atem roch nach Wein und er atmete schwer, offenbar versetzte ihn der Gedanken an den Faschistenführer in einen euphorischen Zustand. Vittorio rückte ab.

»Lass mich mit diesem Menschen in Frieden. Der kann das ganze Land zusammenschlagen, aber bringen wird er Italien nichts. Und was D'Annunzio betrifft: Ich war früher einer seiner glühendsten Verehrer und bin es, was seine literarischen Arbeiten betrifft, immer noch. Aber ich habe erlebt, wie er sein Talent und die Gewalt seines Wortes einsetzt, um die Massen zu mobilisieren. Ich will nicht wissen, wie vielen jungen Männern ein sinnloser Tod erspart geblieben wäre, hätten sie sich nicht von ihm blenden und in ein waghalsiges Abenteuer ziehen lassen. Und zu Fiume sag ich dir nur, dass es da einen Vertrag gibt, in Rapallo geschlossen, und genau das hab ich auf der Universität von Padua gelernt: Pacta sunt servanda!«

Enricos Lippen begannen zu zittern. »So spricht kein Patriot, nein, das tut kein echter Italiener. Du solltest dir darüber klar werden, auf wessen Seite du stehst.« Er war laut geworden, während die anderen am Tisch nun doch verstummten, und wie umfallende Dominosteine pflanzte sich ihr Schweigen nach und nach fort, bis fast sämtliche Augenpaare auf die beiden gerichtet waren. Sogar die Kaffeemaschine schwieg, während die Rauchschwaden wie Gewitterwolken über den Köpfen der Menschen vorbeizogen, um dann langsam zur Decke zu steigen.

»Diese Frage stellt sich wohl nicht. Im Gegensatz zu dir habe ich für mein Land, für dieses Italien gekämpft, während du dich in der grauen Uniform der Habsburgerarmee in irgendeinem Schützengraben in Bulgarien versteckt hast.« Vittorio hatte seine Erfahrung aus dem Gerichtssaal, die er in unzähligen Prozessen gewonnen hatte, eingesetzt. »Ich wurde sogar verwundet.«

Er hatte dieses Talent, das ihm half, sich im richtigen Moment mit den richtigen Worten im rechten Licht zu präsentieren. Und wie er die Geschworenen oft überzeugte, so hatte er auch jetzt das Publikum für sich gewonnen. Ein älterer Mann mit grauem Schnauzer, dessen Bauch die Wollweste, die er unter dem grauen Wolljackett trug, wölbte, steckte seine Zigarre zwischen die Lippen und begann langsam und laut in die Hände zu klatschen. »Bravo!«, rief er aus seinem freien Mundwinkel, während er im anderen seine Minghetti tanzen ließ. Andere folgten dem Beispiel und stimmten in die Ehrenbekundung ein. Einige der Freunde am Tisch klopften Vittorio anerkennend auf die Schulter. Enrico sprang von seinem Sitz auf, dass der Stuhl hinter ihm auf den Boden fiel. Er ballte seine zitternde Rechte zur Faust. Er blickte Vittorio an, ohne etwas zu sagen. In seinen Augen spiegelten sich Wut und Zorn, aber auch Verzweiflung und Scham. Er drehte sich um und stürzte auf die Tür zu, wo er in einen älteren Mann hineinrannte, der eben das Café betrat. In der Hand trug er ein Päckchen. Enrico wand sich an ihm vorbei und verließ fluchtartig das Lokal. Langsam setzten die Gespräche wieder ein.

Leopoldo Robusti putzte sich sein Jackett ab und steuerte auf Vittorio zu.

»Was war denn hier los?«, fragte er.

»Ach nichts, eine Meinungsverschiedenheit unter Freunden«, sagte Vittorio, der danach trachtete, dem Streit nicht zu viel Bedeutung beizumessen.

»Sah mir aber gar nicht so aus«, sagte sein Onkel. »Der Bursche hat dreingeschaut, als könnte er jeden Moment jemanden umbringen.« Er holte eine in Packpapier eingewickelte Schachtel hervor und legte sie vor Vittorio auf den Tisch. »Frohe Weihnachten. Für die neue Wohnung.«

Vittorio hatte vor einem Monat sein Zimmer gekündigt und sich eine kleine Wohnung in der Via Armando Diaz gemietet. Sie war mit Wohnraum und Kabinett nur wenig größer als das gemietete Zimmer, doch sie lag zentral und ungleich ruhiger als dieses. Und er war in Form, also schreckte ihn auch der dritte Stock nicht ab. Die wenigsten Häuser hatten einen Aufzug. Er wohnte jetzt nah beim alten Stadtkern, dessen Leben im Gegensatz zum geradlinigen theresianischen Viertel durch enge und verwinkelte Gässchen floss, die sich um den Berg von San Giusto wanden. Der Himmel war die Kulisse über den schiefen Dächern und die zum Trocknen aufgehängte Wäsche spannte sich wie ein Baldachin über die Köpfe der Passanten. Er liebte die schmalen Wege, die durch die sich schräg aneinander lehnenden Häuser führten. Hatte er Sehnsucht nach Raum und Luft, konnte er am Meer entlang in die Kanzlei von Ruan spazieren. Er kannte die Gegend aus seiner Kindheit, weil er unweit von dort zwei Jahre lang das k. k. Staatsgymnasium an der damaligen Piazza Lipsia besucht hatte.

»Hast du dir das wegen morgen vielleicht doch noch anders überlegt?«, fragte Leopoldo seinen Neffen, der davon abgelenkt war, dass ein junges Fräulein in einem kurzen roten Mantel, der kaum bis zu den in groben Wollstrümpfen steckenden Knien reichte, ihre Nase von außen gegen die Scheibe drückte. Sie hatte die dunklen Haare zu einem Kranz geflochten. Ihre Augen glänzten neugierig und der Wind hatte ihre Wangen apfelrot gefärbt.

»Meine Tochter«, sagte Leopoldo Robusti, »ich muss dann los.« Von den Anstrengungen der letzten Tage müde, kam Vittorio nach Hause. Er packte das Geschenk aus, eine Mokkakanne. Er stellte sie auf dem kleinen Ofen ab. Das glänzende Metall würde sich nicht so bald vom oftmaligen Gebrauch verfärben. Seinen Kaffee trank er meist auf dem Weg in die Arbeit in einem der kleinen Cafés.

Am nächsten Morgen trank er seinen Espresso auswärts im Stehen, ohne einen Blick in die Zeitung zu werfen. Schon seit dem Aufwachen quälte ihn eine innere Unruhe, die er sich nicht allein mit der Vorfreude auf den bevorstehenden Abend erklären konnte. Ruan hatte gestern angedeutet, ihm den Nachmittag freizugeben. Er sollte sich auf das Weihnachtsfest vorbereiten können. Er musste noch ein Geschenk für Elisa und deren Vater besorgen. Camis hatte ihn eingeladen, das Weihnachtsfest mit ihm und seiner Tochter zu feiern. Vittorio schmeichelte diese Einladung. Da störte es ihn auch kaum, dass es eigentlich nicht angebracht war, privat mit einem seiner Klienten zu verkehren. Solange es nicht zu einem Konflikt zwischen den privaten und den anwaltlichen Interessen kam, konnte auch Ruan, der bei dieser Ankündigung zwar eine Augenbraue gehoben, dann aber genickt hatte, nichts dagegen einwenden. Und Vittorios Interesse war erkennbar ja nur auf Elisas Gunst gerichtet. Und bei aller Schönheit war dieses Mädchen nach den neu verfügten Klauseln im Testament ihres Vaters alles andere als eine lohnende Partie.

Elisa und Vittorio hatten sich seit dem Herbst öfter gesehen, als es mit einer freundschaftlichen Zuneigung zu erklären gewesen wäre. Sie unternahmen ausgedehnte Spaziergänge am Meer entlang. In Barcola über die Molen und an den Kaimauern entlang. Sie sahen den Hafenarbeitern zu, wie sie Schiffe entluden und wie die Fracht mit Waggons und Wagen in die nahen Magazzini gebracht wurden. Natürlich musste eine von Elisas Freundinnen mit von der Partie sein, da es unschicklich gewesen wäre, sich als unverheiratetes Paar so in der Öffentlichkeit zu zeigen. Hatte einmal keine der Freundinnen Zeit, so musste Carlotta, die Haushälterin, als Anstandsdame mit. Diese Spaziergänge waren meist weniger romantisch, denn die Alte drängte stets darauf, bald in die Villa nach Barcola zurückzukehren, da sie immer etwas im Haushalt zu erledigen hatte. Außerdem ließ sie im Gegensatz zu den anderen Damen, die Elisa zu ihrem Freundeskreis zählte, das Paar wirklich niemals allein. Während ihren Freundinnen regelmäßig einfiel, dass sie schnell eine Besorgung zu erledigen hätten, ließ der Hausdrache, wie Vittorio sie bald nannte, sie keine Minute aus den Augen und folgte ihnen in kurzem Abstand auf Schritt und Tritt.

In der halben Stunde, die Elisas Freundinnen ihnen manchmal gewährten, verschwanden sie hinter einer der Mauern der alten Lagerhallen. Sie drückten sich, geschützt von der Betriebsamkeit der Arbeiter dort, die kein Auge für ein Liebespaar hatten, weil ihnen der tägliche Kampf gegen den Hunger ihrer Familien keine Zeit für Neugierde ließ, eng umschlungen gegen eines der Gebäude, und ihre Lippen suchten die Haut des anderen. Mit wildem Atem hauchten sie einander ihre Liebesbekenntnisse zu.

Diese Küsse waren für sie wie Wasser für einen Verdurstenden. Hatten sie sich mehrere Tage lang nicht gesehen, wären sie am liebsten ineinander gekrochen, hätten sich verwunden wie die Schlangen am Stab des Äskulap, doch trotz der geringen Gefahr, in dieser Gegend auf ein bekanntes Gesicht zu stoßen, mussten sie vorsichtig sein und ihr Verlangen zügeln. Also dauerten diese Momente, in denen sie einander auch körperlich näherkamen, nie lange. Es waren flüchtige Augenblicke, die rasend schnell vorübergingen, sodass beide sich im Anschluss daran fragten: Habe ich das nur geträumt? Oder entsprang die Erinnerung nur einem Wunsch, den ich mir in seiner Intensität selbst vorgegaukelt habe?

Um sich zu vergewissern, hielten sie sich dann ein letztes Mal fest, um die Grenze zwischen Traum und Wirklichkeit gemeinsam zu überschreiten.

Mehr Zeit blieb ihnen nur, wenn Elisa es schaffte, ihren Vater davon zu überzeugen, dass sie alleine zur Andacht in die Kirche Santa Maria Maggiore am Fuße des Hügels von San Giusto durfte. Signor Camis mochte sich über die plötzlich entdeckte Frömmigkeit seiner Tochter wundern, doch meist ließ er sie ziehen, wenn sie ihm versprach, danach umgehend mit der Droschke heimzukommen.

An solchen Tagen trafen sie sich auf der Piazza Oberdan, von wo aus sie dann nach Villa Opicina fuhren. Nachdem die Bahn die steile Trasse durch Scorcola überwunden hatte, stiegen sie beim Obelisken aus und machten einen Spaziergang durch den Wald. Über die Strada Napoleonica konnte man bis nach Prosecco wandern. Im Herbst war die Luft feucht und schwer, im Sommer wehte meist ein lauer Wind, der den ätherischen

Duft des Bodens aus Nadeln und Farnen mit sich trug. Bei einem dieser Ausflüge war es auch, dass sie sich zum ersten Mal küssten. Sie fühlten sich unbeobachtet und rasteten an einer Stelle, von wo aus man einen freien Blick über den Golf hatte. Sie standen Schulter an Schulter und ein neckisches Wort ergab das andere, bis Vittorio sie zu sich drehte und fragte: »Wäre ich ein Draufgänger, würde ich Sie in den Arm nehmen?«

»Sie wären ein Mann von geringem Anstand, wenn Sie das tun würden. Und womöglich würden Sie mich dann zu küssen versuchen.«

»Ich wäre dumm, würde ich es nicht versuchen.«

»Manchmal muss man dumm sein.«

Sie erachteten die Gefahr, dass sie in Opicina jemand erkennen könnte, gering und bewegten sich dort einigermaßen frei und ungezwungen, als wären sie bereits Mann und Frau. Als solche trugen sie sich auch eines Tages im Hotel Obelisco ein. Vittorio hatte sogar Ringe besorgt, die sie sich vor Betreten des Foyers ansteckten.

Der Herbst ging schnell vorüber, und im Advent fanden sie kaum Gelegenheit, sich öfter als einmal die Woche zu sehen. Zu viele Verpflichtungen standen zwischen ihnen und ihrer verborgenen Liebe. Jetzt, am Weihnachtstag, konnte Vittorio es kaum erwarten, Elisa endlich wiederzusehen. Natürlich würde er keine zu gewagte Vertraulichkeit an den Tag legen können. Sie verkehrten zwar auf gesellschaftlicher Ebene, ja sie waren befreundet, das alles durfte sein, aber Zärtlichkeiten oder mehr waren eine verbotene Frucht, von der sie nur im Geheimen naschen konnten.

Vittorio schloss mit Elan die Tür zu seinem Büro, von der Idee beseelt, mit Zügigkeit in seinen Handlungen auch die Zeit vorantreiben zu können. Doch das ewige Pendel ließ sich nicht täuschen. Zäh flossen die Eingaben dahin, die er noch zu machen hatte, und genauso stockend waren die Gespräche, die er mit zwei Klienten zu führen hatte. Endlich ging es gegen Mittag, als Ruan ihn unerwartet zu sich bitten ließ.

»Nehmen Sie doch Platz.«

Vittorio zögerte. Er fragte: »Steht etwas Dringendes an? Ich sollte noch etwas erledigen.« Er wollte für Elisa ein Buch besorgen. Er dachte an etwas Ausgefallenes, und er hatte gehört, dass ein Schriftsteller in der Nähe ein Antiquariat betrieb und ausgesuchte Werke in seinem Sortiment hatte. Und eine Schallplatte für Camis. Aber er hatte feststellen müssen, dass diese nicht so einfach im Geschäft zu kaufen waren. Man musste sie bestellen und im Voraus bezahlen und es konnte Wochen dauern, bis sie endlich eintrafen. Dazu reichte die Zeit jetzt nicht, also würde er eine gute Flasche Wein oder besser Champagner besorgen, um auf das Fest anzustoßen.

Ruan insistierte. Er sagte: »Setzen Sie sich. Sie sollten sich das besser im Sitzen anhören.«

Vittorio gab es einen Schlag, als hätte der Klöppel einer Glocke gegen sein Inneres geschlagen. Ihm wurde heiß und seine Knie wurden weich. Er setzte sich. Das war es also, dachte er sich. Das war die böse Vorahnung, die den Tag zu so einer Qual gemacht hatte. Ruan wollte ihm mitteilen, dass er sich eine andere Arbeit suchen musste. Dazu passte auch der Umschlag, den er aus einer Lade holte. Darin waren sicher ein Zeugnis und seine Arbeitspapiere. Gerade heute, am Weihnachtstag.

Doch die erwartete Kündigung blieb aus. Ruan sagte: »Sie haben mich doch vor einiger Zeit gebeten, dass ich Erkundigungen über Ihren Vater einholen möge.«

Vittorio nickte. Er hatte sich getäuscht. Nicht er war das Objekt des Gesprächs, sondern sein Vater. Dennoch pochte in seinem Hals.

Ruan hielt ihm den Umschlag hin. Vittorio merkte, dass sein Chef etwas sagen wollte, dann aber zögerte. Erst nach einer Pause sagte er: »Vielleicht ist es besser, Sie sehen sich das in Ruhe an, wenn der Trubel der Feiertage vorüber ist.«

Vittorio nahm stumm das Kuvert entgegen und wünschte dem Advokaten mit belegter Stimme ein frohes Fest. Im Vorraum verabschiedete er sich von Signor Coslovich, dem Bürodiener, der am Empfang saß und über die Kanzleiräumlichkeiten wachte.

Er eilte die Stufen hinab. Die Unterlagen trug er in der Innentasche seines Jacketts, und die Neugier verbrannte ihn, als hätte er ein Stück glühender Kohle eingesteckt. Im Zwischenstock holte er den Umschlag hervor und ließ den Inhalt durch seine Hände gleiten. Was er auf den ersten Blick sah, ergab keinen Sinn. Im ersten Stock strauchelte er und wäre beinahe über die letzten Stufen gestürzt. Er packte die Papiere wieder weg. Endlich hatte er das Haustor erreicht. Er löste den Knopf seiner Krawatte und sog die frische, klare Luft ein, als er auf die Straße trat. Der Hut war ihm verrutscht, und sein offener Mantel flatterte im Wind. Ein paar Möwen schienen sich in der Luft gegen deren Strömung zu lehnen und schwebten über den dunklen Wellen im Hafenbecken.

Vittorio war versucht, nochmals den Umschlag aus seinem Jackett zu holen, ließ es aber bleiben und richtete seine Gedanken auf die zu kaufenden Geschenke. Er bog er in die geradlinigen Gassen des Borgo Teresiano ein. In der Via San Nicolò hatte der Dichter Umberto Saba die Buchhandlung Mayländer übernommen, wo Vittorio das Buch für Elisa kaufen wollte. Er hoffte, dass man ihm dort ein wirklich außergewöhnliches Werk empfehlen würde, mit dem er sie überraschen, aber auch ein wenig beeindrucken konnte. Saba war einige Jahre älter als Vittorio, und in ihrem Leben gab es einige Parallelen: So war der Poet wie er in die österreichisch-ungarische Monarchie hineingeboren worden, der er aber ebenfalls noch vor dem Krieg den Rücken kehrte, um im damaligen Italien zu studieren, und im Krieg hatte er genauso wie Vittorio in der italienischen Armee des Königs gedient.

Saba legte ihm den Roman eines gewissen Italo Svevo ans Herz. Vittorio war dieser Autor unbekannt, aber er vertraute der Empfehlung und kaufte das Buch trotz des sonderbaren Titels »Senilità«.

In der alten Enoteca Bischoff in der Via Mazzini erstand er noch eine Flasche Picolit-Wein für seinen Gastgeber.

In der Straßenbahn löste er ein Ticket für einen Sitzplatz und verstaute seine Einkäufe unter der Bank. Die Versuchung hatte gesiegt, bis nach Weihnachten wollte Vittorio nicht warten. Er vertiefte sich in die von Ruan beschafften Unterlagen und versuchte sich ein Bild von deren widersprüchlichem Inhalt zu machen. Sein Vater hatte eine Unterstützung vom italienischen Staat für seine Dienste erhalten. Ein Papier besagte, dass über seine Tätigkeit für Italien nichts Konkretes ausgesagt werden könne, da diese Information der Geheimhaltungspflicht unterliege. Je weiter Vittorio grub, umso mehr wuchs in ihm eine Erkenntnis: Sein Vater war weit weniger kaisertreu gewesen, als er immer angenommen hatte. Er hatte erwartet, dass er eine kleine Altersversorgung für seine Dienste beim Österreichischen Lloyd erworben hätte, aber wenn das Königreich Italien für seine Altersversorgung aufgekommen war, dann konnte das nur bedeuten, dass er diesem Staat in irgendeiner Weise gedient haben musste. Mit einem Mal ergab vieles einen Sinn. Seine Vorliebe für das Caffè San Marco zum Beispiel. Dann fand er ein Protokoll, das besagte, dass sein Vater und seine Mutter im Krieg von den Österreichern verhaftet worden waren. Seine Mutter war kurz danach verstorben, wie er inzwischen wusste. Immer mehr verdichtete sich in Vittorio ein Bild der Ereignisse, die während seiner Abwesenheit stattgefunden haben mussten. Der Vater war überzeugter Patriot gewesen. So wie er. Nur hatte er diese Vaterlandsliebe heimlich und still gepflegt, nicht mit einem derartigen Getöse, wie die Jungen das taten, mit Gebrüll und dem Ruf: »Seht her, wir sind es, die für Italien stehen!« Der Vater war der Besonnene, der der habsburgischen Obrigkeit gegenüber konziliant war und vielleicht genau deshalb Dinge erfuhr, an die sie, die lauten Revoluzzer, mit ihrer plumpen Art niemals herangekommen wären. Seine Deutschtümelei war vielleicht nur die Maske des ahnungslosen Biedermanns, der sich mit seiner Unbeholfenheit vor dem Feind tarnt. Nur allzu logisch, dass er Wert auf gutes Deutsch gelegt und das von ihm, seinem Sohn, ebenfalls verlangt hatte. Wie sollte man den Gegner studieren, seine Schwachstellen, an denen er am meisten verwundbar ist, herausfinden, wenn man ihn nicht verstand? Und er, Vittorio, hatte den Vater unbeabsichtigt enttarnt, hatte ihn vor seinen Verfolgern bloßgestellt, als er mit seinem Abfallen von Österreich den Verdacht der Behörden auf die Familie gelenkt hatte. Wäre er in Triest geblieben, womöglich könnte die Familie jetzt in Zufriedenheit und Glück leben.

Wenn! Wenn! Wenn!

So war es aber nicht und er konnte es nicht ungeschehen machen. Das Papier knitterte unter den krampfenden Fingern, so wie sein Herz knitterte, das anstelle des Blutes Nadelspitzen durch den Körper pumpte.

Die Tramway hatte längst den Bahnhof passiert, war an den Magazzini des Porto Franco vorbei und duckte sich unter der Eisenbahnbrücke durch. Vittorio seufzte. Sein Brustkorb wölbte sich, als er vor Kummer tief durchatmen musste. Er fühlte sich schuldig. Und stolz zugleich. Sein Vater, Giuseppe

Robusti, war ein Held! Er trug zwar einen der Namen des alten Kaisers, der seine Monarchie in den Krieg geführt hatte, doch sein Kind hatte er auf den Namen des Königs von Italien taufen lassen. Schon daran hätte er ermessen können, auf welcher Seite sein Vater wirklich stand. Er musste ihn finden. Er hatte so viel mit ihm zu besprechen. Er würde ihn bei sich aufnehmen. Er verdiente nicht schlecht, bald würde er sich das alles leisten können, auch wenn er sein Geld für die Hochzeit mit Elisa hatte aufsparen wollen. Aber das war er seinem Vater schuldig. Er blätterte durch die Unterlagen, fand aber nirgends eine Adresse von dem alten Mann. Es gab Vittorio einen Stich. Die Zahlungen waren letzten Oktober eingestellt worden. Das Papier in seinen Händen zitterte und zerrann vor seinen feuchten Augen. Der Totenschein rutschte zu Boden. Der Mann von der gegenüberliegenden Bank beugte sich vor und hob ihn auf.

»Ich weiß«, sagte er, »es fehlt noch immer an allem, vor allem aber an guten Ärzten. Meine Tochter hat diesen Sommer nicht überlebt.«

Er reichte Vittorio den Bogen. Der nickte und klemmte ihn zu den anderen Unterlagen. Erst jetzt betrachtete er den Mann, der nur wenig älter war als er selbst. Er trug einen dicken Wollmantel, den Kragen hatte er aufgestellt.

»Frohe Weihnachten«, sagte der Fremde zu ihm, als er in Barcola ausstieg.

Der Himmel hatte zugezogen. Die einsetzende Dämmerung ließ die Konturen der Gegenstände und die Landschaft verschwinden. In einigen Fenstern spendeten Kerzen etwas Licht und Wärme. Über der Straße, hinter den Bäumen, versank die Küste im Schwarz des Meeres.

Vittorio betrat die Villa mit gemischten Gefühlen. Da war die Freude auf Elisa. Aber mit der Gewissheit, Anteil am Unglück seiner Eltern zu haben, war seine Stimmung einigermaßen gedämpft. Seltsamerweise schien Elisa seine Stimmungslage zu teilen, zumindest war ihre Begrüßung sehr zurückhaltend und es lag nicht daran, dass sie in dem Moment nicht allein gewesen wären, denn Carlotta hatte keine Zeit, die Anstandsdame zu spielen. Sie musste der Köchin auf die Finger sehen, damit diese alles richtig für das Festmahl zubereitete, vor allem aber achtete sie darauf, dass die Köchin nicht wieder die Hälfte der Zutaten im eigenen Beutel verschwinden ließ.

Signor Camis hatte die Angewohnheit, seinem Hauspersonal den Weihnachtstag freizugeben, damit diese mit ihren Familien feiern konnten. Der Hausherr war auch der Einzige, der bester Laune war. Er stand im Salon, einen Cognacschwenker in der einen Hand, in der anderen eine Zigarre, mit der er beschwingt durch die Luft wedelte, im Takt zu einer Musik, die Vittorio nicht als solche bezeichnet hätte. Es klang, als würde ein Orchester seine Instrumente stimmen, oder vielmehr als hätte man diesem Orchester die Instrumente gestohlen und jetzt versuchten die Musiker, mit allen möglichen Hausratsgegenständen ihre Stücke zu spielen, und zwar jeder sein eigenes.

»So was haben Sie bestimmt noch nicht gehört, mein Freund«, sagte Camis und Vittorio konnte ihm aufrichtig beipflichten. »Das ist Jazz. Das spielen die Schwarzen.«

Camis kam zu Vittorio und hielt ein weiteres dickbauchiges Glas in der Hand. Die Zigarre steckte im Mund und ein herber Tabakrauch erfüllte Raum. »Hier, zum Wohl«, sagte er.

Vittorio nahm das Glas entgegen und trank. Die alkoholische Flüssigkeit brannte am Gaumen und lief dann, nachdem die Schärfe verflogen war, wohlig warm durch den Körper. Camis hatte noch kein Licht angezündet und die einsetzende Dunkelheit überzog die Möbel und auch sonst alles im Raum mit einem Graustich.

»Es stört Sie doch hoffentlich nicht, wenn uns später zum Essen noch jemand Gesellschaft leistet?«

Blick und Tonfall ließen erkennen, dass sich der Hausherr die Antwort bereits selbst gegeben hatte. »Ich habe noch einen Geschäftsfreund und dessen Sohn eingeladen. Sie sind erst vor zwei Wochen nach einem mehrjährigen Auslandsaufenthalt in Eritrea nach Triest zurückgekehrt.«

Das ganze Essen über suchte Vittorio hilflos nach einem Halt in Elisas Blick, doch der Glanz in ihren dunklen Augen war stumpf wie ein blind gewordener Spiegel. Noch dazu saß Rudolfo, ein ausgemachter Angeber, an ihrer Seite. Vittorio musste sich zurückhalten, dass er ihm nicht das Fleischmesser in die Hand rammte, wenn er damit nach Elisa griff, sie auf ihre legte oder gar auf ihre Schulter, in einer Vertrautheit, die ihn rasend eifersüchtig machte. Sein Vater, Signor Feltrinelli, hatte eine Farm in der italienischen Kolonie gehabt. Sein Sohn, Rudolfo, prahlte damit, wie er auf Löwen und Gazellen Jagd gemacht hatte. Ein Zebrafell hatten sie sogar als Gastgeschenk mitgebracht. Dann brüstete Rudolfo sich damit, wie er die Wilden, wenn sie nicht spurten, mit der Peitsche auf Trab gehalten hatte. Feltrinelli senior hatte einen Bart, der spitz unter seinem Kinn zusammenlief, und der Schnurrbart verjüngte sich spitz über den Wangen. Dieser Wuchs wirkte extravagant, als wäre er ein Künstler oder jemand, der im Zirkus auftrat. So sahen Ehrenmänner nicht aus, meinte der eifersüchtige Brautwerber. Und Rudolfo, dieser Aufschneider, trug einen senfgelben Anzug, als ginge er auf eine Safari oder käme von einer. Gänzlich unpassend war das für das Weihnachtsfest, fand Vittorio, der extra das frisch gestärkte weiße Hemd unter seinem grauen Anzug mit Weste trug.

Camis unterhielt sich blendend mit seinem Bekannten. Sogar während der Fisch aufgetragen wurde, fand ihr Gespräch keine Unterbrechung. Mit gefüllten Backen redeten sie einfach weiter wie die geschwätzigen Wäscherinnen. Warum aber Elisa ihn kaum beachtete, dafür den ganzen Abend über mit diesem Rudolfo Konversation hielt, das konnte Vittorio sich beim besten Willen nicht erklären. Er war aus der Runde gänzlich ausgeschlossen, wie ein Fremdkörper. Wenn man eine Frage an ihn richtete, dann nur, damit er sie mit »Ja« beantwortete.

»Findest du es nicht auch toll, wie Rudolfo die Bestie erlegt hat?«

»Natürlich.«

»Sind Sie nicht auch der Ansicht, dass sich Italien noch mehr in den Kolonien engagieren sollte?«

»Aber sicher.«

»Vertreten Sie nicht auch die Ansicht, dass die Größe Italiens vor allem solchen Männern mit Wagemut zu danken ist?«

»Gewiss.«

Eine unerträgliche Hitze stieg in Vittorio auf. Sein Blut schoss brodelnd wie ein Lavastrom durch den Körper. Jedes Mal, wenn Elisa zu einem der müden Scherze Rudolfos lachte, wurde es schlimmer. Auch wenn es nicht jenes heitere Lachen war, das er von ihr gewohnt war, wenn sie bei ihm auflachte. Dieses tönte sonst hell wie das Singen der Vögel im Frühling und war leicht wie der Flug eines Schmetterlings. Ihr Lachen jetzt klang, als hätte man es durch Teer gezogen, so schwer war es, und dennoch, sie lachte. Nicht für ihn, Vittorio, sondern für den anderen.

Auch seine Geschenke hatte man kaum beachtet. Camis hatte den Dessertwein genommen und nach kurzer Begutachtung achtlos auf eine Kommode gestellt, so als wäre es etwas völlig Gewöhnliches. Dabei handelte es sich um einen der besten und teuersten Weine, kaum zu bekommen. Camis meinte nur, vielleicht gibt es ja später noch eine weitere Gelegenheit, um auf etwas anzustoßen, und Vittorio fragte sich noch freudig, ob Elisa vielleicht gar bei ihrem Vater wegen der Hochzeit vorgefühlt hatte. Doch jetzt war er wütend auf Elisa, wahrscheinlich würde er heute gar nicht um ihre Hand anhalten wollen. Noch dazu in Anwesenheit völlig Fremder, vor denen er sein Innerstes nicht hervorzukehren gedachte.

Die Teller wurden abserviert und Camis lud die Herren zu einer Zigarre ein, die sie auf der Terrasse rauchen wollten. Vittorio rauchte nicht, also nutzte er die Gelegenheit, als er im Salon Elisa für sich hatte, um auf ihren Nebensitz zu rutschen. Der Versuch, sie zu küssen und sie an sich zu drücken, scheiterte. Elisa hielt ihn auf Distanz. Sie sagte: »Lass das bitte sein.« Dabei wich sie seinem Blick aus.

»Was ist denn los? Hab ich etwas Falsches getan? Ich verstehe nicht, warum …«

»Es hat nichts mit dir zu tun. Aber wir können uns nicht mehr sehen.«

Vittorio gab es einen Stich. Das Zimmer begann sich zu drehen und es fühlte sich in seinem Inneren an, als würde jemand mit der Faust seine Eingeweide umdrehen. Die Kaminuhr schlug achtmal. Seine Stimme versagte beinahe. Krächzend sagte er: »Was hat das zu bedeuten? Willst du damit andeuten, dass es …?« Er wagte nicht, die sich ergebende Schlussfolgerung auszusprechen.

»Bitte«, sagte Elisa, »es liegt wirklich nicht an dir, glaub mir.« Sie atmete schwer, so wie er es kannte, wenn sie sich in den Armen lagen und ihre Gesichter sich ineinander vergruben. Eine Träne flüchtete aus ihrem Auge, und sie wischte sie schnell weg, als sich die Stimmen der anderen näherten.

Ein Luftzug ging durch den Raum, als Camis die Tür öffnete und die drei wieder den Salon betraten. Vittorio versuchte sich schnell zu fassen. Immerhin war er nur Gast. Mit schweren Beinen kehrte er zu seinem Sitzplatz zurück.

»Also, dann sind wir uns einig«, sagte Camis mit einem zufriedenen Lächeln auf seinen Lippen.

»Ostern wäre perfekt, bis dahin ist unsere Übersiedlung nach Triest abgeschlossen«, sagte der alte Feltrinelli, während der junge einen lüsternen Blick auf Elisa riskierte. Es war der Blick des Jägers, der seine Beute betrachtete und sich der Trophäe bereits sicher war.

In Vittorio keimte eine Vermutung, die wie ein vergifteter Dolch sein Herz durchbohrte. Camis trat an seinen Stuhl heran und legte ihm eine Hand auf die Schulter. Vittorio fühlte sich gebrandmarkt wie von einem Judaskuss. Tausende Ameisen kribbelten von der Stelle los und überfluteten sein Innerstes, das in jenem Moment hätte aufschreien wollen. Ein lautes NEIN!, doch es kam nur ein erstickter Schrei, stumm und hilflos, wie der Versuch, aus einem Albtraum zu erwachen.

»Jetzt wollen wir nicht nur auf Weihnachten anstoßen. Heute gibt es auch die Verlobung meiner Tochter mit dem Sohn meines lieben Freundes und künftigen Partners Feltrinelli zu feiern, der sich nach langen Jahren in fernen Landen wieder seiner Heimat zuwenden und hier seine Dienste für König und Vaterland leisten wird.«

Als der Korken der Champagnerflasche knallte, wünschte sich Vittorio nichts sehnlicher, als dass dies der Gnadenschuss wäre, der ihn von diesem Leid und von allem irdischen Übel befreien würde.

Er schnellte vor, sein Sessel stürzte mit derartiger Wucht zu Boden, dass die Gläser am Tisch und in der Vitrine erzitterten. Schnell wie ein Pfeil war er auf der anderen Seite des Tisches, griff nach der dickwandigen Champagnerflasche und zog sie Feltrinelli mit seinem Artistenschnurrbart über den Kopf, während er nach dem scharfen Käsemesser auf der Tafel griff, das er Rudolfo in seinen vor Eitelkeit geblähten Hals rammte, dass dessen Blut über das weiße, weihnachtsfeierliche Tischtuch spritzte, um es in einen heidnischen Opferaltar zu verwandeln.

ALL DAS WÜRDE ER TUN!

Doch er tat es nicht.

Auch wenn sein Inneres bebte und er das Gefühl hatte, am ganzen Körper zu zittern, blieb er nach außen hin ruhig. Er war Anwalt und von einem wichtigen Klienten seiner Kanzlei zu einem Festdiner eingeladen worden, also hatte er sich zu beherrschen und seine persönlichen Gefühle zu unterdrücken. Alles andere geziemte sich nicht und hätte nicht nur Schande über ihn, sondern auch seinen Arbeitgeber, Dottor Ruan, gebracht. Es hätte für sein Fehlverhalten keine Entschuldigung gegeben, und am wenigsten dafür, dass er in die Tochter dieses Klienten verliebt war. Der einzige Ausweg aus dieser Bredouille wäre eine offizielle Vermählung mit dem Segen von Camis gewesen. Und genau dazu würde es nicht kommen, also musste sich Vittorio fügen, auch wenn sich alles in ihm dagegen sträubte, und so war er der Erste, der dem frisch verlobten Paar gratulierte.

»Ich gratuliere Ihnen von Herzen«, sagte er, und es war nicht einmal gelogen, denn es war ja immer noch eine aufrichtige Liebe, die ihn an Elisa band, auch wenn sein Verstand sie nicht mehr begreifen konnte.

Vittorio trank sein Glas in einem Zug aus, deutete auf die Uhr am Kamin, sagte, dass es spät geworden sei, deutete einen Diener in Richtung der beiden Heimkehrer, verneigte sich danach mit gesenktem Blick vor Elisa, ohne die von ihr dargereichte Hand zu nehmen, um sie etwa mit einem Hauch von einem Kuss noch ein letztes Mal zu berühren, und wollte sich von Camis mit mehr Anstand verabschieden, weswegen er sehr wohl dessen dargereichte Hand ergriff, woraufhin dieser ihn zu sich zog und ihm ins Ohr flüsterte: »Jetzt, da die Aktien wieder anders stehen, müssen wir uns über mein Testament unterhalten. Ich will, dass Sie es wieder ändern.«

Vittorio zog ihn seinerseits näher und erwiderte das Flüstern, wobei er jovial mit einer nicht seiner Stellung geziemenden Art dem Fabrikanten auf den Arm klopfte. »Ich glaube, das besprechen Sie besser mit meinem Chef. Frohe Weihnachten«, sagte er, ließ den verdutzten Hausherrn zurück und eilte zum Ausgang, wo er nicht auf das Mädchen wartete, das wahrscheinlich in der Küche beim Auftragen des Desserts mithalf, sondern sich Hut und Mantel mit Schal von der Garderobe nahm und alles irgendwie überwarf, als wäre er auf der Flucht vor einer sich rasch ausbreitenden Feuersbrunst.

Er rannte los, hinunter zum Ufer, wo er sich an einen der dünnen Bäume klammerte und mit erhitzter Stirn zum Mond schaute. Dunkle Wolken ließen nur einen fahlen Schimmer wie durch vergilbtes Pergament scheinen. Vittorio drückte seinen Kopf gegen das Bäumchen, hieb mit der Stirn dagegen. Er war ein Feigling, zieh er sich. Ein großer Feigling! Hätte er den Mut aufgebracht, er wäre losgestürmt, zurück zu dem Festdiner, und hätte sich Elisa genommen, er hätte sie mit sich fortgerissen, fort aus dem Haus, wo nur eine belanglose Zukunft an der Seite eines belanglosen Menschen auf sie wartete, mit einem Mann, der sie nicht liebte und niemals so lieben würde wie er. Er ließ das Baumstämmchen hinter sich und rannte mit offenem Mantel los, zurück Richtung Stadt. Doch nach hundert Metern blieb er stehen und keuchte. Wollte er nicht besser in die andere Richtung laufen? Zu den Klippen hinter Miramare und Grignano, da, wo die Küste steil wie ein im Meer aufgestellter Stachel aufragte? Er würde einen der Felsen besteigen und sich in die Tiefe werfen. Er betrachtete das Wasser. Schwarz war es und undurchdringlich, die einzelnen

Silberfäden auf den Wellen waren eine geschickte Täuschung, um davon abzulenken, wie es erbarmungslos alles verschlang. Er könnte sich schon hier ins Wasser stürzen, warten, bis es ihn und seine unnötige Existenz in sich aufgenommen hatte, um ihm einen letzten Trost zu spenden. »Es ist vorbei«, würde ihm der Kies am Meeresgrund zuflüstern. »Du hast es überstanden«, würde ihm das Wasser singen, bevor es ihn endgültig umarmen und der letzte Rest Luft aus seinen Lungen nach oben entkommen würde.

Er war so ein Feigling! Der Leuchtturm am Ende der Hafenanlagen leuchtete das Dunkel ein wenig aus. Vittorio dachte an das Blitzen, das ihn umgeben hatte, als er im Schützengraben am Isonzo gelegen war. Wenn er doch im Krieg gestorben wäre, dann wäre ihm all dieser Kummer erspart geblieben.

Nein, er würde nicht zurückgehen, weil sie es nicht wert war. Der Schmerz saß umso tiefer, weil Elisa ihn ihm zugefügt hatte. Was immer Camis geritten haben mochte, entzog sich seiner Kenntnis, und er wollte es auch nicht ergründen. Auch diesem jungen Laffen Rudolfo konnte er keinen Vorwurf machen. Er fügte sich in den Plan der Väter und, keine Frage, eine Frau wie Elisa an seiner Seite zu wissen, war auch wahrlich ein Segen. Hübsch und klug war sie, und auch körperlich begehrenswert. Nein, sie war es, die ihn so maßlos enttäuscht hatte. Sie hätte aufspringen und ihrem Vater Einhalt gebieten müssen, ihn aufhalten, bevor er sie wie einen Trostpreis bei einer Tombola verschacherte. Vittorio ballte seine rechte Hand zur Faust und biss hinein, bis sich der Abdruck seiner Zähne im Fleisch abzeichnete und die Haut bleich und weiß wurde. Sie hatte ihn verraten, sie hatte das ihm gegebene Versprechen gebrochen. Dieser Satz hing in einer langen Schleife in seinem Hirn fest. Doch mit jeder Wiederholung wurde er leiser. Nach einer Weile wandte Vittorio den Blick vom Meer ab und streckte sich durch. Er würde sich nicht umbringen, weder bei einer Klippe noch hier im kalten Meer. Er ging los, den ganzen langen Weg in die Stadt zurück. In den Fenstern sah er vereinzelt Menschen, die mit einem Leuchten im Blick Weihnachten feierten.

Nachdem ihn diese verzweifelte Nacht in den Schoß einiger Spelunken im Hafen getrieben hatte, in die Gesellschaft von Saufbolden, die Weihnachten nicht feierten oder genau wegen dieses Festes oder wegen ihrer Familie sich dem Alkohol ergaben, wanderte er Stunden später orientierungslos durch die Straßen bis zur Piazza Unità.

Eine eisige Böe fegte seinen Hut davon, er konnte ihm nur mehr hilflos nachsehen, wie er im Hafenbecken davontrieb. Es waren wenige Menschen auf der Straße, und Vittorio spürte wieder eine sonderbare Anspannung. Als ob die Katastrophe vom Vorabend noch nicht genug wäre. Irgendetwas war anders. Vittorio war nicht Teil seiner Umwelt. Seine reduzierte Wahrnehmungsgabe verhinderte, dass er die vielen Militärfahrzeuge, die an ihm vorbeibrausten, überhaupt richtig wahrnahm. Er blieb stehen, rieb sich mit den Handflächen über die Wangen und dann das ganze Gesicht. Er war unendlich müde und wollte jetzt nur schlafen, zugleich wusste er, dass er nicht würde schlafen können. Er würde in eine kurze Ohnmacht aus Übermüdung und Alkohol fallen, doch nach wenigen Minuten oder vielleicht sogar einer gnädigen Stunde würde er die Augen aufschlagen und wieder würde die Frage durch sein ruheloses Gehirn poltern: Wie konnte sie mir das antun?

»Mach, dass du weiterkommst, hau ab, aber schnell.«

Ein Soldat mit seinem Gewehr im Anschlag baute sich vor Vittorio auf und sperrte ihm den Weg ab. Erst jetzt kehrte die Realität zurück. Oder besser Vittorio in diese. Plötzlich fielen ihm die vielen Mannschaftsfahrzeuge, der gepanzerte Wagen mitten auf der Straße und die vielen bewaffneten Soldaten vor dem Rathaus auf. Männer schrien, Soldaten stürmten in geduckter Haltung ins Rathaus.

»Was ist denn hier, um Gottes willen, los?«, frage Vittorio den Soldaten, doch der wedelte nur mit dem Lauf seines Gewehrs in Vittorios Richtung und sagte: »Mach, dass du fortkommst, gleich kann es hier knallen.« Der Soldat sprach mit einem starken südlichen Akzent.

Auch einem anderen Mann wurde der Zutritt zum großen Platz verboten. Und dann fielen tatsächlich die ersten Schüsse.

Vittorio blieb für einen Moment das Herz stehen, doch gleich darauf pochte es wie wild. Er drehte instinktiv um und rannte davon. Mit dem ersten Knall war die Nüchternheit zurückgekehrt. Vittorio versuchte, die Ereignisse hier irgendwie in ein Gefüge aus rationalen Erklärungen zu bringen. Wieder fiel ein Schuss. Gespenstisch hallte er über den Platz und verflüchtigte sich über dem offenen Meer. Ihm fiel ein, was sein Onkel über Fiume erzählt hatte. Natürlich, D'Annunzio war ja nicht allein. Er hatte auch Unterstützung aus Triest, etwa von Giunta, der für die Faschisten im Rathaus saß. Offenbar hatte die Regierung in Rom entschieden, jeglichen Widerstand, der wegen Fiume aus Triest und den dortigen Verbänden D'Annunzios zu befürchten war, nötigenfalls mit militärischer Gewalt zu brechen. Und deswegen hatten sie diese jungen Kerle aus ihren römischen Kasernen zu ihnen in den Norden geschickt.

Das war nicht gut. Es konnte nicht gut sein, wenn Italiener auf Italiener schossen. Nicht einmal die Österreicher waren so unklug gewesen, ihre Untertanen aus Triest, das damals überwiegend von Italienern bewohnt war, gegen die eigenen Volksleute marschieren zu lassen. Und jetzt? Jetzt kämpfte

Bruder gegen Bruder. Und das zu Weihnachten. Blutweihnachten würden das die Zeitungen am nächsten Tag nennen. Tief betrübt über diese Bruderfehde erreichte er über einen Umweg seine neue Wohnung, wo ein Brief auf der Schwelle seiner Wohnung lag. Er war von Elisa.

22. MÄRZ 1945
(MINUS 15 TAGE), DONNERSTAG

Vittorio ging im Vorraum des Büros auf und ab wie ein wildes Tier in Gefangenschaft. Er hatte mit Giuseppe einmal einen Zirkus besucht, da war sein Sohn vielleicht acht oder neun Jahre alt gewesen. Sie waren nach Monfalcone gefahren, wo der Zirkus auf einem der freien Felder vor den Werften sein Zelt aufgebaut hatte. Es gab eine Nummer mit Löwen und einem Tiger. Nach der Vorstellung konnten die Kinder mit ihren Eltern die Tiere in den vergitterten Zirkuswaggons anschauen. Vittorio würde nie des Tigers Blick vergessen, als der seine engen Kreise über das mit Stroh ausgelegte Gefängnis zog: Hass und Verzweiflung, aber vor allem Stolz war an seinen Augen abzulesen. Noch nie hatte er ein Tier gesehen, das zugleich dermaßen gedemütigt und erhaben wirkte wie diese Raubkatze.

Vittorio hatte eine weitere Bahn beendet und es schauderte ihn, wenn er daran dachte, dass sein eigenes Kind jetzt in genau derselben ausweglosen Situation weilte wie dieser Tiger damals. Auch hinter Gittern.

Als Giuseppe vor drei Tagen nicht nach Hause gekommen war, hatte er sofort Pietros Eltern aufgesucht. Seit der Volksschule waren die beiden befreundet gewesen. Er hatte sich so gehetzt, dass er am Corso Garibaldi, den Kopf in sorgenvollen Gedanken versunken, beinahe in ein Pferdegespann gelaufen wäre, und danach fast in den aus der Gegenrichtung kommenden Lastwagen der Brauerei Dreher, der nun zum Transport von Soldaten eingesetzt war. Es hatte geregnet und das Pflaster war nass und spiegelglatt. Der Fahrer des Lastkraftwagens wäre bei seinem Ausweichmanöver beinahe ins Schleudern geraten.

Dann hatte er das alte Haus mit den verwitterten Fensterläden erreicht und war die zwei Stockwerke hinaufgelaufen und hatte so fest an die Tür gehämmert, dass Pietros Vater mit verstörtem Gesicht öffnete, weil er wohl mit der Polizei oder Schlimmerem gerechnet hatte. Wer in unsicheren Zeiten wie diesen an die Tür klopfte, musste nicht immer in freundlicher Absicht kommen. Überall in der Stadt wurden Leute verhaftet, abgeholt und verschwanden, nicht nur in der Nacht.

Signor Bellocchi war ein etwas untersetzter Mann mit Glatze und dafür dichten Haaren auf Brust und Rücken, die sogar am Hals aus seinem offenen Hemd wucherten, und auch die Arme waren wie von einem schwarzen Pelz bedeckt. Einzig der verbliebene schmale Haarkranz war grau, wie auch Vittorio schon viele silberne Fäden in seinem schwarzen Haar hatte. Bellocchi erkannte ihn sofort und nickte auf Vittorios Frage nach Giuseppe nur, ehe er Pietro, der den Fehler begangen hatte, sich der Tür zu nähern, wie einen ungezogenen Schüler am Ohr zur Tür zog.

»Der Dottore sucht seinen Sohn. Was ist mit Giuseppe? Du weißt doch sicher was, spuck es aus. Jetzt!«

Vittorio erschrak darüber, wie Bellocchi mit seinem Sohn umsprang. Aber er wollte sich nicht in die Erziehung eines anderen einmischen. Außerdem sprach Bellocchi, wie am Geruch zu erkennen war, durchaus dem Alkohol zu. Eine rot geäderte Nase und rot unterlaufene Augen waren weiterer Beweis für diese Annahme. Aber man konnte es dem Mann nicht übel nehmen. Einst hatte er in der Riunione Adriatica di Sicurtà eine Abteilung mit vielen Angestellten geleitet, doch unter den Faschisten hatte man ihn aus dieser Position entfernt, um einen Günstling der Partei zu versorgen. Als er dagegen vor Gericht gezogen war, hatte er nicht nur den Prozess verloren, sondern auch jegliche Aussicht, in dieser Stadt noch irgendwo eine Anstellung zu bekommen. Die Familie war umgezogen und Pietro hatte die Schule wechseln müssen. Zum Glück hatte Vittorio ihn damals nicht vertreten, so war ihm daraus wenigstens kein Vorwurf zu machen, denn zu gewinnen war dieser Prozess ohnehin nicht gewesen.

Bellocchi beutelte Pietro, dessen Ohren beide bereits rot glühten. Endlich begann der Junge zu stammeln, dass er eigentlich mit Pino den Dienst getauscht hatte, weil Pino etwas vorgehabt habe.

»Das heißt, ihr habt euch gar nicht beim Arbeitseinsatz gesehen?«, fragte jetzt Vittorio.

»Nein«, sagte Pietro und mit heftigem Schlucken unterbrach er sich ständig, »also in der Früh schon noch, da hat Pino mich eben gebeten, den Dienst zu tauschen. Ich sollte für ihn diesen Tausch melden. Er wollte … «, Pietro suchte in den Augen des Vaters Hilfe, doch dieser schüttelte ihn weiter ohne Unterlass. »Lass die Ausreden. Habt ihr euch danach noch einmal getroffen? Sonst steckt ihr ja auch die ganze Zeit zusammen.«

»Nein, aber …«

»Was, aber?« Jetzt waren es beide Väter, die Pietro anherrschten.

»Man hat ihn angeblich verhaftet.«

Vittorio erstarrte wie vom Blitz getroffen. Man hatte seinen Jungen verhaftet. Die Polizei hatte Pino verhaftet! Signor Bellocchi gab seinem Sohn eine Ohrfeige, die durch das Stiegenhaus knallte. Am anderen Ende des Ganges ging eine Tür auf und eine alte Frau trat aus ihrer Wohnung und musterte mit zusammengekniffenen Augen die Männer, die bei offener Tür einen derartigen Radau machten. Sie hatte einen Wäschekorb an die Hüfte gepresst und begab sich zum Hoffenster, wo sie die Wäsche auf die zwischen den Mauern gespannten Wäscheseile aufhängte.

»Wer sagt das?«, drängte Bellocchi seinen Sohn.

»Laura hat gesehen, wie sie ihn weggebracht haben.«

»Wer ist Laura?«, fragte Vittorio.

»Wer hat ihn weggebracht?«, fragte Bellocchi und Pietro beantwortete beides: »Laura ist seine Freundin und sie hat gesehen, wie SS-Männer Pino verhaftet haben.«

Vittorio hatte einen weiteren Kreis beendet, als sich endlich die große doppelflügelige Tür öffnete und eine junge Frau auf ihn zukam. Sie trug eine weiße Rüschenbluse, ihr grauer Rock reichte nur wenig über die Knie. »Der Herr Sekretär wird Sie gleich empfangen«, sagte sie und führte Vittorio in ein großes Büro, dessen Fenster hinaus auf die Piazza Unità gingen. Die Frau nahm hinter einem kleinen Schreibtisch in der Ecke Platz und begann auf der Schreibmaschine zu tippen. Vittorio hatte sich auf einen der Sessel gesetzt, die vor dem ausladenden Schreibtisch in der Mitte des Raumes standen. An der Wand dahinter, direkt für das Auge des Gastes gedacht, hingen die Porträts von Mussolini und Hitler.

Vittorio unterdrückte seine Wut darüber, wie man ihn hier behandelte. Wie einen Bittsteller, dabei war er ein angesehener Anwalt. Würde es nicht um seinen Sohn gehen, der unschuldig in Haft saß, er würde einen derartigen Wirbel schlagen, dass wahrscheinlich sogar die beiden Porträtierten an der Wand das Weite suchen würden. Doch jetzt musste er sich zurücknehmen, falsche Eitelkeit war hier fehl am Platz.

Das monotone Rattern der Anschläge auf der Schreibmaschine mischte sich mit dem Klopfen seiner Fingernägel auf das Holz der Sessellehne. Da war das Warten vorhin im Vorraum noch angenehmer gewesen. Da hatte er wenigstens seine Kreise ziehen können. Doch jetzt herrschte diese Monotonie, dieses TackTackTackTack und sein TockTockTockTock. Das war noch zermürbender als das Warten an sich. Er wollte nochmals der Kanzleikraft sein Anliegen schildern, um sie endlich zu einer Intervention zu bewegen, als in der Wand hinter dem großen Schreibtisch eine Tür aufging und Jacopo den Raum betrat. Er sagte: »Vittorio, schön, dich zu sehen. Es tut mir leid, dass du warten musstest«, und eilte zu Vittorio, der den Versuch unternahm, sein Lächeln nicht ebenso gespielt wirken zu lassen wie das des Kriegskameraden. Aber egal wie tief hier die gegenseitige Abneigung ausgeprägt war, Jacopo war im Moment seine einzige Hoffnung, der Einzige, der etwas bewirken konnte.

»Kann ich dir etwas anbieten? Möchtest du einen Kaffee oder soll ich aus dem Café unten etwas anderes holen lassen?«

»Ich habe gestern den ganzen Tag versucht, dich zu erreichen.«

Jacopo setzte sich, die wuchtige Platte des Schreibtischs war nicht die einzige Barriere zwischen den beiden Männern. »Ich war gestern viel unterwegs, du wirst verstehen, die Zeiten sind, na ja, wie soll ich es ausdrücken, fordernd.«

»Es geht um meinen Sohn. Er ist verhaftet worden.«

»Ich weiß, du hast es lautstark vermeldet, als du um dieses Gespräch gebeten hast.«

Gebeten war hier der falsche Ausdruck. Entweder war er ironisch gemeint oder eine euphemistische Umschreibung von Vittorios gestrigem Agieren. Er hatte das halbe Rathaus zusammengeschrien, hatte Gewalt angedroht und ebenso, sich hier, mitten im Herz der städtischen Verwaltung, etwas anzutun, wenn man ihn nicht vorließe. Zum Sekretär des Bürgermeisters, weil der ein Freund sei. Das hatte gewirkt. Man hatte ihn vorhin schnell in den Warteraum geführt. Im Rathaus hatte er also mehr Erfolg gehabt als am Vortag beim Hauptquartier der SS. Natürlich war das sein erster Weg gewesen, als Vater und auch als Anwalt, doch die Nazis beeindruckte oder erweichte weder das eine noch das andere.

Er war von den Wachsoldaten zunächst ausgelacht und dann

mit Gewehrhieben vertrieben worden. Sogar sein Versuch, den einen anzugreifen, um selbst in Haft genommen zu werden, scheiterte. Sie hatten ihn mit Fußtritten davongetrieben, ihn geschlagen, bis er auf der Straße liegen geblieben war, und dann hatten sie ihn verhöhnt. Einer hatte auf ihn gezielt und abgedrückt, doch er hatte zuvor die Waffe nicht geladen gehabt. »Hau ab, du Mistkerl!«, hatten sie ihm nachgerufen. Da hatte er es bereut, dass er diese Verbrecher auf Deutsch angefleht hatte. In der Sprache des Feindes.

Er war nach Hause zurückgekehrt und hatte überlegt, was er nun unternehmen könnte. Wenn ihm jemand helfen konnte, dann war das noch eher von den Italienern zu erhoffen. Doch die, zumindest die, die etwas zu bestimmen hatten, waren Faschisten. Jacopo war vor Kurzem Sekretär des Bürgermeisters geworden, und der Bürgermeister konnte etwas bewirken. Cesare Pagnini musste Pinos Freilassung verfügen. Die Nazis würden es nicht wagen, dem Bürgermeister diesen Wunsch abzuschlagen.

Jetzt saß er Jacopo gegenüber und versuchte, seine Antipathie zu überspielen. In seinem Wollmantel, den er nicht ausgezogen hatte, war ihm heiß. Jacopo trug die schwarze Uniform. Hätte Vittorio nicht gewusst, dass über zwanzig Jahre vergangen waren, und hätte er diese Jahre nicht an Jacopos Gesicht ablesen können, er hätte meinen können, er hätte noch immer den jungen Ardito vor sich, wie er dem nächsten Sturm aus Haubitzen- und Granatfeuer auswich. Auch bei ihm war die Zeit nicht stehen geblieben, doch während Jacopo immer noch schlank war und durchwachte Nächte schwarze Ringe unter den Augen gegraben und die Wangen ausgetrocknet hatten, war Vittorio um die Hüfte wie ein Baum gewachsen. Jedes Jahr ein weiterer Ring.

»Du musst mit dem Bürgermeister sprechen«, sagte Vittorio.

»Mit dem Bürgermeister? Ich wüsste nicht, inwieweit Pagnini in dieser Angelegenheit aktiv werden könnte?«

»Es geht um meinen Sohn, nicht um eine Angelegenheit«, sagte Vittorio. Er war müde, in seinem Körper wütete ein Feuer und dennoch bemühte er sich, die Fassung zu wahren. Seine Zunge klebte am Gaumen und die Worte kratzten ihn im trockenen Hals. »Bitte sprich mit Pagnini. Er ist bei den Deutschen gut angeschrieben. Hat er nicht unlängst die Familie von Stuparich aus den Klauen der SS befreit?«

»Stuparich ist ein bekannter Schriftsteller und ein Kriegsheld, dessen Bruder für Italien gefallen ist.«

»Und der mit einer Jüdin verheiratet ist. Wenn Pagnini es schafft, Stuparich und dessen angeheiratete Familie vor der Risiera zu retten, dann wird sein Wort wohl auch den Sohn einer angesehenen Triestiner Familie vor dem Gefängnis oder Schlimmerem bewahren können.«

Jacopo zog eine Schreibtischlade auf und holte eine Packung Zigaretten heraus. Er zündete sich eine an und sagte zu Vittorio: »Du rauchst wohl noch immer nicht?«

Vittorio winkte ab und wartete auf eine Antwort. Er verschränkte die Arme vor der Brust, so wie früher, wenn sie als Studenten über eine rechtliche Frage diskutiert hatten und er seine Ausführungen mit genau dieser Geste beendet hatte, um damit zu unterstreichen: Ich weiß, dass ich recht habe.

Jacopo drückte seine Zigarette im Aschenbecher aus. Heftig und kraftvoll. Er sprang auf und ging um den Tisch.

»Man sagt, dein Sohn sei bei den Partisanen.«

»Das ist doch Blödsinn. Er war nie Partisane. Wer immer das behauptet, lügt. Er ist bei der Organisation Todt, leistet dort pflichtgemäß seinen Dienst.«

»An dem Tag, an dem er aufgegriffen wurde, hat er seinen Dienst nicht angetreten. Dafür hat er das Quartier der SS ausspioniert.«

»Wer sagt denn so etwas?«

»So wurde es in der Akte vermerkt, es tut mir leid, aber das sind Fakten, die nicht einmal ich wegbekomme.«

Vittorio nahm eine unterwürfige Haltung ein, wie ein Büßer, der vor dem Altar sein Ave-Maria betet. Er sagte: »Ich verlange nicht, dass du etwas Unrechtes tust, ich will nur Gerechtigkeit. Mein Sohn ist kein Verbrecher und war zu keiner Zeit bei irgendeinem Kampfverband. Darauf habe ich wirklich geachtet, das musst du mir glauben.« Er näherte sich Jacopo und fasste ihn am Kragen seiner Uniform. Jacopo sah ihn verwundert an und starrte auf die Hand, als handelte es sich um eine unappetitliche Spinne, die ihm da über den Kragen rannte. Er sagte: »Ich werde sehen, was ich für dich tun kann. Es tut mir leid, aber ich habe jetzt zu tun.«

Wieder dachte Jacopo mit Ärger daran, dass Vittorio ihm seine Rettung nie gedankt hatte. Und Vittorio, der diesen Gedanken spürte, sagte, »Ich konnte dir nie danken, aber du hast mich ja auch nie besucht.«

Noch immer herrschte zwischen den beiden eine unüberbrückbare Rivalität.

Nachdem Vittorio den Raum verlassen hatte, drückte Jacopo seine Hände in den Nacken und streckte sich durch. Er wirkte verbraucht und müde. Die Sekretärin, eine hübsche junge Frau Mitte zwanzig, blickte von ihrer Schreibmaschine auf. »Werden Sie dem Mann helfen?«

Jacopo ging um sie herum und drückte sich von hinten gegen sie. Er öffnete die Knöpfe ihrer Bluse und seine Hände wanderten in ihren Ausschnitt.

»Nein«, flüsterte er in ihr rechtes Ohr, an dessen Läppchen er knabberte.

»Aber ich dachte, das ist Ihr Freund?«

Jacopo ließ von ihr ab und wechselte den Tonfall.

»Freund oder Feind, was zählt das in diesen Tagen?«

»Aber die Nazis werden ihn umbringen!«

»Einer mehr oder weniger, auch das zählt nichts in diesen Tagen, wo alles unsicher ist. Und keiner weiß, was aus uns wird.«

»Aber der Duce …?«

»Hör doch auf mit dem Duce. Es gibt hier nur noch einen Führer, und der hat ein lächerliches Bärtchen, wie dieser Schauspieler. Mussolini agiert in Salò doch nur noch von Hitlers Gnaden.«

»Aber wieso hat er ihn dann befreien lassen?«

»Warum? Das ist doch klar. Damit sich nicht auch noch die letzten Italiener gegen die Besatzer auflehnen. Mit Mussolini sind die Deutschen hier legitimiert, mit einem Duce können sie so tun, als wären sie Verbündete.«

»Sie meinen …?«

Jacopo öffnete wieder eine Schreibtischlade und holte Desinfektionsmittel und eine Spritze daraus hervor, krempelte seinen linken Hemdsärmel hoch und desinfizierte seine Vene in der Armbeuge, ehe er die Spritze aufzog. Die Spritze mit dem Morphium, das ihn von den Gespenstern in seinem Hirn für eine Weile befreien sollte, jenen Phantasmen, die ihn Nacht für Nacht quälten, die ihn jeden Augenblick, in dem er die Augen schloss, heimsuchten und ihn keine Ruhe mehr finden ließen.

»Hier wird früher oder später alles zusammenbrechen, doch bis dahin werden die Deutschen wüten, schlimmer als je zuvor, und ich werde mich nicht mit ihnen anlegen.«

Die Droge zeigte ihre Wirkung. Jacopo fiel auf seinem Sitz in sich zusammen wie ein Ballon, aus dem die Luft draußen war, langsam setzte die Entspannung ein und die Krämpfe in seinem Körper und die Knoten in seinem Hirn lösten sich.

Wieso hätte er Vittorio damals im Lazarett besuchen sollen, fragte er sich. Er war froh, dass er selbst die Artilleriefeuer bis auf die kleine Wunde an seinem Ohr gut überstanden hatte. Was hätte er da in einem Kriegslazarett suchen sollen? Da roch es nur nach den Verwundeten, die im Wundfieber mit faulenden Gliedern auf den Tod warteten und mit ihrem Wimmern ein Lied vom Sterben anklingen ließen. Das hymnische Sterben, wie man es im letzten Krieg besungen hatte, wer wollte das heute noch glauben. Ein jämmerliches Krepieren war das gewesen. Und er fragte sich, wie er je daran hatte glauben können. Nein, sicher nicht.

Außerdem hatte Vittorio es sicher besser erwischt als er damals. Vittorio war aus der Armee entlassen worden und hatte dann in seinem weiteren Studium sicher keine Steine in den Weg gelegt bekommen. Die paar Kratzer aus dem Feld wogen das sicher nicht auf. War nun angesehener Anwalt. Und auch wenn er ihn nie zu den Faschisten hatte bringen können, so hatte er ihn walten lassen, sogar, als er eine Zeit lang die falsche Klientel beraten und vertreten hatte. Doch er hatte zu lange seine Hand schützend über ihn gehalten, nun musste er selbst sehen, wie er durchkam. Das mit dem Sohn tat ihm leid, doch so weit ging die Freundschaft nicht. Freunde? Er starrte zur Decke und blies abschätzig Luft aus. Bekannte waren sie, sagte er sich, mehr eigentlich nicht. Sicher keine Freunde! Wer würde sich denn seiner annehmen? Wenn die jugoslawischen Partisanen in der Stadt waren, musste er, Jacopo, sich mehr Sorgen um seine Person machen, so offensiv, wie er die Slawen verfolgt hatte. Aber wer konnte schon wissen, ob nicht doch noch ein Wunder eintrat. Die Glieder wurden ihm schwer und die Gedanken wurden träge. Sie kamen nur mehr als einzelne Tropfen wie nach einem Platzregen. Die Deutschen fantasierten immer noch von ihrer Wunderwaffe, die das Kriegsgeschick umdrehen würde. Er selbst konnte daran nicht mehr glauben. Dann fielen ihm die Augen zu.

WIEDER 19. MÄRZ 1945 (MINUS 18 TAGE), MONTAG, ETWAS FRÜHER

Laura Mulli schwebte durch ihr Zimmer. Leichtfüßig tanzte sie von einer Ecke zur anderen. Wie eine Feder, die nur das Spiel eines zarten Hauches ist, glitt sie lautlos über den Boden. Die Luft auf ihrer Haut fühlte sich weich und samtig an, wie Seide. Ein Kribbeln ging durch ihren Bauch. Es war ein wohliges Kribbeln – ihr Unterleib schnurrte wie eine Katze, und doch war ihr jetzt auch ein wenig flau, wenn sie daran dachte, dass sie heute Abend Pinos Eltern gegenüberstehen würde. Dottor Robusti, dem Advokaten, der sich mit donnernder Stimme Gehör bei Gericht und Behörden verschaffte, wenn es sein musste. Und auch dessen Frau Elisa, der man nachsagte, dass sie es war, die in der Familie Robusti die Hosen anhatte. Auch wenn Pino betonte, dass seine Mutter in der Öffentlichkeit nie ein Wort gegen den Vater sagte, egal wie wenig sie dessen Standpunkt teilte. Diskutiert wurden Meinungsverschiedenheiten angeblich immer nur zu Hause. Pino hatte erzählt, dass dabei mitunter die Fetzen flogen. Doch nach seiner Schilderung wurde so ein Disput nie vor anderen ausgetragen, und egal wie ein solcher ausging, am Ende respektierte jeder die Meinung des anderen, auch wenn sie dabei nicht eins geworden waren. Sie wünschte, dass sie die Frau schon früher getroffen hätte. Damit sie jetzt nicht nur Pinos Mutter, sondern vielleicht schon ihre Freundin wäre. Unter Frauen war es einfacher, ein Band zu knüpfen.

Laura hatte sie einmal kurz gesehen, letzten Herbst, als sie mit Pino über die Piazza della Borsa spaziert war, da hatte Pino seine Mutter in einem Café entdeckt. Schnell hatte er Laura verabschiedet, beinahe formell, mit einem Händedruck nur, und war, nachdem er sie hatte stehen lassen, an den Tisch seiner Mutter geeilt und hatte sich zu ihr gesetzt. Auch wenn sie sehen konnte, dass er sofort auf seine Mutter eingeredet hatte, war Laura nicht entgangen, dass die Mutter sie bemerkt haben musste. Pinos Mamma hatte ganz offen in ihre Richtung geschaut und dabei auf sie gedeutet, da hatte sie sich schnell umgedreht und davongemacht. Bis heute wusste sie nicht, ob diese Begegnung wirklich Zufall war oder ob dieses distanzierte Aufeinandertreffen von Pino so eingefädelt worden war, damit seine Mutter ihn mit ihr sehen konnte.

»Bist du schon auf, mein Kind?« Lauras Mutter rief aus der Küche nach ihr.

»Ja, Mamma, ich wasche mich nur noch ein wenig, dann komme ich zu dir.«

Sie goss sich Wasser aus einem Krug in eine Schüssel. Seit dem Bombardement der alliierten Truppen letzten Sommer funktionierte die Leitung in ihrem Viertel unregelmäßig, weil immer irgendwo ein Loch zu dichten war.

Sie hatte tief und fest geschlafen wie schon lange nicht, dabei hatte sie gestern Abend noch gedacht, kaum dass sie sich von Pino verabschiedet hatte, dass sie die Nacht lang kein Auge zumachen würde, so aufgeregt war sie gewesen, als sie beschlossen hatten, die Eltern in ihre Hochzeitspläne einzubinden. Zuerst die von Pino, der wollte das so, und dann ihre Eltern. Wahrscheinlich weil ihr Vater, der bei der Bahn arbeitete, erst morgen oder übermorgen zurückkam.

Die Deutschen hatten einen regen Bahnverkehr eingeführt, seit sie Triest und Istrien besetzt hatten. Viele Menschen, auch hier in Triest, wurden verhaftet, und man brachte sie, ohne dass jemals Anklage gegen sie erhoben worden wäre, weg aus Italien. Es wusste auch niemand, ob und was sie sich zuschulden hatten kommen lassen. Das hatte ihr Vater einmal erzählt. Jetzt stritt er es allerdings ab, sagte, er habe keine Ahnung. Doch sein Blick verriet anderes.

Sie trocknete ihr Gesicht und legte sich ein Tuch über die Schulter. Eine frische Brise wehte durch die Wohnung. Wahrscheinlich hatte ihre Mutter in der Küche die Fenster geöffnet.

»Guten Morgen, mein Kind. Wieso so heiter, du strahlst ja über das ganze Gesicht!«

Laura setzte sich an den Tisch und zog die Tasse zu sich. Schwer zu sagen, ob es mehrfach aufgebrühter Schwarztee war oder Kaffeeersatz. Aus dem Radio verkündete der Sprecher, dass die alliierten Truppen dem Völkerrecht widersprechend in der Nacht die Stadt Hanau angegriffen und dabei völlig dem Erdboden gleichgemacht hätten. Doch die Kampfmoral der eigenen Truppen und der Verbündeten sei weiterhin ungebrochen und werde zum Sieg führen. Lauras Mutter schüttelte nur den Kopf. »Wenn dieser Wahnsinn nur endlich vorbei wäre.«

»Sei still, Mamma, du weißt, dass das verboten ist.«

»Ich werde doch in meinen eigenen Wänden sagen dürfen, was ich will«, herrschte ihre Mutter sie an. Laura beeilte sich, das Fenster zu schließen. Seit die Deutschen da waren, hatte sich alles noch einmal zum Schlimmeren gewendet. Der Krieg war schon schlimm genug, doch jetzt war man auch noch besetzt, obwohl die Deutschen behaupteten, dass sie als Beschützer gekommen wären. Als Retter vor den Bolschewiken, die nur darauf warteten, dass in Triest endlich die rote Fahne mit dem jugoslawischen Stern wehte.

Das Radio spielte nun einen Marsch. Auch das Programm war schlechter geworden, doch das Hören ausländischer Sender bedeutete Hochverrat und damit den Tod. Laura sehnte sich nach der swingenden Musik, die sie früher auf BBC hören konnte, oder diese amerikanischen Big Bands, deren Stücke ebenfalls frischen Schwung brachten und die einen unaufhörlich zum Tanzen animierten.

»Schau mal, was ich für dich ergattert habe.«

Sie stellte ihrer Tochter ein gekochtes Ei hin. Diese sagte: »Nein! Wie hast du denn das gemacht? Wir hatten doch erst vor fünf Tagen diesen Luxus. Solltest du das nicht besser sparen, damit du wieder einmal Gnocchi machen kannst?«

»Keine Sorge«, sagte ihre Mutter und ging zum Fenster neben dem Herd, in dessen Zwischenbereich sie im Winter manche Sachen zur Kühlung lagerte, und öffnete den Innenflügel. »Sieh her, ich war einkaufen.« Sie lächelte und deutete auf das Gemüse und die paar Eier, den Käse und das Stückchen Prosciutto, das sie dort deponiert hatte.

»Aber mit welchem Geld, und wo hast du …«, Laura stockte, weil sie wusste, dass man diese Dinge wohl nicht mit Lebensmittelkarten, egal welcher Farbe diese waren, beziehen konnte. Erschrocken führte sie ihre Hand vor den Mund und sagte in ihre Handfläche hinein: »Du wirst doch nicht andeuten wollen, dass du das alles schwarz gekauft hast, oder doch?«

»Im Geschäft hätte ich es wohl nicht bekommen.«

»Deswegen kamst du gestern so spät nach Hause.«

Lauras Mutter schob ihr eine dicke Scheibe Brot hin, die mit Schinken und Käse belegt war. Ein Festmahl in diesen Tagen. Lauras Protest erstarb in dem Moment, als sie in das würzige Brot hineinbiss. »Aber es ist doch so gefährlich, wenn man dich erwischt hätte …«

»Wir leben nun mal in gefährlichen Zeiten, und wo kann man heutzutage schon sicher sein?«

»Aber mit welchem Geld?«

Ihre Mutter fasste sich an die Brust. Für einen Moment gloste Wehmut in ihrem Blick auf, dann sagte sie mit festem Ton: »Ich habe die Brosche verkauft.«

»Die von der Nonna? Aber an der bist du doch so gehangen?«

»Aber man kann sie nicht essen! Genug damit, ich will jetzt nicht darüber reden.«

Laura hatte das Brot aufgegessen, brachte ihren Teller zur Spüle und wusch ihn, die Melodie im Radio mitsummend, ab.

Ihre Mutter setzte sich mit einem Becher an den Küchentisch und sah sie über den Rand ihrer Brille hinweg an. Sie sagte: »Die junge Dame ist heute aber gut aufgelegt. Und einen gesunden Appetit hat sie auch gehabt. Das freut eine alte Mutter. Kann das mit dem Frühling zu tun haben?«

Laura trocknete den Teller und stellte ihn in die Kredenz. »Ganz sicher, Mamma!«

»Mit einem jungen Mann kann das nicht vielleicht zu tun haben?«

Laura spürte, wie ihr das Blut in die Wangen stieg und wie sie ganz schnell glühten. Sie trat an ihre Mutter heran und umarmte sie. »Mamma! Ich bin so glücklich. Kann ich dir ein Geheimnis anvertrauen?«

»Ich bin deine Mutter, ich kenne dich besser als du selbst«, sagte Signora Mulli und Laura erzählte. Nachdem sie sie in die mit Pino geschmiedeten Pläne eingeweiht hatte, verirrte sich eine schüchterne Träne über die Wange der Mutter. Sie fragte: »Und woher kennst du deinen Pino?«

»Aus der Schule.«

»Dann seid ihr also Kollegen?«

»Nein, aus unserer Schulzeit. Wir waren gemeinsam in der Volksschule, bevor wir weggezogen sind.«

Die Mutter runzelte die Stirn und rieb sich nachdenklich über die Wange. »Ja, es fällt mir wieder ein, dein Vater musste nach Gorizia und hat uns nach einem Jahr nachkommen lassen. Damals wolltest du partout nicht mitkommen. Wir dachten, du wärst ein trotziges Mädchen, das seinen Kopf durchsetzen will. Und schon in der Volksschule wolltet ihr heiraten?« Die Mutter grinste frech.

»Nein, natürlich nicht. Ich hab mich damals gewundert, dass sich ein älterer Junge mit mir abgibt.«

Im Gesicht von Lauras Mutter zeigte sich eine besorgte Falte. »Was hat er denn damals mit dir gemacht?«

Jetzt grinste Laura. »Er hat mich immerhin nicht verhauen wie die anderen, und manchmal sind wir gemeinsam nach Hause gegangen.«

»Ich glaube mich jetzt zu erinnern. Der Knabe mit dem dichten schwarzen Haar, der manchmal vor dem Haus hin und her geschlichen ist?«

Lauras Gesichtsausdruck brauchte keine Bestätigung durch Worte.

Und sie erzählte der Mutter die Geschichte, wie sie sich nach vielen Jahren, in denen sie einander fast vergessen hatten (was für Laura aber nicht stimmte, da sie immer wieder an den Jungen mit den schwarzen Locken hatte denken müssen), zufällig wieder begegnet waren. Im Bus war das gewesen. Laura, die eine Ausbildung zur Volksschullehrerin machte, war in ihre neue Praktikumsschule nach Banne gefahren, da war ihr im Bus Pino aufgefallen, der auf dem Weg zur Universität war. Sie hatten einander sofort erkannt. Und dann habe es sich angefühlt, als wären sie nie getrennt gewesen, sondern einfach in einer Unterhaltung unterbrochen worden, die sie nun fortsetzten, als ob weder Monate noch Jahre seit ihrer letzten Begegnung verstrichen wären.

Die Mutter hatte ihren Sessel nah an Laura herangezogen und saß ihr nun gegenüber, ihre Hände lagen im Schoß. »Was studiert er denn, dein Pino?«

»Architektur.«

»Gratuliere, das ist ein ausgezeichneter Beruf, denn nach dem Krieg wird es viele Häuser zu bauen geben.«

Jetzt fragte Laura, ob sie ihr noch ein Geheimnis anvertrauen könne. »Aber nur wenn du mir versprichst, dass du nicht böse oder traurig bist.«

»Wie könnte ich traurig sein? Heute ist einer der schönsten Tage in meinem Leben«, sagte die Frau, deren Falten um Augen und Mund tatsächlich ein wenig geglättet schienen, als hätte die Freude auch die Last einiger schwerer Jahre von ihren Schultern gehoben.

Laura verließ das Haus in der Via Udine, dessen graue Fassade ihr heute strahlend vorkam. Sie mochte das Haus nicht besonders, der Flur war eng und dunkel und ihr Zimmer ging in einen Lichthof, der seinem Namen kaum gerecht wurde. Dafür hallte oft nachts das Geschrei der Möwen am Himmel durch die Röhre, die zwischen den engen Mauern nach oben lief. Sie hatten die Wohnung bezogen, als ihr Vater wieder von Gorizia nach Triest zurückversetzt worden war. Er hatte etwas in unmittelbarer Nähe zum Bahnhof gesucht.

Sie huschte über die Straße, vorbei an der Stazione Centrale. Die Bäume in dem kleinen Park in der Mitte des Platzes vor dem Bahnhofsgebäude leuchteten in einem schüchternen Grün. Was konnte so ein Tag freundlich sein, wenn man den Liebsten erwartete! Die Füße fanden wie von selbst ihren Weg, waren leicht und flink. Gesprengt war das Kettenhemd, das an den einsamen Tagen ihre Brust beengte, an jenen Tagen, an denen die Liebe in ihren Adern pochte wie erhitztes Blei und kein Ventil fand, diesen zerbrechlichen Körper zu verlassen.

Sie lief die Via Carlo Ghega entlang und musste einer Trambahn ausweichen. Sie hatte es gar nicht bemerkt, dass sie in einen Laufschritt verfallen war, so wenig wollte sie eine weitere Minute oder Viertelstunde ohne ihren Pino ertragen, und das Herz klopfte nicht allein von ihrem schnellen Gang. Endlich.

Sie hatte die Piazza Oberdan erreicht. Dennoch war sie spät dran, zu spät. Vor ihr breitete sich der nun weitläufige Platz aus. Dunkel konnte sie sich an die Zeit erinnern, als der Platz viel enger gewesen war und man zwischen diesen kahlen Mauern kaum Luft bekommen hatte. Doch jetzt hatte er eine neue Form erhalten. Wie die gespreizten Finger einer Hand liefen drei Straßen symmetrisch auf das Zentrum des Platzes zu, gesäumt wurde er von hohen Gebäuden. In der Mitte gab es ein begrüntes Rondeau: ihr üblicher Treffpunkt.

Sie hielt darauf zu, ihre Schritte wurden langsamer. Keine Spur von Pino, der heute nicht wie sonst mit einem breiten, fast kindlichen Grinsen in der Mitte auf sie wartete und dabei den Blick abwandte und so tat, als würde er sie nicht sehen. Das übliche Ritual. Sie trottete jetzt langsam zum verwaisten Treffpunkt vor und hielt Ausschau nach dem Geliebten. Vielleicht hatte er doch nicht mit Pietro tauschen können und musste Arbeitsdienst leisten, oder er war aufgehalten worden. Sie verharrte am gewohnten Platz, wo sie Pino normalerweise in die Arme schloss. Sie drehte sich um ihre Achse, sie sah die Wartenden vor der Endstelle der Bahn nach Opicina, und dahinter das Albergo. Sie ließ ihren Blick über die Straße wandern, bis er beim Gebäude der RAS festfror. Die Riunione Adriatica di Sicurtà war eine der großen Versicherungsgesellschaften der Stadt, und nun war in dem schmucklosen Bauwerk das Hauptquartier der SS untergebracht. Eine glatte Fassade, ohne jegliche Verzierung an der Außenhaut mit hohen, geradlinigen Arkaden im Erdgeschoß, deren Form Laura an einen Galgen denken ließ. Es gab ihr einen Stich. Die Faust steckte im Mund, um den Schrei zu dämpfen, der aus ihrer Kehle fahren wollte. Sie hatte sofort das schwarze Haar erkannt, auch wenn sie es nur von hinten sehen konnte. Und sie hatte sofort den Körper erkannt, der von den beiden Soldaten in Naziuniform festgehalten wurde und der sich dagegen wehrte, im Schlund des Gebäudes zu verschwinden und umso heftiger mit Gewalt hineingezerrt wurde.

Ihr erster Impuls war, über die Straße zu laufen und Pino zu helfen. Doch stattdessen verharrte sie auf ihrem Platz. Dann drehte sie langsam ab, weil sie wusste, dass ihr Eingreifen Pino nicht retten würde. Sie würde alles nur schlimmer machen. Sie musste Pietro finden.

Doch als sie an seine Wohnungstür klopfte und Pietro ihr aufmachte, wusste sie, dass etwas schiefgelaufen war. Sie begann wie wild auf ihn einzudreschen, bis sie heulend und kraftlos in seine Arme sank und er endlich fragte: »Was ist denn passiert?«

26. JÄNNER 1923
(MINUS 8107 TAGE), FREITAG

Endlich drang das erlösende Schreien durch die Schlafzimmertür. Vittorio trat die Zigarette aus, die er auf Anraten des Arztes gegen die Nervosität geraucht hatte. Sieben Stunden hatte er warten müssen, sieben Stunden lang hatte er das unmenschliche Brüllen seiner Frau, die seit dem frühen Nachmittag in den Wehen lag, mitanhören müssen. Gegen achtzehn Uhr hatte die Hebamme geraten, einen Arzt hinzuzuziehen, da sie weder für die Gesundheit des Kindes noch der Mutter mehr garantieren könnte. Es sei mit Komplikationen zu rechnen. Sieben Stunden Folter für Vittorio, der seine Unruhe nicht in den Griff bekam und durch die Wohnung polterte. Mal ließ er sich in den Lehnstuhl vor dem Bücherregal fallen, holte ein Buch daraus hervor, das er aber sofort wieder fallen ließ, um das nächste zu nehmen, um auch bei diesem nur auf den Titel zu schauen, es in seiner Hand zu wenden und dann wieder von sich zu werfen. Ein kleiner Haufen Literatur war so zu seinen Füßen entstanden. Dann sprang er wieder auf und war nur mit größter Mühe von den Geburtshelferinnen daran zu hindern, über die Schwelle an das Kindbett seiner Frau zu treten. In der Küche machte er Kaffee, goss sich großzügig Wermut dazu ein. Beides stachelte ihn mehr an, als dass es seine Nerven beruhigt hätte. Als endlich der Arzt, nach dem er hatte schicken lassen, eingetroffen war, erkannte dieser sofort die Situation und dass es am Kindsvater lag, der mit seiner Hektik und Unruhe alle kopfscheu machte, während seine Frau geduldig die Schmerzen ertrug. »Jetzt setzen Sie sich unten ins Caffè Nuova York und lassen uns hier machen«, hatte er gesagt.

Vittorio war der Gegend, in der er aufgewachsen war, treu geblieben, und kurz nach der Hochzeit waren er und seine Frau in eine große Wohnung in der Via Cesare Battisti gezogen. Die Stätten seiner Jugend waren ganz in der Nähe. Und das vom Arzt empfohlene Kaffeehaus bot den männlichen Gästen vor allem beim Billardspiel Ablenkung und Zerstreuung.

»Ich lasse mir doch von Ihnen nicht mein Haus verbieten!«, hatte Vittorio empört geantwortet.

Wortlos hatte der Arzt eine Zigarettenpackung aus seinem Jackett geholt und ihm daraus eine Savoia gereicht. »Dann rauchen Sie wenigstens eine davon. Das wird Sie ein wenig beruhigen.«

Mittlerweile hatte er drei weitere Zigaretten geraucht und merkte, wie sein Hirn davon benebelt war, aber es war eine angenehme Berauschung. Er hatte es tatsächlich geschafft, sich einem Buch länger als fünf Minuten zu widmen.

Jetzt saß er im Halbdunkel am Tisch im Speisezimmer, vor sich ein Likörglas. Der Tabak knisterte leise und sogar schon vertraut, wenn er an der Zigarette zog und damit die Glut zum Aufleuchten brachte. Das Wehklagen seiner Frau drei Zimmer weiter hinter verschlossenen Türen hörte er nicht mehr. Dafür das Ticken der Standuhr und das Knacken des Holzes, wenn er sich auf seinem Stuhl bewegte. Ab und zu hörte er auch, wenn die Straßenbahn an seinem Haus vorbeiratterte.

Er inhalierte nochmals. Tief drang der befreiende Rauch in seine Lungen. Fetzen der Erinnerung drängten sich jetzt in den Vordergrund. Der Krieg, das Lazarett, Jacopo … ihr Wiedersehen hier in Triest. Der Freund in der schwarzen Uniform, überzeugt von Mussolini und dessen Politik. Mittlerweile war dieser ehemalige Sozialist der Mann der Stunde. Seit dem letzten Oktober war er vom König als Ministerpräsident eingesetzt worden und überzog Italien mit seiner Faschistenpartei wie eine Feuerwalze, die über ausgedörrte Felder rollte. Und Italien war ausgedörrt. Das Land hatte sich noch nicht vom Krieg erholt und es fehlte immer noch an allen Ecken und Enden. Diesen Mangel und dieses Vakuum füllte der Mann mit dem stiernackigen Hals mit seinen Parolen. Er war bekannt für seine Gesten und Posen, wenn er vor seinen Anhängern sprach. Und dabei gab es auch zwischen Vittorio und diesem selbst ernannten Volkstribun durchaus Parallelen, wie er festgestellt hatte. Auch Mussolini hatte sich 1915 freiwillig zum Kriegsdienst gemeldet und war bei seinem Einsatz im Karst 1917 schwer verwundet worden. Dennoch empfand Vittorio keine Sympathie für den Mann, der sich immer mehr anmaßte, die Geschicke Italiens alleine bestimmen zu wollen und dessen Schlägertrupps nach wie vor brutal gegen unzufriedene Arbeiter vorgingen. Gerade den Werftarbeitern in Triest machten sie zum Vorwurf, dass sie Austriacanti seien, weil sie für die österreichisch-ungarische Armee gekämpft hatten. Und den slowenischen Teil der Bevölkerung der Stadt hatten sie auch aus allen Funktionen gedrängt und deren Banken aufgelöst.

Eine weitere Welle animalischer Laute hatte die Wohnung geflutet und Vittorios Gedanken wanderten zurück zu seiner Frau. Elisa!

Er fühlte sich zurückversetzt an Weihnachten vor zwei Jahren. Noch immer bereitete es ihm ein bitteres Gefühl, wenn er daran dachte, wie er, getrieben von Kummer und Zorn, die Nacht durchgemacht hatte und bei seiner Rückkehr Elisas Brief vorgefunden hatte. Sie hatte ihm zu erklären versucht, dass sie mit Rudolfo schon so gut wie verlobt gewesen, diese Verlobung allerdings nur deswegen nicht zustande gekommen sei, weil Rudolfo mit seinem Vater in die Kolonie gegangen war. Und weil mit der Zeit der Kontakt zu den Auswanderern abgebrochen sei, habe sie es gar nicht mehr für möglich gehalten, dass er wieder zurückkehren und ihr früheres Versprechen einfordern könnte. Nur deswegen habe sie Vittorio nichts davon erzählt. Sie sei über die Rückkehr selbst überrascht gewesen, habe es aber an diesem Tag nicht übers Herz gebracht, ihrem Vater zu widersprechen, der seit dem Tod ihrer Mutter zum ersten Mal seit vielen Jahren gelöst und glücklich gewirkt habe.

Vittorio dachte an den alten Camis. Für ihn schien das Leben wie eine Firma, wie seine Compagnie, abzulaufen. Verbindungen dienten primär den geschäftlichen Interessen. Man setzte einen Vertrag dort fort, wo man vom Verhandlungstisch aufgestanden war, und lagen auch Jahre dazwischen. Vittorio hatte kein Verständnis dafür empfunden, aber er hatte verstanden, dass er niemals die Einwilligung des Alten in eine Hochzeit bekommen hätte, egal wie tadellos sein Leumund auch gewesen war.

Dennoch fand seine Hochzeit im nächsten Sommer statt. Mit Elisa, seiner Elisa. Er fühlte, wie der Gedanke an seine Frau noch immer die Brust mit Wärme füllte.

Im Frühjahr nach diesem weihnachtlichen Desaster war er mit der Zahnradbahn nach Opicina gefahren. Zum ersten Mal seit der Trennung von Camis' Tochter.

Er hatte es lange nicht gewagt, die Strecke zu fahren, aus Angst, er könnte von seinen Gefühlen und der Erinnerung überwältigt werden. Doch das Wetter an diesem Sonntag war zu schön und so gab er sich einen Ruck, weil er wieder einmal die Aussicht auf den Golf genießen wollte, den Blick auf das Meer, dessen Wellen mit silbernen Spitzen in der Sonne tanzten. Die Gärten entlang der Strecke prahlten mit einem satten, frischen Grün und erste Blüten verströmten ihren aufreizenden Duft. Kaum hatte er auf der Holzbank im vorderen Waggon Platz genommen, war er schon zu abgelenkt, um in eine Trauer zu verfallen, denn genau ihm gegenüber saßen zwei junge Damen in luftigen Kleidern, die offenbar auch die milde Frühlingsluft für einen Spaziergang nutzen wollten. Er betrachtete sie verstohlen und hoffte, dass man ihn nicht dabei ertappte, wie er sie mit seinen Blicken musterte. Zur Tarnung breitete er den *Piccolo* auf dem Schoß aus und tat, als würde er darin lesen. Ihm entging nicht, dass auch die beiden jungen Damen ihn betrachteten. Die eine, die genau gegenüber saß und ein hellblaues, hochgeschlossenes Kleid trug, beugte sich zu ihrer Freundin hinüber und flüsterte ihr etwas ins Ohr. Die zweite hatte lange Haare, die sie aber zu einem Zopf geflochten hatte. Ihr Kleid aus zartrosa Stoff war etwas luftiger geschnitten und ließ an manchen Stellen die helle Haut durchblitzen, was Vittorios Fantasie anregte, auch wenn sie ein Tuch über die Schultern geworfen hatte, damit eben genau die blanke Haut möglichst verdeckt war. Doch was gibt es Schöneres als die Vorstellung von etwas, das man nur erahnt? Vittorio gab sich also seinen Träumereien hin, völlig vom Kummer oder von Gedanken an seine Verflossene abgelenkt, als er die Zeitung faltete und kaum dass die Bahn die Häuserfluchten verlassen hatte und sich jetzt durch Gärten bergan quälte, sagte: »Was für ein herrlicher Tag heute, nicht?« Hellblau und Rosa erröteten für einen Moment, dann warfen sie einander einen Blick zu und begannen zu kichern. »Ich kenne dich«, sagte die eine im blauen Gewand.

Vittorio räusperte sich. Er hoffte, dass er mit seinem Kommentar die jungen Mädchen nicht unehrenhaft angesprochen hatte. Er musterte die, die ihn geduzt hatte, und da tauchte vor ihm das Bild des Mädchens auf, das neugierig seine Nase gegen die Scheibe des Lokals gepresst hatte. Das Mädchen hatte sich im letzten halben Jahr sehr verändert, aus dem Entlein war ein Schwan geworden, und vielleicht lag es genau daran, dass Vittorio sie nicht gleich erkannt hatte. »Du bist meine Cousine, die Tochter von Onkel Leopoldo?«

Sie nickte. »Ja, ich bin Carmela, und das ist meine Freundin Elisa. Möchtest du uns auf unserem Spaziergang begleiten?«

Elisas Schreien war von einem anderen Schreien abgelöst worden. Vittorio trat die Zigarette aus und eilte zum Schlafzimmer. Die Tür ging auf und der Doktor trat heraus. Er hatte sein Jackett abgelegt und die Ärmel seines weißen Hemdes waren aufgekrempelt. Er trocknete seine Hände ab und Vittorio sah die Blutflecken auf seiner Brust.

»Sie haben es überstanden.« Er klopfte ihm auf die Schulter und schlüpfte wieder in sein Jackett. »Gratuliere, Sie haben einen Sohn. Es geht ihm gut. Und ja, Ihrer Frau auch. Sie dürfen zu ihr hinein, aber nur kurz. Ihre Frau ist erschöpft und muss sich erholen. Das hat sie sich verdient. Um den Rest kümmert sich jetzt die Hebamme.«

Vittorio betrat das Schlafzimmer. Wie eine Trophäe hielt ihm die Hebamme das Baby hin und der verwirrte Jungvater nahm es irritiert entgegen, wie etwas, das man gar nicht in Händen halten möchte. Das Neugeborene war in ein Leintuch eingeschlagen und die Hebamme hatte es bereits trocken gewischt. Wie ein Hohepriester, der eine Götzenstatue vor sich herträgt, schritt er langsam mit seinem Kind an das Bett seiner Frau heran. Sie hatte die Augen geschlossen. Durch die Fensterläden fiel ein wenig Licht von der Straße auf ihr Gesicht. Ihre Haut glänzte schweißnass und einige Haarsträhnen klebten auf der Stirn. Vittorio setzte sich behutsam auf die Bettkante. Er hatte einen Sohn, einen Stammhalter. Sofort dachte er daran, dass für das Kind die beste Schule auszusuchen war. Und natürlich würde er studieren und dann seine Kanzlei übernehmen oder als Partner bei ihm einsteigen. Er sah schon das Firmenschild aus poliertem Messing vor sich: »Robusti e Robusti, Avvocati«. Elisa schlug langsam die Augen auf. »Geliebter«, flüsterte sie und strich dem Baby sanft über den Kopf. In diesem Augenblick entzündete sich in Vittorio ein Licht, das ihn mit unendlicher Wärme und Liebe durchströmte. Vergessen waren Kanzlei und Klienten, die Politik, der Krieg, der Mangel, einfach alles, und in ihm reifte eine neue Erkenntnis: Sie waren eine Familie, ja, sie waren jetzt eine Familie. Vater, Mutter und Kind. Und als ob das Neugeborene dies gespürt hätte, meldete es sich und fing an zu schreien, immer lauter. Vittorio legte seine Hand auf die von Elisa und so waren sie jetzt zu dritt verbunden. Eine Bande, die für immer halten sollte. Er sagte: »Wir brauchen ein Haus mit Garten.«

Elisa lächelte. »Wir brauchen vorerst einen Namen.«

»Wir könnten ihn nach meinem Vater nennen.«

Das Baby brüllte dazu, doch keiner wusste, ob dies als Zustimmung zu dem einen oder dem anderen Vorschlag zu verstehen war. Bis die Hebamme einschritt: »Sie müssen jetzt wieder hinaus. Wir wollen das Kind der Mutter an die Brust legen und sehen, ob es trinken kann. Sie sehen ja, es brüllt vor Hunger.«

Vittorio nickte und ging nach draußen.

Er holte ein frisches Hemd und warf eine Jacke über, bevor er die Wohnung verließ. Im Caffè Roma machte er Station, bestellte einen Caffè und rief von dort aus seinen Onkel an.

»Komm, wir haben etwas zu feiern!«

»Ist es etwa so weit?«

»Ja.« Im Hintergrund fing die Kapelle zu spielen an wie an jedem Abend. »Ich bin im Caffè Roma, treffen wir uns gleich hier?«

»Das ist keine gute Idee. Mit der Musik im Hintergrund kann

man sich nicht unterhalten, und wir wollen doch feiern. Gehen wir doch ins Marascutti, das ist auch bei dir ums Eck, also falls du rasch nach Hause musst.«

»Keine Sorge, Elisa ist gut versorgt, das Kind auch, die brauchen nur ihre Ruhe. Hauptsache, wir bekommen was zu trinken. Jetzt wird einmal ordentlich angestoßen.«

20. MÄRZ 1945
(MINUS 17 TAGE), DIENSTAG

Sie hatten Pino aus der Zelle geholt und in einen vergitterten Raum gebracht. Durch die Eisenstäbe hindurch drängte sich ein blutroter Himmel in den Raum. Pino schloss die Augen. Er dachte an Laura, und das Rot des Himmels verschmolz hinter seinen Augenlidern mit dem roten Kleid, das sie in seiner Erinnerung trug. Pino hatte die Hände am Rücken gefesselt und in dieser Position tat er sich schwer, auf dem Stuhl vor dem Schreibtisch zu sitzen.

Der Wachebeamte, der ihn geholt hatte, hatte sich wieder entfernt und Pino war allein mit dem Nazioffizier. Bis jetzt hatte dieser noch kein Wort gesprochen, sondern zeigte sich nur an Pinos Ausweispapieren interessiert, die ihn als Arbeiter der Organisation Todt auswiesen. Nicht einmal den strammen Gruß des Soldaten vorhin hatte er entsprechend erwidert. Gerade einmal nachlässig den Arm zu dem gehoben, was die Nazibesatzer den »deutschen Gruß« nannten. Dabei hatten sie auch den von den italienischen Faschisten abgeschaut. Pinos Vater hatte ihm erzählt, dass Mussolini im Oktober 1926 den römischen Gruß, also den ausgestreckten und erhobenen rechten Arm, für alle Beamten verpflichtend eingeführt hatte, da war der kleine Gefreite aus Österreich, der bei seinen Reden klang, als würde ihn ein Hustenanfall nach dem anderen beuteln, noch weit von der Macht entfernt. Doch hier ging es weder um Hitler noch um Mussolini. Hier ging es um ihn, Giuseppe Robusti, hier ging es darum, einen Irrtum aufzuklären. Der Nazisoldat warf Pinos Passierschein verächtlich auf den Schreibtisch.

»Sie sind Giuseppe Robusti, nicht wahr?«

Das hatte Pino so weit verstanden, also nickte er.

»Sie sind nicht zum Dienst erschienen, stattdessen haben Sie hier vor unserem Quartier spioniert.«

Pino hatte nicht viel verstanden, aber dass man ihm etwas vorwarf, war ihm klar.

»Partisan?«, fragte der Nazi und Pino schüttelte sofort mit dem Kopf. Nein, er war natürlich kein Partisan. Sein Vater hatte ihm jegliche Parteinahme in diesem Krieg verboten. Und der Mutter hatte er es versprochen. Die Einberufung zur Todt war immer noch die bessere Alternative, verglichen mit einem Kriegseinsatz. Pino deutete auf den Ausweis und sagte: »Ich Todt.«

Der Offizier beugte sich vor und gab Pino eine Ohrfeige. »Eben nicht, du Saukerl!«, brüllte er. »Ein feiger Partisan bist du, der sich nur getarnt hat, um unsere Kameraden in einen Hinterhalt zu locken.«

»Nein, non sono un partigiano, mio padre è avvocato, telefonieren, bitte«, mehr bekam Pino zu seiner Rechtfertigung nicht heraus, aber würde der Soldat seinen Vater anrufen, dann könnte der mit ihm auf Deutsch die Sache aus der Welt schaffen.

Der Nazi lehnte sich zurück und legte die Füße auf den Tisch. Nach der Telefonnummer fragte er nicht. »Natürlich, und dem Onkel in Amerika werden wir telegrafieren.« Er lächelte sardonisch.

»Nichts Onkel in Amerika.« Pino hatte keinen Onkel, aber sein Vater hatte einen Onkel gehabt, er hatte ihn einige Male gesehen, da war er ein kleiner Junge gewesen. Doch mittlerweile war der Onkel gestorben. Er verstand nicht …

»Du verstehst sehr gut, was ich will. Ich will Namen!« Der Nazi setzte sich auf und beugte sich vor. Mit der flachen Hand tätschelte er Pinos Wange. »Hilfst du mir, helfe ich dir.« Jetzt knallte die nächste Ohrfeige. »Ich will endlich die Hintermänner. Sag mir, wer sich in der OT eingeschlichen hat. Ich weiß, dass es da eine Menge Partisanen gibt.«

Das hatte Pino so halbwegs verstanden. Jetzt wusste er, worauf der Deutsche hinauswollte und er tat sich schwer, darauf zu antworten. Tatsächlich war es so, dass gerade in den Wintermonaten einige der Widerstandskämpfer den Karst verließen, weil es fast unmöglich war, dort die Kälte zu überstehen. Es gab zu wenige Unterstände und kaum Nahrung. Und die Bevölkerung konnte die Kämpfer nicht noch mit ihren knappen Rationen, die nur auf Marken zu beziehen waren, durchbringen. Oder sie wollte es auch nicht. So hatten einige der Kämpfer die Idee gehabt, sich zum Arbeitseinsatz zu melden. Erstens weil man so über den Verdacht, gegen das Regime zu kämpfen, einigermaßen erhaben war, und zweitens kam man so zu einer regelmäßigen Verpflegung. Das hatte im ersten Winter funktioniert, aber jetzt waren die Nazis alarmiert, nachdem im Frühjahr ein Teil der Arbeiter nicht mehr zum Dienst erschienen war. Doch Pino hatte damit nichts zu tun, und er wusste auch keine Namen. Er und seine Freunde waren Träumer, mehr nicht. Außerdem wäre es ihm ferngelegen, irgendwen zu denunzieren. Das Einzige, was er an Verbotenem riskiert hatte, war, ab und zu Colonnello Stevens von der BBC zuzuhören, wenn er im Radio für die Alliierten zur italienischen Bevölkerung sprach. Natürlich war das verboten, aber bitte, das war ja nur Radio und kaum mit einem bewaffneten Angriff zu vergleichen.

»Du bist ein verstocktes Kerlchen. Entweder sehr schlau oder sehr dumm. Schade um dich.«

Er rief laut einen Namen aus und sofort ging die Tür auf. Der Wachsoldat von vorhin kam herein und stampfte mit seinen

Lederstiefeln über den Boden, als schritte er auf einer Militärparade. Vor dem Schreibtisch riss er seinen Arm in die Höhe und brüllte sein »Heil Hitler!«.

»Ein Abtrünniger, und leider unbelehrbar. Bring ihn in den Kerker, ins Coroneo.«

Der Soldat schlug seine Hacken zusammen und packte Pino an der Schulter, und obwohl Pino keine Gegenwehr leistete, zerrte ihn der kräftige Soldat mit Wonne über den Gang, als wäre er ein Sack Zement.

Die Wache brachte ihn in ein anderes Zimmer, wo weitere junge Burschen saßen und auf ihren Abtransport ins Gefängnis warteten. Pino saß neben einem Jungen in der Uniform der Guardia Civica, dem die Sorge aus dem Gesicht sprach. Pino rückte näher an ihn heran und flüsterte ihm ins Ohr. »Kannst du mir einen Gefallen tun?«

7. AUGUST 1921
(MINUS 8643 TAGE), SONNTAG

»Woran denkst du?«

Seit dem Tag ihres Kennenlernens im Frühjahr hatte Vittorio Elisa fast jede Woche einmal getroffen, manchmal sogar öfter. Sie war zwei Jahre älter als seine Cousine und arbeitete als Sekretärin. Und sie war eine der ersten Frauen, die die Kommune eingestellt hatte, um den modernen Bürobetrieb zu unterstützen. Das Telefon hatte überall Einzug gehalten, ebenso wie immer weitere Teile des Umlands elektrifiziert worden waren. Man telegrafierte häufig und man hatte das Gefühl, die Welt war eine Spur enger zusammengerückt, seit die Kommunikation neue Wege beschritten hatte. Auch Automobile, die sich mit schnarrender Hupe Platz verschafften, gehörten schon fast zum normalen Erscheinungsbild. In den Straßen herrschte emsige Geschäftigkeit und die Passanten waren gut beraten, auf den Gehsteigen zu bleiben, deren Bedeutung in dem Gewirr aus Straßenbahnen, Karren, Droschken und eben Autos gewachsen war. Und entlang des Meeres fuhren auch noch die Züge.

Genau dort spazierten Elisa und er sehr gerne. Lieber noch als durch den Orto Botanico oder das Wäldchen oben beim Obelisken von Opicina. Er entdeckte mit Elisa, der zweiten, wie er sie für sich insgeheim nannte (eigentlich hatte sein Onkel diese Nummerierung eingeführt, doch er hatte sie schnell übernommen – wehe, sie hätte davon Wind bekommen!), gerne neue Pfade, da er nicht in einer falschen Nostalgie verharren wollte. Folglich stieg er mit ihr auch nie im Hotel Obelisco ab, und er verzog immer das Gesicht, wenn Elisa sich dort im Garten bei einer Limonade und einer Kleinigkeit zu essen stärken wollte. Aber er beugte sich ihrem Wunsch und war meist peinlich berührt, wenn man ihn dort wie einen lange vermissten Gast begrüßte und auch hofierte. Doch Elisa schien dies nicht zu bemerken oder sie sah einfach darüber hinweg.

Sie war für ihr Alter erstaunlich reif. Sie war liberal erzogen und ihr Vater schien ihr blind zu vertrauen, denn er hatte schnell seinen Segen zu den Treffen mit Vittorio gegeben. Wenigstens mussten sie so kein Versteckspiel mit irgendwelchen Freundinnen abziehen. Die Familie war slowenischstämmig, doch sie waren Italien treu verbunden, auch wenn er aus einigen Bemerkungen des Signor Simicich schloss, dass dieser nicht sonderlich erfreut darüber war, dass im Mai dieses Jahres der rechte Nationalblock auf Anhieb den Einzug in die Volksvertretung geschafft hatte. Zu tief saß das Misstrauen der nationalistischen Bewegung gegenüber, und der Anschlag gegen den Narodni Dom, das slowenische Volkshaus, im letzten Juli war allen noch gegenwärtig. Das Kulturzentrum mit Hotel und Kaffeehaus war in Flammen aufgegangen. Nationalisten hatten die Feuerwehr daran gehindert, das Feuer zu löschen, und Polizisten hatten dem Treiben nur tatenlos zugesehen, bis es zu spät war, irgendetwas zu retten.

Die Familie hatte Elisa auf ein Liceo geschickt, damit sie eine Ausbildung erhielt, die es ihr ermöglichte, später zu arbeiten. Nicht um Geld nach Hause zu bringen, denn der Vater hatte eine gut gehende Schlosserei, sondern weil es um ihre eigene Selbständigkeit ging. In einem Gespräch mit Vittorio hatte Simicich sogar behauptet, dass es demnächst normal sein würde, wenn Frauen auf der Universität studierten.

Vittorio lachte. Er sagte: »Und womöglich gehen sie dann in die Politik und regieren uns eines Tages.«

Simicich beugte sich vor und flüsterte ihm zu: »Tun sie das denn nicht schon jetzt?«

Natürlich war für Vittorio klar, dass seine Frau, und er hoffte, dass Elisa dies bald sein würde, sich später um die Kinder kümmern sollte. Für den Unterhalt der Familie zu sorgen war schließlich seine Aufgabe als Mann. Doch dann erinnerte er sich der Worte des Arztes im Militärlazarett in Padua. Der Unfall hatte ihm die Manneskraft nicht genommen, seine Erregung hatte sich schon bei der Tochter von Camis deutlich im Schritt bemerkbar gemacht, und bei einem der Treffen mit der ersten Elisa hatte nicht viel gefehlt und er hätte die Einsatzfähigkeit auch real testen können. Er konnte sich verschwommen an den einen Bordellbesuch mit den Kameraden seines Zuges erinnern, unmittelbar bevor sie an die Front versetzt worden waren. Unerfahren war er gewesen, und dennoch würde er nie die Geborgenheit vergessen, die er dabei empfunden hatte, als die Liebesdienerin ihn in sich aufgenommen hatte. Vielleicht war sie zunächst über seine Schüchternheit amüsiert gewesen, dann aber hatte sie sich zu einer Zärtlichkeit hinreißen lassen, die es sonst gegen Geld wohl kaum zu finden gab. Warm und sauber hatte sie gerochen. Wie frische Bettwäsche, die den ganzen Tag in der Sonne gehangen ist. An ihr Gesicht konnte er sich nicht erinnern, aber an die Zartheit ihres Körpers und an die festen, kleinen Brüste, gegen die sie seinen Kopf gedrückt hatte, während sie sich auf seinen Schoß setzte und er langsam in sie hineinrutschte. In diesem Moment war er wieder im Mutterleib versunken, abgekapselt von jeglicher feindlichen Umgebung. Geschützt und genährt. Und geliebt. Vielleicht war es ja eine Entschädigung von Mutter Natur für die Schändlichkeit, so brutal in diese Welt gestoßen zu werden.

Bald machte er bei einem der Spaziergänge entlang der Rive Elisa einen Heiratsantrag. Allerdings in einer verschrobenen Art, weswegen er sich später selbst darüber wunderte, dass Elisa ihn angenommen hatte. Sie hatte nur aufgelacht, schallend und ehrlich. Offenbar war das die dümmste Ansage, die man in so einer Situation von sich geben konnte. »Ich glaube nicht, dass du das mit meinem Vater erörtern musst, das wird ihn vielleicht nicht interessieren.«

Vittorio errötete, und tatsächlich blieben ein paar Passanten sogar stehen (aber nur, weil Elisa so laut gelacht hatte). Erst da wurde ihm bewusst, wie lächerlich seine Ansage gewesen war: »Gnädigste, ich möchte um Ihre Hand anhalten. Es kann aber sein, dass ich keine Kinder zeugen kann. Wenn es Ihnen recht ist, werde ich mit Ihrem Herrn Vater darüber reden.«

Dieser Satz schallte über die Schienen, kletterte die Kaimauern über das offene Meer hinaus und die Möwen schienen ihn mit ihrem Gekreische am Himmel weitertragen zu wollen, in den entferntesten Winkel der Erde, damit er nur ja überall Zeugnis für seine Torheit ablegte. Der Satz hallte über den Platz, kletterte über die Fassaden der Palazzi und rutschte dann über die Dächer auf die Passanten hinab, an deren Gewand diese ungeschickten Worte wie Pech kleben blieben. Vittorio war wieder am Isonzo gelandet, um ihn herum tobte das Granatfeuer und der Fluss riss sein Maul wie eine Bestie auf und wollte ihn mit einem Strudel verschlingen. Er schlug die Hacken zusammen und wollte sich umdrehen, doch da packte eine rettende Hand zu und riss ihn aus dieser Gefahr fort.

Vittorio registrierte jetzt erst, dass Elisa ihm sanft ihre Hand auf die Schulter gelegt hatte und ihn zu sich zog. Er blickte um sich, niemand schenkte ihnen Beachtung. Die Straße war voll von Spaziergängern, die das schöne Wetter nutzten, doch alle zogen sie ihres Weges, keiner kümmerte sich um das Paar, und ein Paar waren sie, spätestens jetzt, da Elisa ihre Hand auf seine Wange legte und leise sagte: »Natürlich will ich deine Frau werden.«

Der Rest folgte schnell: Verlobung (ohne Zögern hatte Simicich seine Einwilligung in diese Verbindung gegeben, mit

Freude tat er das), Aufgebot und dann die Hochzeit in der Kirche Santa Maria Maggiore.

Die Gesellschaft hatte sich nach der Zeremonie vor dem Haupteingang drapiert und Francesco Penco, der Fotograf, der sein Atelier nicht weit davon entfernt hatte, verewigte das alles für die Nachwelt. Der Mann verstand sein Handwerk. Er hatte das Atelier von seiner viel älteren Frau übernommen und Vittorio erzählt, dass er bei jener Kirche in Triest die besten Einstellungen und Motive finde, weil er hier selbst geheiratet habe. Weit vor dem Krieg sei das gewesen. Leider sei seine Frau bald nach der Hochzeit verstorben. Jetzt gedachte er ihrer, wenn er hier arbeitete.

Penco dirigierte die Hochzeitsgäste wie ein Regisseur seine Schauspieler, sagte ihnen, zu welcher Seite des Paares sie sich hinzustellen, wie sie sich zu drehen hätten (zur Seite, mehr von der Schulter zeigen, die Damen vor oder hinter ihre Männer), er gab ihnen die Blickrichtung vor, und ja, manchen gebot er sogar zu lächeln, bei anderen bat er sich jedoch einen ernsten Blick aus. Je nachdem, was er gerade für passend hielt. Es war eine Inszenierung, und Vittorio hatte es Elisa gegenüber vermieden zu erwähnen, dass Penco vor allem für die Ablichtung von Katastrophen wie dem Einsturz des Campanile bei San Marco oder von Unruhen, etwa als sich die Heizer des Lloyd aufgelehnt hatten und es dann ein Blutbad gegeben hatte, berühmt geworden war.

Dann ging es weiter zur Tafel ins Restaurant Furlan in Monrupino. Vittorio verfrachtete die Gesellschaft, so gut und so schnell es ging, am Corso Vittorio Emanuele in eine Vielzahl von vorbestellten Taxis. Dabei konnte er sich das gar nicht leisten. Die Kanzlei von Ruan ging zwar sehr gut und man musste in letzter Zeit öfter Klienten abweisen, weil man nicht die Kapazitäten hatte, um alle Anliegen zu vertreten, doch Vittorios Gehalt hatte diesen Aufschwung nicht mitgemacht. Jetzt, da er verheiratet war, würde er eine Gehaltserhöhung verlangen. Er hatte eine Frau zu versorgen und vielleicht in Kürze eine Familie.

Das Restaurant, das ein gutes Stück hinter Opicina lag, war bei Ausflüglern, aber vor allem für Geburtstagsfeiern oder Hochzeitsbankette bekannt und beliebt. Es zählte zu den traditionellen Gasthäusern und wurde mittlerweile in dritter oder sogar vierter Generation geführt. Als es eröffnet hatte, war kurz davor die neue Straße nach Opicina eingeweiht worden. Das war jetzt fast hundert Jahre her.

Weil es ein milder Tag im Frühsommer war, nicht zu heiß mit einem blassblauen Himmel, über den sich schlanke, beinahe durchsichtige Wolkenbahnen zogen, feierte man im Garten. Die Luft brachte den milden Duft blühender Gräser. Auf einer Bühne spielte ein Orchester und es störte nicht einmal, wenn ein verirrter Gast plötzlich mitfeierte.

Als Simicich, sein Schwiegervater, Vittorio in die Arme nahm und ihn an seine Brust drückte, gab es Vittorio einen Stich unter den Rippen. Er dachte an seinen Vater, an diese letzte unwirkliche Begegnung auf dem Friedhof, an diesen unnötigen Zwist in seiner Familie, der die Mutter früh, ja viel zu früh, ins Grab gebracht hatte. Ebenso seinen Vater. Unaufhaltsam und einsam und verbittert, und dies alles nur aus einem einzigen Grund: wegen dessen verschrobener Geheimniskrämerei ihm gegenüber. Dem Krieg konnte man nicht die alleinige Urheberschaft dafür zumessen; der Krieg war furchtbar und für die Nation und deren Bürger eine harte Prüfung gewesen, aber hier hatte es am nötigen Vertrauen zwischen Vater und Sohn gefehlt. Hätte er vom Einsatz des Vaters um die Nation gewusst, niemals hätte er sich dessen Willen widersetzt. Er kam sich so egoistisch vor. Wie musste seine Mutter nur unter all dem gelitten haben. Sie war eine kluge Frau gewesen, und es gab nichts, was ihr Mann vor ihr hätte verbergen können. Er fühlte sich elend, eine Träne rann ihm über die Wangen, da boxte ihn ein fester Schlag gegen die Schulter aus dieser Trauer heraus.

Simicich löste den Druck und Vittorio stand Leopoldo Robusti gegenüber, der ihm über die Wange fuhr. »Dein Vater wäre stolz auf dich gewesen. Und deine Mutter wäre heute vor Glück geplatzt, und wo immer sie sind, sie tun es jetzt auch, da bin ich ganz sicher.« Er lächelte ihn an und verstrahlte dabei eine Zuversicht wie ein Fischer, der eben an den prall gefüllten Netzen gezogen hatte. Jetzt fiel auch Leopoldo dem Bräutigam um den Hals. »Du hast eine junge, wunderschöne Frau, es gibt also keinen Grund, Trübsal zu blasen. Ihr beide habt euer Leben vor euch liegen und braucht euch nur wie an einer reichlich gedeckten Tafel zu bedienen.« Er küsste ihn auf die Wange und Vittorio griff seinem Onkel ins Haar und zauste es wild. Er atmete schwer und laut und drückte sein Gesicht in dessen Kragen, der von seinen Tränen ganz nass wurde, als ein Raunen und einzelne Unmutsbekundungen die innige Umarmung der beiden Verwandten unterbrach. Vittorio und sein Onkel gingen auseinander und sofort sahen beide den Auslöser für die Unruhe. Drei Männer in schwarzen Hemden näherten sich mit militärischem Schritt dem Brautpaar.

»Jacopo, was machst du hier?«

Die drei Schwarzhemden stoppten ihre Schritte abrupt, als sie Vittorio erreicht hatten. Es wirkte, als rammten sie ihre Füße in den Boden. Im Dreieck standen sie da. Jacopo, der die Spitze vor den beiden anderen bildete, rückte sein Barett zurecht und die zwei hinter ihm fuhren sich durch die kurzen Haare, bedacht, den Drill auch am Kopf zur Schau zu stellen.

»Ich wollte dir gratulieren, aber du hast mich leider nicht eingeladen. Ich bin dennoch gekommen.«

Jacopo blickte durch die Reihen der Umstehenden, die vorwiegend stumm und mit weit geöffneten Augen der Szenerie folgten. Nur die wenigsten wagten ein Murmeln, um etwas zu ihrem Nachbarn zu sagen. Der Faschist musterte sie bewusst langsam und betont laut sprach er. Er erkannte rasch, dass sich Vittorios Gäste in der Minderzahl befanden. Die wenigen Verwandten um Leopoldo, ein entfernter Cousin aus Pordenone mit dessen Frau und wenige Freunde waren gekommen. Nicht einmal Ruan wohnte der Feierlichkeit bei. Er hatte sich entschuldigt, ohne einen Grund zu nennen.

»Ich komme wegen deiner Familie«, sagte Jacopo, »und wegen der paar Freunde. Ich sehe schon«, kam es spöttisch, »dass wir hier in der Minderzahl sind.«

Elisa hatte zwei jüngere Cousins, die beide bei der Erstürmung des slowenischen Volkshauses verletzt worden waren. Einer davon, Anto, hinkte immer noch mit dem rechten Bein, und Vittorio entging nicht, wie Jacopo und Anto sich anblickten, daher schritt er ein. Eine Schlägerei oder gar Schlimmeres, denn die Faschisten trugen Waffen offen an ihren Gürteln, wollte er bei seiner Hochzeit nicht haben, also machte er einen Satz vor zu Jacopo und schüttelte ihm die Hand, während er gleichzeitig Anto und den zweiten Cousin, dessen Namen er nicht parat hatte, im Auge behielt.

»Danke, aber bitte macht mir den Gefallen und setzt euch hier an diesen Tisch.« Er deutete auf einen der kleinen Tische am Rand des Gartens, die von einzelnen Zaungästen, die sich nicht mit der Gesellschaft vermischen wollten, bevölkert waren.

»Ich verstehe«, sagte Jacopo, sein siegessicheres Lächeln war verschwunden. Die drei trollten sich nach hinten, verfolgt von hasserfüllten Blicken, und Vittorio beeilte sich, damit die drei schnell eine Karaffe Wein vor sich hatten und etwas zu essen, auch wenn sie das Schweinefleisch auf dem Teller misstrauisch beäugten.

Davon abgesehen war die Hochzeit ein wunderschönes Fest, etwas, an das er sich auch noch in vielen Jahren zurückerinnern würde. Sie würden irgendwo im Schatten sitzen, auf den Golf von Triest blicken, einander die Hände reichen und gemeinsam den Sonnenuntergang anschweigen. So wie jetzt.

»Woran denkst du?«

Elisa holte ihn aus seiner Schwärmerei zurück. Es war heiß und sie lagerten auf einem Felsen vor der Küste von Sistiana. Ein beliebtes Plätzchen, wenn man an einem heißen Sommertag wie heute etwas Erfrischung am Meer suchte. Und dennoch wenig frequentiert im Vergleich zu den Lieblingsbädern der Triestiner. Das Bagno Excelsior in Barcola war um diese Zeit überlaufen und die Bäder in der Stadt wie das Savoia waren regelrecht übervölkert und man tat sich schwer, irgendwo ein Plätzchen zu finden, um eine Decke oder ein Badetuch auszubreiten. Sogar die spartanische Diga direkt im Hafenbecken des Porto Vittorio Emanuele gegenüber den Molen zwei und drei war meist voll. Die Leute ruderten zu dem befestigten Schutzwall hinüber, der den alten Hafen vor allem im Winter vor den wütenden Fluten behüten sollte, wenn die Bora die Stadt mit einer Eisschicht überzog und alles mit sich wegriss, was nicht befestigt war. Andere Badegäste ließen sich von den Fischern, die ihre Boote am Canal Grande vertäut hatten, gegen ein geringes Entgelt hinüberbringen.

Hier hatten sie einen ganzen Strand beinahe für sich alleine. Sie waren eine Runde geschwommen und hatten sich danach zum Trocknen auf den warmen Stein gelegt. Ihre Sachen hatten sie im Schatten eines Strauches deponiert.

»An dich, meine geliebte Frau. An Signora Robusti«, beantwortete Vittorio die Frage von vorhin und man konnte ihm ansehen, wie bei diesen Worten Ruhe in seinen angespannten Körper zurückkehrte. Von unten hörte man das Klatschen des Wassers, das gegen den Felsen schlug. Die Wellen rollten sanft über das Ufer, und ihre Schaumkronen überzogen die glatten Steine dort mit einem Film, der Bläschen bildete, wie auf den Lippen eines Kindes, das mit seiner Spucke spielt. Weiter draußen leuchtete ein weißes Segel in der Sonne.

»Du hast vorhin nachdenklich gewirkt, so gar nicht zufrieden«, sagte Elisa. »Ist es, weil ich noch nicht guter Hoffnung bin? Machst du dir deswegen Sorgen?« Sie legte ihm die Hand auf die Schulter, auf der sich eine dünne Kruste aus Salz gebildet hatte.

Daran hatte Vittorio nicht gedacht, und ja, auch das machte ihm Sorgen. Sie führten eine richtige Ehe, in der es im Schlafzimmer auch zur Sache gehen durfte. Auch Elisa schien diese Intimitäten zu genießen. Nicht selten kam es vor, dass sie ihn, wenn er müde von seiner Arbeit kam, verführte.

»Nein, das ist es nicht«, sagte er und log dabei. »Es ist wegen meiner Arbeit.«

Er wollte weder die Episode mit den Faschisten, die in ihre Hochzeit geplatzt waren, noch die Sache mit der ausbleibenden Schwangerschaft ansprechen, also suchte er ein anderes Thema. Und auch das war kein Leichtes. Doch mit Elisa hatte er eine Frau gefunden, die ihn nicht nur unterstützte, sondern ihm auch völlig freie Hand ließ, wenn es um seinen Beruf ging.

»Hast du Probleme mit Ruan?«, fragte sie.

»Nein, aber ich weiß nicht, woran ich bei ihm bin.«

»Gibt er dir keine Fälle? Oder bezahlt er dich schlecht?« Sie hatte sich von ihrem Liegeplatz ein Stück Brot geholt und reichte einen Teil davon an Vittorio, doch der lehnte ab.

»Das ist es nicht. Im Gegenteil. Warum auch immer, aber er lässt mich weiterhin diesen Fabrikanten in Barcola betreuen, und der hat im Moment wieder viele Bedürfnisse. Da ist für einen Anwalt viel zu verdienen, mit so einem Mandanten. Aber Ruan hat mich immer noch nicht zum Partner gemacht. Das ist es, was mich beschäftigt. Haben wir die Flasche Wein mitgenommen?«

»Den Malvasier?«

Elisa robbte nochmals vom Felsen hinunter und brachte Vittorio die Flasche.

Sie fragte: »Und was hättest du davon, wenn du sein Partner wärst?«

»Mein Name würde in der Firma aufscheinen, ich käme aufs Türschild, du weißt schon …«

Elisa lächelte verschmitzt.

»Was findest du daran komisch?«

Sie wuschelte ihm durch sein gelocktes dunkles Haar, das im Sommer, wenn die Sonne darauf fiel, noch mehr ins Schwarze ging. »Es geht um deinen männlichen Stolz. Gekränkter männlicher Stolz«, sagte sie mit dem Tonfall einer Volksschullehrerin, die eine Bubenklasse zum ersten Mal auf den feinen kleinen Unterschied zu den anderen Wesen, die es auf der Welt gab, hinzuweisen hatte. »Wie lange arbeitest du schon für ihn?«

»Na ja«, stotterte Vittorio, der zu rechnen begann, »noch nicht ganz ein Jahr. Vielleicht hast du recht und es ist noch zu früh, sich darüber graue Haare wachsen zu lassen.«

Elisa gab ihm einen Rempler gegen die Schulter. »Du siehst mit grauen Haaren sicher auch toll aus, mein Liebling. Ich kann es gar nicht erwarten, bis du erste Strähnen bekommst.«

»Jetzt habe ich mich mit Wein angeschüttet, pass doch besser auf.«

»Du solltest ins Wasser! Es wird dich abkühlen und den Wein abwaschen«, sagte sie amüsiert und zog ihn in Richtung der dunklen Wellen.

16. SEPTEMBER 1929 (MINUS 5681 TAGE), MONTAG

Pino war aufgeregt. Doch im Gegensatz zu seiner Mutter blieb er für einen Sechsjährigen erstaunlich ruhig. Auch der Vater war fahriger als sonst. Und ins Büro war Papà auch nicht gegangen. Pino hatte heute zeitig aufstehen müssen, viel früher als sonst, und er hatte einen Anzug anziehen müssen, der an eine Uniform erinnerte. »Der erste Schultag«, hatte seine Mutter immer nur gesagt und der Vater hatte zustimmend dazu gebrummt. Wortfetzen wie »der Ernst des Lebens« oder ab heute sei die Kindheit zu Ende drangen an sein Ohr. Er war es gewohnt, dass er nur Teile dessen verstand, was Erwachsene einander sagten. Er hörte die Worte, doch der Sinn kam nur bruchstückweise durch. Es war wie im Sommer, wenn er im Meer von Duino planschte und dabei untertauchte und das Wasser die Geräusche der oberen Welt schluckte und gegen ein gleichförmiges Rauschen in den Ohren tauschte. So kam er sich jetzt vor: als würde er immer nur kurz an die Oberfläche kommen. Was die Eltern wohl meinten?

Er war aufgewacht wie sonst, er war auch über Nacht nicht erwachsen geworden. Nicht einmal größer war er geworden.

Er dachte an die Geschichte von Pinocchio. Der war von einer Holzpuppe zu einem Buben aus Fleisch und Blut geworden und durfte dann in die Schule gehen. Vielleicht lief die Geschichte bei ihm andersherum ab? Er tastete seinen Oberarm ab. Kein Holz, weiche Haut und warmes Fleisch, also war er derselbe wie am Vorabend, als er ins Bett gegangen war. Aber er war müde und vielleicht träumte er das alles nur. So wie einmal, als er am Abend zu viel heiße Schokolade getrunken hatte. Hatte zumindest seine Mamma am nächsten Tag zur Erklärung angemerkt, als er mitten in der Nacht ins Schlafzimmer seiner Eltern gelaufen kam, weil er damals dachte, er habe einen Termin versäumt, dabei wusste er nicht einmal, was das bedeutete: einen Termin versäumen. Im Traum musste er bei seinem Vater im Büro arbeiten und er hatte keine Ahnung, was er dort zu tun hatte. Viele fremde Worte, Worte, deren Bedeutung er nicht kannte. Er hatte diese Worte gehört, wenn seine Eltern an seinem Bett warteten, bis er eingeschlafen war. Irgendwann begannen sie sich leise zu unterhalten und der Vater erzählte der Mutter von seinen Fällen. Und er hatte im Traum ebenso viele Fälle zu bearbeiten. Er konnte sich nichts darunter vorstellen, doch es gab Leute, die handelten mit Fällen, sie machten Mäntel für schöne, reiche Damen daraus. Ihm taten die Tiere leid. Aber nachdem sein Vater nie von Tieren in der Arbeit gesprochen hatte, konnten seine Fälle natürlich etwas anderes sein. Denn er sprach oft über Menschen, aber meistens von Klienten, auch so ein Wort, das Pino nicht verstand. Alles war so verwirrend. Vater zu Hause und Mutter nervös.

Sie hatte heute ein besonders schönes Kleid an. Länger als sonst war sie im Badezimmer verschwunden und hatte sich die Frisur gerichtet. Für ihn hatte sie sich die wenigste Zeit genommen. Sie war ihm mit der Bürste rasch durch die Haare gefahren, die nach wie vor widerspenstig vom Kopf abstanden.

»Wir hätten doch zum Friseur gehen sollen«, meinte der Vater.

»Bist du verrückt? Diese herrlichen dunklen Locken einfach abschneiden?«

»Aber beim Militär werden ihm die Haare auch geschoren werden.«

Die Mutter lachte hell auf. Ihr Lachen war rein und durchscheinend wie Kristall. Wann immer seine Mutter derart lachte, wusste Pino, dass nichts, aber auch gar nichts schiefgehen konnte. Sie war Herrin der Lage und sie war bei ihm und würde ihn beschützen, so wie immer. Sie tupfte ihm die Stirne mit kühlen Tüchern, wenn sein Kopf glühte. Oder sie sang ihn in den Schlaf, wenn er nach dem Erwachen in jedem Gegenstand im Zimmer die Klauen des Ungeheuers aus seinem Albtraum zu erkennen meinte.

Seine Mutter musste tief Luft holen, ehe sie sagte: »Vittorio, das Kind kommt in die Schule, das Militär muss noch warten.« Sie wuschelte Pino durchs Haar. »Und bis dahin bleiben die Locken, die die Mamma so gern hat, wo sie sind.« Sie beugte sich zu ihm hinab und zwickte Pino in die Wange. Dann sagte sie zu Vittorio, der bereits in der Tür stand und demonstrativ auf die Uhr schaute: »Der Duce wird sich noch ein wenig gedulden müssen, wenn er mir mein Kind nehmen will. Es reicht, dass er mir den Namen genommen hat.«

»Aber du bist doch jetzt eine Robusti?«

Ihr Blick verfinsterte sich, eine Falte grub eine Scharte in ihre Stirn und sie zischte: »Du weißt genau, was ich meine. Natürlich geht es um den Namen meiner Familie.«

Elisa verstand nicht, was in diesem Land vor sich ging, warum man unter dem Deckmantel des Vaterlands und des hochgelobten Faschismus, der Italien an Glanz und Gloria des antiken römischen Weltreichs heranzuführen gelobte, immer öfter himmelschreiendes Unrecht per Gesetz verfügte. So war im März des Vorjahrs die Verpflichtung zu einer Namensänderung eingeführt worden. Seitdem durften nur mehr italienische Namen geführt werden.

»Aber Simis klingt doch auch nicht schlecht.« Vittorio zuckte die Schultern, weil er mit dem Kopf im Moment ganz woanders war. In Gedanken war er bereits auf dem Weg in die Via Giovanni Pascoli. »Komm, wir müssen los«, sagte er und schob Pino in Richtung Tür.

»Du weißt genau, worum es mir geht. Mit den Namen fängt es an. Und bald sind wir alle entrechtet.«

»Worum geht es denn, Mamma?«, fragte Pino und strahlte Elisa mit seinen unschuldigen Augen an. Die weißen Augäpfel leuchteten aus dem dunklen Gesicht hervor, das vom Sommer noch gebräunt war.

»Nichts, mein Schatz, ist schon gut«, sagte Elisa und sie verließen die Wohnung.

Vor der Schule herrschte reges Treiben. Angeregte Gespräche unter den Eltern und das Lachen und heitere Tollen der Kinder füllten den Platz vor dem Gebäude. Es erinnerte an das Surren eines Insektenvolks, das über einer sommerlichen Blumenwiese lag. Pinos Eltern begrüßten einige der anderen Erwachsenen, während sich die Kinder zu kleinen Grüppchen zusammenschlossen. Viele hatten in den nahen Gärten und Parks gemeinsam gespielt oder kannten sich von ihrer Wohngegend her oder natürlich auch von den vielen Bädern der Stadt. Pino kannte aber kaum jemanden. Er blieb lieber bei seinen Eltern, als dass er mit Gleichaltrigen spielen wollte. Und wenn doch, dann nahm das keinen guten Ausgang. Da war zum Beispiel der Junge, der im Park alle anderen ansprach und sie zu einem Duell um seine Murmeln aufforderte. Er spielte aber immer falsch und betrog. Und versuchte man sich zu wehren, drohte er damit, seinen großen Bruder zu holen, der die Kleinen gern verprügeln würde. Keiner hatte diesen Bruder je gesehen, aber alle hatten vor ihm die Hosen voll. Pino hatte ihm auch fünf seiner Lieblingsmurmeln abgeben müssen. Er hatte keine Ahnung, was da in dieser Schule genau auf ihn zukommen würde. Die größeren Kinder hatten ihm nur erzählt, dass die Schule keinen Spaß mache. Ständig sitzen müsse man und leise sein, und wenn man etwas nicht wusste, bekomme man Prügel von den Lehrern. Wenn das alles stimmte, würde er sicher sofort

Reißaus nehmen. Er konnte sich nicht vorstellen, dass ihn seine Eltern an so einen schrecklichen Ort zwangen. Aber er wollte sich selbst ein Bild davon machen, so wie man ein Spielzeugauto im Laden zunächst begutachtet, bevor man es als Geschenk erbettelt.

Pino hatte sich von seinen Eltern entfernt und stand jetzt hinter ein paar anderen Kindern, die ihm Deckung boten. Mit einem Mal war ihm das Ganze unheimlich. Er wusste nichts von dem Ort, aber man hörte nichts Gutes darüber, und wahrscheinlich hatte der Junge mit den erschlichenen Murmeln seinen großen Bruder in dem Gebäude versteckt, und er konnte ihn jederzeit herbeiholen und auf die anderen Schüler loslassen. Ein schrilles Läuten setzte ein, es fuhr Pino durch Mark und Bein. Er riskierte einen Blick zu seinen Eltern, die den Vorplatz nach ihm absuchten. Die Burschen sammelten sich alle vor dem Schultor und betraten halbwegs geordnet das Gebäude. All das kindliche Spielen war beendet, das heitere Lachen war verstummt, jetzt herrschte züchtiges Schweigen. Das Orchester der kindlichen Unbeschwertheit hatte Pause, weil jeder der Musikanten sich entfernte. Nur Pino widersetzte sich dem. Noch.

»Aber Pino! Warum gehst du denn nicht hinein wie die anderen?«

Pino hatte den Blick auf den staubigen Boden gerichtet. Mit gequetschter Stimme sagte er. »Hier gefällt es mir nicht. Ich will nach Hause.«

Seine Mutter lachte und versuchte ihn zu trösten. »Aber woher willst du das denn wissen? Du warst ja noch gar nicht drinnen.« Der Vater nahm ihm die Kappe von Kopf und drückte sie ihm in die Hand.

»Ich bin stolz auf dich, mein Sohn«, sagte er. »Wir reden am Abend drüber, wie es dir gegangen ist, ich muss jetzt in die Kanzlei.«

Bevor Pino oder seine Mutter etwas antworten konnten, näherten sich Schritte, schwere Schritte in flottem Tempo. Im nächsten Moment stand ein untersetzter Bursche in kurzen Hosen, mit rotem Kopf und dicken Waden vor Pino. Er keuchte. »Hat es noch gar nicht angefangen? Gut, dann bin ich nicht zu spät.«

»Wer bist du?«

»Ich bin Pietro«, sagte der dicke Junge zu Pino. »Und du?«

»Pino, aber ich glaube, es hat schon angefangen.« Er ließ seine Eltern stehen und führte den anderen an der Hand zum Schultor. Mit einem Mal war er groß geworden und der Ort hatte jeglichen Schrecken verloren. Weil er einen Freund gefunden hatte.

29. OKTOBER 1929
(MINUS 5638 TAGE), DIENSTAG

Pino hatte sich an das frühe Aufstehen gewöhnt und ging manchmal alleine zur Schule. Öfter wurde er jedoch von Ondina, dem Hausmädchen, begleitet. Er passierte die Piazza dell'Ospitale und erreichte nach dem Ospedale Civico, wie das Regina Elena jetzt hieß, bald seine Schule, ohne dass er allzu oft die Straßen an gefährlichen Stellen überqueren musste. Es waren enge Gässchen, die nur von wenigen Fuhrwerken oder Automobilen befahren waren. Anders verhielt es sich bei den breiten Straßenzügen. Hier brausten elektrische Straßenbahnen, und nicht selten las man in der Zeitung von schweren Unfällen, wenn jemand unachtsam eine befahrene Straße wie die Giosuè Carducci überquerte.

Leider war Pietro nicht in seiner Klasse, sondern in der Nachbarklasse. Bei ihm in der Klasse waren Buben aus der näheren Umgebung, die einander von früher schon gut kannten, weil sie an den Nachmittagen miteinander in den Straßen spielten, und die sich oft gegen ihn verschworen. Er war ein Außenseiter, weil sein Vater als Anwalt von den meisten anderen Vätern scheel angesehen wurde. Warum, das wusste Pino zu jener Zeit nicht, und er hätte es auch nicht verstanden.

Manchmal warteten Sandro und Tino, die in seiner Klasse das Sagen hatten, nach der Schule auf ihn und bedrängten ihn.

»Mein Vater sagt, dein Vater ist kein Patriot.« Tino schubste ihn gegen die Wand.

»Lass mich bitte«, sagte Pino. Er sprach es gelangweilt aus, als ob ihn das alles nichts anginge, dabei versuchte er nur, seine Angst zu überspielen. Die war höllisch groß. Er fürchtete die

Schläge, die sie ihm dann verpassten, und denen er, solange es ging, standzuhalten versuchte. Nur ja nicht weinen, nur nicht den Stolz verlieren. Doch sie ließen erst ab, wenn er die Tränen nicht mehr zurückhalten konnte und sie über die Wangen zu rinnen begannen. Und dann weinte er eigentlich aus Wut. Aus Wut über sich, weil er nicht tapferer gewesen war. Manchmal nässte er sich auch ein. Doch die körperliche Schwäche wurde von einem mutigen Mundwerk ausgeglichen.

»Mein Vater ist der beste Papà, mir ist egal, was eure Väter über ihn sagen!« Sandro verdrehte ihm den Arm. Es war wieder so weit, er kapitulierte und weinte, worauf die zwei Kumpane von ihm abließen. Tino drohte noch: »Und wehe, wenn du jemandem etwas erzählst. Verräter büßen schwer.«

Seine Lehrerin, Signorina Fiorini, bekam das wohl mit, konnte ihm aber nur zur Seite stehen, wenn das in einer der Pausen im Hof passierte. Sie holte ihn dann zu sich und sagte: »Du wirst lernen, wann man kämpfen muss und wann es besser ist, sich zu fügen.«

»Und wie soll ich das erkennen?«

»Du wirst es erkennen, wenn es so weit ist.«

»Ich will mich aber nicht fügen, den beiden sicher nicht.«

Die Maestra lächelte ihn an und fuhr ihm durch das Haar, fast so wie seine Mutter. Sie sagte: »Die beiden wirst du irgendwann vergessen haben, aber meine Worte vielleicht nicht.«

Die zwei kamen zum Glück nicht jeden Tag. Seit einer Woche war es besser geworden und das hatte er Pietro zu verdanken. Pino hatte ihm in einer Pause davon erzählt, dass die beiden ihn drangsalierten. Pietro hatte nur genickt und dann das Thema gewechselt und wie so oft von Fußball gesprochen. Doch als Sandro und Tino ihn an diesem Tag erneut hatten stellen wollen und ihn bereits wieder in der Mangel hatten, tauchte plötzlich der breite Schädel von Pietro, der mindestens einen Kopf größer war als die anderen seines Jahrgangs, hinter Pino auf. Wie ein Verteidiger, der den gegnerischen Sturm aufmischt, preschte er vor, packte die zwei Drangsalierer am Kragen und knallte deren Köpfe gegeneinander. Pino atmete erleichtert auf, denn seine Peiniger waren nun selbst schwer angeschlagen und machten sich leise davon wie zwei Diebe im Morgengrauen. Pietro legte seinen Arm schützend um Pinos Schulter und begleitete ihn nach Hause. Danach war eine Woche Ruhe gewesen. Und die anderen aus seiner Klasse hatten ihn öfter mitspielen lassen und weniger gehänselt.

Zur Abwechslung verließ Pino die Schule zufrieden und fröhlich. Sogar im Unterricht hatte er heute etwas beizutragen gehabt. Nicht, dass er den relativ einfachen Stoff der ersten Klasse nicht verstanden oder begriffen hätte, doch aus Angst, dafür wieder ein paar Ohrfeigen von den verhassten Klassenkameraden zu bekommen, hielt er sich im Unterricht zurück und schwieg, und wenn er einmal etwas gefragt wurde, tat er so, als hätte er keine Ahnung oder gerade nicht aufgepasst.

Heiter trat er auf die Straße, als der Schatten des Unheils sich vor ihm abzeichnete und die beiden Stänkerer ihm den Weg versperrten.

Pino blickte nach hinten und hoffte, dass Pietro wieder auf der Bildfläche erscheinen würde.

»Dein Beschützer wird dir heute nicht zur Hilfe eilen können. Er ist nämlich krank.«

Sie packten ihn am Hals und Tino wollte ausholen, um ihm eine zu verpassen.

»Giuseppe!« Laut und männlich donnerte die Stimme über den Vorplatz. Alle drei Knaben zuckten zusammen und umgehend ließen die zwei von Pino ab. Sandro und Tino warfen einen scheuen Blick hinüber zu dem großen Mann im Anzug und machten sich schnell davon.

»Papà!«, rief Pino. »Ist etwas passiert oder warum kommst du?«

Vittorio schickte den beiden noch einen zornigen Blick nach und eilte dann zu seinem Sohn. »Wer waren denn die?«

»Ach niemand, aber warum bist du heute gekommen?«

Vittorio lächelte ihn an. Er sagte: »Ich bin früher aus dem Büro gegangen, weil ich dir etwas zeigen möchte. Komm, lass uns gehen.«

Sie pilgerten gemeinsam über den Corso Vittorio Emanuele und erreichten die Piazza della Borsa. Als sie dort in Richtung Piazza Grande, wie viele noch zu dem weitläufigen Platz vor dem Rathaus sagten, einbogen, konnte Pino sehen, wie sich die Menschen um den Brunnen der vier Kontinente und die Säule für Karl VI. von Habsburg drängten. »Was ist denn da los?«, fragte er.

»Warte, bis wir da sind, du wirst es gleich sehen.«

Sie kämpften sich durch die Menge immer weiter vor, bis sie vor der Präfektur zu stehen kamen. Vittorio nahm Pino hoch und in diesem Moment ging ein Raunen durch die Menge.

»Das ist aber schön«, sagte Pino mit leuchtenden Augen, die auf die Wasserfontäne gerichtet waren.

»Ja, nicht?« Vittorio hob seinen Sohn hoch, damit der besser sehen konnte. Und dann erklärte er ihm, dass der Brunnen wegen der Fertigstellung der neuen Wasserleitung errichtet worden sei, dass er aber nicht bleiben würde, was Pino mit einem enttäuschten Seufzen quittierte. Er erzählte weiter, dass man die Fontäne und den Aquädukt dem Major Randaccio gewidmet habe, einem Helden des Großen Krieges, mit dem Italien seine Unabhängigkeit erfochten hatte. Vittorio war ihm damals zwar nicht persönlich begegnet, aber wie die meisten Soldaten hatte er von ihm gehört. Mit einem Mal erinnerte ihn der kräftige Strahl an die Säulen, die vom Isonzo hochgestiegen waren, als die feindlichen Granaten im Fluss explodiert waren und das Wasser zum Sieden gebracht hatten.

»Warum bist du kein Patriot?« Pinos Frage löschte dieses Bild sofort.

»Wie kommst du auf diese Idee? Haben das die zwei Lümmel behauptet?«

Pino lehnte seinen Kopf gegen den seines Vaters und Vittorio spürte, wie er dem Schütteln ein gehauchtes »Nein« nachschickte, dessen Traurigkeit das Gegenteil davon andeutete. Er konnte sich vorstellen, was Pino meinte. Er hatte gedacht, die Zeit würde die Leute diesen Prozess vergessen lassen, als er nach Ansicht der Faschisten auf der falschen Seite gestanden war. Über ein Jahr war das her, doch die bösen Zungen wollten nicht verstummen. Dabei hatte das Gericht ohnehin ein Exempel statuiert und all diese jungen Männer zu langen Gefängnisstrafen verurteilt. Er hatte dagegen nicht viel ausrichten können. Auch wenn ihn Elisa verpflichtet hatte, die Verteidigung der Gruppe zu übernehmen, denn einer der Angeklagten war ihr heißblütiger Cousin Anto gewesen, der bei ihrer Hochzeit fast eine Prügelei mit Jacopo und seinen Kumpels angefangen hätte. Ruan hatte von Anfang an die Nase gerümpft, als Vittorio ihm von dem Mandat erzählt hatte. Ruan hatte ihn gebeten, seinen Namen und den der Kanzlei herauszuhalten. Offenbar assoziierte man seinen Namen jetzt mit jener Gruppe von Studenten, die an einigen Orten der Peripherie slowenische Fahnen aufgehängt hatten. Das hatte schon gereicht, um sie zu verhaften und nun hinter Gitter zu bringen. All seine juristischen Argumente, gute Argumente, kompetent recherchiert und auch vorgetragen, waren vom Gericht verworfen worden. Das Urteil war schon von der Politik diktiert worden, bevor ein einziger Angeklagter den Gerichtssaal betreten hatte. Er blickte Pino an und sagte: »Natürlich bin ich Patriot. Wie du auch, wie wir alle. Wir sind Italiener und stolz darauf.«

Er setzte seinen Sohn behutsam ab. Der Kleine drückte sich an sein Hosenbein und Vittorio strich ihm durch das wuschelige Haar. Er sagte: »Komm, lass uns gehen. Ich bring dich zu deiner Mamma und dann muss ich zurück in die Kanzlei.«

Langsam löste sich der Griff des Jungen.

Pino fühlte sich so stark, wenn er bei seinem Vater war. Allein seine Nähe gab ihm Kraft, morgen würde er die beiden Halunken verprügeln, nahm er sich vor, und es erfüllte ihn mit Stolz, dass er, Pino, ein Patriot war. Und Mamma auch und natürlich auch Papà. Denn sein Papà hatte im Krieg für Italien gekämpft. Hatte sein Großonkel Leopoldo gesagt. Er hatte ihn zu sich auf den Schoß genommen und ihm erzählt, was für ein großer Mann sein Vater war. Ein königstreuer Patriot, der für sein Land in den Krieg gezogen war. Papà sprach leider nie über diese Zeit.

Eine Kapelle begann zu spielen. Sie hatte Aufstellung beim Gebäude des ehemaligen Statthalters bezogen. Die Bläser intonierten einen Marsch. Es war ein schneller Takt mit treibenden Trommeln. Pino ergriff die Hand des großen schlanken Mannes an seiner Seite, der die Menschenmenge für ihn, den Kleinen, der fast nur Mäntel, Hosenbünde, Gürtel und Knöpfe sehen konnte, teilte. Die Kapelle setzte sich in Bewegung und die Männer, an denen sie vorbeimarschierten, zogen ihre Hüte und winkten ihnen zu. So stellte sich Pino den Krieg vor: Kräftige Männer in Uniform paradierten zu den Klängen der Musik an der jubelnden Menge vorbei. So spielte er das auch mit den Blechsoldaten, die er zu Weihnachten bekommen hatte.

Pino zog Vittorio am Ärmel. Sie hatten den Platz verlassen und gingen am Teatro Verdi vorbei. Pino zog nochmals. Diesmal fester. Vittorio beugte sich zu ihm hinab. Als sich ihre Augen trafen, fragte Pino: »Du, Papà? Ist der Krieg wirklich so schön?«

Vittorio blieb stehen. Sein Blick wanderte von Pino weg über die Fassade des Theaters, über den Platz hinüber zum Tergesteo, wo er an den riesigen Steinfiguren auf dem Dach, Neptun und Merkur, hängen blieb. Was sollte er schon einem kleinen Kind, das eben erst in die Schule gekommen war, von den Gräueln am Schlachtfeld erzählen? Er wandte sich Pino zu und streichelte ihm über die Wange. Was sollte er seinem Sohn schon vom Sterben erzählen?

»Ja, wenn er so ist wie hier, dann ist er das.«

10. JUNI 1940
(MINUS 1761 TAGE), MONTAG

Ruan hatte nach Vittorio schicken lassen. Er reichte ihm einen Packen Briefe und sagte: »Die hier sind alle für Sie.«

Vittorio nahm sie entgegen und überflog die Absender. Als er die Namen las, war ihm schnell klar, worum es sich handelte. Er nickte. Es war ein warmer, fast heißer Frühsommertag und in der Kanzlei waren die Fenster geöffnet. Das Meer war tintenblau und die Wellenkronen glitzerten wie ein Diadem. Ein Luftzug strich über die vor Ruan ausgebreiteten Papiere und ließ die Ecken zittern. Von der Straße drang der übliche Lärm der Züge, die über die nahe Uferpromenade fuhren, und man hörte den Mischmasch an Stimmen, die sich gegen die Fahrzeuge behaupten wollten. Es war fast Mittag und bald würde das Leben abebben und die Familienväter würden zum Essen heimgehen, einige wenige vielleicht ein kurzes Bad nehmen. Vittorio trug einen leichten Anzug aus Leinen und der neumodische Hemdkragen umschloss den Hals nicht mehr ganz so streng, war also bei warmen Temperaturen angenehm zu tragen. Dennoch griff er in gewohnter Manier an den Kragen. Er fragte: »Sehen Sie darin ein Problem?«

Ruan lehnte sich wie immer zurück, wenn er vorhatte, länger auszuholen. Er bildete mit den Fingern ein Dreieck vor seiner Brust und auf seiner Stirne, die von seinen morgendlichen Ausfahrten mit dem Ruderboot schon gebräunt war, bildeten sich Falten.

»Nicht direkt ein Problem, aber es könnte sein, dass es zu Schwierigkeiten mit anderen unserer Mandanten kommt. Also eigentlich schon ein Problem, ja, ein Problem. Sie sagen es.«

»Sie meinen, weil das Juden sind, die sich um Hilfe an unsere Kanzlei wenden?«

Vittorio, der nun endlich seit fünf Jahren Partner war und in der nunmehrigen gemeinsamen Firma namentlich aufschien, hatte eine Vorahnung, in welche Richtung sich das Gespräch entwickeln würde.

Ruan änderte seine Haltung und beugte sich vor. »Mir geht es nicht um die Juden, sondern darum, dass wir unsere Glaubwürdigkeit bewahren.«

»Sie meinen, wenn Sie manchen Parteifunktionären zu einem profitablen Geschäft verhelfen, das ich Ihnen einfädle?«

Ruan grinste. »Sie verstehen, worauf ich hinauswill. Wir müssen auf einer Seite stehen.«

Vittorio zuckte mit den Schultern. »Warum? Weder Sie noch ich sind in der Partei. Wenn sich Juden um Hilfe an mich wenden und ich Ihnen bei der Ausreise behilflich bin, was soll es schaden, wenn unsere Kanzlei einen Geschäftskontakt herstellt?«

Ruan klopfte auf den Schreibtisch. »Aber wir verlieren unsere Glaubwürdigkeit. Sie bekämpfen Entscheidungen der Verwaltung und damit wenden Sie sich mittelbar gegen die Faschisten. Die Fälle, in denen sich ein Funktionär für die zu veräußernden Gegenstände interessiert, sind doch die Minderzahl. Wenn wir nicht aufpassen, kann uns das Kopf und Kragen kosten.«

Vittorio blätterte die Umschläge durch und überflog die Namen und Adressen. Fast alle aus dem Ausland. Triest hatte trotz der verschärften Gesetzeslage immer noch den Ruf, ein halbwegs sicherer Hafen für auswanderungswillige Juden zu sein. Die Lagerhäuser hatten sich in den letzten Jahren mit dem Hab und Gut vertriebener Juden, vor allem aus Deutschland und Österreich, aber auch aus anderen Staaten, die sich

Hitler seit dem Kriegsausbruch 1938 einverleibt hatte, gefüllt. Und noch immer hofften diese Menschen, über Triest ins sichere Ausland zu gelangen.

»Sie wissen so gut wie ich, auf wessen Seite unser Land in diesem Konflikt steht.«

Ruan hatte recht, auch wenn Vittorio das nicht als Konflikt, sondern als Willkür bezeichnet hätte, oder, um es im juristischen Sinne einzuordnen, als Unrecht. Bereits seit 1938 hatte auch Italien seine Rassengesetze, die unter anderem ausländischen Juden den Zuzug nach Italien verboten. Dennoch kamen sie in der Absicht auf eine baldige und sichere Ausreise in ein drittes Land nach Italien. Dafür waren sie auch bereit, ihre letzte Habe zu verschleudern.

»Ich werde mir diese Fälle dennoch ansehen, wenn Sie es gestatten«, sagte Vittorio, ordnete die Umschläge wieder übereinander und wollte sich erheben, als Ruan sagte: »Was halten Sie davon, sich selbständig zu machen?«

Vittorio verharrte in der Bewegung. »Was meinen Sie damit? Sie wollen mich rauswerfen?«

Ruan machte eine beschwichtigende Geste. »Als Partner kann ich Sie wohl schwer rauswerfen. Ich meinte nur, dass wir die Firma wieder auflösen. Es muss sich gar nichts ändern. Sie behalten Ihr Zimmer und alles läuft wie bisher, außer dass Sie ein eigenes Schild unten beim Eingang bekommen.«

»Ich verstehe«, sagte Vittorio und erhob sich. »Ich nehme an, ich soll mich um die neuen Schilder kümmern?«

Ruan bestätigte mit einem Nicken.

An diesem Tag kam Vittorio ausnahmsweise zu Mittag nach Hause. Seit er bei Ruan angefangen hatte, hatte er oft durchgearbeitet oder in einer Bar nur eine Kleinigkeit zu sich genommen. Sogar noch nach seiner Hochzeit mit Elisa. Dafür waren er und seine Frau am Abend immer wieder ausgegangen und hatten auswärts gegessen. Oft gingen sie dabei ins Ristorante Fortuna, das in der Via Giosuè Carducci gelegen und damit leicht zu Fuß zu erreichen war. Doch mit der Geburt von Giuseppe hatte Elisa ihre Anstellung gekündigt und sich um Kind und Haushalt gekümmert, auch wenn Vittorio mit Ondina bald eine Haushaltshilfe angestellt hatte. Denn seit er Partner geworden war und ein Gutteil des verrechneten Honorars in seine Tasche floss, ging es finanziell aufwärts im Hause Robusti. Vittorio hatte sogar schnell die Idee geboren, sich ein eigenes Auto zuzulegen. Damit würden sie einfach und schnell am Wochenende die Stadt verlassen können und zum Baden nach Grado oder zu den Orten an der Steilküste wie Aurisina oder Sistiana fahren können, unabhängig von einem Fahrplan oder einer Anbindung an das öffentliche Verkehrsnetz. Er war ein paarmal mit so einem Vehikel nach Hause gekommen und hatte bemerkt, wie Pinos Augen zu leuchten begonnen hatten, als er ihn aufgefordert hatte einzusteigen. Es gab in der Via San Francesco in der Garage Internazionale einen Autoverleih, wo man Automobile mit oder ohne Fahrer ausleihen konnte. Er hatte sogar schon sein Patent in der Präfektur gemacht. Für ihn als Anwalt war der theoretische Teil die kleinste Übung gewesen und auch der praktische Teil war gut verlaufen. Als er dann seiner Familie die Idee eröffnet hatte, hatte Elisa nur gesagt: »Bist du verrückt? Wozu brauchen wir ein Auto? Was das wieder kostet!«

Pino aber hatte gesagt: »Großartig, Papà, ja bitte, kauf uns auch so ein schönes Auto.«

»Wird er nicht«, hatte die Mutter verlautet.

»Aber sieh doch, wie einfach wir damit unsere Ausflüge erledigen können. Und wenn Giuseppe«, er sagte Giuseppe nur dann, wenn er etwas Ernstes zu besprechen hatte oder auch eine Überraschung präsentieren wollte, oder vielleicht beides,

»womöglich bald einen Bruder hat, dann brauchen wir sowieso ein Fahrzeug für die Familie.«

»Wenn noch ein Kind kommt, brauchen wir ein zusätzliches Zimmer oder ein Haus«, sagte Elisa.

Vittorio begann zu grinsen, die Mundwinkel spannten sich beinahe von Ohr zu Ohr, zwei tiefe Falten entstanden um seinen Mund. »Das Haus hab ich schon gekauft, jetzt fehlt nur noch das Auto für die Einfahrt.«

Mit der Villa im Vicolo delle Rose besaßen sie nun ein schönes großes Haus mit Garten und Terrasse. Weiße Fensterläden schützten die Fenster im Sommer vor der Sonne und im Winter vor der Kälte. Die Straße war eng und steil, dafür war es ruhig und man genoss vom Garten eine herrliche Aussicht auf die Bucht. Ringsum Terrassen mit Häusern und Weingärten, die sich zum Karst hinauf an den Berg legten wie eine Schleife um ein Präsent.

Sie hatten nun einen kleinen Fiat 500 Topolino, und Elisa hatte mit Ondina ein Fräulein, das sich bis aufs Kochen um den Haushalt kümmerte. Die Herrschaft über die Küche hatte Elisa nicht abgeben wollen. Trotz der schwierigen Zeiten konnten sie also mit Zuversicht in die Zukunft blicken. Doch sie hatten kein weiteres Kind bekommen. Das Wunder, das Vittorios Kriegsbeschädigung am Unterleib für eine Nacht im Mai überwunden hatte, hatte sich bislang nicht wiederholt. Pino blieb Einzelkind und eigentlich hätte Elisa, spätestens jetzt, da er am Ginnasio Liceo war, wieder einer Arbeit nachgehen können. Aber das faschistische Italien schätzte keine selbständigen Frauen, also begnügte sie sich mit ihrer Rolle als Mutter und Hausfrau.

Pino hatte jetzt in der siebten Klasse oft Unterricht bis zum späten Nachmittag, also musste Elisa meist erst für das Abendessen in die Küche. Umso verwunderter war Vittorio, als er

Elisa jetzt zu Mittag in der Küche vorfand und es köstlich nach einer Parmigiana duftete.

»Du hast gar nicht gesagt, dass du heute zu Mittag kommst«, sagte seine Frau und wischte sich die Hände an der Schürze ab. Die war voll von leuchtend roten Tomatenflecken, die auf der gelben Schürze aussahen wie Mohnblumen auf einem Kornfeld. Sie küsste ihren Mann auf den Mund, und er hielt sie auf Distanz, damit die Flecken nicht seinen hellen Anzug beschmutzten.

»Aber ich habe Glück, du hast gekocht«, sagte er.

»Ja, Pino kommt früher von der Schule und er nimmt Pietro mit. Und was gibt es bei dir?«

»Erzähle ich dir gleich, ich will mir nur etwas zu trinken holen.«

»Ich habe Limonade gemacht.«

Vittorio winkte ab und ging hinüber in die Bibliothek, wo auch die Hausbar untergebracht war. Er schenkte sich einen Wermut ein. Er betrachtete das Etikett und spürte Groll in sich aufkommen. Er kehrte mit Glas und Flasche in die Küche zurück. Elisa war über den Alkohol zu so früher Stunde verblüfft, was sie mit einem Stirnrunzeln quittierte: »Um diese Zeit? Ist etwas passiert?«

Da erzählte Vittorio ihr, was sich heute in der Kanzlei zugetragen hatte. Elisa legte ihm beschwichtigend ihre Hand auf die Schulter. Sie sagte: »Was hast du denn erwartet. Zuerst die Slowenen, dann die Juden. Was du machst, ist so ziemlich genau gegen alles, was man heutzutage Staatsräson nennen würde.«

»Aber diese Leute haben doch auch ein Anrecht darauf, dass ihre Interessen gewahrt werden. Dieses Land wird bald andere Sorgen haben als ein paar Juden, die nach Palästina oder Südamerika wollen.«

»Das sind ja auch nicht deine Sorgen«, sagte sie.

»Verstehst du nicht, was ich meine? Wenn mir Ruans Klienten wegfallen, dann können wir uns dieses Haus nicht mehr leisten.«

Das Klingeln an der Tür unterbrach ihn. Das Mädchen öffnete Pino und Pietro die Tür. »Und Ondina übrigens auch nicht.«

Er begrüßte seinen Sohn und dessen Freund. »Ist heute die Schule ausgefallen oder ist vielleicht ein Lehrer krank geworden?«

»Nein«, antwortete Pietro, »man hat uns gestern bereits gesagt, dass wir heute zu Mittag Schluss hätten.«

»Und Hausaufgaben haben wir auch keine bekommen«, sagte jetzt Pino.

Was für ein komischer Tag, dachte Vittorio. Sie nahmen alle im Esszimmer ihre Plätze am Tisch ein und Ondina trug das Essen auf.

»Ich will mit Pietro noch ein paar Freunde treffen. Wir wollen Fußball spielen«, sagte Pino nach dem Essen und verabschiedete sich von seinem Vater mit einem gehetzten Kuss auf die Wange. Pietro bedankte sich artig für das Essen und verabschiedete sich ebenfalls.

Als Vittorio bei seinem Kaffee saß, sagte Elisa zu ihm: »Übrigens, das habe ich vorhin ganz vergessen. Dein Onkel Leopoldo hat hier angerufen, weil er dich in der Kanzlei nicht erreichen konnte. Er will dich treffen, heute noch, wenn es bei dir geht.«

»Ich rufe ihn dann gleich zurück«, sagte Vittorio. Nachdenklich betrachtete er einen Punkt in der Ferne. Elisa legte ihre Hand auf seine. »Du wirst schon sehen, es wird alles gut weiterlaufen, so wie bisher. Wende dich doch an Dreher.«

Vittorio hatte zu Anfang seiner Karriere für den Bierindustriellen den Verkauf seines Palazzos unweit der Börse an die

Handelskammer abgewickelt und damit den Fuß in die Tür des Großkapitals gebracht, auch für Ruan, der nun gern auf die damals geknüpften Kontakte zurückgriff.

»Es gibt Gerüchte, dass er vielleicht alles verkauft.«

»Siehst du, das wäre doch deine Chance.«

Vittorio schüttelte den Kopf. »Nur ein Gerücht, aber wenn ich jetzt zu ihm gehe, dann wirkt das so, als ob ich auf das Gerede der Leute etwas geben würde, außerdem könnte er mich, wenn wirklich etwas dran ist, umso mehr für einen Aasgeier halten. Ich muss Leopoldo anrufen.«

»Mach das«, sagte Elisa.

Statt wieder in die Kanzlei zu gehen, traf Vittorio seinen Onkel im Caffè Eppinger. Trotz der Wärme und der frühen Stunde hatten beide einen Bitter vor sich stehen. Leopoldo war seit einem Dreivierteljahr Witwer. Doch schon bei der Beerdigung hatte er gefasst gewirkt, und Zukunftssorgen plagten ihn nicht. Die Kinder waren aus dem Haus, seine Tochter, Vittorios Cousine Carmela, der er die Bekanntschaft mit Elisa verdankte, hatte einen Versicherungsangestellten der Generali geheiratet und bereits drei Kinder zur Welt gebracht. Dennoch wollte Leopoldo mit Vittorio über sein Testament sprechen. Nachdem der Bitter beinahe zur Gänze ausgetrunken war, kam er zum Kern seines Anliegens.

»Ich habe dich um eine Unterredung gebeten, weil ich dich bezüglich meines Testaments etwas fragen wollte.«

Ein Schwall Halbstarker in der Uniform der Avanguardisti der GIL, der faschistischen Jugend Italiens, die alle schwarze Hemden und blaue Halstücher trugen, zogen laut singend durch die Straße, sodass man sein eigenes Wort kaum verstehen konnte. Auch Pino hatte jetzt so eine Uniform zu Hause im Kasten hängen, doch seine Begeisterung hielt sich in Grenzen, er ging lieber zum Fußball statt auf den Exerzierplatz, worüber Vittorio froh war. »Heute liegt eine sonderbare Stimmung in der Luft«, sagte er, dem Trupp nachsehend.

»Die haben anscheinend keine Schule«, merkte Leopoldo an.

»Nein«, sagte Vittorio, »Giuseppe hatte heute auch früher Schluss. Aber was ist mit deinem Testament? Es ist doch für alles vorgesorgt?« Er betrachtete Leopoldo, und ja, es ließ sich nicht leugnen: Er war alt geworden. Die Augen klebten glasig in den Höhlen und die Wangen waren grau und schlaff.

»Für alles schon, aber nicht für alle.« Er reichte Vittorio einen abgegriffenen Umschlag. Vittorio nahm den Brief heraus und las ihn. Dann faltete er ihn behutsam zusammen wie ein altes Pergament und blies langsam Luft aus. Ohne einen Kommentar trank auch er sein Glas aus und bedeutete dem Kellner, zwei weitere Gläser zu bringen.

»Und es ist sicher, dass der Knabe dein Sohn ist?«

»Sieh dir das Foto an. Die Ohren, die Augen, die Nase …«

Vittorio nickte. Tatsächlich hatte der junge Bursche auf dem Foto, das beigeschlossen war, mehr Ähnlichkeit mit Leopoldo als seine eigenen beiden Buben. Vittorios Onkel beugte sich vor und flüsterte: »Ich habe deine Tante nur ein einziges Mal betrogen, und das ist das Ergebnis.«

Vittorio nahm nochmals den Brief heraus. Er war bereits vor über zehn Jahren verschickt worden. Der Bursche auf dem Foto musste jetzt ein erwachsener Mann sein. Offenbar hatte die Mutter des Bastards nicht die Gunst der Stunde ausgenutzt, kaum, dass Leopoldos Ehefrau verblichen war, um Forderungen zu stellen. Sie hatte auch im Brief keine solchen erhoben. Er fragte seinen Onkel: »Und will sie jetzt etwas von dir? Oder ihr Spross?«

Leopoldo schüttelte den Kopf. »Nein, sie hat nie etwas verlangt.«

»Aber hast du ihr denn etwas gegeben?«

Leopoldo drehte sein leeres Glas herum und sagte: »Ich habe ihr, soweit das eben möglich war, schon immer etwas zukommen lassen. Damit das Kind etwas lernen kann und nicht mit zwölf in der Fabrik stehen muss.«

Vittorio lehnte sich mit einem Lächeln auf den Lippen zurück. Das erklärte zum Teil, warum Leopoldo eine Zeit lang als knauserig verschrien war. Offenbar hatte er das Geld für sein illegitimes Kind verwenden müssen. »Und jetzt?«, fragte er. »Wenn ich richtig rechne, müsste das jetzt ein stattlicher Mann sein, der auf eigenen Beinen stehen kann.«

»Du weißt genau, worauf ich hinauswill.«

»Natürlich. Um dein schlechtes Gewissen zu beruhigen, willst du ihn jetzt als deinen Erben im Testament bedenken, aber das geht nicht. Uneheliche Kinder haben kein Erbrecht.«

»Und genau deswegen brauche ich ja dich«, sagte Leopoldo mit einem verschwörerischen Ausdruck im Gesicht, als der Kellner die beiden nächsten Campari vor ihnen abstellte. »Ich hab da auch schon so eine Idee …«

Noch einen Bitter später war die Idee ausgegoren. Leopoldo setzte in seinem Testament ein Legat aus. Legatar war Vittorio, der zugleich als Treuhänder fungierte und den Auftrag hatte, die Zuwendung, die in einer kleinen Summe bestand, an Bonifacio, wie der illegitime Nachkomme hieß, auszuzahlen, in drei gleichen Teilen, jedes Jahr zum 30. Oktober. Das Datum entlehnten sie der nahen Via XXX Ottobre, jenem Tag, an dem Triest 1918 seine Unabhängigkeit von Österreich-Ungarn erklärt hatte.

»Ich werde das morgen gleich alles in der Kanzlei aufsetzen, damit es bald unter Dach und Fach ist …« Vittorio stockte, sein Onkel blickte ihn aus feuchten Augen an, schwer zu sagen, ob er müde war oder ob seine Augen wässrig wurden. Erst jetzt begriff Vittorio, dass es hier um den Nachlass eines seiner nächsten Verwandten ging und er diesen Umstand bisher nur juristisch beleuchtet hatte, nicht jedoch menschlich. Er fragte: »Sag, gibt es eigentlich Anlass zur Eile? Ich meine, bist du …«

Leopoldo beugte sich vor und klopfte seinem Neffen auf die Schulter. »Nur den des Alters«, sagte er. »Aber jetzt lass uns noch ein wenig feiern!« Er zog einen Zettel hervor und schob ihn verstohlen über den Tisch zu Vittorio.

»Nein«, sagte dieser und bedeckte schnell das Bild in der Mitte des Blattes. Wie durch ein frivoles Guckloch sah man ein junges Mädchen mit überschlagenen Beinen, das so gut wie nackt war, »das ist jetzt nicht dein Ernst, nicht in den Metro Cubo!«

Leopoldo nahm den Werbezettel eines sogenannten Unterhaltungssalons, der sowohl die Preise für Zimmer wie für Liebesdienste anführte, wieder unauffällig an sich. Er sagte: »Lass doch einem armen Witwer sein Vergnügen. Ich hab halt auch noch Bedürfnisse, und die acht Lire kann ich mir gerade noch leisten.«

Vittorio dachte an die Preisliste und fragte: »Eine ganze Stunde? Glaubst du nicht, dass du dir da etwas viel zumutest?«

Leopoldo lächelte mild: »In meinem Alter lässt man sich gern Zeit. Zum Reden und zum Anschmiegen. Man will nur ein wenig Wärme und Nähe, mehr nicht.«

Vittorio gab sich schon fast geschlagen. Er sagte: »Na ja, weit ist es nicht. Wir müssen noch zahlen. Du bist mein Gast.«

Das Etablissement lag im verwinkelten Teil der Città vecchia, der bislang den Baumaschinen entkommen war. Dort, wo sie gewütet hatten, waren die schiefen Häuser verschwunden. Dafür war man auf Reste eines römischen Amphitheaters gestoßen. Angeblich hatte sich sogar Mussolini persönlich anerkennend dazu geäußert, jede Gelegenheit, die Größe des

Faschismus mit seiner Nähe zum Römischen Reich zu belegen, war willkommen.

Nachdem Vittorio die Rechnung beglichen hatte, überlegte er, wie er den Onkel zwar zu dem Bordell begleiten, sich aber dann aus der Affäre ziehen konnte. Selbst wenn er dort nur etwas trinken sollte, allein der Umstand, dass man ihn in dem Etablissement sehen könnte, würde seinem Ruf schaden, von seiner Ehe und dem Ansehen der Familie ganz zu schweigen.

Sie waren noch keine drei Schritte gegangen, als ihnen auffiel, dass sich die Leute wie die Bienen zusammendrängten, sie klebten in den engen Bars und lauschten alle ergriffen.

»Wird heute ein Fußballländerspiel übertragen?«, fragte Leopoldo.

Vittorio horchte durch die offene Tür ins Lokal. Aus dem Lautsprecher drang in rhetorisch auf- und abschwellenden Wellen die Stimme Mussolinis, der seinen üblichen Singsang von sich gab, als zelebrierte er ein Hochamt. Das Pathos in seiner Stimme wurde einzig durch das Rauschen und Kratzen der Übertragung gestört. Auf einmal setzte frenetischer Jubel ein.

»Krieg! Wir haben Krieg!«

Wildfremde Menschen umarmten sich.

»Krieg, Krieg, Krieg, Hurra!«

Es war tatsächlich kein geringerer Jubel, als hätte Italien in einem Länderspiel das entscheidende Tor geschossen. Vittorio erinnerte sich noch gut, wie es gewesen war, als man im Jahr 1931 in Italien zum ersten Mal ein Fußballspiel im Radio übertragen hatte. Er hatte den fast neunjährigen Pino an der Hand genommen und ihm erklärt, dass sie jetzt das zu tun hätten, was gute Männer und Patrioten an so einem Tag eben taten, nämlich für ihr Land zu jubeln. Es war der 13.12.1931 gewesen, und er war mit ihm in das an der Piazza Goldoni gelegene Café gegangen, wo sie mit Mühe einen Platz an der Bar ergattert hatten. Das Spiel wurde in Turin ausgetragen, und als Italien endlich den Siegestreffer geschossen hatte, der mit einem Endstand von 3:2 den Sieg über Ungarn bedeutete, war der Beifall und Applaus nicht sehr viel anders gewesen als jetzt, da ihr politischer Führer die Kriegserklärung an Frankreich und England publik gemacht hatte.

Die Leute drängten auf die Straße und begannen vor Freude zu tanzen und immer wieder »Italia, Italia« zu skandieren. Die Fenster öffneten sich, überall wurden nun Fahnen geschwungen oder aufgehängt, und es war nicht nur die Banderole der Faschisten, man sah ebenso die Flagge in den Farben des Königs, vor allem aber die Tricolore. Dieser Moment brachte endlich Erlösung in die aufgestaute Spannung, die den ganzen Tag über der Stadt gelegen war wie klebriger Teer, und die jeden Gedanken festgesetzt hatte wie einen stecken gebliebenen Schritt. Alles ergab plötzlich einen Sinn. Wieso sich Ruan neu positioniert hatte, wieso die Kinder heute Nachmittag freibekommen hatten. Wenn er nachdachte, würde er Erklärungen für weitere sonderbare Vorkommnisse finden.

Wenn er sich konzentrieren hätte können. Denn der Lärm nahm stetig zu. Vittorio sah, wie sein Onkel Leopoldo den Strom der tanzenden Menge anstachelte, indem er laut rief »Viva l'Italia! Viva il Re, viva il Duce!« Leopoldo hatte den Arm zum römischen Gruß in die Höhe gerissen, als ihn Vittorios Blick traf. Langsam ließ er den Arm sinken. Er kam auf seinen Neffen zu und fragte: »Freust du dich denn gar nicht? Wir haben Krieg. Endlich. Italien wird einen triumphalen Sieg erringen.«

Vittorio nickte mit dem Blick dessen, der den Ausgang einer eben begonnenen Geschichte bereits kennt. Er nahm den Onkel zur Seite und flüsterte ihm ins Ohr: »Wenn du dich da mal nicht täuschst. Unsere Erfolge in Abessinien sind enden wollend. Das Abenteuer dort dauert nun schon fast fünf Jahre, dafür hat Mussolini das kleine Österreich fallen lassen und Hitler geschenkt. Kein schlechter Tausch für den Führer. Albanien ist die eine Hoffnung und der Krieg jetzt die andere, aber glaub mir, beides wird sich nicht erfüllen.«

Leopoldo schaute Vittorio ungläubig an. »Dass ich dich so reden hören muss, hätte ich nie gedacht. Du bist ja kein Patriot!« Er war lauter geworden, und schon drehten sich einige Menschen zu ihnen um und schickten ihnen böse Blicke. Wer in dieser Stunde kein Patriot war, war Feind und mit Feinden machte man kurzen Prozess.

»Viva l'Italia!«, riefen jetzt beide im Chor, was die Gaffer beschwichtigte und offenbar sämtliche Zweifel zerstreute. Vittorio sagte: »Diesen Vorwurf höre ich seit meiner Rückkehr nach Triest und schön langsam muss ich sagen, dass ich gern darauf verzichte, Patriot zu sein, wenn Patriotismus nur mehr mit Dummheit gleichzusetzen ist.« Sie ließen den Strom feiernder Menschen vorbeiziehen, der sich in der Mitte der Straße gebildet hatte, und drückten sich eng an die Hausmauer, um nicht mitgerissen zu werden.

»Trotzdem solltest du in der Öffentlichkeit nicht so reden«, sagte Leopoldo ernst. »Übrigens, das ist der falsche Weg. In die Via della Pescheria geht es in die andere Richtung.«

»Ich werde dich nicht begleiten. Ich muss nach Hause. Ich will zu meiner Familie.«

24. MAI 1927
(MINUS 6527 TAGE), DIENSTAG

»Jetzt kommt schon, beeilt euch!« Vittorio trieb seine Familie an, er wollte nicht zu spät kommen.

»Ich weiß nicht, warum du uns so hetzen musst. Und was soll ein Vierjähriger mit dem Hokuspokus anfangen. Es werden Massen an Menschen dort sein, das Militär und die Polizei wird alles absperren, wir werden im Gedränge stehen, der Kleine wird gar nichts sehen können.« Elisa machte sich im Gehen die Haare zurecht, legte nebenbei die Halskette an und steckte zum Abschluss die Ohrringe ein.

»Wenn du nicht hinwillst, dann bleib doch da, aber ich und Pino, wir fahren hin.«

Vittorio klang ein wenig wie sein Sohn, wenn er trotzig war. Er blickte auf die Uhr, weil er die Straßenbahn, die bald in Richtung Gretta abfuhr, nicht verpassen wollte.

Endlich war es so weit. Die Familie verließ das Haus.

Doch Elisa sollte in dem Fall recht behalten. Die Straßenbahn konnte gar nicht bis an ihr Ziel fahren, weil die Straße zuvor gesperrt war. Tatsächlich war der König gekommen, um den neuen Leuchtturm, der während der letzten vier Jahre errichtet worden war, zu eröffnen. Die Menschen drängten sich um die Absperrungen und die Polizisten waren nicht gerade zimperlich und droschen in Richtung jener, die sich nicht an den vorgegebenen Abstand halten wollten oder konnten.

»Was machen wir da, Papà?«, fragte Giuseppe. »Ich kann gar nichts sehen.«

Elisas Lippen umspielte ein Lächeln, wie es der späte Sieger trägt. Sie hob die Brauen und sah Vittorio vielsagend an. Doch der ging darauf nicht ein und meinte zu Pino: »Schau, da vorne ist der König.« Als Anwalt wusste Vittorio, dass Ablenkung der halbe Sieg war.

»Ein echter König?«, fragte Giuseppe.

»Ja, ein echter König«, sagte Vittorio.

Pino strahlte. »Wie in einem Märchen.«

»Ja, wie in einem Märchen, aber das ist der echte König, unser König. Vittorio Emanuele der Dritte.«

»Aber der heißt ja wie du, Papà.«

»Ja, wir haben den gleichen Vornamen.«

»Bist du auch ein König?«

Vittorio lachte. Er nahm seinen Sohn auf den Arm und hob ihn hoch. Er deutete auf das Bauwerk: »Schau, das ist der Faro della Vittoria, ein Leuchtturm, der an den Sieg Italiens und an die Unabhängigkeit Triests erinnern soll.«

»Papà, da sind so viele Menschen.«

»Ja, weil der Leuchtturm heute eröffnet wird. Ab heute wird er den Schiffen in unserem Golf den Weg weisen.«

»Papà, ich will nach Hause, da sind so viele Menschen.«

»Warte noch kurz. Wenn die Zeremonie vorbei ist, dann gehen wir hin und ich zeige dir alles. Sieh dir diese wunderbaren Figuren an. Wie sie in der Sonne leuchten.«

»Papà, mir ist heiß.«

»Und da ist ein Anker. Weißt du, von welchem Schiff der ist? Von der ›Audace‹, die damals als erstes Marineschiff in Triest angelegt hat.«

»Papà, mir ist schlecht.«

Elisa bedachte Vittorio jetzt mit einem strengen Blick. Er gab auf, ließ den Kleinen herab und sagte: »Wollen wir noch einen Spaziergang machen?«

»Ja, ich will zum Meer«, rief Pino und die drei verließen den Ort, wo die Militärkapelle einen Marsch intonierte und im

Wind überall kleine Wimpel und Fähnchen wehten. Unwillig ließ Vittorio sich von seiner Frau die steile Straße Richtung Barcola hinunterziehen. Das unglückliche Ende seiner Geschichte mit Camis' Tochter hatte er zwar als Episode abgehakt, aber der Ort war für ihn immer noch mit schmerzvollen Erinnerungen verbunden. Es war weniger ein Schmerz in seinem Herzen als ein Stachel in seinem Stolz.

13. MAI 1931
(MINUS 5077 TAGE), MITTWOCH

Es war die dritte Etappe des Giro d'Italia. Die Fahrer hatten eine Distanz von zweihundertachtundachtzig Kilometern zu bewältigen, die Strecke führte von Ravenna nach Macerata, doch Giuseppe »Pino« Robusti interessierte sich nicht für Radsport. Er interessierte sich eher dafür, ob man ihm diesen Nachmittag am Heimweg wieder auflauern würde. Seine früheren Peiniger, Sandro und Tino, hatte er in die Schranken gewiesen. Das war ihm noch in seinem ersten Schuljahr gelungen. Er erinnerte sich, weil ihn sein Vater eines Nachmittags unvermutet abgeholt hatte und sie beide zur Piazza dell'Unità marschiert waren. An diesem Tag hatte er sich in seiner Gesellschaft so stark gefühlt. Mutig und stark und auch unverwundbar. Was konnten ihm die zwei Stänkerer denn anhaben, hatte er sich gefragt, als er an diesem Abend im Bett gelegen und langsam eingeschlafen war. Am nächsten Morgen fühlte er sich unbesiegbar. Wann immer er Angst hatte, würde er sich vorstellen, dass sein Vater an seiner Seite wäre, dann würde die Angst verschwinden, dann würde er tapfer sein können. Wie sein Papà, der Held vom Isonzo. Sein Großonkel Leopoldo hatte ihm die Geschichte erzählt: dass sein Papà im Kampf für Italien verwundet worden war, dass er ein Kriegsheld war, so wie Protti oder D'Annunzio oder die Duchi d'Aosta. Nur dank eines Pferdes hat er überlebt. Er stellte sich seinen Vater wie das Bild einer Reiterstatue vor, auf der ein Kämpfer mit gezücktem Schwert auf einem sich aufbäumenden Pferd saß.

Ein Kriegsheld hatte auch keine Angst vor dem Feind und er hatte sich geschworen, fortan keine Angst vor den beiden zu haben, die kaum größer als er selbst waren. Weshalb auch? Sandro war lang, aber dafür schmächtig wie eine Stange Spargel. Und Tino war bullig und hatte das Gesicht eines kleinen Erwachsenen, doch er war behäbig und langsam. Und tatsächlich, als sie ihm gleich in der Woche danach wieder auflauerten, da verschränkte er trotzig seine Arme und stellte sich breitbeinig vor die beiden hin. Insgeheim machte er sich fast die Hosen voll, doch er dachte an seinen Vater, wie er dem Mörserfeuer standhielt und gegen den Feind stürmte.

»Ein Kriegsheld hat keine Angst«, sagte er laut mit nur leicht zitternder Stimme. Er sagte den Satz nochmals, diesmal mit fester Stimme. Und dann noch einmal und mittlerweile glaubte er daran. Tino tauschte mit Sandro Blicke aus. Zunächst noch belustigt, doch je öfter Pino den Satz wiederholte, desto fragender wurde ihr Gesichtsausdruck. Mit so einer Vehemenz hatten sie nicht gerechnet. Sie waren es gewohnt, dass Pino die Flucht ergriff, sie ihn an der nächsten Ecke einholten und ihn dann ein wenig sekkieren konnten. Schlagen auch, aber nicht zu fest. Doch jetzt sahen sie ein Blitzen in Pinos Augen, wie es die Dichter beschrieben, wenn es darum ging, über sich hinauszuwachsen, vom Menschen zum Übermenschen zu werden. Sie waren zwar Kinder, doch sie hatten die Alten gehört. Sie hatten gehört, wie sie von den Tugenden sprachen, wie sie diese vermissten und jetzt herbeisehnten, wie sie davon träumten, dass der faschistische Staat ein neues gestärktes Volk hervorbringen würde, ohne jeden Tadel, das niemals vor irgendwem kapitulieren würde. Auch Pino wollte nicht kapitulieren. Er ballte seine Rechte zur Faust und ließ den Schulranzen zu Boden fallen. Auf einmal verzog Sandro den Mund zu einem hämischen Grinsen. Er sagte: »Der Hosenscheißer gibt doch nur an.« Doch da war es bereits zu spät. Pino hatte ausgeholt und ihn mit der Faust voll an der Nase getroffen. Ein Knacken war zu hören. Dann rann dem schlaksigen Jungen das Blut aus der Nase. Er heulte auf und suchte das Weite, Tino ihm nach wie ein Hund. Danach ließen sie ihn in Ruhe.

Doch letzte Woche hatte er sich mit anderen, größeren Burschen angelegt. Er war auf dem Heimweg in der Via Manzoni Zeuge geworden, wie sie ein Mädchen bedrängten. Es trug die weiße Schuluniform und um den Hals hatte es eine blaue Schleife zu einer Masche gebunden. Sie waren zu dritt und sicher alle drei bereits an einer mittleren Schule. Mit ihrem zerschlissenen Gewand passten sie nicht in die Gegend, wo die Eltern darauf achteten, dass ihre Kinder ordentliche Kleidung trugen. Offenbar Streuner, die sich in die Gegend verirrt oder in diese eingedrungen waren. Die Haare nachlässig, die Zähne schon an einigen Stellen schwarz und schief, schienen sie am Hafen besser aufgehoben zu sein als hier, wo schöne Bürgerhäuser und Villen bis auf die Hügel von Chiadino reichten.

Das Mädchen kauerte in einer Ecke und keiner kümmerte sich um sie. Vielleicht deuteten die Passanten es als Spiel oder vielleicht wollten sie auch nur keine Schwierigkeiten bekommen. Mit der Polizei wollte niemand zu tun haben. Das Mädchen hatte die Arme schützend über seinen Kopf gelegt und der Größte des Trios drehte ihre Schultasche um und verstreute den Inhalt auf dem Boden. Hefte, Bücher und Stifte kullerten auf den Gehsteig. Pino hatte dem Treiben näherkommend ein wenig zugesehen, und er wäre fast wie die anderen weitergegangen, als ihn ein Impuls zwang, stehen zu bleiben.

Die drei in ihren schmutzigen Hosen und gestopften Hemden beachteten ihn nicht, wahrscheinlich hatten sie ihn nicht einmal bemerkt. Als sich der Anführer über das schluchzende Mädchen beugte, folgte Pino einem Impuls. Er trat den weit größeren Burschen von hinten so fest er konnte in den Rücken, woraufhin der einen Schrei ausstieß. Der Laut war eine sonderbare Mischung aus echtem Schmerz und einer Portion Überraschung. Beinahe wäre er auf die Kleine gestürzt, doch die hatte sich schnell weggedreht und war aufgesprungen, als ihr Angreifer in ihre Richtung fiel. Die anderen beiden drehten sich zu Pino um und blickten ihn entschlossen an. Doch Pino dachte wieder an seinen Vater. Wie ein Ritter mit gezücktem Schwert lief er mit zum Boxen ausgestreckten Armen auf die beiden zu, die nun über diesen Ausbund an Mut so überrascht waren, dass sie erstarrten. Was bei Sandro und Tino funktioniert hatte, klappte auch hier. Er versetzte dem ersten einen Stoß, während er dem zweiten mit der flachen Hand gegen das rechte Ohr schlug. Ein helles Klatschen und auch der zweite ging, die Hand gegen das Ohr gepresst, mit schmerzverzerrter Miene zu Boden. Doch mittlerweile hatte sich der Größte der drei wieder aufgerappelt. Er streckte seinen Rücken durch und schickte sich an, auf Pino loszugehen, der in Abwehrhaltung ging. Pino bekam es mit der Angst zu tun, als er die vor Wut glühenden Augen des weit größeren Burschen sah. Er gab einen Schlag in Pinos Richtung ab. Pino duckte sich unten weg, doch da packte der Bursche ihn mit der anderen Hand am Kragen und zog ihn zu sich. Spontan schnappte Pino zu wie ein Hund. Er erwischte die Fingerspitzen seines Gegners und biss hinein, so fest er konnte. Entsetzt zog der Angreifer seine Hand zurück. Dabei lockerte sich einer der letzten Milchzähne in Pinos Kiefer. Pino spuckte den Zahn aus. Wütend und verachtend spie er ihn in die Richtung seines Gegners. Dieser betrachtete entsetzt seine blutenden Finger, zugleich nahm er angewidert den vor ihm liegenden, am Stumpf noch blutigen Zahn wahr.

»Was ist da los!«, donnerte eine Stimme. Ein Polizist war plötzlich auf den Plan getreten. Er verscheuchte die Gassenjungen, die schon beim Anblick der Uniform erstarrt waren, und wandte sich an Pino: »Das war sehr mutig von dir, wie du deine Schwester beschützt hast«, sagte der Polizist, dessen Jacke über dem Bauch ein wenig spannte und der behäbig seine Hand nach Pinos Kopf ausstreckte, ohne ihn jedoch zu berühren. »Kommt, ich bringe euch nach Hause. Eure Mutter ist doch zu Hause?«

Pino nickte. Er sagte: »Vielen Dank, aber wir können allein gehen.« Das Mädchen sammelte seine Sachen ein und packte die Schultasche wieder zusammen. Sie klopfte sich den Staub von Schürze und Kleid, trat mit wippenden Zöpfen und fröhlichem Grinsen zu Pino und sagte: »Ganz sicher Herr General, wir können das.«

Der Polizist lächelte jetzt und salutierte: »Aber natürlich Contessa!« Dann drehte er ab und ging seines Weges. Auch Pino setzte sich in Gang. Er musste nach Hause. Das Mädchen eilte ihm nach und eine Weile gingen sie schweigend nebeneinander her. Doch Pino fühlte sich unwohl. Was wollte die Kleine von ihm? Ein Mädchen, das ihn jetzt offenbar anhimmelte. Pino blieb stehen und drehte sich zu ihr. »Warum hängst du wie eine Klette an mir?«

»Du hast gesagt, du bringst mich heim. Ich wohne in der Via delle Sette Fontane, also eigentlich in der anderen Richtung.«

»Warum drehst du dann nicht um?«

»Vielleicht will ich bei dir bleiben?« Sie blickte ihn unschuldig mit gesenktem Kopf an. Ihre Zöpfe hatten am Ende zwei rote Schleifen eingeflochten und reichten bis knapp über die Schlüsselbeine. Dafür, dass sie sicher eine oder eher zwei Klassen unter Pino in die Schule ging, war sie recht groß gewachsen, denn sie war nur unwesentlich kleiner als er. Sie blickte ihm in die Augen. Pino seufzte und sagte: »Na gut, dann bringe ich dich heim.«

Sie erreichten die Piazza Garibaldi. Vor dem Café dort saßen einige Männer. Sie rauchten, tranken Kaffee und diskutierten.

Das Laub der Bäume strahlte in einem hellen Grün und schattete den Platz drunter ein wenig ab. Es herrschte reger Verkehr. Fuhrwerke, Autos und Straßenbahnen donnerten bergab oder quälten sich die Via del Molino a Vento bergan. Im Schatten der Bäume drängten sich Menschen um einen Obsthändler, oder sie kauften am Kiosk ihre Zeitung oder man erfreute sich am bunten Meer der Blumen, die in Vasen um einen Blumenstand drapiert waren und mit ihren frohen Farben Käufer anlocken sollten.

Pino kannte die Gegend, weil er mit seiner Mutter in dem neuen Laden am Eck, der Fischhandlung Davide, ein paarmal einkaufen gewesen war, wenn sie ihn abgeholt und mit ihm Besorgungen gemacht hatte.

Sie erreichten ein dunkles Haustor. Die Fensterläden waren geschlossen, um die erste Hitze des Jahres noch aus den Wohnungen zu halten. Die Mittagszeit drängte sich mit mannigfaltigen Küchengerüchen ins Bewusstsein.

Das Mädchen stoppte vor dem Haus und sagte: »Danke, ich bin zu Hause.« Sie drehte ihre Fußspitze am Boden.

»Wer waren eigentlich diese Burschen?«, fragte Pino, »was wollten die von dir?«

»Ich weiß es nicht. Vielleicht hat sie mein Vater erwischt. Er ist Kontrolleur in der Straßenbahn. Wenn er solche Lausejungs erwischt, lässt er sie zwar manchmal laufen, aber nur beim ersten Mal. Wenn er sie ein zweites Mal erwischt, dann müssen sie die Strafe zahlen. Er nimmt sie an den Ohren und geht mit ihnen nach Hause, wo er die Strafe von den Eltern kassiert. Natürlich hassen die ihn dann.«

»Aber woher wissen die, dass du seine Tochter bist?«

»Keine Ahnung, irgendwoher wissen sie es. Aber das ist bald vorbei, denn mein Vater lässt sich zur Eisenbahngesellschaft versetzen. Dann muss ich umziehen. Dann wirst du mich einen anderen Weg begleiten müssen.«

Pino fuhr sich verlegen durch sein dunkles Haar. »Ich werde dich sicher nicht noch mal begleiten, du … Mädchen«, sagte er verwundert über die Art, wie sie über ihn verfügte.

Aber sie entgegnete bestimmt: »Doch. Und ich heiße Laura.«

Und sie trafen sich danach ein- bis zweimal die Woche und Pino geleitete sie zumindest ein Stück des Weges nach Hause.

19. SEPTEMBER 1938
(MINUS 2391 TAGE), MONTAG

»Dottor Robusti, da sind Herrschaften für Sie, die wollen Sie unbedingt sprechen.«

Als Vittorio an diesem Morgen in die Kanzlei kam, wurde er gleich am Empfang von der neuen Vorzimmerdame abgefangen. Signorina Garofalo, die auch die Schreibarbeiten für die Anwälte erledigte, war eine der Neuerungen, die der Zeit geschuldet waren, die in Italien angebrochen war. Frauen drängten nun in alle möglichen Berufe, wobei die Regierung danach trachtete, dass sie in Domänen, in denen man gerne Männer beschäftigt sah, keinen Verdrängungswettbewerb mit diesen vom Zaun brachen. Schwere körperliche Arbeit in den Fabriken, Werften oder auch im Hafen schied aus, also konzentrierten sie sich auf Arbeiten, die in Büros zu erledigen waren. Die Empfangsdame hatte ihre rot schimmernden Haare zusammengebunden und mehrfach ineinander verknotet, sodass ihr langer weißer Hals frei war. Diesen bedeckte sie mit einem Tuch über der weißen Bluse. Darunter trug sie einen dunkelblauen Rock, der fast bis zu den Knöcheln reichte, so wie Ruan es erwartete. Der hatte Vittorio gegenüber, nachdem er ihn informiert hatte, dass er jetzt gedachte, auch Frauen einzustellen, erklärt: »Nur, weil wir jetzt so fortschrittlich sind und Frauen beschäftigen, heißt das nicht, dass unser guter Ruf deswegen leiden muss. Keine Geschichten!«, und er sah ihn zweifelnd an, als hätte Vittorio einen einschlägig schlechten Ruf.

»Sie sollen sich einen Termin geben lassen«, sagte Vittorio zur Signorina. Die schüttelte den Kopf und sagte: »Sie warten in Ihrem Büro auf Sie.« Sie zuckte die Schultern. »Die wollten sich nicht abweisen lassen. Wundern Sie sich nicht, es sind … Na, Sie werden schon sehen.«

In seinem Zimmer saßen drei Personen, offenbar eine Familie. Ein älterer Herr mit grauen Haaren und Schnauzer, der eine runde Nickelbrille trug. Neben ihm saß eine Frau, die seine Hand hielt und ein besorgtes Gesicht machte. Ihre Locken lugten unter einem Haarnetz wild hervor. Sie trugen beide trotz der lauen Temperaturen dicke Mäntel aus grauer Wolle und bei der Frau erkannte Vittorio darunter eine helle Bluse und einen langen braunen Rock, der die schwarzen, knöchelhohen Schnürschuhe bedeckte. Einzig das Mädchen auf der Holzbank vor dem Fenster wirkte in ihrem blauen Kleid aus Baumwolle der Jahreszeit passend angezogen. An den Füßen hatte sie Sandalen und weiße Kniestrümpfe an den Beinen. Sie vermittelte einen leichten, unbeschwerten Eindruck, mit ihren vierzehn oder fünfzehn Jahren war sie etwa im Alter seines Sohnes. Die wilden Locken hatte sie offenbar von ihrer Mutter geerbt, den wachen Blick vom Vater.

Vittorio trat an seinen Schreibtisch und nahm den beiden Erwachsenen gegenüber Platz. Er taxierte nochmals deren Kleidung, die zwar nach feiner handwerklicher Arbeit und teurer Qualität aussah, jedoch sowohl unpassend wie auch etwas mitgenommen wirkte. Auch die Schuhe des Mannes unterstrichen diesen Eindruck. Das schwarze Leder war matt und an einigen Stellen gestoßen.

»Was kann ich für Sie tun?«, fragte Vittorio.

»Ich bin Samuel Strauss, das sind meine Frau Else und unsere Tochter Miriam«, sagte der Mann. Dann senkte er den Blick und wartete eine demütige Pause lang, ehe er den Kopf hob. Jetzt blickte er Vittorio durchdringend an, weil er offenbar eine bestimmte Reaktion von ihm erwartet hatte.

»Wir sind Juden«, sagte er schließlich und schien wieder auf eine Antwort von Vittorio zu warten. Doch dieser sagte nur: »Ja, natürlich.«

Strauss wirkte immer noch unsicher, aber jetzt sprach er frei von der Leber weg: »Wir brauchen Ihre Hilfe, wenn Sie verstehen. Wir kommen aus Köln und sind letztes Jahr nach Wien geflüchtet. Dort mussten wir im Frühjahr wieder weg und sind jetzt hier gelandet, in Triest. Doch jetzt geht es hier genauso weiter wie in Deutschland und Österreich.«

»Ich verstehe nicht ganz. Sie sind hier in Italien. Das ist ein sicheres Land.«

»Nicht mehr. Haben Sie gestern die Rede von Mussolini nicht gehört? Glauben Sie uns. Wir kennen das. So geht es uns schon seit Jahren, kaum finden wir einen halbwegs sicheren Platz, richtet sich auch dort die Politik gegen uns Juden.«

Vittorio nickte stumm. Natürlich wusste er, dass gestern der Duce in Triest angekommen war, um auf der Piazza dell'Unità eine Rede zu halten. Man hatte den Balkon des Rathauses zu einer riesigen Bühne umgebaut, und auf vielen Gebäuden prangten schon seit einigen Tagen große Plakate, die den Führer der Nation willkommen hießen. So war etwa das Gebäude der Firma Arrigoni an der Piazza Oberdan mit einem über zwei Stockwerke gespannten Transparent sowie mit Fahnen und Girlanden geschmückt. Duce, Duce, Duce, die ganze Stadt war voll damit. Der Brunnen auf dem großen Platz vor dem Rathaus war ebenso wie die Säule von Karl VI. verhüllt worden, und den ganzen Tag über hatten leicht bekleidete junge Mädchen ihre Gymnastikübungen zur Schau gestellt. Als es gestern dann so weit gewesen war, platzte das weitläufige Areal zwischen Rathaus, Präfektur und dem Lloydgebäude beinahe aus allen Nähten, so viele Menschen waren gekommen, um ihrem Idol zuzujubeln und um zu hören, was er ihnen zu sagen und zu verordnen gedachte.

Vittorio war dem Spektakel ferngeblieben, aber er hatte die Rede zu Hause im Radio verfolgt. Angeblich waren hundertfünfzigtausend Menschen gekommen, eine Zahl, die Vittorio anzweifelte, weil sich damit zwei Drittel der gesamten Bewohner der Stadt auf dem Platz hätten zusammendrängen müssen.

»Reiche werden mit Waffen erobert, aber mit Prestige gehalten«, hatte Mussolini gesagt. Für das Prestige bedürfe es eines starken Rassenbewusstseins. Und wie die Nationalsozialisten in Deutschland, die die Juden für diverse Verschwörungen gegen Deutschland verantwortlich machten, hatte Mussolini das Weltjudentum zum Feind des Faschismus erklärt. Dazu passten die Maßnahmen, die kurz zuvor erlassen worden waren, nachdem man die meisten Personen jüdischer Abstammung zuvor aus allen öffentlichen Ämtern gedrängt hatte. Am 5. September war ein Gesetz zur »Verteidigung der Rasse in der faschistischen Schule« erlassen worden, womit jüdische Lehrer aus dem Schulwesen verbannt wurden, gefolgt von einem Gesetz vom 7. September, das sich explizit gegen ausländische Juden richtete und diesen einen Zuzug nach Italien verbot.

Vittorio seufzte auf: »Ich verstehe, was Sie meinen.«

Herr Strauss nahm seine Nickelbrille ab und putzte die Gläser mit einem Taschentuch, dann tupfte er sich damit über die Stirn. Vittorio sah, dass er viel jünger sein musste, als er zuvor angenommen hatte. Seine Frau musste selbst noch ein halbes Kind gewesen sein, als sie Mutter geworden war. Allein die Sorgen und die Anstrengungen der Flucht hatten sich in ihre Gesichter geschlichen und sie um Jahre altern lassen.

»Aber wie kann ich Ihnen jetzt helfen?«, fragte Vittorio.

Else Strauss beugte sich zu ihm vor und sprach in einem Flüsterton, als wäre das, was sie zu sagen hatte, etwas moralisch Verwerfliches oder die Verabredung zu einem Staatsstreich: »Wir wollen das Land verlassen.«

»Das sollte kein Problem darstellen.«

Jetzt sprach wieder Samuel Strauss: »Doch, wir haben erst vor Kurzem unser Geld in eine Wohnung hier gesteckt. Ohne das Geld dieser Immobilie können wir uns die Schiffspassage nach Argentinien nicht leisten.«

»So etwas lässt sich wieder zu Geld machen.«

»Aber nur mit enormem Verlust. Vor allem wenn man unter Druck verkauft. Und wenn herauskommt, dass ein Jude die Wohnung gekauft hat und jetzt verkaufen will ...«

»... wird der Käufer den Preis entsprechend drücken. Ich verstehe, was Sie meinen. Ist die Eigentumsübertragung schon komplett abgewickelt?«

»Ich stehe noch nicht im Grundbuch, wenn Sie das meinen«, sagte Strauss.

Vittorio kam eine Idee. Er sagte: »Ich denke, es gibt eine Möglichkeit, wie ich das für Sie abwickeln könnte, ohne dass der Erwerber die Gelegenheit erhält, Ihre Situation auszunutzen.« Und er erklärte etwas über eine verdeckte Treuhandschaft. Er würde intern als Treuhänder auftreten, nach außen hin wäre er der außerbücherliche Veräußerer, der eine Wohnung abstoßen würde. Nicht ungewöhnlich für einen Anwalt. Vittorio legte den Ablauf einer solchen Transaktion dar, und er sagte, welche Kosten auf die Familie Strauss dabei zukommen würden. Samuel Strauss nickte freudig, und zum ersten Mal zeigte sich dabei der Anflug eines Lächelns, als er sagte: »Wenn Sie das für uns tun wollen, dann könnte es vielleicht klappen.«

»Es wird klappen«, sagte Vittorio und bestellte den neuen Klienten zur Abwicklung der Formalitäten für den nächsten Tag zu sich.

Und es klappte tatsächlich und das überraschend schnell. Das führte dazu, dass er den Satz »Da sind wieder solche Leute« in den nächsten Wochen und Monaten öfter hörte. Eine

Maschinerie war in Gang gesetzt worden. Schutzsuchende bekamen ihr Recht und Vittorio sein Honorar. Es hatte sich zu einem florierenden Geschäftsmodell entwickelt, dass er derartige Transaktionen durchführte. Und es funktionierte bald nicht nur mit Immobilien. Alles, was einen besonderen Wert hatte und was die Flüchtenden vor dem Zugriff der Nazis oder der Faschisten verbergen oder retten hatten können, machte er schnell zu Geld, was dazu führte, dass er bald von Kaufinteressenten direkt angesprochen wurde. Skulpturen, Juwelen oder Gemälde: Alles wechselte über ihn den Besitzer, und weil er Italiener und Anwalt war, zu einem angemessenen Preis. Weit mehr, als die von den Zwängen der Zeit Bedrängten hätten erzielen können.

Ruan hatte zunächst noch die Nase gerümpft, als Vittorio die ersten dieser Verkäufe abgewickelt hatte (»Wir sind ein Rechtsbüro und kein Basar!«), doch dann zeigte er sich damit zufrieden, dass hier ordentlich Geld in die Kanzleikasse gespült wurde. Insgeheim war er ganz froh, dass er den jungen Anwalt, der manchmal etwas eigenwillig war und zum Teil zu eigenständige politische Ansichten vertrat, doch vor ein paar Jahren zum Partner und Compagnon gemacht hatte, denn finanziell ging es ihnen im Moment beiden fantastisch. Ruan hatte sich ein neues Boot gekauft, das er im Hafen von Grignano liegen hatte, und Dottor Robusti hatte sich die eigene Villa mit großem Garten im Vicolo delle Rose leisten können.

Um Italien und die Großmachtsansprüche seines Führers stand es unterdessen weniger rosig. Italiens Jugend verblutete in Abessinien und der Sieg über dieses unbekannte Land in Afrika, das man vor über drei Jahren angegriffen hatte, schien im Moment ferner denn je.

12. JULI 1936
(MINUS 3190 TAGE), SONNTAG

Es war ein heißer Sommertag und Pino genoss seine Ferien. Er hatte die dritte Klasse Mittelschule wie die Jahre zuvor mit ausgezeichnetem Erfolg beendet und seine Eltern waren sehr zufrieden damit, wie sich ihr Sohn entwickelte.

»Mit diesen Noten wird es kein Problem sein, Giuseppe im Liceo Dante unterzubringen«, sagte Vittorio. Das Gymnasium war eine der Eliteschulen der Stadt unweit des Gerichts. Attilio Hortis war schon dort Schüler gewesen, und auch die Dichter Slataper und Stuparich hatten es besucht.

Pino war ein stattlicher Bursche geworden, groß und schlank mit einem hübschen Gesicht und einer schönen Nase. Sein Haar war dicht und die wenigen Locken der Kindheit waren verschwunden. Jetzt im Sommer schimmerte es rabenschwarz und glänzte wie poliertes Ebenholz. Elisa war stolz, wenn sie ihren Sohn in der Badehose sah. Er war seit letztem Jahr in einem Ruderklub eingeschrieben, und mit dem Training hatte er auch einen muskulösen Oberkörper entwickelt. Er sah tatsächlich so aus, wie Bildhauer jetzt männliche Statuen formten.

Sie waren an diesem Tag wieder einmal nach Barcola gefahren. Dort hatte die Kommune letztes Jahr Plattformen neben der Straße gebaut, die über die Uferpromenade ins Wasser hinausragten. Weil sie mit ihrem Halbrund an große Mäuseohren erinnerten, nannte man sie im Volksmund bald Topolini.

Die Familie hatte Klappliegen dabei und Elisa ein Picknick gerichtet: Sie aßen eingelegte Sardinen, dazu Brot und etwas Schinken. Pino hatte sein Bad beendet, die Wassertropfen auf seiner Brust glänzten wie kleine Perlen. Überall tummelten sich Menschen, die diesen Tag am Meer genossen. Wenn die Sonne zu sehr drückte, konnte man Schatten unter einem der Nadelbäume suchen und dort ein Nickerchen halten. Pino war nicht müde. Er war durcheinander. Da passierte etwas mit seinem Körper. Nicht nur, dass seine Stimme sich änderte und tiefer wurde, wuchsen ihm Haare unter den Achseln und auch anderswo. Auch die Mädchen betrachtete er plötzlich ganz anders. Er bemerkte, dass sich bei manchen schon Brüste unter ihren Badeanzügen abzeichneten und er stellte fest, dass er sich beherrschen musste, nicht zu offensichtlich genau auf diese Rundungen zu starren. Sogar wenn er nun Laura traf, war das anders als früher. Sie war eine Freundin, ein Mädchen halt, und er wusste nicht einmal mehr, warum er sich damals mit ihr abgegeben hatte. Entgegen seinem Entschluss, sie künftig nicht zu begleiten, als sie ihm das förmlich aufgezwungen hatte, hatte er sie wieder getroffen, und sogar jetzt, da sie unterschiedliche Schulen besuchten, sahen sie sich regelmäßig. Wahrscheinlich weil sie wie eine Klette war, die sich an ihn gehängt hatte, schwer abzuschütteln, mit den vielen kleinen Widerhaken. Sie sahen sich mehrmals die Woche. Ihm war das fast unangenehm, wenn er in Begleitung von ein paar Freunden aus der Klasse kam und sie ihn abpasste, aber er tischte seinen Kumpels die Lüge auf, dass sie eine Cousine sei und eine Tante ihn gebeten habe, auf sie aufzupassen. Er war auch nie sonderlich freundlich zu ihr gewesen, doch das hatte sich in den letzten Monaten geändert: Da war er manchmal richtiggehend enttäuscht, wenn sie nicht an einer der üblichen Ecken auf ihn wartete. Traf er sie jetzt, dann fühlte er sich mit einem Mal fröhlich und genoss die Zeit, die sie schweigend nebeneinander hergingen, jeder auf dem Weg nach Hause. Unlängst hatte sie ihm einen Kuss auf die Wange gedrückt. Zum Abschied. Das hatte sie früher schon einmal versucht, doch dieses Mal hatte er sie gewähren lassen. Als ihre Lippen sanft seine Wange berührt hatten, mehr wie ein Hauch, als hätte der Wind weiches Gras über seine Wange streichen lassen, da hatte er starkes Herzklopfen bekommen und ihm war heiß geworden. Seine Wange hatte danach noch den ganzen Nachmittag geglüht. Jetzt, in den Ferien, fehlte Laura ihm beinahe.

»Was ist mit dir, Tesoro mio?«, fragte ihn die Mutter. »Ist etwas nicht in Ordnung? Ist dir langweilig? Vielleicht möchtest du das nächste Mal einen Freund mitnehmen?« Sie wandte den Blick zu Vittorio, der beiläufig nickte und mit geschlossenen Augen sagte: »Vielleicht diesen Pietro? Ihr seid doch noch befreundet?«

»Ja«, sagte Pino, »aber wir sehen uns kaum noch. Er hat doch in eine andere Schule wechseln müssen.«

»Na ja, war halt nicht der Hellste.« Elisa gab Vittorio einen sanften Schlag und zischte ihm zu, dass er still sein solle. Denn die Frage der Ausbildung war eher eine Frage des Geldes denn des intellektuellen Vermögens.

Pinos Eltern hatten die Hoffnung auf weiteren Nachwuchs mittlerweile aufgegeben, daher schien schon lange klar, dass er ein Einzelkind bleiben würde. Dafür sollte es ihm an nichts fehlen. Es hatte zudem den Vorteil, dass Vittorio sich vermutlich mehr um ihn kümmerte, als dies andere Väter taten, die oft Schwierigkeiten hatten, die Namen ihrer zahllosen Nachkommen richtig zuzuordnen.

Vittorio hatte Pino oft von der Schule abgeholt und den restlichen Tag gemeinsam mit ihm verbracht. Dabei führte Vittorio seinen Sohn zu vielen Baustellen, die der Stadt neue imposante Bauwerke bescherten. So hatten sie damals nicht nur der Eröffnung des Faro della Vittoria beigewohnt, sondern auch das vom selben Architekten geplante Hochhaus direkt am Canal Grande entstehen gesehen. Seit 1928 war der Grattacielo rosso genannte Palazzo Aedes fertiggestellt und prägte mit seiner roten Farbe das Stadtbild. Nicht weit davon war in etwa zur selben Zeit die Stazione Marittima der beiden Architekten Umberto Nordio, der gerade den Auftrag erhalten hatte, die Piazza Oberdan neu zu gestalten, und Giacomo Zammattio gebaut worden.

»Oder ist es etwas anderes?«, hakte die Mutter jetzt bei Pino nach. Er wurde rot. Er sagte: »Nein, es ist nur – alle sind bei der Balilla, nur ich nicht. Und mein Lehrer hat schon mehrmals deswegen Bemerkungen gemacht. Vielleicht ist dein Vater ja kein Patriot, hat er gemeint.«

Vittorio richtete sich in seinem Stuhl auf. Schon wieder diese Unterstellung. Nur weil man kein glühender Faschist war, konnte man doch zu seinem Land stehen. Er brummte: »Ich habe wohl mein Blut am Isonzo für ein anderes Land vergossen, oder was?«

Elisa mischte sich ein. »Du hast natürlich recht, aber das löst jetzt nicht das Problem deines Sohnes.« Und an Pino gerichtet: »Möchtest du denn zur faschistischen Jugend gehen?«

Pino nickte verhalten.

»Wir reden am Abend darüber«, sagte sie bestimmt zu ihrem Mann und damit war die Diskussion vorläufig erledigt. »Ich will jetzt ein Eis, wer geht mit?«

Mit vollem Elan sprang Vittorio aus dem Sessel und eilte vor zum Kiosk. An seine Fersen geheftet Pino und Elisa, die, zufrieden mit ihrem Ablenkungsmanöver, breit lächelte. Pino hatte sie bald überholt und sie betrachtete von hinten seinen Körper, dessen gebräunte Haut in der Sonne glänzte wie eine Bronzestatue. Das waren die Momente des Glückes, dachte sie, und Elisa war eine kluge Frau, die wusste, wie flüchtig das Glück ist.

Als die Sonne später den Himmel orange färbte und das weiße Schloss Miramare am Ende der Bucht zum Leuchten brachte, packte die Familie zusammen und begab sich in die Trattoria Riviera am Ortsbeginn von Barcola, die um diese Zeit sehr gut besucht war. Der Chefkellner erkannte Vittorio sofort und deutete einem Kellner, der Familie einen Tisch im hinteren Eck des Gartens zuzuweisen.

Vittorio musste jetzt wieder an seine unglückliche Liebe denken. Er hatte gehört, dass die Fabrik vor einigen Jahren aus Barcola wegverlegt worden war und fragte sich, ob der alte Camis noch hier, in seiner Villa wohnte, und wie es wohl seiner Tochter ging. Wie ihm zu Ohren gekommen war, hatte ihre Ehe nicht lange gehalten, weil der Abenteurer Rudolfo sich sofort freiwillig nach Abessinien gemeldet hatte, wo er bei einer der ersten Angriffswellen ums Leben gekommen war.

Es war fast dunkel, als sie nach Hause zurückkehrten. Pino schickten die Eltern aufs Zimmer und das Hausmädchen wiesen sie an, Tee im Salon zu servieren. Vittorio holte sich einen Cognac und drehte den Radioapparat auf.

»Vielleicht kannst du damit noch warten, wir haben etwas zu besprechen.«

Vittorio runzelte die Stirn. »Haben wir?« Er drehte den Apparat wieder ab.

Als Elisa von der Balilla zu sprechen beginnen wollte, fuhr er ihr ins Wort: »Da gibt es nichts zu besprechen. Du kennst meine Meinung zu dem Thema, wir haben schon darüber geredet. Du weißt, was ich von den Faschisten halte.«

»Und dennoch umgibst du dich immer wieder mit ihnen.«

»In einer Stadt wie Triest ist es relativ schwierig, Anwalt zu sein, ohne Stadträte oder Politiker zu treffen.«

»Und dein Freund, der sogar bei unserer Hochzeit war?«

»Vergiss Jacopo. Das ist kein Freund, ein Bekannter bestenfalls. Und ja, auch in den Reihen der Faschisten mag es den einen oder anderen klugen Kopf geben, aber das macht die Sache nicht besser. Das ist doch kein Grund, dass sich unser Sohn bei diesen Leuten andient.«

Ondina brachte den Tee, doch Elisa hatte sich bereits einen Likör eingeschenkt. Sie ging im Halbkreis um Vittorios Sessel herum, und ihr Mann saß festgewachsen da. Elisa hielt ihr Glas vor Vittorios Nase und sagte: »Aber du kannst unseren Sohn nicht von all dem ausschließen. Es reicht, dass er durch mich und meine Verwandtschaft ein wenig stigmatisiert ist, das muss man jetzt aber nicht auf die Spitze treiben. Lass ihn wie all die anderen Jungen doch hingehen. Er wird sonst zum Außenseiter.«

»Damit er dann wie die anderen Krieg spielen geht? Hast du darüber schon einmal nachgedacht?«

Elisas Augen verengten sich zu Schlitzen. Sie sah aus wie eine Katze auf der Jagd. »Das sagst ausgerechnet du? Der in den letzten Krieg gezogen ist und deshalb keine weiteren Kinder zeugen kann? Sei froh, dass uns wenigstens Pino von Gott geschenkt wurde.«

»Das bin ich sogar sehr, und deswegen will ich ihn schützen. Außerdem war das damals etwas ganz anderes. Den damaligen Feind gibt es nicht mehr. Das bisschen, was von Österreich übrig ist, muss jetzt sogar von Mussolini vor dem Zugriff von diesem gierigen Hitler bewahrt werden. Europa wird verrückt, sag ich dir. Mussolini geht nach Afrika, die Faschisten helfen Franco, die Republik zu stürzen, und eben Hitler in Deutschland. Kopiert das meiste von Mussolini, aber glaub mir, bald wird er ihn überflügeln. Und dann wird sein Machthunger wachsen, und er wird sich ein Land nach dem anderen holen.« Er machte eine Pause und trank einen Schluck. Er schüttelte sich, dann fuhr er in ruhigerem Ton fort: »Ich war auch ein Einzelkind. Hab ich dir das nie erzählt?«

Elisas Blick hatte gewechselt. Sie wirkte mit einem Mal besänftigt. »Ich weiß«, sagte sie, »und ich weiß, dass du recht hast, aber was hast du eigentlich als Kind gespielt, als du in Pinos Alter warst?«

»Räuber und Gendarm, oder Krieg. Die Schlacht von Marengo zum Beispiel.«

»Aber die hat doch Napoleon gegen die Österreicher geführt?«

»Na und? Napoleon war einer der größten Feldherren, gleich nach Julius Cäsar oder vielleicht auch Scipio.«

Elisa legte ihrem Mann die Hand auf die Schulter. »Siehst du? Du hast auch Krieg gespielt. Warum lässt du das deinen Sohn nicht? Es ist um nichts gefährlicher als damals, wenn es bei der Balilla geschieht.« Sie trank ihr Glas aus und drückte es Vittorio in die Hand. »Gute Nacht, ich bin müde und gehe zu Bett«, sagte sie und ließ Vittorio nachdenklich in seinem Stuhl zurück.

Giuseppe hatte der Unterhaltung seiner Eltern von oben gelauscht. Er hatte die Tür zu seinem Zimmer nur angelehnt. Seine Mutter war seine Verbündete und er konnte im Moment auch besser mit ihr über seine Probleme sprechen. Im Vater sah er eher einen Konkurrenten, der die Richtung vorgab, die immer seltener die seine war. Auch wenn das in allen Familien so war, wollte er es nicht akzeptieren. Er wollte unbedingt diese Uniform haben, die kurzen Hosen, das schwarze Hemd und die Kappe mit dem Bommel auf der Seite, die an einen orientalischen Fes erinnerte. Und nächstes Jahr würde er die kurze Hose gegen eine Knickerbocker tauschen.

Es gab noch etwas, neben der Veränderung seines Körpers, das er in letzter Zeit an sich bemerkt hatte: Er hatte großes Talent darin entwickelt, Unterschriften nachzumachen. Mit der seines Lehrers hatte er begonnen, dann hatte er die seiner

Mutter kopiert. Sie hatte weit auslaufende große Lettern und war einfacher als die seines Vaters nachzumachen. Diese hatte nämlich engere Buchstaben und viele Haken, aber mittlerweile beherrschte er auch sie. Die Einverständniserklärung für den Eintritt in die Jugendorganisation trug die Unterschrift beider Elternteile, und würde sein Vater hart bleiben, dann würde er eben diesen selbst verfertigten Schrieb vorlegen. Aber er war sicher, dass auch in dieser Sache seine Mutter das letzte Wort behalten würde.

NOCHMALS 20. MÄRZ 1945
(MINUS 17 TAGE), DIENSTAG

Gestern war Laura nach Hause gekommen und hatte sich mit tränengefüllten Augen auf ihr Bett geworfen. Sie hatte versucht, das Schluchzen zu unterdrücken, doch ihre Mutter bemerkte bald, dass etwas nicht stimmte, und sah nach ihr. Laura schüttelte sich weinend auf ihrer Matratze. Sie presste ihre Hand gegen den Mund, um die Laute zu dämpfen.

»Um Gottes willen, Laura, was ist passiert?«, fragte die Mutter schrill, ehe sie ihre Tochter an der Schulter zu sich zog. Sie erschrak über deren Gesichtsausdruck. Dann fuhr sie ihr über die nass schimmernden Wangen und fragte ruhiger: »Sag, mein Kind, was ist denn passiert?«

Laura zog durch die Nase auf und heulte erneut los. Dann erst bekam sie mühsam einige Worte heraus. »Sie haben ihn … sie haben Pino, … sie haben ihn verhaftet.«

»Verhaftet? Wer?«

»Die Männer von der SS. Ich habe es gesehen.«

»Und haben dich die Männer von der SS auch gesehen?« Lauras Mutter machte sich nicht ohne Grund Sorgen. Der sich abzeichnende Untergang der Besatzer hier in Triest schien die Willkür der Nazis gegen die Bevölkerung noch zusätzlich anzustacheln. Es reichte schon gesehen zu haben, wie jemand mitgenommen wurde, und man wurde ebenfalls gleich mitgenommen.

»Du musst dich ausruhen, du siehst schrecklich aus. Aber erzähle weiter.«

Laura richtete sich im Bett auf. »Ich war zu spät. Als ich kam, habe ich gesehen, wie sie ihn weggebracht haben«, sagte sie, »ich muss sofort zu Pino, ich muss doch irgendetwas tun!«

Lauras Mutter legte ihr sanft die Finger auf die Lippen und sagte: »Du kannst jetzt nichts tun außer beten. Wenn er nichts Unrechtes getan hat, wird sich das herausstellen, und wenn doch, ist es besser, wenn die Nazis keine Verbindung zu uns herstellen können. Du musst doch auch an deinen Vater denken.«

Ursprünglich hatte Lauras Vater nach seiner Rückkunft den Verschub der verschiedenen Züge zu organisieren. Eine kriegswichtige Arbeit, die ihm den Einsatz an der Front ersparte – und zumeist auch Probleme mit der Obrigkeit, weil er ja im System für das System arbeitete. Doch einmal, Triest war bereits von den Deutschen besetzt, hatte er einige der Waggons inspiziert und hatte entsetzt gesehen, wie viele Menschen man wie Vieh hineingepfercht hatte. Er hatte Meldung an seinen Vorgesetzten erstattet, dem das sichtlich unangenehm gewesen war und der ihn angewiesen hatte, die Sache gleich wieder zu vergessen. Ein Wachtmeister der Nazis hatte den Disput zwischen den beiden mitbekommen und am nächsten Tag war eine Patrouille der SS gekommen und hatte den Vater mitgenommen. Zwei Tage lang war er verhört worden, erst danach hatte man ihn wieder freigelassen. Seither verrichtete er einfache Bürodienste in der Verwaltung und durfte den Verschiebebahnhof nicht mehr betreten. Wenigstens roch er jetzt weniger nach altem Schmierfett, wenn er Laura über die Wange fuhr.

»Ich mache dir eine kräftige Minestra«, sagte die Mutter abschließend. »Du bist so dünn geworden, und heute habe ich endlich auf Marken ein paar Knochen und ein winziges Stück Fleisch erhalten. Lange genug hatte ich es ja bestellt.«

Laura fiel ihrer Mutter um den Hals und zog sie zu sich. »Es ist alles so schrecklich«, sagte sie.

»Auch das wird vorübergehen«, antwortete die Mutter und ging in die Küche. Natürlich war das Fleisch nicht für die

Lebensmittelmarken ausgegeben worden. Der Schwarzmarkt blühte, und selbst hohe Strafen schreckten niemanden mehr davon ab, sich hier zu versorgen und die Marken Marken sein zu lassen. Nachdem sie die Suppe gegessen hatten, ging Laura wieder ins Bett und ihre Mutter streichelte ihr wie einem kleinen Mädchen den Kopf, bis sie eingeschlafen war.

Heute war Laura nicht zur Arbeit gegangen. Die Mutter hatte ihr verboten, das Haus zu verlassen. Sie solle sich in der Schule krankmelden, hatte sie vorgeschlagen, und dann das Telefonat unten in der Bar gleich selbst erledigt. Dem Vater, der gestern spätabends nach Hause gekommen war, hatten die beiden Frauen nichts erzählt. Es hätte nichts gebracht und womöglich die Lage nur verschlimmert. Signor Mulli hasste die Nazis. Nicht erst seit seiner Verhaftung. Die Frauen mussten ihn oft davon abhalten, in der Öffentlichkeit gegen das Regime zu wettern. Er war wie ein schlafender Vulkan. Im Moment war er ruhig und unauffällig, aber wer konnte schon wissen, ob er nicht bald erwachen und ausbrechen würde. Dann könnte es zum Schlimmsten kommen. Es reichte schon der bloße Verdacht, Widerstand zu leisten, um an irgendeine Mauer gestellt zu werden. Das musste nicht provoziert werden. Also war es besser, ihn mit der Geschichte nicht aufzuregen. Er wusste ja noch nicht einmal etwas von dem Jungen. Für ihn war Laura noch das kleine Mädchen.

Laura erzählte ihrer Mutter dann, was sie von Pinos Familie wusste: dass sie ein großes Haus besaßen, mit eigenem Telefon, denn der Vater war Anwalt, der musste erreichbar sein. »Na siehst du«, sagte die Mutter, »du wirst sehen, sein Vater wird ihn schon rausholen. Wenn das nicht einmal ein Anwalt schafft, wer dann?«

Doch diese Aufmunterung nützte wenig. Laura war den ganzen Tag unruhig. Das Warten und die Untätigkeit verstärkten ihre Wut und ihren Schmerz. Sie überlegte, wie sie mit den anderen Kontakt aufnehmen konnte. Allein konnte sie nichts ausrichten, aber wenn alle, die so dachten wie sie und Pino, sich zusammentaten, konnte man vielleicht etwas bewirken.

Sie schreckte auf, als es an der Tür läutete. Ihr Herz klopfte, als sie die Uniform sah, nachdem sie zaghaft die Tür geöffnet hatte. Aber es war die Uniform der Guardia Civica in Graugrün mit der affichierten Hellebarde von San Giusto. Viele junge Männer trugen sie jetzt, diese Uniform schützte vor einer Verhaftung oder Deportierung durch die Nazis und sie zeigte, dass man sich für sein Vaterland und sein Volk einsetzte. Nicht einmal in die Todt musste man, wenn man so eine Uniform anhatte.

Es war ein Junge, kaum älter als siebzehn, vielleicht achtzehn, der an der Schwelle stand und in der zitternden Hand einen Umschlag hielt. Er blickte sich nervös um, seine kurzen Blicke flitzten durch Stiegenhaus und Gang.

»Was willst du?«, fragte Laura.

»Bist du Laura Mulli?«, fragte der Junge und blinzelte Laura an, die zur Antwort nickte. »Ich soll dir das hier geben«, sagte er und reichte ihr den Umschlag. Als er sich umdrehte, fasste Laura ihn an der Schulter und hielt ihn zurück. »Wer bist du? Und was ist das?«

»Schau hinein, ist von deinem Pino.«

Laura stockte der Atem und ihr Herz setzte für eine Sekunde aus. Sie musste sich sammeln, bis sie begriff, was der Bursche ihr eben gesagt hatte. Sie öffnete den Umschlag, in dem sich Geldscheine und ein Blatt Papier befanden. Sie erkannte Pinos Handschrift. Der Junge wollte sich bei dieser Gelegenheit davonmachen, doch Laura hielt ihn am Arm zurück. Sie fragte: »Wann hast du Pino gesehen? Geht es ihm gut? Hast du mit ihm gesprochen?«

»Ich hatte kaum eine Minute allein mit ihm. Ich war auch an der Piazza Oberdan, sie haben mich gestern mitgenommen. Ich habe es Tenente Romano Rea zu danken, der sich für mich eingesetzt hat, dass sie mich heute wieder gehen ließen. Es war noch Papierkram zu erledigen und da hab ich deinen Pino gesehen. Der hat in dem Büro gewartet. Wir waren kurz allein. Als er mitbekommen hat, dass ich vielleicht bald gehen würde, hat er frech ein Blatt vom Schreibtisch genommen und etwas darauf geschrieben, mir deine Adresse gegeben und mich gebeten, dir das vorbeizubringen.«

Er löste sich aus Lauras Griff. »Es ist besser, wenn ich jetzt wieder gehe. Ich will keine Probleme. Ich hatte schon genug davon.«

»Natürlich«, sagte Laura und nickte. »Danke!«, rief sie dem Burschen nach, der mit eingezogenem Kopf die Stufen nahm. Schnell und still wie ein heimlicher Liebhaber.

Laura schloss die Tür hinter sich und lehnte sich von innen dagegen. Ihr Herz hüpfte. Pino! Der Brief war von Pino. Und es schien ihm gut zu gehen.

Sie faltete das Papier auf und begann den Brief, der mit 19. März datiert war, zu lesen:

Meine Laura!

Vertraue dem Überbringer. Ich bin in bester Gesellschaft. Ich weiß nicht, ob man zu Hause schon informiert ist.

Ich hoffe für dich, dass sich die Dinge nicht verschlimmern. Erklär mir bitte, was passiert ist. Ich war so glücklich, dich zu sehen, und im selben Moment erniedrigt. Ich hoffe, dir geht es so weit möglich entsprechend gut. Ich schicke dir zweihundert Lire, damit du dir etwas kaufen kannst.

Antworte mir auf demselben Weg. Sei aber auf der Hut. Ich erwarte meine Vernehmung Stunde um Stunde. Hoffen wir, dass alles gut ausgehen möge. Ich werde schauen, dass ich nach der Vernehmung noch das andere Geld, das ich unten habe, holen kann.

Pass auf dich auf, es gibt auch bei uns Spitzel.

Sei unbesorgt und vertrauensvoll und erzähle mir so bald wie möglich, was dir passiert ist.

Ich küsse dich oft, und wissend, dass du nah bei mir bist, wird mir der Abend weniger schmerzhaft vorkommen.

Dein Pino

14. SEPTEMBER 1925
(MINUS 7144 TAGE), MONTAG

Vittorio ließ den Tag in einem kleinen Café auf der Piazza della Borsa ausklingen. Er war zufrieden. Ruan hatte ihm eine schöne Prämie für die Abwicklung eines Immobiliengeschäfts in Aussicht gestellt. Das Geld kam gerade recht, weil er sich einige Häuser angesehen hatte und eines davon seinen Vorstellungen entsprach. Was heißt, entsprechen? Herrlich war es. Mit einem wunderbaren Blick auf das Meer, groß mit Garten und einem Obergeschoß, wo sie alle Platz hatten. Er würde es vielleicht demnächst schon Elisa zeigen. Vielleicht würde er sie aber auch überraschen.

Er blätterte in der Zeitung, während der Kellner die zweite Tasse Kaffee brachte. Vittorio schlug den Wirtschaftsteil auf und las vom beeindruckenden Aufschwung des Hafens.

Ja, sagte er zu sich, es ging wieder aufwärts. Wirtschaftlich jedenfalls, denn das Angebot war beinahe wieder so vielfältig wie vor dem Krieg, und politisch auch, das musste er Mussolini zugestehen. Sogar der Vertrag von Rom schien zu halten. Seit dem Vorjahr war Fiume wieder ein Teil Italiens und der Machthunger Jugoslawiens schien einigermaßen gestillt zu sein. Nicht ohne Grund hatten die Faschisten in letzter Zeit groß angelegte Militärmanöver im grenznahen Gebiet abgehalten, um zu zeigen, dass man für alle Eventualitäten vorbereitet war.

Vittorio schwenkte die Tasse und kippte den Rest des Kaffees hinunter. Sofort winkte er nach dem Kellner und bestellte nun ein Glas Malvasier. Er hatte es nicht eilig, nach Hause zu kommen. Dem Jungen ging es gut und er entwickelte sich prächtig. Plauderte wie ein Wasserfall und erkundete mit Akribie jeden

Zentimeter seiner Umwelt. Waren sie in der Natur, studierte er Flora und Fauna ausgiebig. Oft musste er ihm Käfer oder Gewürm entreißen, wenn Elisa sich zu sehr davor ekelte. Dann drückte er ihm eine Blume oder ein Blatt in die Hand, das ihn sofort die Enttäuschung über das genommene krabbelnde oder sich windende Etwas vergessen ließ. Mit Wissbegierde wandte er sich dem neuen Objekt zu. Manchmal las er ihm aus einem seiner alten deutschsprachigen Kinderbücher vor. Er musste sie verstehen können, auch wenn er kein Wort von dem, was er vorgelesen bekam, wiedergeben konnte.

Er hatte das Glas geleert und bestellte ein weiteres. Es zog ihn heute gar nicht nach Hause. Er liebte Elisa immer noch wie am ersten Tag. Doch ihre Beziehung hatte sich mit dem Kind verändert. Sie war nun mehr Mutter als Ehefrau. Zugleich setzte sie ihn vielleicht etwas zu sehr damit unter Druck, dass Pino sich über einen Bruder freuen würde. Sie hatten es immer wieder probiert, doch Elisa wurde nicht schwanger. Jetzt war es eine fixe Idee von ihr und das Ehebett drohte zu einer pflichtfordernden Wirkungsstätte zu werden.

Nein, er hatte heute wenig Lust, nach Hause zu gehen. Dafür würde er sich morgen Nachmittag im Büro freispielen und mit Pino wieder eine Baustelle besichtigen. Überall sprossen neue Gebäude, luftiger, weiter und größer, in die Höhe und Pino liebte es, den Arbeitern dabei zuzusehen, wie sie Stück um Stück ein neues Haus wachsen ließen. Er war ein aufgewecktes Kerlchen. Und er hatte im letzten Jahr große Fortschritte gemacht. Er merkte sich einzelne Wörter aus den Büchern, obwohl er sie nicht verstand. Elisa hatte Vittorio ihre Meinung dazu gesagt: »Warum liest du ihm auf Deutsch vor? Es reicht, wenn er seine Muttersprache kann.«

Seine Muttersprache? Da hätte er auf Slowenisch vorlesen müssen. Aber diese Sprache war im Moment noch weniger geduldet als Deutsch. In diesem Punkt hatte Elisa wohl recht: Der Junge sollte zunächst Italienisch können, den Rest, den er fürs Leben brauchte, würde er in der Schule lernen. Dabei machte sich Pino viele Gedanken. Er hatte etwa danach gefragt, wieso er denn nur eine Nonna und nur einen Nonno hatte. Viele der anderen Kinder hatten ja auch vier Großelternteile, wieso denn er nicht? Vittorio antwortete, dass seine Mamma und sein Papà bereits im Himmel seien. Sie wären im letzten Krieg gestorben, lange vor Pinos Geburt. Wie viele andere auch. Wie sie ausgesehen haben? Vittorio fürchtete diese Frage. Er hatte nur die zwei Fotos von seiner Mutter und seinem Vater, die er im Krieg bei sich getragen hatte, der Rest war verloren gegangen. Er musste gegen das Bild, das letzte, als er seinen Vater getroffen hatte, ankämpfen. Der verbitterte, in sich gesunkene Mann, der so gar nichts mit seinem Vater von früher gemein hatte, hörte nicht auf, in seinem Gedächtnis zu spuken. Er log dann immer und sagte, dass Pinos Großvater ein stattlicher Mann mit dichtem Haar und einem mächtigen Bart gewesen sei. Tatsächlich hatte sein Vater eher eine schmächtige Statur und einen scheuen Blick gehabt. Wie er denn geheißen habe?

»Er hat wie du geheißen: Giuseppe«, sagte Vittorio.

»Aber ich heiße doch Pino«, antwortete Pino.

Er zeigte Pino das Foto seiner Mutter und der war überrascht. »So klein war die Nonna?«, fragte er. Und Vittorio musste sich eingestehen, dass die Abbildung eine zierliche Frau mit schmalen Lippen und müden Augen zeigte. Für Vittorio war seine Mutter die Starke gewesen, die ihn verstand, ihm half, wann immer er es brauchte. Sie schien ihm der Baum, an den man sich müde lehnen konnte. Wahrscheinlich hatte er sie überfordert, als er sie um ihre Hilfe gebeten hatte. Zuerst, als er in Padua hatte studieren wollen und dann, als er freiwillig in den Krieg gezogen war. Das musste zu viel für sie gewesen sein.

»Die Nonna sieht gar nicht aus wie die Mamma«, sagte Pino und Vittorio musste lachen, denn der Kleine war von der Vorstellung beseelt, dass jede Mutter so aussehen musste wie die eigene.

Vittorio lächelte und nahm ihn auf den Arm. Weil der Kleine aber ganz schön schwer geworden war, setzte er ihn bald auf die Schultern, und so gingen sie weiter über die Via Roma, vorbei an der Piazza Ponterosso und einige Passanten zogen ihren Hut, als der Dottor Robusti mit seinem geschulterten Sohn an ihnen vorbeiging.

Im Geiste sah Vittorio jetzt die zum Teil geschwärzten Fassaden der Häuser von damals an sich vorüberziehen. Nur die wenigsten leuchteten in frohen Farben, bei vielen hatten sich die Rußpartikel an der Fassade festgesetzt. Der Zugverkehr, weg vom ehemaligen Südbahnhof, oder vom neuen Hauptbahnhof am Campo Marzio, und auch die Verbindungszüge, die von dort den Hafen entlangfuhren, hatten mit dem neuen Aufschwung zugenommen und die schweren Loks spuckten täglich mehr grauen Dampf aus.

Jetzt trank er sein letztes Glas aus. Es war Zeit, nach Hause zu gehen. Zu seiner Familie.

8. OKTOBER 1940
(MINUS 1641 TAGE), DIENSTAG

»Da sind schon wieder Leute in Ihrem Büro, Dottore«, sagte die Sekretärin, als Vittorio in die Kanzlei kam. Er nickte ihr zu. Aus dem Augenwinkel heraus konnte er jedoch erkennen, dass etwas anders sein musste als sonst, wenn Klienten auf ihn warteten. Er betrat sein Büro und erstarrte augenblicklich an der Schwelle, als er die Situation erfasste. Drei Männer in grauen Uniformen hatten sich in seinem Büro breitgemacht. Einer davon mit kurz geschorenen Haaren und einer Narbe auf der linken Wange saß in seinem Stuhl, die beiden anderen lümmelten in den Besucherstühlen. Der eine hatte die Stiefel auf die Tischplatte gelegt und betrachtete gelangweilt seine Fingernägel, der andere rauchte. Sie waren schlecht rasiert und müde und wirkten auf eine nachlässige Weise auch bedrohlich, wie Wegelagerer, die ihres Opfers harrten.

»Kommen Sie doch weiter, Signor Robusti«, sagte der Anführer, der jetzt den Stuhl hinter dem Schreibtisch freimachte. Er war wenig größer als Vittorio und ihm fiel der herbe Geruch seiner Uniform auf, als er sich an ihm in Richtung seines Platzes vorbeizwängen musste.

»Was verschafft mir die Ehre Ihres Besuchs?«, fragte Vittorio, kaum, dass er sich gesetzt hatte.

»Ich denke, Sie können sich vorstellen, warum wir hier sind«, sagte der Anführer und grinste.

Vittorio konnte es sich vorstellen. Dennoch fragte er: »Und das ruft die OVRA auf den Plan?«

Die faschistische Geheimpolizei war gefürchtet, weil sie mit gnadenloser Härte gegen jegliche antifaschistische Gesinnung vorging.

»Wir sind überall dort, wo das Vaterland in Gefahr ist. Sie werden uns begleiten müssen.«

Das Telefon auf Vittorios Schreibtisch klingelte. »Lassen Sie es läuten«, sagte der Anführer, »ich fürchte, Ihre Klienten werden längere Zeit ohne Sie auskommen müssen.« Das Klingeln erstarb, doch keine zwei Sekunden später betrat die Sekretärin den Raum und sagte: »Verzeihen Sie, aber da ist ein Signor Bottin in der Leitung, der sagt, er müsse Sie umgehend und auf jeden Fall sprechen.«

Vittorio hob die Schultern und schickte den Geheimpolizisten einen unwissenden Blick, der Name kam ihm nur entfernt bekannt vor. Doch er bemerkte, dass er bei den Faschisten eine Reaktion auslöste. »Jacopo Bottin«, schob das Fräulein nach, und jetzt klingelte nicht nur das Telefon.

Der Anführer bedeutete Vittorio, das Gespräch anzunehmen. Vittorio hob ab.

»Ich habe zufällig erfahren, dass du heute Besuch von unseren …«, der Anrufer räusperte sich und nach einer kurzen Pause schien er die passende Umschreibung gefunden zu haben, »Spezialisten bekommst.«

»Sind gerade da, danke dir«, sagte Vittorio mit leisem Vorwurf in der Stimme.

»Kann ich bitte mit Comandante Lusson sprechen?«

Vittorio nickte und reichte den Hörer an den Anführer weiter, dessen Haltung sofort ins soldatisch Stramme mutierte. Nach einem kurzen Wortwechsel reichte der Comandante Vittorio den Hörer zurück. Jacopo war noch in der Leitung. Er sagte: »Jetzt stehst du schon zum zweiten Mal in meiner Schuld.«

Vittorio bejahte beiläufig und legte auf. Ja, es war eine Schuld, aber eine Schuld, die durch Zufall oder Unrecht begründet wurde. Oder durch bösartige Zufälle, die sich in der späteren Betrachtung Geschichte nennen.

»Wir behalten Sie dennoch im Auge«, sagte der Anführer, als er den Raum verließ, und die beiden anderen folgten ihm. Der dritte stellte das Bild von Elisa, das er vorhin vom Schreibtisch genommen und näher betrachtet hatte, zurück und sagte: »Passen Sie gut auf Ihre Familie auf.«

Und Vittorio wusste, dass er wieder einen größeren Geldbetrag ans Rathaus schicken würde, um sich der Gunst der Stadtverwaltung auch weiterhin sicher sein zu können.

18. AUGUST 1943
(MINUS 597 TAGE), MITTWOCH

Pino hatte noch vor jenem Sommer, in dem die alliierten Truppen in Sizilien landeten, seine Reifeprüfung abgelegt. Wegen der Einberufung seines Jahrgangs in den öffentlichen Schulen wechselte er vom Liceo Dante in der Via Giustiniano ins private Liceo Petrarca in der Via Rossetti, wo er die Prüfungen bravourös abgelegt hatte und nun berechtigt war, ein Studium zu beginnen.

»Natürlich wird der Junge studieren, ich hab schon alles geregelt«, sagte Vittorio.

Elisa saß in der Küche und stopfte ein paar Löcher, die Pino im Sommer in seine Hosen gerissen hatte. Ihre Hände waren vom Nähen sehnig geworden, denn immer häufiger musste sie die Kleidung, die sie früher weggegeben hätte, flicken oder zu anderen Stücken umarbeiten, da Stoff knapp geworden und nun auch nur mehr auf Bezugsschein erhältlich war. Der Schwarzmarkt blühte, aber auch da brauchte man mittlerweile nicht mehr nur Geld, sondern vor allem Beziehungen. Sie schüttelte den Kopf und fragte: »Können wir nicht weggehen? Wir haben doch genug Geld, oder?«

An Geld mangelte es den Robustis im vierten Jahr nach dem Kriegseintritt der Italiener aufseiten Deutschlands im Vergleich zu anderen Dingen tatsächlich noch am wenigsten. »Ich denke dabei vor allem an Giuseppe«, fuhr sie, weiter auf ihre Arbeit konzentriert, fort. Im neuen Telefunken-Radio, das die stolze Summe von rund tausendzweihundert Lire gekostet hatte, erklang die Stimme von Alberto Rabagliati, der »una chiesetta in mezzi ai fior« sang.

»Die meisten aus seinem Jahrgang wurden schon eingezogen.«

»Pino aber nicht, und solange er studiert, kann er seine Einberufung hinauszögern, zumindest bis er sechsundzwanzig ist.« Vittorio schüttelte den Kopf. »Weggehen? Nein! Wozu auch, der Krieg wird jetzt bald zu Ende sein. Mussolini ist seit Anfang Juli verhaftet, bald haben wir den Wahnsinn hier ausgestanden.«

Elisas Blick verriet, dass sie es gern geglaubt hätte. Aber das dachten die Leute schon seit über drei Jahren, und auf den Sieg vertraute jetzt ohnehin keiner mehr. Aber viele hofften, der Krieg möge bald zu Ende sein. Jeder weitere Tag war einer zu viel. Bombardements hatten einzelne Landstriche überzogen und die wenig auf derartige Bombenangriffe vorbereitete Bevölkerung schockiert und in Angst versetzt. Erst nach und nach hatte man begonnen, auch für die Zivilbevölkerung Luftschutzräume zu errichten. Anfangs musste man sich noch in Tunnels flüchten.

Pino kam in die Küche. Er grinste über beide Ohren. »Was ist los mit dir? Was erheitert dich so?«, fragte seine Mutter. Der Krieg hatte ihr Gesicht schmal und faltig werden lassen. Pino holte eine dicke Stange Salami unter seiner Jacke hervor. »Seht ihr? Ich hab den alten Lardini dabei erwischt, wie er in seinem Lager umgeräumt hat und dabei ist bei einer Kiste der Deckel verrutscht. Ich hab ihn zur Rede gestellt und gesagt, dass das jetzt wohl endlich die Wurst ist, die Mamma schon vor drei Wochen bestellt und wofür er die Marken und das Geld kassiert hat.«

Elisa verknotete das Ende des Fadens, riss ihn ab und legte die Hose beiseite. Sie schaute zu ihrem Sohn und sagte: »Aber ich habe bei Lardini gar keine Wurst bestellt. Und Marken würde ich dem Gauner auch nicht ohne Gegenleistung geben!«

Pino prustete los und sein Vater, dem langsam dämmerte, dass hier ein Schlitzohr das andere reingelegt hatte, klopfte ihm anerkennend auf die Schulter. Er sagte: »Sehr schön, mein Junge, aber mit solchen Tricksereien ist jetzt Schluss, jetzt, da du auch Jus studierst. Hast du schon alles auf der Universität erledigt?«

Pino nickte. »Natürlich, Papà.« Er ging auf sein Zimmer.

Kaum hatte er die Küche verlassen, zog Elisa Vittorio zu sich. Sie flüsterte: »Ist dein Freund eigentlich noch da?«

»Du brauchst nicht zu flüstern, Pino hat ihn doch auch gesehen. Und er ist nicht mein Freund.«

Elisas Blick verriet, dass sie mit dieser Antwort nicht zufrieden war, weil sie den wesentlichen Teil ihrer Frage nicht beantwortet hatte.

»Ich weiß es nicht«, antwortete Vittorio dann, »aber ich werde nach dem Essen nachsehen gehen.«

»Da kannst du auch sofort gehen, heute Abend gibt es nur etwas Brot und Käse und ja, natürlich die Wurst, die Pino ergattert hat.«

»Kannst du mir ein wenig von all dem einpacken? Und auch ein paar Oliven, davon haben wir doch noch welche?«

Elisas Blick war durchdringend. »Das ist nicht dein Ernst! Du willst jetzt auch noch so einen durchfüttern?«

»Wir haben deinen Cousin doch auch eine Zeit lang …«, er vermied bewusst das eher despektierliche Vokabel, »ernährt?«

»Aber das ist doch etwas ganz anderes! Solche wie der jetzt waren schuld daran, dass Anto sich verstecken musste.«

Vittorio schüttelte den Kopf, er sah den Punkt erreicht, wo beide Meinungen feststeckten, so wie er damals in den Schützengräben. »Dann geh ich gleich. Bis später.«

»Warte!« Elisa war aufgesprungen. Sie legte das Flickzeug beiseite und holte aus einem Korb das feuchte und dunkle

Brot, von dem sie zwei Scheiben abschnitt. Sie packte ein Stück Hartkäse und ein paar Scheiben Wurst dazu und aus einem Topf holte sie eine Handvoll Oliven.

»Das ist dein Abendessen. Du kannst es teilen, selbst essen oder herschenken, das ist mir egal.«

Sie berührte ihn kurz an der Schulter. Vittorio nickte und verließ das Haus.

4. OKTOBER 1943
MINUS 550 TAGE, MONTAG

Pino fuhr die Via Fabio Severo zur neuen Universität hinauf. Nachdem die von Revoltella ursprünglich als Handelsschule im Stadtzentrum errichtete Hochschule bald zu klein geworden war, hatte man die neue Universität bereits 1924 gegründet, fertig geworden war sie nach der Grundsteinlegung im Jahr 1938 aber erst vor Kurzem. Sie thronte mächtig oberhalb der Stadt in einer Kurve und wirkte wie eine schlafende Sphinx. Die beiden Flügel, die vom Mittelgang wegführten, waren die ausgestreckten Tatzen. Stufen wie bei einem Aztekentempel führten hinauf in das Heiligtum des Wissens. Pino drehte sich auf dem großen Vorplatz zu allen Seiten hin um. Mit der Universität waren auch viele neue Wohnhäuser in dem Viertel entstanden. Darunter lag die Stadt ausgebreitet wie eine Landkarte da und Pino versuchte, die erkennbaren Straßenzüge zu benennen. Und dahinter, wie ein ewiges Versprechen, das Meer mit einem die Konturen an der Grenze zwischen Wasser und Land verschlingenden Blau.

Man hatte es in Kürze geschafft, einige Kapazitäten an diese Hochschule zu holen, klingende Namen, die in ihrem Fach einen tadellosen Ruf genossen.

Er wanderte zu den Stufen und betrachtete die beiden an den Seitenflügeln angebrachten Reliefs, die wie an einem römischen Tempel Figuren und Szenen stilisierten. Darüber eine Säulenhalle, offen zu Stadt und Meer. Pino war aufgeregt, was ihn erwarten würde, und zugleich ein wenig vom schlechten Gewissen geplagt, als er eine Stufe nach der anderen emporstieg. Die meisten seines Jahrgangs waren beim Militär, nur er hatte es dank der Unterstützung seines Vaters geschafft, sich aus den gierigen Klauen des Staates herauszuwinden. Er durfte studieren, musste nicht nach Griechenland oder Russland. Wobei sich sein Vater leider darin getäuscht hatte, dass der Krieg bald ausgestanden wäre. Pino erinnerte sich daran, wie am 8. September alle aufgeregt vor dem Radioempfänger hingen und wie sie voll der Hoffnung zugehört hatten, als über Badoglios Friedensvertrag mit Eisenhower berichtet wurde, doch noch am selben Abend war es anders gekommen. Die Deutschen, die schon zuvor als Verbündete im Land gewesen waren, hatten bereits begonnen, Italien einzunehmen. Am 10. September hatten sie Rom besetzt und am 12. September Mussolini aus seiner Haft am Gran Sasso in den Abruzzen befreit. Und jetzt war alles noch schlimmer geworden.

Als er das Plateau erreicht hatte und dem Eingang zustrebte, waren diese Gedanken aber schnell wieder verdrängt. Jetzt war er wegen etwas anderem aufgeregt. Um siebzehn Uhr hatten sie sich auf der Piazza Oberdan verabredet.

Was für ein Tag und was für ein Zufall, dachte er, während er immer noch sein Herz heftig schlagen spürte. Hübsch war sie geworden, eine richtige Frau.

Pino betrat die Halle und musste sich erst orientieren, herausfinden, wo seine Vorlesungen stattfinden würden. Einige Studenten eilten an ihm vorbei. Wie in einem Hühnerstall herrschte hier ein geschäftiges Durcheinander. Er sah vor der Treppe eine Gruppe von jungen Männern stehen und fragte sie nach seinem Vorlesungssaal. Die Burschen, kaum älter als er selbst, schüttelten nur den Kopf. Er schaute auf seine Uhr. Er war knapp dran, wenn er sich nicht beeilte, würde er zu spät kommen.

»Frag vorne im Sekretariat, die können dir sicher weiterhelfen«, sagte einer der Burschen aus der Gruppe jetzt doch zu ihm.

Er kam dennoch zu spät. Der Professor hatte bereits seinen Vortrag begonnen, als Pino sich in den Saal schlich und behutsam die Tür schloss, damit er nicht störte. Doch dann streifte er auf dem Weg zu einem der freien Plätze an einem Tisch an, die Bücher fielen vom Tisch und natürlich unterbrach sich der Professor, als sie mit Krach auf dem Boden aufschlugen.

»Haben Sie sich verirrt oder haben Sie ein Geltungsproblem?«

Pino machte eine entschuldigende Geste, während er sich nun setzte, doch der Professor gab ihm zu verstehen, dass er stehen bleiben möge. Also stand Pino wieder auf. Er spürte, wie seine Wangen warm wurden, wie knapp zuvor, als er Laura im Bus wiedergetroffen hatte. Es entging ihm auch nicht, wie die anderen ihn betrachteten. Alle Augenpaare in dem Raum waren nun auf ihn gerichtet, so als wäre er der Inhalt dieser Vorlesung, dabei war er nur einer, der sich in dem Dschungel hier nicht zurechtgefunden hatte. Natürlich war die Verspätung Laura und dem Gespräch mit ihr geschuldet. Obwohl sie nur das Wichtigste, was ihnen die letzten Jahre widerfahren war, ausgetauscht hatten, hatten sie sich mindestens eine halbe Stunde unterhalten. Laura war es, die dann zur Eile gemahnt hatte. Und obgleich Pino das letzte Stück gerannt war, hatte er die Zeit nicht mehr gutmachen können.

»Wie heißen Sie?«, fragte der Professor, der einen blauen Anzug trug und das weiße Haar nach hinten gekämmt hatte. Die buschigen Augenbrauen waren auch bereits weiß und eigentlich wirkte er mit den Grübchen in den Wangen gar nicht so unfreundlich. Doch seine Stimme war tief und fest und jetzt auch grollend.

»Robusti«, sagte Pino und seine Stimme klang im Gegensatz zu jener von unten klein und zaghaft.

»Vielleicht hätten sie sich in die Malerklasse einschreiben

sollen.« Pino verstand nicht, doch der Professor lieferte keine weitere Erklärung. Er sagte: »Wenn also unser Tintoretto seinen Platz gefunden hat, können wir fortfahren.«

Die Studenten lachten. Pino setzte sich. Er hatte begriffen.

Die Vorträge waren interessant. Natürlich bot noch keiner der Professoren allzu detailreiches Wissen dar. Es handelte sich um eine Annäherung an den Stoff, doch für Pino bot sich ein erster Einblick in diese neue Welt. Während andernorts das Sterben unverändert fortschritt und die Völker fast überall Hunger litten und um ihre Toten weinten, saß er auf seinem Platz und reicherte sein Gehirn mit Wissen an. Das bislang Schlimmste, was seiner Familie in diesem Krieg widerfahren war, war die Beschlagnahme ihres Autos für militärische Zwecke gewesen.

Der Vormittag verflog im Nu, doch ab dem Nachmittag schienen die Stunden ihre Minuten verdoppelt zu haben. Pino war abgelenkt. Seine Gedanken waren bei Laura, er konnte es kaum erwarten, sie zu sehen. Er musste aufpassen, dass er nicht zu auffällig auf die Uhr starrte.

Am Ende des Tages rannte er aus dem Vorlesungssaal hinaus, weil er sofort den nächsten Bus ins Zentrum nehmen wollte. Er wunderte sich gar nicht, wieso es ihn derart stark zu dem Mädchen hinzog. Er akzeptierte es, denn es war Liebe, das hatte er sofort gewusst, als sie sein Lächeln heute Morgen erwidert hatte. Es konnte gar nichts anderes sein, dachte sich der Junge, der noch so wenig Ahnung vom Leben hatte.

Laura hatte jetzt dunkle Locken und volle Lippen. Wie gern hätte er die seinen dagegen gepresst. Und ihre klaren Augen schimmerten wie Bernstein.

Als er flott durch die Gänge zog, kam er wiederholt an einzelnen Gruppen von Studenten vorbei. Die meisten waren Männer, doch auch einige junge Frauen standen dabei. Er wechselte mit einem der Burschen einen längeren Blick. Er kannte ihn von der Schule. Er hieß Silvano Petacco und war meistens einer der Rädelsführer gewesen, wenn es darum gegangen war, etwas auszuhecken. Auch jetzt schien etwas im Busch, wie er an den geheimnisvollen Blicken, die sie untereinander austauschten, vermutete. Pino verlangsamte seine Schritte und schnappte einzelne Fetzen der Unterhaltung auf, doch je länger er verharrte, desto mehr verebbte das Gespräch, bis ihn die Truppe schweigend ansah. Er nickte ihnen zu und ging in Richtung Ausgang.

Pino hatte den weiten Vorplatz erreicht und blickte sich um. Es war bereits zwanzig Minuten vor fünf und wenn nicht sofort ein Bus kam, würde er sich auch bei ihr verspäten.

Er war verwirrt. Erst das Wiedersehen mit Laura. Aus der nervenden Klette war eine wunderschöne Frau geworden. Und zugleich hatte er ein schlechtes Gewissen, dass er seinen Vater so hintergangen hatte. Er würde es ihm beichten, aber erst, wenn er ein paar gute Noten nach Hause gebracht hatte. Die nächsten Monate musste er vorsichtig sein. Vor allem durfte er sich nicht verplappern.

Er suchte einen Fahrplan, auch wenn auf die angegebenen Zeiten ohnehin kein Verlass war. Es war überhaupt ein Wunder, wenn eine Linie normal bis zur Endstelle fahren konnte. Denn auch der Treibstoff wurde immer knapper. Wozu man dann eigentlich ihr Auto konfisziert hatte, fragte sich Pino, wenn es ohnehin kein Benzin gab. Die Streitkräfte und die Besatzer brauchten den Sprit, um ihre Panzer weiter nach Russland oder über den Balkan rollen zu lassen. Und fuhr dann doch eine Straßenbahn oder ein Autobus, dann saß meist eine Frau hinter dem Steuer. Erwachsene Männer waren Mangelware geworden in diesen Tagen. Entweder waren sie an der Front gefallen oder in Gefangenschaft geraten oder jetzt interniert, weil die Deutschen jeden kassierten, den sie im Verdacht hatten, gegen das Regime zu sein. Daher mussten auch von den Männern, die geblieben waren, viele flüchten. Aus Angst, verhaftet und nach Deutschland geschickt zu werden, wenn sie sich weigerten, der neu gegründeten Republik von Salò zu dienen. Denn auch in diesem Punkt hatte sich sein Vater leider geirrt. Der Krieg war mit Mussolinis Verhaftung keineswegs zu Ende gewesen. Und jetzt hatte ein deutsches Rollkommando Mussolini befreit. Wer nicht für die neue Sozialrepublik kämpfte, musste Arbeitsdienst in der Organisation Todt leisten. Wer das nicht wollte, konnte nur in die Berge fliehen, in den nahen Karst, wo die Partisanen sich verschanzt hatten, oder eben auf seine Verhaftung warten.

Pino hatte bereits die ersten Kurven der Via Fabio Severo halb laufend hinter sich gebracht. Unter seinem graubraunen Jackett war es unerträglich heiß und der Schweiß stand ihm auf der Stirn. Noch fünf Minuten, dachte er, schlüpfte aus dem Jackett und nahm die Beine in die Hand. Er wollte auf keinen Fall zu spät kommen. Auch wenn die faschistischen Organe und Zeitungen den Verfall der Sitten beklagten und bemängelten, dass Frauen sich heutzutage zu viel herausnehmen und zu wenig auf ihr Benehmen achten würden, war es für eine junge Frau nach wie vor unangenehm, alleine in einem Kaffeehaus oder einer Bar zu warten.

Er war bereits in der Nähe des Gerichts und von dort war es nur mehr ein kurzes Stück bis zur Piazza Oberdan. Pino erschrak, als er von einem Auto von hinten angehupt wurde. Der Fahrer, ein älterer Mann mit rundem gebräunten Gesicht, trug die typische Arbeitskluft eines Bauern. Sein Gesicht glänzte wie eine Speckschwarte. Im Mund hatte er einen Zigarrenstummel. Er winkte Pino zu sich heran und sagte: »Du solltest besser nicht laufen. Überall sind Deutsche, die machen

Jagd auf alles, was ihnen verdächtig vorkommt. Ein junger verschwitzter Bursche wie du, mit seinen roten Wangen, ist da besonders auffällig. Wo musst du hin?«

»Zur Piazza Oberdan, ich hab's eilig.«

»Steig ein, ich fahr dich hin, ist eh gleich da vorne.«

Pino zwängte sich auf den engen Sitz, seine Füße hatten kaum Platz, weil der Raum mit Säcken vollgestopft war. Er befühlte einen der Säcke. Unschwer waren Kartoffeln zu ertasten. »Schwarzmarkt?«, fragte er.

Doch der Fahrer, der sich ihm als Enzo vorgestellt hatte, schüttelte den Kopf. »Für die Wehrmacht. Also, das, was ich hinten habe. Das hier ist für unsere Jungs. Hab ich abgezweigt.«

»Unsere Jungs?«

»Das Corpo volontario.«

»Partisanen?«

»Nenn es, wie du willst, das tun die ja auch. Die eine Gruppe nennt sich Osoppo, die andere nach Domenico Rossetti.«

»Wir sind da«, sagte Pino, der nicht wusste, was er darauf sagen sollte. »Ich muss jetzt raus.«

»Komm doch einmal rauf zum Refugio Premuda. Da hilft man dir sicher weiter. Die Jungs könnten jeden Mann gebrauchen, vor allem jeden hitzigen jungen Italiener.«

Enzo deutete einen Gruß an, als er Pino auf der Piazza Oberdan aussteigen ließ.

»Wie siehst denn du aus?«

Statt einer Begrüßung grinste Laura Pino nur schelmisch an, als er mit offenem Hemd, verklebten Haaren, das Jackett über die Schulter geworfen, das Lokal betrat. Es waren nur wenige Gäste da, vor allem alte Männer, die sich an einem der Tische zum Kartenspielen niedergelassen hatten. Zwei saßen an der Theke und lasen Zeitung. Rauch hing in der Luft und vermischte sich mit dem Geruch von Kaffee und billigem Wein.

Laura hatte eine Limonade vor sich stehen und Pino bestellte an der Bar ein Bier gegen seinen Durst. Die Begegnung mit dem Bauern hatte er in dem Moment vergessen, als er Laura erblickt hatte.

Pino fuhr sich durch die Haare und schlüpfte wieder in seine Jacke, wie sich das gehörte. Er drückte Laura lange die Hand.

»Du musst sie wieder loslassen«, sagte sie, und Pino lächelte verlegen und setzte sich endlich. Er fühlte sich wie ein kleiner Junge, der verwirrt erst jeden Schritt in einer unbekannten Welt erlernen musste. Es war die Welt der Liebe, die er jetzt für sich entdeckte. Ihm war heiß und kalt zugleich.

»Du bist also Lehrerin«, sagte er und deutete auf das dunkelblaue Kleid mit der obligaten Schürze und dem weißen Kragen.

Laura lächelte und zeigte dabei ihre Schneidezähne, die sanft gegen die Unterlippe drückten. »Ja, in Banne. Also ich bin in Ausbildung, aber bald habe ich meine erste Klasse.«

»Schön«, sagte Pino, dachte es aber nicht. Eine Idee fraß sich durch sein Glück wie Säure. Was, wenn diese hübsche Frau nicht nur einen Beruf hatte, sondern auch bereits vergeben war? »Da hast du sicher eine eigene Wohnung, oder wohnst bei deinem …« Er wollte es nicht aussprechen, aber das war nicht nötig, weil Laura sofort durchschaut hatte, was Pino so plötzlich bedrückte.

»Nein«, sagte sie, konnte sich ein Lachen aber nicht verkneifen, »ich lebe noch bei meinen Eltern. Du weißt ja, mein Vater ist bei der Bahn und hat sich vor einiger Zeit wieder nach Triest versetzen lassen.«

Die Anspannung verließ Pinos Körper und er seufzte erleichtert. »Wieso hast du dich nicht gemeldet, als ihr zurück wart?«

»Weil es dir wohl nicht recht gewesen wäre. Gib es zu, für dich war ich doch nur das kleine Mädchen, das den großen

Freund anhimmelt. Und dann hatte der Krieg begonnen und ich wusste ja nicht genau, wo ihr hingezogen seid.«

Und jetzt ist es umgekehrt, dachte Pino, jetzt himmelt dich der große Freund an.

»Und du studierst, hast du gesagt?«

Er nickte und erzählte von seiner Zeit am Gymnasium, dann wie er die letzten Jahre verbracht hatte und was er sich von seinem Leben erhoffte, wenn endlich wieder Frieden ins Land gezogen war.

Pino musste achtgeben, dass er Laura nicht zu auffällig anstarrte. Was er sah, gefiel ihm aber zu gut, als dass er seine Augen von ihr hätte lassen können. Von dem zarten Kinn und den weichen, runden Wangen, die Lauras Jugend erkennen ließen und Beweis dafür ablegten, dass aus dem Kind erst langsam eine erblühende Frau wurde. Zur Begrüßung hatte sie sich erhoben, da war ihm ihr Becken, das nun weit runder war als das Knochengestell in Kindertagen, ins Auge gestochen. Ihr Blick war süß und klebrig wie Honig und Pino blieb immer einen Deut zu lange darin hängen. Sie tranken jeder noch ein Glas Martini und als sie das Lokal verließen, war es bereits dunkel geworden. Die Ausgangssperre würde bald in Kraft treten.

»Hast du deine Papiere dabei?«, fragte Pino, der wusste, dass Perlustrierungen durch die Polizei üblich waren.

»Sicher, aber das kleine Mädchen würde sich dennoch glücklich schätzen, wenn der Bursche zwei Klassen über ihm es nach Hause begleiten würde. Es ist nicht weit. Hast du überhaupt deine dabei? Oder braucht die ein Student nicht?«

Pino lächelte. »Natürlich«, sagte er und fächelte mit einem Passierschein der Todt in der Luft.

»Du arbeitest für die Crucchi?« An ihrem Gesichtsausdruck konnte Pino erkennen, dass sie diesen Umstand offenbar nicht sonderlich schätzte.

»Nicht wirklich«, antwortete er schelmisch lächelnd. »Sagen wir, ich habe ein Talent entwickelt, was gewisse Fertigkeiten bei der Anfertigung von Dokumenten und Unterschriften betrifft, wenn du verstehst, was ich damit meine.«

Lauras Blick sagte, dass sie nicht verstand, also erklärte er weiter. »Natürlich musste ich mich bei denen melden, aber ich arbeite so wenig wie möglich. Wenn ich nicht mein Studium vorschieben kann, dann bringe ich eine Geschichte über meine kranke Mutter oder meinen kranken Vater. Und mit einem Attest lassen mich sogar die Deutschen meist nach Hause gehen.«

»Ist das nicht gefährlich?«

Pino pfiff leise durch seine Schneidezähne. »Was soll schon groß passieren«, sagte er. Laura lächelte, man hätte meinen können, dass sie ihn so wie früher ein bisschen anhimmelte. Pino drückte sie zärtlich an der Schulter und sie hängte sich bei ihm ein. Er hätte diesen Moment gerne festgehalten, wollte am liebsten für immer so Seite an Seite mit Laura gehen, nur um hier mit ihr zu verweilen, doch die Ausgangssperre ließ jetzt keine Verzögerung mehr zu. Die neuen Besatzer kannten kein Pardon. Okkupanten waren sie, sein Vater hatte nie daran geglaubt, dass es sich bei den Deutschen um Verbündete handeln konnte, um echte Kameraden, zu tief saß sein Misstrauen gegen sie seit dem letzten Krieg in ihm fest. Sie kämpften ohne jegliches Erbarmen und sie gierten nach dem Sieg um jeden Preis. Und jetzt waren die Deutschen wieder in Triest. Pino erinnerte sich, wie er mit seinen Eltern und dem Hausmädchen Ondina in der Küche gesessen war und wie sie alle gespannt dem Radio zugehört hatten und wie der Sprecher davon berichtet hatte, dass ein Friedensvertrag zwischen Eisenhower und dem neuen Oberbefehlshaber der königlichen Armee, General Badoglio, geschlossen worden war.

»Der Krieg ist aus!«, hatte seine Mutter gejubelt und war

Pino und seinem Vater um den Hals gefallen. Doch der Vater hatte bedrückt dreingeschaut und seiner Mutter auf die Frage, ob er das denn anders sehe, nur ein Nicken zur Antwort gegeben. Doch die schweigende Geste hatte Bände gesprochen. Seit dem Sommer hatte sich Vittorios Zuversicht gelegt. Er wusste, dass sich die Italiener mit den Falschen ins Bett gelegt hatten. Dann war alles sehr schnell gegangen: Am selben Tag hatten die Deutschen begonnen, das noch nicht von den Alliierten befreite Land systematisch unter ihre Kontrolle zu bringen. Wie ein Geschwür hatten sie sich in Oberitalien ausgebreitet. Eines Nachts, Anfang September, war Mammas Cousin zu ihnen gekommen. Ganz außer Atem hatte Anto an die Tür gehämmert und sich wie ein Dieb im Schutze der Dunkelheit ins Haus gestohlen. Mamma hatte Ondina wieder zu Bett geschickt und Anto hatte berichtet, dass die 1. Division der Wehrmacht in Udine eingetroffen sei und dass das nichts Gutes zu bedeuten habe. Pino hatte sich gefragt, woher er das alles wusste, doch bevor er weitere Einzelheiten schildern konnte, war auch Pino von seinen Eltern auf sein Zimmer geschickt worden. Sein Protest hatte nichts genützt, auch nicht, dass er seine Tür einen Spalt offen gelassen hatte, denn die Eltern hatten die Tür unten geschlossen und sie flüsterten, also konnte er nichts aufschnappen. Der Marsch der Wehrmacht auf Triest hatte am 8. September umgehend begonnen. Pino hatte sie gesehen. Sie waren an der Universität, wo er an diesem Tag Formalitäten zu erledigen hatte, vorbeimarschiert. Die Männer in den Uniformen hatten müde ausgesehen und gezeichnet, auch wenn er bei manchen einen Anflug eines Lächelns entdeckt zu haben vermeinte. Ein überhebliches Lächeln, das Lächeln eines Siegers. Er hatte diese grauen Uniformen sofort gehasst. Und den schwarzen Stahlhelm mit dem Kreuz darauf. Die Italiener hatten sprachlos zugesehen, wie diese fremde Armee vorbeigezogen war. General Alberto Ferrero hatte den Befehl an seine Truppen gegeben, die Deutschen bei Opicina und der Universität passieren zu lassen und damit die Stadt kampflos der deutschen Besatzung preisgegeben. Einer der Studenten, die sich neben Pino bei der Uni aufgehalten hatten, war zu einem Posten der Italiener gelaufen und hatte den dortigen Kommandanten angefahren, warum keiner etwas dagegen unternehme, doch der hatte den Heißsporn nur angeblafft, dass er sofort verschwinden solle, wenn ihm sein Leben lieb sei. Murrend waren sie dann abgezogen. Wie auch die Italiener. Die eigene Armee war versprengt oder verhaftet. Wer konnte, setzte sich ab. Der Besitz von Munition war ab sofort verboten und wer dagegen verstieß, war mit der Todesstrafe bedroht.

»Autsch, du zerquetschst mir ja die Hand!«

Pino hatte gar nicht gemerkt, wie er in Gedanken versunken Lauras Hand ergriffen und diese, je drückender seine Erinnerungen wurden, immer fester gepresst hatte wie eine zarte Blüte zwischen schweren Buchdeckeln.

»Tut mir leid, das wollte ich nicht.«

»Halb so schlimm. Es war schön, wie du mich festgehalten hast.« Wenn es nicht zu dunkel gewesen wäre, um ganz sicher zu sein, hätte Pino gemeint, dass sich zum ersten Mal bei diesem Treffen ein roter Schleier auf Lauras Wangen gelegt hatte.

Und er hatte nicht nur ihre Hand festgehalten. Pino hatte auch das Bild festgehalten, wenn Laura lächelte und dabei ihre Schneidezähne ein wenig gegen die Unterlippen legte. Er würde davon zehren. Plötzlich ergab vieles einen Sinn, alles hatte einen Sinn … und der hieß: LAURA!

»Ist dir kalt?«

Pino schüttelte den Kopf. Nein, das konnte nicht sein! Es konnte nicht sein, dass man jemanden nach Jahren wieder traf und plötzlich in der Person den Menschen erkannte, den man liebte, den man womöglich immer schon geliebt hatte. Das konnte nicht sein.

Und doch

… womöglich, vielleicht …

Es konnte sein!

15. AUGUST 1943
(MINUS 600 TAGE), SONNTAG

Es war Ferragosto, einer der Feiertage, den man auch im Krieg feierte. Die Familie Robusti zog es an diesem heißen Sommertag, nach dem Gottesdienst samt Prozession, ins Bagno Excelsior, wo sie sich den knappen Platz am Meer mit gefühlten tausend weiteren Triestinern teilten. Wahrscheinlich waren es sogar noch mehr, denn es war kaum möglich, sich auf der gemauerten Promenade, die ein dem Meerwasser entrissenes Becken umgrenzte, auszubreiten, ohne zu sehr auf Tuchfühlung mit den Nachbarn zu gehen. Dennoch war die Familie abends müde und zufrieden, am Ende dieses Tages, der einen Anklang von Normalität in sich trug und erahnen ließ, wie es ohne Krieg in diesem Sommer hätte sein können. Und da war natürlich auch die Hoffnung, dass es bald wieder so sein würde, wenn der Krieg aus war, obgleich er realistischerweise nicht mehr zu gewinnen war.

Die Robustis kehrten spät am Abend vom Meer zurück. Draußen begann die zunehmende Dämmerung die Konturen der Bäume auszuradieren. Die enge Gasse hinauf zum Haus war spärlich von einigen Laternen beleuchtet, die aber der Dunkelheit nur wenige Flecken abringen konnten. Der Ausblick über den kleinen Taleinschnitt, den die Natur vom Karst hinab zum Meer von Barcola gegraben hatte, löste sich nach und nach auf.

Kaum im Haus angelangt, lief Pino in sein Zimmer im oberen Stock. »Ich geh mich umziehen. Waschen muss ich mich heute nicht mehr«, rief er nach unten, wo seine Mutter dabei war, die Tasche mit den Badesachen auszuräumen, allen voran die Tücher, die sie zum Abtrocknen mitgenommen hatten und die jetzt schwer von der Feuchtigkeit und dem Salz waren. Vittorio legte sein Jackett ab und schaltete das Radio an, als es laut an der Tür hämmerte.

»Erwartest du jemanden?«, fragte Elisa, die Vittorio verunsichert ansah. Mit Mussolinis Verhaftung war bislang weder Frieden noch Ruhe eingekehrt. Im Gegenteil, täglich wuchs ihre Angst, dass man ihr den Sohn wegnehmen könnte. Ihn einziehen, ihn an die Front schicken oder ihn dazu verpflichten, anderweitig dem faschistischen Staat sein Blut zu opfern. Vittorio wollte sie beruhigen: »Keine Angst, ich habe erst letzten Monat wieder eine größere Summe berappt.«

»Aber die Dinge ändern sich rasant. Wer weiß, wer jetzt das Sagen hat.« Elisa war keineswegs beruhigt.

»Ich werde nachsehen. Vielleicht ist es ein Klient«, sagte Vittorio.

»Um diese Zeit? An einem Feiertag? Warum ruft er nicht vorher an?«

»Meine Privatnummer haben meine Klienten doch nicht.«

Vittorio ging zur Tür, Elisas skeptischer Blick folgte ihm. Er öffnete die massive Holztür nur einen Spalt und baute sich dahinter auf. Dann entspannte sich sein Körper.

»Du?«

Vittorio öffnete die Tür zur Gänze. Elisa musterte den späten Gast argwöhnisch, der trotz des Sommers einen breiten Mantel über seine schwarze Uniform gezogen hatte und dem ein Ohrläppchen fehlte. Er brachte keinen Frieden, das spürte sie sofort. Der Mann keuchte und fuhr Vittorio erhitzt an: »Schnell, lass mich rein!«

Verdutzt tat Vittorio einen Schritt zur Seite und der Fremde huschte ins Haus, um nicht von einem der Nachbarn gesehen zu werden.

»Was willst du hier? Was willst du von mir?«, fragte Vittorio schroff.

»Sie haben sie verhaftet! Sie haben begonnen, sie alle zu verhaften. Borsini, Guffarini und Orlando. Ich bin sicher der Nächste auf ihrer Liste.«

»Und da kommst du zu mir?«

Elisa stand immer noch in der Küchentür und hielt ein Handtuch umklammert. Wut und Zorn waren ihr ins Gesicht geschrieben. Sie hatte Jacopo den Zwischenfall bei ihrer Hochzeit nicht vergeben.

»Ich wusste nicht wohin«, sagte Jacopo. »Du bist der Einzige, der neutral ist in dieser Stadt. Du hast einen untadeligen Ruf und giltst als absolut unparteiisch.«

Vittorio wunderte sich über diese Prädikate, die ihm da vom wenig geliebten Studienkollegen und ehemaligen Kriegskameraden verliehen wurden. Er hob die Brauen, doch dann verfinsterte sich sein Blick. »Du kannst nicht hierbleiben. Du bringst meine Familie und mich in Gefahr. Was geht mich das an, was ihr untereinander auszufechten habt. Verlass bitte mein Haus.«

»Du kannst sagen, ich hätte dich gezwungen, ich hätte deine Frau als Geisel genommen.«

Jacopo zückte einen Revolver und richtete ihn abwechselnd auf Elisa und Vittorio. Beide wussten nicht, ob Jacopo sie bedrohte oder ob er hier nur eine Demonstration für unsichtbare Zeugen abziehen wollte. Die drei wechselten Blicke voll Hass und Angst und die Stille verstärkte die Anspannung. Einzig Jacopos Schnaufen und das Knistern seines Mantels unterbrachen diese gelegentlich. Die Zeit stand still.

»Papà, wer ist da gekommen?« Pino kam leichtfüßig die Stufen hinab. Er frottierte sich die Haare. Offenbar hatte er doch das Salzwasser herausgewaschen.

»Geh sofort wieder auf dein Zimmer!«, herrschte Vittorio

ihn an und Pino, der einen verdutzten Halt einlegte, sich dann aber umdrehte und in den oberen Stock zurückeilte, wusste, dass der Vater hier keinen Scherz gemacht hatte. Jacopo deutete ihm mit dem Lauf nach. »Oder deinen Sohn«, sagte er. »Ich hoffe, du hast die richtigen Leute bestochen, damit er hier in seinem sicheren Leben bleiben kann.«

»Porco!«, fluchte Vittorio, bevor er wieder Herr der Situation wurde und ruhiger sagte: »Gut. Du lässt mir ja keine Wahl, aber hierbleiben kannst du nicht. Wenn es dunkel ist, bringe ich dich woandershin, wo du auch in Sicherheit bist.«

Noch am selben Abend verließen zwei Gestalten im Schutz der Dunkelheit das Haus und stiegen einen engen, steilen Weg hinauf in den Weingarten, den die Robustis zwei Jahre zuvor erworben hatten, um selbst ein wenig Obst und Gemüse anzubauen. Die alte Hütte dort bot Platz genug. Die Uniform verbrannte Vittorio noch am selben Abend, Elisa war leid um die im Sommer vergeudete Wärme, die man im kommenden Winter gut hätte brauchen können. Wenigstens ein wenig Seife konnte sie damit einkochen.

10. NOVEMBER 1943
(MINUS 513 TAGE), MITTWOCH

Pino kam spät von der Universität nach Hause. Seine Mutter stand wie so oft in der Küche, weil sie es sich trotz Ondina nicht nehmen lassen wollte, wenigstens die Oberhoheit über die Küche zu bewahren. Pinos Vater hatte seinen Widerstand dagegen bereits aufgegeben. Im mittlerweile vierten Jahr des Krieges war er insgeheim ganz froh darüber, dass die Extrarationen, die sie sich dank des finanziellen Rückhalts leisten konnten und die von den Lieferanten nur mehr unter der Hand gebracht wurden, auch wirklich im Haus blieben. Ondina ging zwar selten zu Verwandten, doch man konnte jetzt kaum jemandem trauen. Zu gut verständlich war es, wenn man bei dem herrschenden Mangel versuchte, irgendwo ein wenig zusätzliches Essen abzuzwacken. Die Grenze zwischen Recht und Unrecht war löchrig geworden.

Elisa schnitt das Hühnerfleisch, das sie gestern bekommen hatten. So eine Delikatesse konnte in solchen Zeiten froh machen. Sie war auch froh darüber, dass der ungeliebte Gast im Weingarten, den Vittorio trotz ihres Protests regelmäßig versorgt hatte, wieder weg war. Nicht einmal einen Monat, nachdem Jacopo an ihre Tür gehämmert und Zuflucht bei ihnen gesucht hatte, war Mussolini schon wieder von den Deutschen befreit worden. Jacopo war dadurch auch wieder aus der Schusslinie. Er bekleidete jetzt eine Position im Rathaus, welche genau, wusste Vittorio jedoch nicht. Jacopo hatte sich auch nicht besonders überschwänglich für die Hilfe bedankt. Er war eines Tages einfach abgezogen, Vittorio hatte die Hütte leer vorgefunden und die wenigen Spuren beseitigt, die darauf hindeuteten, dass dort jemand gehaust hatte. Man konnte nicht wissen. Eine Woche später hatte Jacopo ihn in der Kanzlei angerufen und ihm von seiner neuen Funktion erzählt.

Pino rief einen Gruß ins Haus und flitzte die Stiegen hinauf in sein Zimmer, wo er die Bücher schnell unter ein paar Zeitschriften versteckte. Dabei dachte er an die Begegnung mit Silvano Petacco, den er von früher kannte. Er hatte die letzte Vorlesung verlassen und da hatte er ihn am Gang gesehen. Wie immer war er mit anderen Studenten beisammengestanden und hatte getuschelt. Früher war jedes Mal das Gespräch erstorben, wenn Pino sich der Gruppe genähert hatte. Diesmal jedoch wandte Silvano sich ihm zu und sprach ihn direkt an: »Man sagt, dein Vater sei auch kein glühender Anhänger der …«, er hob die flache rechte Hand zur Hälfte und deutete damit den römischen Gruß an.

»Warum willst du das wissen?«, fragte Pino.

»Vielleicht willst du einmal mit uns nach der Uni eine Wanderung unternehmen. Wir gehen oft zum Rifugio Premuda und machen von dort aus unsere Touren.«

Pino runzelte die Stirn. »Und was macht ihr dort? Exkursionen in den Karst, oder was?«

Einer der anderen Burschen drängte sich zu ihnen und sagte mit verschmitztem Lächeln: »So könnte man das nennen, komm einfach einmal mit.«

»Heute kann ich nicht, aber ein anderes Mal gerne.«

So waren sie verblieben und Pino fragte sich jetzt, was sie von ihm wollten und warum sie ihn in ihren Kreis einzuführen gedachten. Vielleicht hofften sie darauf, dass er sie auf ein Getränk einlud, immerhin galt sein Vater durchaus als begütert, doch das waren eigentlich alle Familien, die jetzt im Krieg ihre Söhne auf die Universität schicken konnten. Aber er hatte schon davon gehört, dass es auf Universitäten Seilschaften gab und Verbindungen, deren Mitglieder sich im späteren Leben gegenseitig unterstützten. Vielleicht erwarteten sie, dass er sich einem Einstiegsritual unterzog oder eine von der Gemeinschaft festgelegte Prüfung bestehen musste. Das war auf jeden Fall aufregend und machte ihn neugierig.

»Guten Abend, Mamma!«, begrüßte er jetzt seine Mutter, als er die Stufen herunterkam. In der Küche lief das Radio. Sein Vater war auch schon zu Hause. Er hörte ihn Bücher in der Bibliothek schlichten. Dieser Raum wurde jetzt auch meist als Aufenthaltsraum genutzt, da man nicht alle Zimmer heizen konnte und es dieses Jahr kalt geworden war.

»Pino!«, hörte er die Stimme des Vaters diesmal eine Oktave tiefer dröhnen als sonst.

»Ja, Papà?«

»Kommt bitte beide zu mir.«

Seine Mutter wischte sich die Hände an der Schürze ab und verließ die Küche, wo Ondina weiter Kartoffeln schälte. Die Beilage zum Hühnerfleisch, das leise in einer Kräutersauce köchelte. Eine leckere Abwechslung zur Polenta. Seine Mutter bedachte Pino mit einem stummen Blick, als sie an ihm vorbeiging und sich zu ihrem Mann gesellte. Sie stand neben dem Sessel, in dem Vittorio saß. Pino ahnte ein Gewitter aufziehen.

»Wie war es denn auf der Uni, mein Sohn?«, fragte der Vater wie so oft, doch der Unterton war anders, so als ob er gar keine Antwort erwartete, weil er sie bereits kannte.

»Na ja«, stammelte Pino, »so … so wie immer.«

»Machst du Fortschritte im Römischen Recht?«, fragte der Vater.

Pino nickte. »Sicher.«

»Gar nichts machst du! Wie kommst du dazu, uns zu belügen?« Der Vater hatte mit der flachen Hand auf die Sessellehne geschlagen. Elisa legte ihre Hand fest auf die Schulter ihres

Mannes, um ihn zu bestärken, zugleich aber irrlichterte ihr Blick zwischen Pino und Vittorio hin und her. Sie verstand offenbar nichts von der Anschuldigung gegen ihren Sohn.

»Ich war heute mit einem Klienten im Caffè degli Specchi und traf zufällig Giannino Ferrari dalle Spade, der bis letztes Jahr Rektor an der Universität war. Ich kenne ihn noch aus meiner Zeit in Padua, wo ich ihn als Professor hatte. Er lehrt auch heute noch. Nachdem er mich wiedererkannt und gefragt hat, wie es mir geht, komme ich bei meiner Schilderung auch auf dich zu sprechen, und dass du jetzt auch Jus studierst. Da gerät er ins Grübeln und meint, ganz sicher keinen Robusti unter seinen Studenten zu haben. Das hat mich stutzig gemacht. Natürlich kann sich auch ein brillanter Kopf einmal täuschen, doch es ließ mir keine Ruhe, also habe ich mit dem Sekretariat telefoniert und da hat man mir erzählt, dass mein Sohn Architektur studiert.«

»Ist das wahr?«, fragte Elisa. Pino wusste, dass es keinen Sinn hatte zu leugnen, also gestand er.

»Der Unfug hat natürlich ein Ende. Und welche Konsequenzen das für dich hat, brauche ich dir ja nicht zu sagen«, sprach Vittorio weiter. »Das bedeutet Militär oder zumindest Arbeitsdienst.«

»Nein«, warf sich Elisa nun für ihren Sohn in die Bresche. »Das lasse ich nicht zu!«

»Was willst du machen? Offenbar hat er meine Unterschrift gefälscht.«

»Papà, ich bin fast volljährig.«

»Schweig, mit dir bin ich lange noch nicht fertig.«

»Aus! Ruhe!«, rief Elisa, deren Hände zitterten. Ihr zorniger Blick galt Vittorio. Und genau in seine Richtung sagte sie: »Du bist doch schuld an alledem. Du hast das Kind doch auf jede Baustelle geschleppt! Zu jeder Eröffnung sind wir gegangen.

Hast du denn nicht mitbekommen, dass das der Auslöser war? Damit hast du den Samen gesät. Du wirst akzeptieren müssen, dass dein Sohn sich eben mehr für Bauwerke als für Paragrafen interessiert. Und wenn ich daran denke, welches Unrecht die Gesetze in diesem Land über uns gebracht haben, bin ich sogar ganz froh, wenn Pino etwas anderes studiert.«

Vittorio war sprachlos. Mit einer derart vehementen Gegenwehr hätte er höchstens von Pino gerechnet, und dem hätte er leichter den Mund verbieten können als seiner Frau. Er sprang von seinem Sessel auf und schrie: »Dann kann ich ja gleich wieder gehen, wenn mein Wort in diesem Haus nichts mehr zählt!« Er verließ den Raum und knallte die Eingangstür hinter sich zu.

Elisa sah ihm nach. Das hatte es noch nie gegeben, dass ihr Mann auf diese Art das Haus verließ. Sie hatten in letzter Zeit oft lautstark diskutiert. Das brachten der Krieg und die täglichen Herausforderungen, die er der Zivilbevölkerung auferlegte, mit sich. Aber dieser Abgang öffnete ein neues Kapitel. Auch Pino stand wie angewurzelt da. Sein Blick ein Geständnis.

»Du fälschst also unsere Unterschrift?«

Pino schüttelte den Kopf. Dann sagte er leise. »Vielleicht ein-, zweimal. Nur wenn es notwendig war.«

»Warum? Warum bist du nicht zu mir gekommen? Warum hast du nicht mit uns geredet?«

»Du kennst doch Papà. Wenn der sich etwas in den Kopf gesetzt hat, dann bewegt er sich so wenig wie ein Fels. Man muss ihn vor vollendete Tatsachen stellen.«

Elisa musste lächeln. Das stimmte leider. Auch sie hatte so manche Entscheidung allein getroffen und sich damit den kurzfristigen Zorn ihres Mannes zugezogen, aber letztlich gewonnen. Pino deutete dieses Lächeln als Etappensieg. Er hoffte, dass er seine Mutter mit diesem Argument auf seine Seite gezogen hatte. Das hatte er auch, aber sofort überspielte sie dieses Lächeln und ihr Gesicht nahm wieder harte Züge an.

»Das rechtfertigt dein Verhalten in keiner Weise. Du gehst auf dein Zimmer und wirst dich bei deinem Vater entschuldigen.«

»Aber er ist doch eben gegangen?«

»Schriftlich, wie es sich gehört. So wie es die Leute früher taten, wenn sie jemandem Unrecht zugefügt haben.«

»Was? Ich habe jetzt keine Zeit.« Pinos Blick wanderte zur Wanduhr. Er hatte ein Treffen mit Laura vereinbart. Er würde laufen müssen. Wie so oft. Er sagte: »Ich muss noch einmal kurz weg. Bitte!«, setzte er flehentlich nach. »Einen Freund treffen.«

Die Augen der Mutter verengten sich. Sie sagte: »Das ist nicht dein Ernst. Glaubst du, nach dem, was du dir erlaubt hast, gibt es noch irgendein Vertrauen? Wer weiß, was du vorhast. Womöglich triffst du dich mit irgendwelchen dubiosen Subjekten. In diesen Zeiten kann man niemandem vertrauen. Welcher Freund ist es? Pietro wohl nicht, der leistet jeden Tag seinen Dienst und hilft seinem Vater. Was hast du vor, du Ganove? Oder triffst du dich vielleicht sogar mit einem Mädchen? Nur weil Krieg ist, heißt das noch lange nicht, dass die Regeln des Anstands nicht mehr gelten!« Seine Mutter echauffierte sich richtiggehend vor Wut und Sorge. Tatsächlich waren manche der starren Regeln aufgebrochen worden. Frauen hatten zu arbeiten begonnen, fuhren Auto oder, auch wenn die faschistischen Frauenzeitschriften es verpönten, rauchten in der Öffentlichkeit. Die Röcke reichten nicht mehr bis zu den Knöcheln, manche bedeckten gerade noch die Knie, und auch die Badeanzüge wiesen weit weniger Stoff auf, und das lag nicht nur an der Knappheit textiler Materialien.

»Bitte Mamma, nur kurz, es ist wichtig.«

»Nichts ist so wichtig wie deine Ehre und auch deine Sicherheit. Geh auf dein Zimmer. Du hast Hausarrest. Du schreibst jetzt sofort einen Brief an deinen Vater. Wenn er deine Entschuldigung akzeptiert, sehen wir weiter, ob und wann du wieder das Haus verlassen kannst.«

Mit gesenktem Kopf trottete Pino die Stiege hinauf in sein Zimmer. Dort setzte er sich aber nicht an den Schreibtisch, sondern warf sich auf sein Bett und zum ersten Mal seit seiner Volksschulzeit stiegen ihm Tränen in die Augen. Aber es waren keine Tränen der Wut, sondern der Liebe. Er verging vor Sehnsucht nach Laura, die er jetzt noch nötiger denn je in seinen Armen gebraucht hätte.

Schon eine Woche später saß Pino wieder im Hörsaal. In einer Vorlesung über die Ästhetik des Faschismus, die Eingang in die meisten Prachtbauten neuerer Zeit gefunden hatte: allen voran die neue Universität, auf der er studierte, dann die Autorimessa, ein Parkhaus beim Mercato coperto, und die ganz neu errichtete Casa del fascio beim Amphitheater, das vor wenigen Jahren freigelegt worden war, als man die Häuser des alten Ghettos abgerissen hatte. Einer der Architekten, Feruccio Spangaro, würde im nächsten Semester eine Gastvorlesung halten.

Pino wusste nicht, ob die Mutter den Vater überzeugt hatte oder ob der Brief, den er im Morgengrauen geschrieben hatte, dieses kleine Wunder bewirkt hatte. Der Vater hatte ihm zunächst weiter gezürnt und ihn keines Blickes gewürdigt, und auch am nächsten Tag, als er den Brief bereits gelesen haben musste, sprach er noch kein Wort mit ihm. Pino verbrachte die Tage und Nächte in seinem Zimmer wie ein Gefangener. Er hatte keine Chance, Laura eine Nachricht zukommen zu lassen, da die Eltern nicht einmal Pietro zu ihm vorgelassen hatten. Ondina brachte ihm Essen aufs Zimmer und auch sie blieb stumm. Sie blickte scheu zu Boden, aus Angst, sie könnte in den Familienzwist hineingezogen werden.

In Pino stieg das Verlangen auf, sich über alle Konventionen hinwegzusetzen und einfach durchzubrennen. Nach drei Tagen hatte er sogar ein paar seiner Sachen auf dem Bett gerichtet, doch dann war Ondina plötzlich im Zimmer aufgetaucht. Sie erkannte die Situation sofort und schüttelte nur den Kopf, als sie das Tablett mit dem Essen abstellte. Dann war es Pino endlich gelungen, Laura eine Nachricht zukommen zu lassen. Es war bereits Nacht, als Pietro ein paar Steinchen gegen den Fensterladen warf. Pino hatte geöffnet und seinen Finger vor die Lippen gehalten. Es drang zwar kein Licht aus dem Haus auf die Straße und man konnte davon ausgehen, dass der Rest der Bewohner bereits zu Bett gegangen war, aber in der Stille der Nacht war sogar das Geräusch, das der Brief beim Aufklatschen auf das Straßenpflaster machte, verräterisch. Pietro hatte den Brief aufgehoben und war so unauffällig wie er gekommen war wieder verschwunden. Er war erleichtert und konnte zum ersten Mal gut schlafen.

Nach vier Tagen hatte ihn die Mutter in den Salon geholt, wo der Vater mit dem Rücken zur Tür am offenen Fenster stand und hinausblickte. Die Luft war kühl und schwer von der Feuchtigkeit und man roch den Rauch der einzelnen Feuer, mit denen die verbliebenen Weinbauern oder deren Frauen, denn die meisten Männer waren noch immer im Krieg, das abgefallene Laub verbrannten. Die wenigen Blätter auf den Bäumen vor dem Haus waren dunkelrot oder hellgold gefärbt.

»Du willst also Architektur studieren?«

»Ja, Papà.«

Der Vater hatte die Arme hinter dem Rücken verschränkt. In dieser Pose drehte er sich um und sagte ohne eine Miene zu verziehen: »Gut, dann ist es eben so. Was sich ein Robusti in den Kopf gesetzt hat, kann nicht mehr aus ihm herausgeprügelt werden. Du kannst gehen. Und ab morgen will ich, dass du mit noch mehr Eifer Architektur studierst. Es wird bald viel zu bauen geben.«

Überrascht verließ Pino den Raum und kehrte in sein Zimmer zurück, wo er die Skripten und Bücher für den nächsten Tag zusammensuchte. Abends grübelte er noch lange nach, was diesen Meinungsumschwung bewirkt haben mochte, aber offenbar hatte seine Mutter am Vorabend ins Schwarze getroffen, als sie seinen Vater mit dessen Vergangenheit konfrontiert hatte. Pino hatte wie früher seine Tür einen Spalt offen gelassen und das Gespräch zwischen seinen Eltern gut mit anhören können. Elisa hatte Vittorio daran erinnert, wie er in seiner Jugend mit dem Vater gebrochen hatte, um zunächst in Italien, damals noch Ausland, zu studieren und wie er dann für sein Gastland in den Krieg gezogen war. »Möchtest du, dass Pino sich uns genauso entfremdet?«, hatte sie Vittorio gefragt. »Muss sich die Geschichte der Robustis denn unbedingt wiederholen? Von einer Generation zur nächsten?«

Der Vater hatte darauf nur geschwiegen. Und jetzt hatte er ihm sein Einverständnis gegeben. Pino war erleichtert, er war sogar glücklich. Vielleicht sollte er jetzt seinen Eltern Laura vorstellen. Sein Mädchen. Doch dann erinnerte er sich der Worte seiner Mutter, die ja schon einen Verdacht in diese Richtung geäußert hatte. Besser jetzt nichts überstürzen. So viel Gnade an einem Tag konnte man nicht erwarten.

Eine ganze Woche lang hatte er sie nicht gesehen, doch heute wollte er sie treffen. Seinen Eltern hatte er erklärt, dass er die verlorene Woche auf der Bibliothek nachholen wolle. Als klar war, dass er wieder in die Welt hinausdurfte, hatte er Laura umgehend eine Nachricht zukommen lassen und sie gebeten, sich mit ihm im Café auf der Piazza Goldoni zu treffen. Den Tag hatte er im Lesesaal zugebracht und jetzt wartete er noch immer auf ihre Antwort, ging aber davon aus, dass sie kommen würde. Er würde die Via Cologna hinabgehen und relativ bald den Giardino Pubblico erreichen. Von dort war sein Ziel schnell erreicht. Sein Vater hatte ihm erzählt, dass er seine ersten Lebensjahre ganz in der Nähe in der Via Cesare Battisti gewohnt hatte, doch Pino hatte kaum eine Erinnerung daran. Nur mehr schemenhaft kehrten einzelne Erinnerungsstücke in sein Gedächtnis: das Bettende, die Bauklötze, aus denen er mit seinem Vater immer alles Mögliche errichtet hatte; je höher, desto besser, und wie sie sich diebisch gefreut hatten, wenn so ein Turm mit lautem Krach in sich zusammengefallen war und die Mutter im Nebenzimmer einen Schreckensschrei von sich gegeben hatte. Figuren aus Blech, Soldaten und auch einige Römer tauchten in seiner Erinnerung auf. Waren das echte Erinnerungen oder bloß ein Spiel seiner Fantasie, die ihm diese Bilder vorgaukelte? Die Kindheit hatte in seinem jetzigen Leben wenig Platz. Sein Herz war aufgeregt und hoffte auf Neues. Es hoffte auf Laura. Pino hatte sich verändert. Seit er Laura wiedergetroffen hatte und seit er sich gegen seinen Vater behauptet hatte, war er ein anderer geworden. Nun war es, als läge die Welt ausgebreitet vor ihm wie ein üppig gedecktes Picknick und er musste sich nur die besten Stücke nehmen. Bis dahin war Pino das gewesen, was man als schüchternen Burschen bezeichnen musste, jetzt aber spürte er einen Drang in sich, all diese Unsicherheit genau so abzuschütteln, wie es Hunde mit einem nassen Fell machen. Er konnte den Duft der Freiheit förmlich riechen und ein erlösender Sturm brauste durch seinen Körper, der all diese Einschränkungen aus den Verankerungen der Gewohnheit riss.

Laura! Da war mehr als das Verlangen nach ihrer Gesellschaft, da war die Sehnsucht nach einem weichen und warmen Körper, der sich gegen den seinen drückte. Wenn er an sie dachte und nicht wusste, wann er sie das nächste Mal sehen würde, brachte ihn das beinahe um den Verstand. Das letzte Mal hatte sie ihn beim Abschied auf die Wange geküsst. Pino hatte ihr Gesicht in seine Hände genommen und sie hatten einander angestarrt. Noch konnte er dem Druck widerstehen, seine Lippen gegen die ihren zu pressen. Doch jedes Mal, wenn er sie sah und vermeinte, weitere Signale zu erkennen, die sie aussandte, die ihm sagten, tu es doch endlich!, jedes weitere Mal schmolz diese Zurückhaltung wie ein Eisberg, den es ins falsche Meer getrieben hatte. Und wenn er nach ihrer Hand griff, dann legte sie diese bereitwillig in seine und es war, als ob sie ihm eine fragile Kostbarkeit anvertraute.

»Salve Tintoretto!« Gelächter erfüllte den Gang. Es war studentisch, klang heller und weniger derb als etwa das Lachen der Arbeiter, wenn sie sich an einem schmutzigen Gedanken erheiterten. Sein Spitzname kam ja auch von einem Professor, einem gebildeten Mann. Es war also, wenn man es so bezeichnen mochte, ein gebildetes Gelächter. Silvano stand mit drei weiteren Burschen am Gang, die wie in einem antiken Stück den Chor für seine Ansage bildeten.

»Ciao! Was gibt's?«, fragte Pino, der gerade noch so in seine Sehnsucht nach Laura vertieft gewesen war, dass er das Grüppchen erst bemerkte, als er angesprochen wurde.

»Das sind Giulio, Lucio und Giuseppe«, stellte Silvano die anderen drei vor. »Wir waren gemeinsam in einer Klasse.«

Pino nickte. »Ich weiß, am Liceo Petrarca. Ich habe dort auch maturiert. Ich heiße übrigens auch Giuseppe, aber alle Welt nennt mich Pino.« Er griff die gereichten Hände und schüttelte sie. Auch so etwas vom Erwachsenwerden. Man benahm sich dann auch so. Erwachsen.

Silvano schüttelte den Kopf. »Nein«, widersprach er, »hier bist du Tintoretto.«

Pino lachte diesmal mit. Dann fragte er noch einmal, was sie von ihm wollten. Es war eindeutig zu erkennen, dass Silvano der Rädelsführer war. Er war es, der sprach, während die anderen nur zustimmend nickten. »Wir machen heute einen Ausflug zum Rifugio Premuda. Schließ dich uns an und komm mit.«

Pino schaute auf die Uhr. Es war bereits nach drei am Nachmittag. In zwei Stunden würde es finster sein. Vor allem wollte er zu Laura. »Heute geht es nicht«, sagte er. »Ich hab noch was vor. Das kann ich nicht absagen. Außerdem wird es bald dunkel, es ist ohnehin zu spät für eine Wanderung.«

»Wer hat denn was von einer Wanderung gesagt?«

Pino ließ seinen Blick über die Gesichter der anderen ziehen. Aus ihren Augen blitzte es verschwörerisch und sie schmunzelten. Pino spürte ein Ziehen im Magen. Es war die Vorahnung von etwas Spannendem, das man ihm hier anbot.

»Ich kann wirklich nicht, es tut mir leid. Aber das nächste Mal bin ich sicher dabei.«

»Ob es ein nächstes Mal gibt, weiß keiner von uns. Wehe du verrätst irgendjemandem was davon.« Silvano packte Pino an der Gurgel, der einen Schritt zurück machte, um sich aus dem Griff zu winden. Der Spaß war vorbei, die Drohung ernst gemeint.

»Hör mal, ganz sicher nicht. Du hast dich in mir nicht getäuscht.« Dass seine Familie bis vor Kurzem einen hochrangigen Faschisten bei sich aufgenommen hatte, verschwieg er besser. Er wusste, dass in der Hütte auch schon andere Leute eine Zeit lang Unterschlupf gefunden hatten. Die hatten auf ihre Schiffspassage gewartet, hatte sein Vater erklärt. Und dem schwachen Protest der Mutter entgegengehalten, dass man sie wohl kaum in den sicheren Tod schicken konnte, ohne selbst ein Schuft zu werden. Silvano gab Pino einen sanften Schlag gegen die Schulter, so als würde damit dieses Versprechen bekräftigt werden. Sie verließen gemeinsam das Universitätsgebäude über die breiten Stufen, als am Vorplatz ein Bursche aus Lauras Viertel angerannt kam und die Gruppe fragte: »Ist einer von euch Pino Robusti?« Die anderen, die vorangegangen waren, machten einen Schritt zur Seite und der Bursch ging keuchend auf Pino zu. »Laura schickt mich. Ich soll dir diese Nachricht bringen.« Er reichte Pino einen kleinen weißen Zettel, der mit ganz feinen verzierten Lettern beschrieben war. Einer der Burschen um Silvano boxte diesen in die Seite. Es war wohl klar, dass es sich um einen Liebesbrief handelte und welcher Art der wichtige Termin sein musste. Doch Pino ließ enttäuscht das Papier sinken, nachdem er Lauras Nachricht gelesen hatte. Sie entschuldigte sich, sie müsse mit der Mutter zu einer kranken Tante gehen. Sie hatte ihrer Mutter diese Pflichtvisite versprochen, das aber vergessen gehabt, als sie Pino für den heutigen Tag zugesagt hatte. Es tue ihr unendlich leid und sie schließe ihn in ihre Gebete ein, schrieb sie am Ende mit zarter Handschrift. Pino steckte den Zettel ein und sagte entschlossen: »Ich komme gern mit, wenn ich noch darf.« Die anderen johlten begeistert. Sie nahmen ihn in ihre Mitte und klopften ihm kameradschaftlich auf den Rücken.

Wenig später erreichten sie flotten Schrittes den Bahnhof bei Campo Marzio und stiegen in die Bahn, die nach Kozina führte. Es war eine enge, nur eingleisige Strecke, die stetig leicht bergan bis in den Karst führte. Sie hatten die Stadt hinter sich gelassen, die Sonne ruhte bereits als roter Ball auf dem Wasser des Golfes, als der Zug schnaufend in einen Tunnel fuhr. Mit einem Mal war alles schwarz um Pino und der Rauch der Dampflokomotive wurde von den Tunnelwänden in das Innere der Waggons gedrückt. Keiner hatte daran gedacht, vor dem Tunnel die Fenster zu schließen. Sie husteten, aber dann lachten sie, bis der Zug endlich den Bahnhof von Sant'Antonio-Moccò erreicht hatte, wo sie ausstiegen und zu Fuß bis zum Rifugio Premuda wanderten. Bis auf Pino hatten alle feste Schuhe, wie sie auch Wanderer trugen und sie hatten Rucksäcke dabei. Die Schutzhütte, benannt nach einem italienischen Alpinisten, lag am Eingang zum Val Rosandra und war ein beliebter Ort für Ausflügler wie Bergsteiger.

»Hier ist es noch am unverdächtigsten, wenn ein paar Burschen in den Karst steigen«, flüsterte Silvano Pino zu, um zu erklären, warum sie diesen Ort ausgewählt hatten. Es war eine einfache Hütte mit vorragendem Dachgebälk, das den Wanderern Schutz und Verpflegung bot. Die Fensterläden waren offen und vor dem niedrigen Gebäude standen ein paar Holzstühle. Fahrräder lehnten an der Mauer und aus dem Gastraum traten andere Burschen, die anscheinend auf die Gruppe gewartet hatten. Silvano begrüßte Einzelne von ihnen mit Handschlag, dann begab er sich hinein, wo er mit dem Wirt einige Worte wechselte. Pino kam sich vor wie ein Zuschauer in einem Traum, der nur darauf wartete, aufzuwachen.

»Wir gehen jetzt los. Kommt, ihr zwei, mit anpacken«, sagte Silvano und betrat einen Nebeneingang. Die beiden Angesprochenen folgten ihm und zu dritt kamen sie mit einer Kiste heraus, die sie gemeinsam trugen. »Wir werden uns abwechseln müssen.«

Der Wirt war ein bartstoppeliger Mann mit dunklen Augen, die von violetten Ringen unterlaufen waren. Er stand in der Tür und sagte mit gesenktem Kopf, die Hände in den Hosentaschen: »Die Deutschen sind gestern wieder in die Kasernen zurück, hoffen wir, dass sie dortbleiben. Vier haben sie erwischt, aber das waren nur Bauern, die etwas mit der Schrotflinte jagen wollten. Arme Kerle.«

Pino spürte, wie sich sein Magen zusammenzog. Abgesehen von Laura und diesem Zittern, das sie in seinem Körper auslöste, war das hier das Aufregendste, was ihm je in seinem Leben widerfahren war. Und in dem Moment dachte er, dass er vielleicht doch in den Krieg hätte ziehen sollen. Dunkel waren ihm die Worte seines Vaters in Erinnerung, dass der ja eigentlich etwas Schönes sei. Pino hatte keine Ahnung, warum sein Vater jetzt so strikt gegen diesen Krieg war. Natürlich mochten die Italiener die Deutschen immer weniger, je länger sie die Stadt kommandierten. Es gab nicht nur Repressalien, wie sie der Krieg eben für die Zivilbevölkerung mit sich bringt, wenn sich eine fremde Armee niedergelassen hatte, nein, die Deutschen, und da allen voran die SS, hatten ein richtiges Terrorregime aufgezogen und mit willkürlichen Verhaftungen, überzogenen Todesurteilen und standrechtlichen Erschießungen die Bevölkerung gegen sich aufgebracht. Auch die Schwarzen Brigaden Mussolinis waren immer weniger gern gesehen, weil es Italiener waren, die hier gegen die eigenen Landsleute vorgingen. Es war kein Wunder, dass die meisten jungen Männer, die man für die deutschen Truppen oder die faschistischen Republikaner verpflichten wollte, das Weite suchten und sich in die Berge absetzten, wie etwa hier im Rosandratal.

Es dämmerte mittlerweile und der Berg oberhalb der Schutzhütte verschmolz langsam mit dem schwarzen Himmel wie ein Tropfen Milch in einem Caffè nero. Einige Wolkenbänder hingen wie vergessene Pinselstriche über dem Karst. Der Trupp, den Silvano anführte, teilte sich. »Es ist besser, wenn ihr vorgeht«, sagte er zu Giuseppe, der neben Pino bergan stieg. Der nickte, tippte Pino und zwei anderen auf die Schulter und die vier gingen los. Sie waren die Vorhut, der Spähtrupp. Pino konnte den Weg kaum sehen, und es passierte ihm, dass er einen Schritt ins Leere machte und dann ein paar Steine lostrat. Die anderen schienen sich besser im Dunklen orientieren zu können und ermahnten ihn, leise zu sein. In einiger Entfernung konnte man schwach die Schritte der zweiten Gruppe um Silvano hören. Sie trugen die Kiste bergauf und Pino konnte sich vorstellen, was darin war. Nach einer halben Stunde, in der Pino mehr und mehr ins Schwitzen kam, erreichten sie eine Gabelung. Die Büsche wurden lichter, einzelne Geröllfelder setzten sich weiß gegen den Rest der von der Nacht vermummten Landschaft ab. Giuseppe stoppte. Er sagte: »Weiter als hierher gehen die Patrouillen der Nazis eigentlich nicht. Hier gibt es schon zu viele Partisanen.« Die anderen hinter Pino lachten leise. Sie knipsten ihre Taschenlampen an und setzten den Weg nun zügig fort, bis sie am Fuße einer steilen Wand stoppten. Pino konnte nichts erkennen. Ein schwarzes Loch in einem schwarzen Berg in schwarzer Nacht, aber Giuseppe erklärte, dass sie ihr Ziel erreicht hätten. Pinos Namensvetter holte eine dieser Pfeifen hervor, mit denen man Vögel bei der Jagd anlockt, und blies hinein, bis ein quäkendes Geräusch durch die Felsen über ihnen hallte. Es dauerte nicht lange und ein ähnliches Geräusch kam zurück. Giuseppe gab Pino einen Stoß gegen die Schulter, um ihn vorwärtszutreiben. »Wir haben es geschafft«, sagte er, als sie den Eingang zur Höhle erreichten. Immer mehr Fackeln und Lampen gewannen gegen die Dunkelheit die Oberhand und Pino erkannte die ersten Gestalten, die sich ihnen freudig näherten. Die Partisanen trugen alle ausgebeulte, zum Teil unter den Knien abgeschnittene Hosen. Die Schuhe waren staubig und zerschlissen. Zeugnis des häufigen Durchkämmens von Karst und Bergen mit den scharfen, spitzen Steinen. Der Erste stellte seine Lampe auf den Boden und umarmte Giuseppe. »Cousin!«, rief er und fragte: »Wie war euer Weg? Etwas Verdächtiges?«

Giuseppe schüttelte den Kopf. Der Partisan trug ein Armeehemd. Die militärischen Zeichen waren aber entfernt worden und hatten Schatten auf dem ausgebleichten Stoff hinterlassen. In dem Licht war es schwer auszumachen, ob es sich um ein ehemaliges Hemd der Italiener handelte oder ob es aus dem Bestand einer anderen Streitmacht kam. Um den Hals hatte er ein rotes Halstuch geschlungen. Sie nannten ihn Tullio. Als er Pino sah, verfinsterte sich seine Miene, was bei seinem hageren Backenknochen und dem spitzen Kinn bedrohlich wirkte. Er herrschte seinen Cousin an: »Wieso habt ihr jemanden mitgebracht? Das war so nicht ausgemacht!« Er gab Giuseppe eine Ohrfeige und Pino erschrak, als er hörte, dass die anderen Partisanen nach ihren Waffen griffen. »Wer ist er?«, fuhr er Giuseppe nochmals lauter an.

»Ein Student. Wir kennen uns von der Schule. Er ist sauber.«

»Woher willst du das wissen? Ich hab dir doch gesagt, dass man die Verräter erst erkennt, wenn es zu spät ist.«

Giuseppe stammelte mit bebenden Lippen etwas davon, dass Pino sicher kein Freund der Nazis sei, als sich von hinten jemand vorschob, der die Meute teilte. Der Mann war ein Hüne und überragte die anderen um gut einen Kopf. Er sprach mit fester Stimme: »Aber ich weiß es. Er ist sauber. Das ist der Sohn meiner Cousine.«

Mit einem Schlag entspannte sich die Situation und Tullio war der Erste, der Pino die Hand schüttelte und ihn nun doch willkommen hieß. Jetzt kamen auch Silvano und die anderen und sofort eilten einige Männer herbei, um ihnen die Kiste abzunehmen.

Sie betraten die Höhle und Pino stellte zu seiner Verwunderung fest, dass unter den restlichen Aufständischen auch drei Mädchen waren. Sie schienen kaum älter als Laura und hatten ihre Haare unter Tüchern hochgebunden. Sie waren ungeschminkt und trugen Hosen und Hemden wie die Männer. Schon das bedeutete eine Auflehnung gegen faschistische Ideale. Eines der Mädchen – es hatte ein kantiges Kinn und dennoch einen freundlichen Mund – hatte in ihren Hosenbund sogar eine Pistole gesteckt. Die junge Frau kam auf Pino zu und sprach ihn ungeniert an. Doch die anderen schenkten den beiden ohnehin keine Beachtung, weil sie lautstark jedes einzelne Stück, das den Weg aus der Kiste fand, bejubelten. Feuerwaffen, Granaten und auch Munition. Sogar noch mehr Freude lösten die Dosen aus, die Proviant für den Winter versprachen.

»Wie alt bist du?«, fragte sie Pino.

»Zwanzig, aber ich werde bald einundzwanzig.«

»Hast du eine Freundin?«

»Ja«, sagte Pino. Sie lächelte ihn an und Pino wusste nicht, ob sie nur mit ihm spielen und ihn ein wenig reizen wollte oder ob ihr Interesse wirklich ernst gemeint war.

»Schade, du hättest mir gefallen.«

Pino lächelte verlegen und seine Ohren begannen zu glühen. Er stotterte, als er antwortete. »Aber …, aber du bist bei den Partisanen, wie …«

»Du kannst dich uns anschließen, dann könnten wir zusammen sein, lieber Pino.« Pino war von der Art, wie das Mädchen ihn offen und eindeutig aufreizte, irritiert und zugleich war er geschmeichelt. Er hatte sich heute auf ein Abenteuer eingelassen, hatte sich dazu hinreißen lassen, mit den anderen mitzukommen, zu einem Ort, an dem ihm, würde er von den Nazis oder auch der Grenzpolizei entdeckt werden, der sichere Tod drohte. Nein, Widerstand gegen die Besatzer war richtig, wie er mittlerweile fand, aber es war nicht seine Aufgabe, in den offenen Kampf einzutreten. Das war er seinen Eltern, die ihn bislang aus allem herausgehalten hatten, schuldig. »Nein, ich kann nicht hierbleiben, ich muss zurück.«

Das Mädchen lachte und trat ganz nah an Pino heran. Sie fuhr ihm durch sein dichtes schwarzes Haar und spielte mit der Haarlocke über seiner Stirne. »Armer Pino«, sagte sie, »muss nach Hause, hat er vielleicht die Hosen voll?«

»Milena! Mach, dass du wegkommst, such dir ein anderes Opfer zum Spielen!« Es war Pinos Großcousin, der auf sie zukam und die selbstbewusste junge Frau verjagte.

Er klopfte Pino auf die Schulter. »Vergiss sie, die ist nichts für dich. Gut siehst du aus. Ich weiß nicht, ob du dich an mich erinnern kannst, ich habe dich zuletzt gesehen, als ich bei euch Unterschlupf gesucht habe.«

»Ich weiß, du bist Mammas Cousin Anto.«

»Hier bin ich Iwan«, sagte der Mann, der auf Pino groß und kräftig wie ein Bär wirkte, und deutete auf einen roten Stern auf seiner Brust. Pino nickte. Dann kam er nah an Pinos Ohr und flüsterte: »Und jetzt schau, dass du heil nach Hause kommst. Wehe, wenn dir etwas passiert. Deine Mutter würde mich umbringen, selbst wenn ich von all dem hier nichts wüsste. Wie kommst du überhaupt hierher?«

Pino erzählte von Silvano und wie er heute zum ersten Mal mit seinen Kollegen mitgegangen war, ohne zu wissen, worauf er sich einließ. Es sei ein reizvolles Abenteuer gewesen, gestand er. Aber auf Dauer nicht das Richtige für ihn, wie er eben festgestellt habe. Abschließend musste er Anto versprechen, seiner Mutter kein Wort von alledem zu erzählen.

Dann feierten sie. Im Höhlenlabyrinth ging es tiefer in den Berg, bis man einen hohen Raum erreichte. Transformatoren lieferten Strom, dazu erleuchteten ein paar Fackeln die felsigen Wände, auf denen sich zitternde Schatten abzeichneten. Sie sangen und jemand spielte dazu Gitarre und einer hatte ein Akkordeon. »Avanti o popolo, alla riscossa …« Vorwärts Volk, zum Gegenangriff! Die »Bandiera rossa« war ein Lied der Arbeiterschaft, das auch zum Symbol der Auflehnung gegen Mussolini geworden war. Sie saßen da, die Bürschchen aus gutem Hause – Studenten, die nun im Widerstand eine Ablenkung von ihrem Elfenbeinturm suchten, und sangen gemeinsam mit den Partisanen, die trotz ihres Einsatzes für die Italiener gegen die Besatzer von vielen in Triest scheel angesehen oder sogar als Banditen verachtet wurden. Sie kämpften, ohne offiziell zu einer Armee zu gehören. Und sie kämpften und töteten auch die Italiener, die nun aufseiten der Deutschen eingezogen worden waren. Der Kampf einte sie: Arbeiter, Bauern, Bürger. Aber er einte auch die Gegner.

Pino suchte die Nähe seines Großcousins und wich nicht von seiner Seite, immer Milena im Auge behaltend. Er verhielt sich wie ein Beutetier, mit Respektabstand zum Raubtier.

So kam er mit ein paar von den jungen Partisanen in ein anregendes Gespräch. Sie unterhielten sich nicht etwa über die Gräuel des Krieges. Sie sprachen kein Wort über die Entbehrungen oder den Hunger. Sie verloren auch kein Wort über gefallene Verwandte oder darüber, wer wen durch den Krieg verloren hatte. Sie diskutierten angeregt über Fußball. Über ihren Verein: Unione Sportiva Triestina. Über den 1918 gegründeten Fußballklub, der in der letzten Saison um einen Punkt den zwölften Platz an Vicenza hatte abgeben müssen. Im Moment war man weit davon entfernt, an das Glanzjahr von 1938 anzuschließen, als man beste Chancen auf den Meistertitel gehabt hatte, und dann immerhin Dritter geworden war. Jetzt gab es keine Meisterschaft, jetzt gab es keinen Fußball. Italien war gespalten und zum Großteil besetzt, teils von den Alliierten, teils von den Deutschen, die eine schwer zu stürmende Verteidigungslinie, die Linea Gotica, errichtet hatten. Auf ein baldiges Kriegsende durfte man im Moment nicht hoffen.

Sie sangen, sie tranken und Milena hatte sich nun an Giuseppe, den anderen Giuseppe, herangemacht, der weniger Widerstand gegen diese Eroberung an den Tag legte als Pino. Und als sie gingen, hing ein Sternenhimmel voll und schwer wie ein tausendfach entflammter Luster über dem Taleinschnitt. Sie konnten ohne den verräterischen Schein der Lampen absteigen. Als die ersten Dächer sich gegen den Himmel absetzten und Laternen einen hellen Kreis in die Nacht zeichneten, beschlossen sie, sich zu trennen.

»Wenn wir einzeln gehen, ist die Gefahr, dass man uns entdeckt, geringer. Und auch wenn sie einen von uns erwischen, kann der sich ausreden, dass er bei einer Studentenfeier zu viel getrunken hat und eingeschlafen ist. Ein betrunkener Student auf dem Heimweg war auch in diesen Tagen eher eine Erheiterung für die Patrouillen als eine Gefahr. Pino ließ die anderen vorgehen und überlegte, wie er um diese Zeit auf schnellstem Weg nach Hause kommen würde. Die ganze Stadt war zu durchqueren. Er hielt es für sicherer, den Weg durch das Zentrum zu wählen. Ein Nachtschwärmer, der beim Feiern die Zeit übersehen hatte, war wohl eher dort anzutreffen als an der Peripherie.

Von hinten tippte jemand ihm auf die Schulter. Pinos Herz stockte. Er drehte sich um und sah in Silvanos Gesicht. Dieser flüsterte ihm zu: »Die anderen übernachten in einer leeren Hütte, die sie in einem Garten hier entdeckt haben. Vielleicht ist es besser, wenn wir uns doch zu zweit durchschlagen.« Er holte einen Flachmann hervor und schüttete den Inhalt über seine und Pinos Kleidung. »Jetzt nimmt man uns die Feier sicher ab. Und das hier noch …« Er reichte Pino ein faschistisches Parteiabzeichen und steckte sich selbst eines an sein Hemd.

Schweigend gingen sie durch die Stadt. In den wenigsten Häusern brannte Licht. Die Straßen waren leer gefegt, nicht einmal eine streunende Katze gab es zu sehen. Die paar Autos, die man auf der Straße parken sah, waren alle in einem erbärmlichen Zustand oder es handelte sich um Lieferwagen, die man nicht requiriert hatte, weil sie das Wenige, das es noch zu verteilen gab, in die Läden und Geschäfte brachten.

Als sie einen breiteren Platz erreichten, erstarrte Pino plötzlich, der Schock hatte seine Glieder gelähmt. Er betrachtete die Körper, die hier von den Laternen baumelten. Er sagte: »Sie haben sie erwischt. Das sind welche von unseren Leuten, Italiener! Sie haben sie erwischt und umgebracht.«

Silvano trat von hinten an ihn heran. »Das sind keine Partisanen. Das sind Arbeiter, die gestreikt haben. Komm, geh weiter, wir müssen hier weg.«

Langsam setzte Pino einen Fuß vor den anderen, den Blick immer noch auf einen Leichnam geheftet. Ein Bursche, fast noch ein Knabe, mit einem zarten Flaum oberhalb der Lippe. Das Hemd blutig und von Kugeln durchlöchert, hatte er die Augen geschlossen und wirkte, als schliefe er nur. Um den Hals hatte er ein Schild hängen. »Verräter am Volk«, stand darauf. Daneben eine Frau, ungefähr im Alter seiner Mutter. »Hure«, stand auf ihrem Schild. Pinos Beine waren mit Blei gefüllt, so schwer fiel ihm jetzt jeder Schritt. Vergessen war das Abenteuer, die Romantik mit Feuer und Liedern im Karst. Der Krieg hatte seine Fratze gezeigt und mit seinen Klauen drückte er Pino das Herz zu. Er wollte nach Hause, nur nach Hause, und er betete, dass sie keinem Soldaten oder Polizisten begegneten.

Sein Gebet wurde erhört, und er kam eine Stunde später verängstigt, aber unversehrt im Vicolo delle Rose an. Hier war er sicher. Hier war er geschützt. Silvano hatte sich bereits bei der Piazza Dalmazia verabschiedet und Pino war den restlichen Weg nach Roiano alleine gegangen. Erst als er endlich die Piazza Tra i Rivi erreicht hatte, hatte er sich einigermaßen in Sicherheit gefühlt, erst da hatte er durchgeatmet. Er hatte die kleine Kirche dei Santi Ermacora e Fortunato mit dem hohen, zweistöckig erscheinenden Schiff und dem dahinter verschwindenden Dach des Kirchturms betrachtet, sich bekreuzigt und dem heiligen Ermacora, der über dem Portal der Kirche als Statue wachte, gedankt.

Zu Hause schliefen alle. Das Haus war finster und es herrschte Stille. Pino musste leise sein. Er überlegte, was er seinen Eltern am nächsten Morgen erzählen sollte. Ich war feiern, mit meinen Kommilitonen von der Universität, würde er seinen Eltern erzählen, was sogar ein wenig stimmte. Er war mit Studentenkollegen unterwegs gewesen und sie hatten gefeiert – das war zumindest ein kleiner Teil der Wahrheit.

Doch am nächsten Morgen fragte ihn niemand. Er begrüßte seinen Vater, der im Anzug bei Tisch saß und Zeitung las, während Ondina Holz in den Ofen schlichtete. Er aß ein wenig Brot, das mit zunehmender Kriegsdauer immer mehr nach feuchtem Putzschwamm schmeckte, und packte dann seine Sachen für die Uni zusammen. Sein Vater nickte ihm zum Abschied nur stumm zu, als er das Haus verließ.

Zwei Tage später umarmte ihn seine Mutter. »Du bist unser Ein und Alles«, sagte sie zu ihm, »pass bitte auf dich auf. Wir schützen dich, so gut es geht, aber sei nicht unvernünftig.« Sie sah ihn mit ihren dunklen Augen an. Doch der ehemals feste Glanz schien gebrochen zu sein. Pino wurde es mulmig und heiß zugleich. Sie drückte ihn an sich, und der Druck ihres Busens gegen seine Brust irritierte ihn. Er fragte sich, ob dahinter eine Andeutung steckte, ob die Mutter ihren Cousin getroffen und dieser sich nicht an die Abmachung gehalten hatte. »Willst du es mir versprechen?«, fragte sie.

Pino nickte. Er hatte sich selbst gewundert, warum er sich auf dieses gefährliche Abenteuer eingelassen hatte. Was konnten sie ausrichten gegen einen Feind, der nicht nur aus fremden Reihen stammte, wenn sogar ein Teil der Bevölkerung immer noch von Mussolini überzeugt war und die Deutschen als notwendiges Übel im Kampf gegen den Bolschewismus betrachteten?

Pino hatte Silvano und die anderen am nächsten Tag auf der Uni gesehen, doch sie waren nicht wie gewohnt in einer Gruppe zusammengestanden. Sie redeten auch nicht miteinander. Sie sprachen gar nicht. Weder über den Marsch in den Karst noch über ihr Studium. Offenbar sollte man jetzt besser nicht zusammen gesehen werden. Wer die Partisanen unterstützte, ihnen Gewand oder Kleidung gewährte, ja, wer ihren Aufenthalt kannte und nicht meldete, musste mit dem Tod rechnen. Und Verräter gab es überall. Da waren auch übereifrige Studenten nicht auszuschließen. Solche, die sich Vorteile erhofften, wenn sie dem Apparat einen Dienst erwiesen. Die hofften, dass dieser Apparat ihnen gegenüber dann gnädiger wäre. Ein Auge zudrückte, wenn es um die eigene Verpflichtung ging. Etwa zum Fronteinsatz oder zumindest zum Arbeitsdienst. Je schlechter die Zeiten, desto tiefer der Buckel.

Pino hatte aber unabhängig davon für sich beschlossen, keine solchen Expeditionen mehr zu unternehmen. Er hatte es seiner Mutter versprochen. Doch das zählte weniger als das Versprechen, das er Laura hatte geben müssen. Völlig in Rage war sie geraten, als er ihr stolz von seinem Ausflug in die Höhle erzählt hatte. Gar nicht weiterreden hatte sie ihn lassen. Wie leichtfertig er mit seinem Leben umgehe, und ob sie ihm denn so wenig bedeute, dass er sein Leben wegwerfen möchte?

Da hatte Pino ihr gestanden, wie sehr er sie liebte, und da hatte sie ihm gestanden, wie sehr sie ihn liebte. Und das, was Pino schon lange gefühlt hatte, hatte nun einen Namen: Liebe. Und es gab eine Erklärung: Liebe.

Mehr war nicht nötig, es war alles, was es brauchte.

29. JÄNNER 1944 (MINUS 433 TAGE), SAMSTAG

Pino hatte vor drei Tagen seinen einundzwanzigsten Geburtstag gefeiert. Ein besonderer Tag, jetzt war er großjährig und sein eigener Herr. Er war mit den Eltern essen gegangen. Sein Vater hatte sich den Tag frei gehalten und die Mutter hatte darauf bestanden, dass er seinen dunklen Anzug, den er für die Matura bekommen hatte, anziehen sollte, auch sie hatte wieder einmal eines der schönen Kleider mit gesticktem Saum und breiten Ärmeln aus dem Schrank geholt. Sein Vater war ohnehin zumeist so gewandet, dass er jederzeit zum Gericht aufbrechen konnte oder zum Bürgermeister, je nachdem, wer nach ihm verlangte. Sogar Ondina hatten sie mitgenommen, auch sie durfte ihren dunklen Rock und die weiße Bluse anlegen. Dann waren sie gemeinsam in die Trattoria alla Luna an der Piazza Goldoni gefahren. Pino sah Ondina an, dass sie sich im inneren Kreis der Familie unwohl fühlte. Doch der Krieg hatte die Leute enger zusammenrücken lassen. Oft waren die Herrschaften nicht mehr von ihren Dienstleuten zu unterscheiden, weil sie alle eingefallene Wangen und schwarze Augenhöhlen hatten, in denen die Augäpfel zu verdorren schienen. An diesem Tag waren die Einschränkungen vergessen. Der 26. Jänner war ein Tag, der gefeiert werden wollte, selbst wenn der Padrone der Trattoria sich dafür entschuldigte, dass er ihnen nur ein paar Sardinen und etwas Schweinskopf anbieten konnte. Doch selbst das war eine seltene Delikatesse geworden, sogar bei den Robustis. Erst als der Vater ein paar Goldmünzen aus der Tasche zog und sie dem Mann hinhielt, nickte der mit gierigem Blick und deutete dem Oberkellner, dass er die Reserven aus Küche und Keller holen sollte. Und als hätte jemand gezaubert gab es plötzlich einen leichten, spritzigen Talento, dazu einen Berg Muscheln und danach wurde noch ein Filet vom Hirsch im Topf geschmort und mit wildem Reis serviert. Für einen Tag war der Krieg vergessen und die Mutter sagte, so könnte ein normales Leben sein und der Vater stimmte ihr zu. Sogar die stille Ondina wagte es zu nicken. Und Pino lächelte und fragte sich, wie es wäre, wenn das alles nicht passiert wäre, wenn er Laura nicht getroffen hätte, wenn sie nicht wegen seines Partisaneneinsatzes gestritten hätten und er ihr dann endlich seine Liebe gestanden hätte. Es hatte diesen verdammten Krieg gebraucht, um die beiden Kinder wieder als Liebespaar zusammenzuführen. Und es hatte diesen Krieg gebraucht, damit seine Eltern diesen Tag jetzt genießen konnten. Pino war dem Krieg dankbar dafür, auch wenn er wusste, dass er nicht ansatzweise so schön war, wie ihm sein Vater früher erzählt hatte, wenn sie die Soldaten in ihren Uniformen mit glänzenden Säbeln und polierten Knöpfen hatten aufmarschieren sehen. Natürlich, Krieg war nicht schön, aber manchmal war der Krieg eben notwendig, um in das Schicksal der Menschen einzugreifen. Um ihnen zu zeigen, was sie hatten, bevor es verloren gegangen war, und um ihnen zu zeigen, was wichtig war: Liebe. Konnte es sein, dass der Krieg die Menschen wieder zu mehr Liebe erzog? Es war ihm nicht entgangen, welche Blicke sich seine Eltern zuwarfen. Das war nicht immer so gewesen. Jetzt, da er erwachsen war, schienen sie sich einander wieder mehr zuzuwenden. Und er war sich nicht sicher, ob er nicht manchmal hörte, dass sie im Schlafzimmer wieder Zärtlichkeiten austauschten, wenn er länger in seinem Zimmer über seinen Büchern saß.

Das Rütteln der Trambahn nach Opicina holte ihn aus diesen Gedanken. Er war nervös. Nicht einmal vor seiner Matura war er annähernd so angespannt gewesen. Und er war aufgeregt. Nicht einmal als er das erste Mal in die Gruppe der Balilla gehen hatte dürfen, war er annähernd so aufgeregt gewesen. Er freute sich, so wie er sich auf seine erste Autofahrt gefreut hatte, als ihm sein Vater eines Tages eröffnet hatte, dass er ihm das Autofahren beibringen würde und ihn trotz des Protestes seiner Mutter, dass Pino ja noch gar kein Patent zum Lenken von Fahrzeugen besitze, über die neue Strada Costiera hatte fahren lassen. Dabei war schon das erste Stück der steilen Straße von ihrem Haus weg kein Honiglecken gewesen.

Jetzt war er nicht minder aufgeregt, weil er neben Laura saß.

»Hast du an unsere Ausstattung gedacht?«, fragte sie.

Er nickte und holte eine Schatulle aus seiner Tasche. Als er sie aufklappte, trat ein Leuchten in Lauras Gesicht. Sie betrachtete das Gold in der Box, das zu zwei Ringen geformt worden war. Pino hatte sie bei einem Händler, der Verlassenschaften abwickelte, entdeckt. Verstohlen hatte er nach dem Preis gefragt. Das war vor sechs Monaten gewesen. Und jetzt hatte er endlich die Hälfte des Geldes beisammengehabt. Und den Rest in anderer Währung. Geld hatte in diesen Tagen wenig Wert, seine alten Schuhe hingegen schon. Er hatte sie am Dachboden gefunden und offenbar hatte sogar seine Mutter vergessen, dass es da oben noch einen alten Koffer voll mit seinem Gewand aus Kindheitstagen gab. Der Händler hatte drei Kinder und war froh, dass er ihnen jetzt etwas Anständiges zum Anziehen geben konnte.

Das Gold glänzte und der Glanz spiegelte sich in Lauras Augen. Sie legte ihre Hand auf seine. »Schön sind sie«, sagte sie.

»Natürlich«, sagte er. Es war klar, dass das ihre Eheringe werden sollten. Wenn sie später heiraten würden. Sobald es eben ging. Für dieses Mal hatten sie einen anderen Zweck zu erfüllen. Die Bahn fuhr neben der Via Commerciale, ein

Schild wies auf das nahe Conconello hin, das hinter der Strada Nuova nach Opicina lag. Es waren wenige Fahrgäste im Waggon und Pino steckte Laura den schmaleren der beiden Ringe an und sich selbst den anderen. Vittorio hatte ihm einmal, als sie in einer Bar gewesen waren und der Vater schon zu viel Bier getrunken hatte, erzählt, wie er den Concierge im Hotel Obelisco getäuscht hatte, damit er ihm und seiner späteren Frau, Pinos Mutter, ein Zimmer gab. Auch wenn er bei der Frau gelogen hatte. Er hatte übertragene Eheringe besorgt und sie hatten sich als Ehepaar ausgegeben und ohne Probleme ein Zimmer bekommen, wo sie ungestört waren. Der Vater hatte das mit einem spitzbübischen Lächeln geschildert, als ob er heute noch stolz auf diesen Streich wäre, ohne daran zu denken, wem er es eigentlich erzählte. Pino hatte nichts dazu gesagt und am nächsten Morgen hatte der Vater diesen Teil des heiteren Abends wohl wieder vergessen gehabt.

Kurz vor dem Obelisken stiegen sie aus. Sie gingen das Stück zu einem Plateau vor, von wo aus man einen wunderbaren Blick auf die Stadt und das Meer genoss. Laura lehnte ihren Kopf an seine Schulter und seufzte schwer. Pino drehte sie verunsichert zu sich um. »Hast du was? Bist du dir jetzt nicht mehr sicher? Wir müssen uns auch kein Zimmer nehmen, wenn du nicht willst.«

»Das ist es nicht. Wenn doch nur dieser schreckliche Krieg vorbei wäre.«

Er legte ihr seinen Finger auf die Lippen. »Psst, lass uns den Krieg für heute vergessen.«

Wenig später hatte Pino die Anmeldeformalitäten erledigt. Er hatte sie als Pino und Laura Robusti angemeldet und blickte den alten Portier erwartungsvoll an, dass er ihm endlich die Zimmerschlüssel aushändigte. Doch der lächelte mild und sagte: »Signor Robusti. Wir sind ein seriöses und ehrenhaftes

Haus und mit Ihrer Familie seit Langem verbunden, was Ihr Herr Vater Ihnen sicher bestätigen wird. Ich denke, es wäre uns nicht entgangen, wenn sich das einzige Kind eines unserer Stammgäste vermählt hätte. Noch dazu mit so einer bezaubernden Braut. Das hätte sicher Eingang in den *Piccolo* gefunden. Sie werden verstehen, dass ich Ihnen unter den gegebenen Umständen leider kein Zimmer geben kann.«

Er schloss das Gästebuch und schob Pino den Fünflireschein, den dieser auf die Theke gelegt hatte, zurück. Er lächelte Laura an und sagte: »Aber in unserem Restaurant sind Sie uns gern willkommen.« Dann beugte er sich vor und flüsterte Pino ins Ohr: »Ihr Vater hat seinen gelungenen Trick mit den Eheringen offenbar nicht nur Ihnen erzählt.« Dabei strich er sich über seinen grauen Bart, der an den des alten Kaisers von Österreich erinnerte.

In dem Moment polterten Lederstiefel die Stiegen herunter. Ein Soldat in SS-Uniform verharrte kurz vor Laura, betrachtete sie eine Nuance zu lange, bevor er »Heil Hitler, Fräulein« sagte und abdrehte. Lauras Blick gefror. Sie hakte sich bei Pino unter und sagte: »Komm, lass uns gehen.«

25. FEBRUAR 1944
(MINUS 406 TAGE), FREITAG

Kalt und dunkel. Pino kauerte am Boden, sein guter Mantel im Staub. Doch das war egal, wie so vieles egal geworden war, auf das man früher Wert gelegt hatte. Er trug unter seinem Jackett einen dicken Wollpullover und darüber hatte er den dicken Mantel angezogen, der unter den Achseln spannte, wenn er so wie heute mehrere Schichten trug. Er hatte nicht an Gewicht zugelegt, niemand legte im Krieg zu, doch das Gewand war dennoch eng. Entweder er war noch gewachsen oder sein Körper hatte sich verändert. Natürlich hatte er das. Er war jetzt ein Mann geworden. Doch anders als die anderen jungen Männer, die auf der einen oder der anderen Seite kämpften, kauerte er hier auf dem Boden des Luftschutzbunkers am Eingang der Via Sara Davis. Ein in den Berg getriebener Tunnel, wo sich die Menschen der Umgebung eingefunden hatten, als die Sirenen zu heulen begonnen hatten. Im Jänner schon hatte es ein erstes Bombardement gegeben, doch war das noch schwach und ohne größere Schäden ausgefallen. Es hatte zwar ein Todesopfer gegeben, aber wenn man das mit dem verglich, was man über das Schicksal deutscher oder auch anderer oberitalienischer Städte wie Turin hörte, dann war das tatsächlich noch harmlos ausgefallen. Natürlich hörte man das nicht im italienischen Radio. Die täglich um dreizehn Uhr ausgestrahlten Bolletini di Guerra berichteten wenig über die eigenen Verluste, sondern versuchten immer noch, Stimmung für das Regime und den deutschen Verbündeten zu machen. Doch trotz schwerster Sanktionen hörten viele Leute lieber BBC und lauschten der Stimme von Colonnello

Stevens, der die ausweglose Lage für die Achsenmächte viel besser darstellte.

Die Luft im Bunker war stickig. Sein Vater unterhielt sich mit einem der Nachbarn und seine Mutter hatte auch eine Bekannte getroffen. Unter vorgehaltener Hand zischten sie einander ihre Einschätzung der Situation zu, in der sich Italien und sie sich jetzt befanden. Pino dachte an Laura. Er dachte daran, was passieren würde, wenn jetzt die Bomben fielen und er und Laura getrennt wären. Womöglich würde einer von ihnen sterben und der andere alleine zurückbleiben. Oder sie würden beide sterben, und das getrennt, jeder für sich. Er atmete schwer bei dem Gedanken, dass sie oder er an unterschiedlichen Orten unter einer Ruine begraben werden könnten. Also beschloss er, dass sie beim nächsten Alarm zusammen sein sollten. Wann immer die Sirenen anfingen, ihr schrilles Geheul über die Stadt zu legen, sollten sie einen gemeinsamen Schutzraum aufsuchen.

In dem unterirdischen Tunnel wurde es jetzt wärmer. Pino hasste die Untätigkeit, zu der er hier in dem Loch, tief unter der Erde, verdammt war. Die Luft war feucht und roch nach erhitzten Menschen, deren Haut in der Menge zu dampfen begann. Eine Frau rief verzweifelt nach ihrem Kind, ein Kind weinte und suchte seine Mutter, doch die beiden gehörten nicht zusammen. Und dennoch wurde Pino das Gefühl nicht los, dass in die Furcht der Menschen auch eine Prise freudiger Erregung gemischt war, etwas hier an diesem Krieg konnte die Menschen immer noch begeistern oder faszinieren. War es so etwas wie ein Zusammenhalt, der die sozialen Unterschiede in den Hintergrund rückte? Menschen waren sonderbar. Sonst schienen sie nur an sich zu denken. Niemand teilte gern das, was er irgendwie an Essen noch aufzutreiben vermochte. Niemand wollte zu viel Kontakt mit anderen haben, vielleicht aus

Angst, er könnte seinen Gedanken zu freien Lauf lassen und am nächsten Morgen würde die Gestapo bei ihm anklopfen. Und doch saßen sie jetzt da, eng zusammengepfercht, und irgendwie fühlten sie sich füreinander verantwortlich. Der alte Mann neben Pino, der einen strengen Geruch verbreitete, eine Mischung aus Körperausdünstung und feuchter, schlecht gewaschener Wäsche, dieser alte Mensch drehte sich zu ihm hin, lächelte ihn an, sodass Pino die Lücken und die faulen Stellen in seinem Gebiss sehen konnte, und erklärte ihm, wo man um diese Zeit noch ein paar Nüsse auftreiben könne. Er beschrieb den Weg und den Ort, wo er meinte, sie gefunden zu haben, Pino fragte sich, ob der alte Mann vielleicht fantasierte, doch dann griff der in seine Tasche und holte ein paar Kerne hervor, die er ihm reichte. Pino nahm sie dankbar aus der dürren Hand, steckte sich einen in den Mund und zerbiss ihn mit Vergnügen. Der herb süßliche, ölige Geschmack verbreitete sich in seiner Mundhöhle. Auch der Alte hatte sich einen in den Mund gesteckt und die runzeligen Lippen bewegten sich zu den Kaubewegungen. Pino fragte sich, ob das Knacken von der Nuss oder dem Brechen der letzten Zahnreste kam, wollte es dann aber nicht so genau wissen, als eine Stimme sich über die Versammelten erhob: »Fehlalarm, Sie können alle wieder nach Hause gehen!«

Pino stand auf. Andere auch, ein Stimmgewitter setzte ein, als alle sich in normaler Lautstärke zu unterhalten begannen. Die Mutter rief noch immer nach ihrem Kind, und auch andere Namen wurden in die Menge geworfen. Pino griff nach der Hand seiner Mutter. Er erschrak darüber, wie dünn ihre Haut geworden war und wie schwach sich die Hand anfühlte. Gemeinsam traten sie wieder ins Freie. Pinos Vater sagte: »Ich glaube, wir sollten deine Mutter nach Hause bringen, dann gehe ich in die Kanzlei. Musst du auf die Universität?«

Es waren Ferien, doch Pino wollte auf der Bibliothek lernen. Außerdem hatte er schon lange nichts von Silvano und dem anderen Giuseppe gehört. Im letzten Monat vor Semesterende waren sie so gut wie nicht da gewesen und der Professor hatte immer nur einen abfälligen Blick auf die leeren Plätze geworfen. Die Reihen hatten sich insgesamt gelichtet. Man hatte begonnen, die Älteren jetzt alle einzuziehen, auch wenn sie einen weiteren Aufschub beantragt hatten, um ihr Studium zu beenden. War es zu Anfang des Krieges noch möglich gewesen, den Militärdienst hinauszuzögern, so wurden die Maschen der Armee immer enger und immer mehr blieben darin hängen.

Pino nickte. Er wollte auf die Uni, aber auf jeden Fall wollte er in die Stadt, Laura sehen. Er musste ihr unbedingt mitteilen, was er eben im Bunker überlegt hatte. Sie sollten zusammen sein, wenn es einmal wirklich Bomben auf die Stadt regnete.

4. APRIL 1944
(MINUS 367 TAGE), DIENSTAG

Die Diskussion hatte eine gefährliche Lautstärke erreicht. Signora Leda versuchte die erhitzten Gemüter so gut es ging zur Ruhe zu bringen. Sie durften sich in ihrem Haus sicher fühlen, doch man konnte nie wissen, wer anklopfte oder wer sich näherte. Lärm war zu vermeiden, da er nur die falschen Leute auf den Plan rief. Vom Neider zum Spion und zum Verräter waren es nur winzige Schritte.

Pino hatte Laura mitgebracht, Silvano war da, Giuseppe, drei andere Studenten, Signora Ledas Bruder, Roberto, und sie alle diskutierten, was man unternehmen sollte, was man unternehmen konnte. Es wurde immer schwieriger für die Gruppe zusammenzukommen. Hier hatten sie wenigstens einen Ort, an dem sie halbwegs geschützt waren. Signora Leda war eine ehemalige Lehrerin, die wegen ihrer kritischen Haltung schon unter den Faschisten, noch vor der Kapitulation Italiens, des königlichen Italiens, aus dem Lehrkörper entfernt worden war. Ihren Vater hatte man verhaftet und nach Deutschland deportiert. Wo er sich genau befand, wusste im Moment niemand. Anfragen an das deutsche Kommando des obersten Kommissars in Triest wurden nicht beantwortet.

Pino war wie die anderen Burschen seines Jahrgangs am 20. März der weiteren Verwendung der Organisation Todt zugeteilt worden, wo sie jeden Tag Befestigungsanlagen verstärken mussten oder Straßen ausbessern, damit die Wehrmacht ihren Nachschub darübertreiben konnte. Die Aufrufe an die Bevölkerung wie auch die Einberufungen waren eindeutig. Wer dem Befehl nicht Folge leistete, galt als Verräter und hatte mit dem Tod zu rechnen. Das Motto lautete: Todt oder Tod.

»Es tut mir leid«, hatte sein Vater erklärt, »aber dagegen bin auch ich machtlos.« Pino hatte ihn zur Rede gestellt. Was er damit meine, wollte er wissen. »Ich will keine Extrabehandlung, hörst du?«, hatte er dem Vater an den Kopf geworfen. »Glaub ja nicht, dass du mich freikaufen kannst, ich verbiete es dir sogar. Ich werde das tun, was meine Mitschüler, was meine Freunde auch tun müssen. Was alle Italiener tun müssen.« Und mit einem Mal hatte der Vater mild gelächelt, war auf ihn zugegangen und hatte ihn umarmt. »Ich weiß«, hatte er gesagt und zustimmend genickt. Pino war sprachlos gewesen. Der Vater hatte ihn seit Ewigkeiten nicht mehr umarmt; wenn er ihn als Erwachsenen überhaupt je in den Arm genommen hatte.

Wenn Pino vom Arbeitsdienst freigestellt werden wollte, etwa um eine Prüfung abzulegen, musste er einen Antrag stellen, und mit Glück erhielt er dann einen Passierschein, der ihm bestätigte, dass er sich nicht unentschuldigt von seinen Pflichten entfernt hatte. Auch heute hatte er frei. Und er hatte einen Passierschein. Mit seinem Talent war es auch nicht schwierig gewesen, sich für den jeweiligen Bedarf ein solches Papier herzustellen. Er musste nur das richtige Formular besorgen und das jeweilige Datum einsetzen. Die Unterschrift war dann das geringste Problem. Er hatte sie alle drauf, die Unterschriften der Nazis: Wirth, Allers, Globocnik, ja sogar die des Gauleiters, Rainer, konnte er überzeugend nachzeichnen.

Doch darum ging es jetzt nicht. Alle waren dazu verdammt, ihre Muskeln, ihr Fleisch den Nazis zur Verfügung zu stellen. Nur ihre Überzeugung, ihren Willen hatten die Besatzer damit nicht im Griff. Und genau dieser Wille formte sich jetzt zum Widerstand.

»Wir können nicht mehr länger zusehen, wie sie unzählige

Unschuldige umbringen«, sagte Silvano. »Wir müssen etwas tun.«

»Damit sie noch mehr Unschuldige umbringen?«, warf Giuseppe ein.

Laura schüttelte den Kopf: »Aber wenn keiner was tut, wird es immer so weitergehen.« Pino betrachtete Laura von der Seite. Ihre Augen waren ernst und ihre Kiefer waren angespannt. Offenbar war sie unsicher, wie es aufgenommen würde, wenn sie als Frau ihre Meinung sagte.

»Sie haben schon recht«, sagte Roberto, »aber ich halte weitere Anschläge für zu gefährlich. Wir wissen, welche Reaktion das beim Feind hervorruft.«

Er berichtete, dass die Nazis am Vortag wahllos einundsiebzig Geiseln geholt und auf dem Schießplatz von Opicina exekutiert hatten. Als Rache für den Anschlag auf das von deutschen Soldaten besuchte dortige Kino, bei dem sieben Soldaten getötet worden waren. Eins zu zehn war also das Verhältnis, mit dem sich die Besatzer blutig rächten.

»Wenn wir aber nur abwarten, dann werden die Nazis immer mehr unter ihre Kontrolle bekommen. Dann haben sie bald nicht nur die Faschisten auf ihrer Seite, sondern auch den Rest der Bevölkerung, weil die vor Angst keinen Mucks mehr macht. Wir dürfen nicht zulassen, dass sie den Widerstand komplett brechen. Jetzt ist die Zeit reif, jetzt müssen wir zuschlagen, jetzt müssen wir unserem Volk beweisen, dass es da mehr gibt als ein paar versprengte Einzelkämpfer, die sich in den Bergen verstecken. Es geht um ein Zeichen, ein Signal der Hoffnung, die wir alle in unserer Brust tragen.« Giuseppe, der andere, klopfte Silvano anerkennend auf die Schulter und ein paar der anderen zeigten ebenfalls Zustimmung.

Pino dachte sich, dass Silvano vielleicht das Zeug zum Politiker hatte. Er schaffte es, mit seinen Reden die Herzen der

Menschen zu erreichen. Das war keine schlechte Voraussetzung, wenn es jemals freie Wahlen in diesem Land geben würde. Die anderen diskutierten, wie man den Kontakt zwischen den verschiedenen Widerstandskämpfern im Karst, in Triest und im restlichen Friaul verbessern könnte. »Seht euch doch an«, sagte Roberto, »ihr seid doch alle keine Soldaten, ja ihr seid nicht einmal Arbeiter, die ihren Unterhalt der Kraft ihrer Arme zu verdanken haben. Nein, ihr seid Krieger im Geiste, und das meine ich alles andere als negativ, eure Stärke liegt im Denken, und da müssen wir ansetzen.« Seine Schwester und Laura nickten sofort zustimmend und die Burschen sahen sich an, als hätte man ihnen ihre Männlichkeit absprechen wollen, doch Silvano war der Erste, der eine Replik lieferte: »Es mag schon sein, dass uns die Kampferfahrung fehlt, aber genau deswegen, weil wir schlaue Kerlchen sind, werden wir mehr zustande bringen als ein paar Bauernburschen, die plump Nazis abballern, ohne an die Konsequenzen zu denken. Auch ich bin dafür, dass wir unser Köpfchen anstrengen und Einsatzpläne ersinnen, auch wenn sich andere dann womöglich die Lorbeeren holen.«

»Und den Spaß haben«, sagte einer aus dem Hintergrund. Er hatte eine Hasenscharte und seine Kleidung ließ auf einfache Verhältnisse schließen, doch wer konnte das jetzt so genau sagen? Es gab im Moment kein Arm und Reich, es gab nur Arm und Ärmer. Offenbar war er ein Möchtegerndraufgänger, der die schlimme Zeit noch als Vergnügen empfand, weil sich in seinem sonst langweiligen Leben endlich etwas auftun könnte: ein sanktionsloser Mord, um seine Überlegenheit zu demonstrieren, oder vielleicht doch ein Heldentod, der einmal später besungen würde. Nicht alle Deutschen waren Sadisten und nicht alle Italiener waren Samariter. Die meisten Menschen dachten eben nicht mehr in Recht oder Unrecht, sondern nur mehr in Leben und Überleben. Pino sah sich die Truppe an. Sie waren tatsächlich keine schlagkräftige Einheit, sondern groß gewordene Knaben, von denen die meisten studierten. Verwöhnte Bengel zumeist, ganz verschieden, bestenfalls geeint von dem Wunsch, etwas Sinnvolles für ihr Land zu leisten.

Der Wind peitschte die Fensterläden gegen die Wand. Die Bora fegte durch die Gassen und wirbelte Fetzen und Staub auf. Signora Leda wollte die Fensterläden schließen, doch sofort zog sie ihren Kopf zurück und ließ sich auf den Boden sinken. »Still, pssst«, zischte sie zu den anderen hinüber, die ohnehin verstummt waren. »Eine Patrouille …«

Durch das halb geöffnete Fenster konnte man das Brummen der Kübelwagen und die Schritte der vorbeiziehenden Soldaten hören. Zwei Burschen griffen hinter sich und holten aus einer langen Tasche zwei Gewehre und eine Maschinenpistole hervor. Signora Leda schüttelte den Kopf und Lauras Nägel krallten sich in Pinos Arm, als jemand gegen die Tür hämmerte. Die Bewaffneten erhoben sich und brachten ihre Waffen in Anschlag, doch Roberto drückte die Läufe zu Boden und deutete mit offenen Handflächen an, dass alle Ruhe bewahren sollten. Er wandte sich an seine Schwester, die sich langsam erhob und dann ihr Kleid abputzte. Es war weniger verdächtig, wenn eine Frau öffnete. Ihr Bruder drängte die anderen aus dem Raum in die kleine Küche hinaus. Sollte ein Soldat der Wehrmacht das Haus betreten, durfte er nicht sofort die ganze Meute sehen. Der Kampf im eigenen Haus war die Ultima Ratio. Hier mit den Nazis zu kämpfen, war ganz sicher das Ende. Das Klopfen wurde fordernder. Signora Leda richtete sich dennoch ihr Haar, das sie zu einem strengen Zopf geflochten hatte, und öffnete erst dann die Tür.

»Jetzt lass mich schon rein.« Ein junger Mann drängte sich an der Hausherrin vorbei ins Innere und Signora Leda ließ ihn gewähren. Das war kein Feind. Das war auch so einer, der etwas tun wollte und Wind bekommen hatte, dass man das am besten in diesem Haus besprechen konnte. Er war nicht zum ersten Mal hier und er schien sauber. »Ich dachte schon, es ist etwas passiert, als du so lange nicht geöffnet hast.«

»Die Straße ist voller Soldaten.«

»Ja, die ziehen wieder einmal in den Karst, aber wir haben schon Boten losgeschickt, damit unsere Jungs gewarnt sind.«

Langsam krochen die anderen aus ihren Verstecken heraus und der Kreis fand sich wieder im Salon ein. Pino bewunderte die Kaltblütigkeit des Burschen, der Carlo hieß und sein zerschlissenes Sakko, an dem eine Tasche eingerissen war, immer mit einem gestärkten, frisch gebügelten Stecktuch trug. Lauras Griff hatte Pinos Arm freigegeben, doch Pino hatte es durchaus genossen, als Laura so nah an ihm geklebt und ihn umklammert hatte, ihren Kopf gegen seine Schulter gedrückt. Und er hatte jetzt keine Lust mehr auf Attentate und Kampf. Er wollte mit seiner Freundin ausgehen, und obwohl sich ihre Diskussion um den Anschlag auf das Kino in Opicina entsponnen hatte, verspürte er Lust, mit Laura ins Ariston zu fahren, in das Kino hinter dem Campo Marzio. Es war noch nicht spät am Nachmittag und mit etwas Glück würden sie eine Straßenbahn nehmen und in einer halben Stunde dort sein. Er weihte Laura in sein Vorhaben ein und erntete ihre volle Begeisterung dafür. Sie verabschiedeten sich und verließen einzeln das Haus. Erst nach einigen Minuten trafen sie sich wieder.

Sie sahen den geschwungenen Schriftzug der Leuchtschrift schon von Weitem und voller Erwartung kaufte Pino zwei Karten. Als er dann das Programm erfuhr, war er etwas enttäuscht. Man spielte eine Wiederholung von »Condottieri«, einen Film, den der Südtiroler Luis Trenker vor sieben Jahren gedreht hatte. Zwar spielte der Film in Italien, doch die meisten Schauspieler waren Deutsche, gerade eine Handvoll Italiener spielte mit.

Pino führte Laura an seinem Arm in den Saal und sie setzten sich in einer der hinteren Reihen in die Sessel mit den gewölbten Rückenlehnen. Der Film war ohnehin Nebensache, denn kaum war es dunkel geworden, da hatte Pino den Arm um Lauras Schulter gelegt, und es hatte eben das Flimmern des Vorspanns begonnen, da hatten sich bereits ihre Lippen gefunden.

26. APRIL 1944
(MINUS 345 TAGE), MITTWOCH

Die Tage wurden wärmer und sie wurden länger. Das zunehmende Licht ließ in den Menschen neue Hoffnung keimen.

»Was hast du heute gemacht?«

»Wir mussten bei Duino eine weitere Befestigung errichten. Die Deutschen lassen jetzt keinen aus.«

»Glaubst du, die Amerikaner kommen bald?«

»Ich hoffe es.«

»Aber mit ihnen kommen die Bomben!«

»Und wenn schon, besser im Schutt ersticken als beim ›Sieg Heil‹-Schreien.«

Pino erzählte Laura nichts davon, dass die Wachen an diesem Tag ein paar Männer im Dickicht hinter der Straße nach Görz aufgespürt und sofort erschossen hatten. Direkt neben der Fahrbahn, wo es einen kleinen geschotterten Platz gab. Einige Fahrzeuge waren vorbeigefahren, doch die Lenker hatten nicht im Entferntesten daran gedacht einzugreifen. Im Gegenteil: Sie beschleunigten, um den Ort möglichst rasch zu verlassen, bevor die Salven aus den automatischen Gewehren die Luft mit ihrem mechanischen Trommeln erfüllt hatten. Und er konnte Laura noch weniger sagen, dass er sich fast daran gewöhnt hatte. Es gehörte zum Alltag, das Unrecht, das die Besatzer über sie gebracht hatten, mitansehen zu müssen, es zu fühlen, auch wenn jede Faser im Körper sich dagegen sträubte. Er und die mit ihm eingeteilten Männer hatten die Fäuste geballt, einander Blicke zugeworfen und dann dennoch ungerührt weitergearbeitet. Die Zeit der Rache würde kommen, dachten sich wohl alle, doch im Moment konnte man gegen die überlegene Gewalt der Nazis nichts ausrichten. Die Armee errichtete überall um den Golf von Triest Stellungen und befestigte Anlagen, um einen Angriff der Alliierten abwehren zu können. Die Arbeitskräfte der Todt waren da gefragter denn je. Und vielleicht waren die Männer von heute ja ehemalige Partisanen, die resigniert hatten.

»Du weißt, was du mir versprochen hast«, sagte Laura und riss Pino aus den Gedenken an die armen Kerle, die es heute erwischt hatte. »Wenn es so weit ist und die Bomben die Stadt in Schutt und Asche legen, wollen …«

»… wir zusammen sein«, sagte Pino und strich Laura mit seinem Daumen sanft über das Kinn. »Ich muss los, ich will noch auf die Universität.«

»Wird da überhaupt noch unterrichtet?«

»Natürlich, auch wenn die Bänke immer leerer werden. Für manche Vorlesungen bekommen wir sogar frei. Oder was meinst du, wie ich es schaffe, dich fast jeden Tag zu sehen?« Pino grinste verschmitzt und Laura boxte ihn gegen die Schulter. »Du Schuft!«, sagte sie. »Sehen wir uns morgen wieder hier?«

»Ja, um die gleiche Zeit auf der Piazza Oberdan.«

5. MAI 1944
(MINUS 336 TAGE), FREITAG

»Morgen wieder hier?«

»Ja, gleiche Zeit auf der Piazza Oberdan.«

10. MAI 1944
(MINUS 331 TAGE), MITTWOCH

»Morgen wieder?«

»Gleiche Zeit, Piazza Oberdan.«

15. MAI 1944
(MINUS 326 TAGE), MONTAG

»Morgen?«

Pino nickte, und sie trafen sich am nächsten Tag wie die Tage zuvor und auch die kommenden Tage auf der üblichen Piazza. Da, wo die Menschen sonst nicht gern verweilten, weil sie auf der Durchreise und noch nicht an ihrem Ziel angelangt waren. Doch Pino und Laura waren an ihrem Ziel. Sie hatten einander, und der Ort war nur der Ort, und die Zeit war nur die Zeit, denn alles war ihrer Liebe untergeordnet. Die Liebe ließ sie schweben und Zeit und Raum vergessen.

Manchmal brachte Pino seiner Liebsten ein Geschenk mit, ein Buch oder etwas Süßes. Einmal hatte sie ein verschwörerisches Lächeln aufgesetzt und Pino fragte, was sie so amüsierte, ob es einen bestimmten Grund dazu gebe.

»Ich habe dir heute auch etwas mitgebracht.«

Pinos Augen. Er drückte ihre Hand. »Das wäre nicht notwendig gewesen«, sagte er. Auch er grinste.

»Willst du denn gar nicht wissen, was es ist?«, fragte Laura ein wenig enttäuscht.

»Aber sicher, ich sterbe vor Neugier, zeig her!«

Laura griff in ihre Tasche und förderte ein kleines Päckchen daraus hervor.

»Das sind ja Zigaretten?«, stellte Pino verwundert fest. »Aber ich rauche doch gar nicht. Wo hast du die überhaupt her?«

»Die hat mein Vater bekommen, steht ihm als Bahnbediensteten zu. Aber der Arzt hat ihm das Rauchen verboten, also hab ich mir gedacht, dafür gibt es sicher Verwendung, also eine bessere, als dass sie in der Lade bei uns liegen.«

Pino drückte ihr einen Kuss auf die Stirn. »Das ist so lieb von dir, aber vielleicht solltest du sie besser jemandem …«

Laura machte einen Schritt zurück und steckte die Packung wieder weg. »Du hältst mich anscheinend für ein Dummerchen. Natürlich weiß ich, dass du nicht rauchst. Aber es gibt viele andere in Triest, die es tun, oder die es gerne tun würden. Nur sind kaum Zigaretten zu bekommen. Ich habe von jemandem gehört, der sein Fahrrad gegen die letzten drei Zigaretten von jemand anderem getauscht hat.«

Pino begann zu dämmern, was Laura bezweckte, und er nahm sie in den Arm. »Natürlich, wie konnte ich so töricht sein, nicht daran zu denken. Vielen Dank, das ist ein tolles Geschenk.« Sie küssten sich. Laura gab ihm die Packung und Pino steckte sie ein. Sie hatte recht, dafür würde er im Gegenzug etwas erhalten. Jemand würde dafür seinen Arbeitsdienst übernehmen, er könnte vielleicht ein großes Stück Fleisch bekommen oder er verkaufte sie zu den üblichen Wucherpreisen und führte Laura dann zum Essen aus.

»Das war unser erster kleiner Streit«, merkte Laura an.

»Und es wird nicht unser letzter gewesen sein«, sagte Pino und dachte dabei an seine Eltern, denen er nach wie vor unterstellte, dass sie sich liebten und dennoch fast jeden Tag um irgendetwas zankten. Oft um völlig Belangloses. Denn in den wichtigen Dingen, da hielten sie zusammen und so etwas war wohl auch Liebe: in den Kleinigkeiten verschieden und getrennt, doch im Wesentlichen vereint.

»Ich habe mich zum ersten Mal richtig über dich geärgert«, sagte Laura.

»Und du wirst dich nicht zum letzten Mal über mich geärgert haben. Möchtest du noch spazieren gehen?«

»Ja, lass uns noch am Meer entlangspazieren«, antwortete sie und sie gingen durch die Via di Torre Bianca zum Molo

Quattro, wo sie über eine Stunde verweilten und den Hafen und das Meer betrachteten. Das Wasser und die Wellen, der Himmel und die Küste schienen dem Krieg entrissen, sie lagen da wie seit jeher. Das Paar sah auf das Meer, auf das schon so viele Generationen von Menschen geschaut hatten. Diese Urgewalt und diese Ruhe, die in der Dunkelheit der Tiefe lag, schenkte ihnen Zuversicht, und sie hofften, dass der Krieg bald vorüber wäre.

Die Menschen brachten einander um, sie töteten, und je länger der Kampf dauerte, desto weniger fand man eine Rechtfertigung dafür, doch die Menschen fischten trotz des Sterbens hier im Golf und sie würden auch weiterhin dort fischen. Sie badeten im Meer und sie würden auch in Zukunft dort schwimmen gehen. Pino und Laura drückten ihre Körper aneinander und in diesem Moment spürten sie eine tiefe und zufriedenstellende Vorahnung: die einer gemeinsamen Zukunft.

10. JUNI 1944
(MINUS 300 TAGE), SAMSTAG

Ein weiterer sonniger Tag kündigte sich an. Pino hatte erst am späten Nachmittag seinen Dienst anzutreten und wollte den Vormittag nützen, um auf der Bibliothek etwas nachzuschlagen.

Er saß auf der Terrasse und blickte über die grünen Hänge, die sich zum Meer hin ausrollten, als sein Vater die Zeitung beiseitelegte.

»Wie geht es dir auf der Universität?«

Pino lächelte. Immer wenn der Vater nach seinem Studium fragte, brannte ihm etwas anderes unter den Nägeln. Er zuckte mit den Schultern. »Es wird schwieriger zu studieren, der Betrieb kann nicht immer aufrechterhalten werden. Mal fehlen die Professoren, mal die Studenten.«

Seine Mutter trat zu ihnen ins Freie und stellte einen Krug mit Limonade hin. Nachdem es keine Zitronen aus dem von den Alliierten besetzten Sizilien gab, musste sie Zitronensäure in der Pharmazie kaufen, um den Saft zu ersetzen. Sauer und erfrischend war das Getränk, wenn auch etwas gallig im Nachgeschmack. Auch Zucker gab es kaum mehr. Trotzdem schaffte es Elisa Robusti immer noch, die Familie mit dem Nötigsten zu versorgen. Sie schaffte es auf eine Art, dass man fast vergessen hätte können, dass Krieg war und überall sonst Hunger herrschte. Denn jetzt zählte nur das Essenzielle im Leben. Und das war Nahrung und Zusammenhalt und Zuneigung in der Familie. Vor allem Letztere gab es bei den Robustis mehr denn je. Vittorio hatte seinem Sohn längst verziehen, dass er seinen Kopf durchgesetzt hatte, um Architektur zu studieren.

Er merkte selbst, dass die Juristerei sich in Zeiten, da man Menschenwürde und Gerechtigkeit im Sinne der nationalen Interessen mit Füßen trat, zu sehr von der Macht vereinnahmen ließ. Das Unrecht, das den Menschen angetan wurde, fand seine Rechtfertigung oft in festgeschriebenen Gesetzen.

Wenigstens Elisa hatte sich dieses Frühjahr etwas erholt. Im vierten Kriegswinter war sie zuletzt immer mehr verfallen und hatte schwach und zerbrechlich gewirkt. Pino und sein Vater hatten daraufhin beschlossen, sie am besten gar nicht mehr aufzuregen. Also wurde die schwere Zeit bei den Robustis gar nicht mehr thematisiert. Auch das Radio schwieg immer öfter. Dafür hatte sich mit dem aufkommenden Frühjahr Mutters Gesundheit wieder wesentlich gebessert. Sie hatte jetzt wieder eine gesunde Farbe im Gesicht und die eingefallenen Wangen waren fast verschwunden. Trotz des Krieges schien sie sogar ein wenig zugenommen zu haben. Auch ihre Schritte schienen wieder beschwingter.

Sie goss von der Limonade ein und sagte: »Ich denke, hier fehlen eindeutig die Frauen. Gäbe es mehr Professorinnen und auch mehr Studentinnen, dann würde der Betrieb jetzt wohl ganz reibungslos funktionieren.«

Dem Vater blieben die großen Augen offen, er vergaß sogar zu blinzeln. Der Krieg hatte schon genug im Sittenbild des Landes verändert. Es reichte, dass man fast überall Mädchen in kurzen Röcken auf dem Fahrrad sah, aber die Universität in Frauenhand? Er wollte etwas sagen, kam aber über ein »Aber du wirst doch nicht ernsthaft meinen …« nicht hinaus, schon hatte ihn Pinos Fußtritt unter dem Tisch zum Schweigen gebracht.

Die Mutter tat, als hätte sie es nicht bemerkt und setzte sich zu den beiden an den Tisch. Sie blickte stumm hinunter zum Meer. Der Wind zauste ihr Haar. Man hörte das Rauschen der

Blätter und ganz entfernt war der Zug zu hören, der über den Damm etwas oberhalb von Barcola Richtung Trieste Centrale fuhr. Personenverkehr gab es wenig in diesen Tagen. Vor allem Materialverschub oder Truppentransporte. Die Mutter seufzte. »Wäre nicht Krieg, es könnte ein schöner Tag sein.« Eine wehmütige Schwere hatte sich auf ihre Stimme gelegt. Der Vater ergriff ihre Hand und hielt sie fest. »Es ist ein schöner Tag, allein das zählt.«

Elisa drehte sich zu ihm hin, das Strahlen war in ihre Augen zurückgekehrt. »Du hast recht«, sagte sie. »Du und Pino, ihr seid beide bei mir, das ist das Wichtigste. Es ist ein schöner Tag.«

Pino erhob sich und drückte seiner Mutter einen Kuss auf die Wange. »Ich muss jetzt los.«

Es war kurz nach neun Uhr, als er das Haus verließ. Eiligen Schrittes ging er über die steile Straße hinab. Das Problem an Triest war, dass es auf mehr Hügeln als Rom erbaut war und es kaum einen ebenen Straßenzug gab. Die Häuser klebten auf den steilen Hügeln und dazwischen wanden sich die Straßen. Eine ungewöhnliche Stille lag klebrig in der Luft wie Harz, und das Leben schien zäh fließend abzulaufen, als müssten auch die Zeiger der Zeit gegen einen Widerstand ankämpfen. Doch dann kam der Paukenschlag, der das träge Publikum aufweckte. Hektik und Gerenne setzte ein.

Pino war knapp vor der Via Udine, als das Heulen der Luftschutzsirenen einsetzte. Hektisch rannten die Menschen los, um in einem der Luftschutzbunker Schutz zu suchen. Mütter packten ihre Kinder an den Händen und liefen los. Männer umklammerten ihre Taschen und liefen los. Lieferanten stellten ihre Waren ab und liefen los. Die Händler schlossen ihre Geschäfte und liefen los, Autofahrer hielten ihre Wagen an, stiegen aus und liefen los. Und Pino? Pino lief auch los.

Doch er lief nicht zu dem Bunker, der sich am Eingang der Via Sara Davis befand. Er hatte ein anderes Ziel. Er wollte nach Scorcola, er wollte zu Laura. Er musste zu Laura, er hatte es ihr versprochen. In der Via Romagna gab es einen Luftschutzkeller, sie hatten ausgemacht, sich da zu treffen, wenn es losging. Und es ging jetzt los. Daran war kein Zweifel. Straßenzüge lagen nun verwaist da, es war wieder gespenstisch ruhig. Der Verkehr war zum Erliegen gekommen. Mitten auf der Fahrbahn stand ein herrenloser Wagen, jemand hatte seinen Karren daneben gestellt. Ein letzter Passant, ein älterer Mann, der sich den Hut auf den Kopf drückte, rannte auf der gegenüberliegenden Seite vorbei. Aus dem Augenwinkel sah er zu Pino hinüber und sein Mund formte einzelne stille Worte. »Hau ab, hau endlich ab«, war von den Lippen abzulesen. Endlich setzte sich auch Pino in Bewegung. In der Luft lag eine zum Reißen gedehnte Stille wie vor einem Gewitter. Doch dann erfüllte ein Brummen den Himmel. Ein Geräusch, das sich immer mehr ausdehnte und zugleich lauter wurde. Sie kamen! Und sie kamen schnell näher. Pinos Schritte trommelten jetzt über den Asphalt, das Blut pochte in seinen Ohren. Dann die erste Detonation, noch weit entfernt. Die nächste bereits lauter. Pino blickte zum Himmel. Er sah die fetten Bäuche der Bomber von unten. Ein erstes Geschoss der Flugabwehr zischte mit einem brennenden Schweif über den Himmel. Das Aluminium der Flugzeuge gleißte in der Sonne, das Geschwader war von einem Heiligenschein umgeben und es überzog die Stadt zu einem guten Teil. Sie luden ihre tödliche Fracht ab. Die ersten Bomben hatten sie noch über dem Karst bei Opicina abgeworfen, doch jetzt bedeckten sie die Häuser und Plätze damit. Ein Donner folgte auf den anderen, und erste Rauchsäulen stiegen in den Himmel. Die Stadt brannte an vielen Stellen. Pino hatte der Mut verlassen. Er hatte sich an eine

Hausmauer gedrückt und war dort in die Knie gegangen. Laura! Er musste zu Laura. Dabei wusste er nicht einmal, ob sie es in den vereinbarten Schutzraum geschafft hatte. Er wusste nur, dass er plötzlich Angst hatte, mehr Angst, als er sie bislang in diesem verdammten Krieg verspürt hatte. Jetzt waren es nicht die Nazis und die Faschisten, die die Stadt mit ihrem Terror überzogen, jetzt waren es die Amerikaner. Ein Knall zerriss Pino beinahe das Trommelfell, sein Körper wurde vom Druck zu Boden geschleudert. Das war sein Glück, denn sofort setzte ein Steinhagel ein, Brocken flogen über Pinos Kopf hinweg und Geröll und Mauerschutt türmten sich in der Straße vor Pino. Ein Durchkommen war nicht mehr möglich.

Dann war es still. Wieder still. Doch in Pinos Ohren surrte und pfiff es. Erst nach und nach wuchsen die Geräusche durch diese Taubheit hindurch. Schreie wurden lauter, Sirenen und Fahrzeuge, denen die Trümmer die Durchfahrt versperrten, verzweifelte Stimmen riefen Namen. Der Rauch kratzte in den Augen und er kroch in den Hals und kratzte dort auch. Und noch immer knirschten Mauern und Steine. Pino konnte es jetzt hören. Das war kein Fehlalarm gewesen, diesmal nicht. Er musste weiter, er musste Laura suchen. Er peilte sein ursprüngliches Ziel an. Schon wieder setzten die Sirenen ein, lauter als zuvor. Pino schaute auf seine Uhr, doch sie schien nicht zu gehen. Vielleicht hatte sie die Detonation vorhin zum Stehen gebracht. Nach seinem Gefühl war keine Viertelstunde vergangen. Er musste sich beeilen, wenn er endlich zum Treffpunkt mit Laura wollte. Immer eindringlicher kreischten die Sirenen ihre Warnung in den Himmel, als sich dort der nächste Fleck auf die Stadt zubewegte. Ein noch größeres Geschwader hielt Kurs auf Triest. Pino konnte es hören. Er wusste jetzt, wie es klang, das Brummen hatte sich in seine Erinnerung gebrannt.

»Mach, dass du weiterkommst, Junge«, rief ihm ein Polizist zu, der aus einem Hauseingang getreten war. Pino rannte und er rannte in die falsche Richtung, weil jetzt alle in diese Richtung liefen. Das war definitiv nicht der Weg zu Laura. Er versuchte kurz auszuscheren, doch sein Ausbruchsversuch hatte keinen Erfolg, er trieb mit der Masse mit. Und diese strömte weiter nach Barcola, wo bei der Kirche ein Luftschutztunnel begann, der mehrere Hundert Meter tief in den Berg führte.

Ordner pressten die Fliehenden durch den engen Eingang. Manche davon verharrten dort, suchten mit Blicken die nächste Umgebung ab, vielleicht auf der Suche nach einem Angehörigen oder einem lieben Menschen, den sie auf dem Weg verloren hatten. Paare wurden getrennt, einige bahnten sich mit Händen und Füßen den Weg. Alte wurden gestützt und kamen dennoch zu Fall. Pino wurde wie der Rest der Menge um ihn vom Bunker verschluckt und drang tiefer in die Röhre hinein. Drinnen gab es Licht. Die Vorschriften sahen sogar vor, dass der Radioempfang gewährleistet sein musste. Pino wurde mit dem Pulk vorwärtsgeschoben, doch bald löste sich das Gedränge auf. Der Raum war groß genug, eine Tausendschaft von Menschen aufzunehmen. Die Schutzsuchenden verteilten sich. Und bald wich die Unruhe einem noch gespannteren Warten. Wann kommt der Donner? Trifft es uns? Werden wir überleben? Es war ein Warten, bei dem man hoffte, dass das Erwartete nicht eintraf.

Die Ordner von der Guardia Civica, meist junge Burschen wie Pino oder sogar jünger, sorgten für ein wenig Ruhe und Ordnung und verteilten Decken an Mütter mit kleinen Kindern oder Alte und Gebrechliche. Eine Krankenschwester verarztete in dem kleinen Raum, der als Sanitätszimmer diente, einen alten Mann, der sich den Kopf gestoßen hatte und aus mehreren Platzwunden blutete. Der Lichtschlitz beim Metalltor wurde bereits schmäler, als jemand hektisch gegen das Eisen drosch. Pino hörte die aufgeregte Stimme einer Frau. Es war eine junge Stimme. Es war eine bekannte Stimme. Hektisch, als ginge es um sein Leben, bahnte er sich den Weg nach vor zum Eingang und wartete, bis die schwere Schutztür entriegelt worden war. Sein Blick wanderte in dem schummrigen Licht über die Köpfe der Menschen, dann machte er einen Schritt vor.

»Laura!«

Sie fielen sich in die Arme. Auch wenn sie beide es nicht zum vereinbarten Treffpunkt geschafft hatten, das Schicksal hatte sie vereint. Hier in dem Bunker, wo sie gemeinsam auf den Tod oder das Ende des Bombardements warten wollten. Laura drückte ihren Kopf gegen Pinos Schulter. Er flüsterte ihr ins Ohr: »Wie kommst du hierher?«

»Ich war auf dem Weg zu dir. Aber ich habe es nicht geschafft.«

Pino schüttelte den Kopf. »Das stimmt nicht, du hast es geschafft, du bist bei mir.«

»Wir haben es geschafft, wir sind zusammen.«

Auf einmal begann der Boden zu beben. Die Schläge wurden stärker. Die Menschen hielten einander an den Händen, Paare und Familien drückten sich eng aneinander, niemand wollte alleine sein, man wollte dem Tod gemeinsam entgegentreten. Das Licht flackerte. Bei jedem Schlag, der von unten die Füße traf, zuckten die Menschen zusammen. Sie waren hier nichts anderes als eine Herde Vieh vor dem Schlachthof, die verunsichert einem ungewissen Ende entgegensah. Laura drückte sich fester gegen Pino, ihr Busen war gegen seinen Bauch gepresst. Und während bei den meisten der dampfenden und schwitzenden und zugleich frierenden und zitternden Menschenbündel die Angst wuchs, keimte in Pino ein Verlangen, das gar nicht zu der sonstigen Todesangst oder Erwartung hier passte. Er drückte seine Lippen gegen Lauras Wange und langsam bedeckte er ihre Haut mit Küssen, bis er ihren Mund gefunden hatte. Lauras anfänglicher Widerstand brach, die Spannung, mit der sie sich anfänglich gegen Pino gestemmt hatte, ließ nach und sie floss in seine Umklammerung. Sie bissen einander zärtlich in die Lippen und Pinos Hände streichelten über Lauras Rücken, bis er von hinten einen Stoß spürte. Er ließ von seiner Geliebten ab und drehte sich zu dem älteren Mann im Tweedjackett um, der ihn mit finsterem Blick musterte und dabei empört den Kopf schüttelte. Nicht einmal die bunte Masche um den Hemdkragen brachte ein wenig Heiterkeit in seine Erscheinung. Am Revers prangte groß ein Parteiabzeichen. Pino fasste Laura an der Hand und zog sie von dem Widerling weg. Sie bahnten sich den Weg nach hinten, und als sie bei den Toiletten angekommen waren, blickte Pino sich kurz um, dann zog er Laura in eine offene Kabine. Als sie leise protestieren wollte, hatte er ihr schon den Mund mit seinen Lippen verschlossen und seine Hände hatten den Weg unter ihre Bluse gefunden. Laura stöhnte auf, er hielt ihr den Mund zu, was sie sanft in seine Hand beißen ließ. Das Licht flackerte, fiel kurz aus, dann wurde es wieder hell. Pinos Hemd war offen und Lauras Haare zerzaust, als das Flackern der Lampe über ihnen aufhörte und das Beben nur mehr aus ihren Körpern kam. Schnaufend ließ Pino von ihr ab. Er stopfte sein Hemd in die Hose. Laura richtete sich die Bluse und das Haar, so gut es ging. Von draußen hämmerte jemand zornig gegen die Tür.

»Wieso dauert denn das so lang? Ich muss auch dringend! Weitermachen!«

Laura straffte die Schultern und kicherte Pino zu, der auch lachen musste. Nachdem beider Kleidung wieder einigermaßen adrett saß, öffnete er forsch die Tür, schob Laura vor sich hinaus und sagte dann mit lauter Stimme: »Meiner Frau war übel, aber jetzt geht es wieder, bitte schön, es ist frei, weitermachen!« Er stupste sie sanft gegen den Rücken. Sie musste ein Kichern unterdrücken, dann ging sie vorwärts.

Als sie nach dem Ende des Alarms auf die Straße kamen, waren sie zwei andere. Jeder trug einen Teil des anderen in sich und sie mussten es nicht einmal aussprechen: Sie waren verlobt. Und sie würden heiraten, sobald der Krieg vorbei war.

Die Sonne schien, doch die Rauchschwaden, die von den vielen Bränden in der Stadt säulenartig in den Himmel stiegen, bildeten einen blassen Film, der das Licht dämpfte wie an einem nebligen Tag im Dezember.

Die meisten Menschen, die aus den Luftschutzräumen kamen, eilten hektisch davon. Sie wollten zu ihren Häusern, zu ihren Verwandten. Sie wollten nachsehen, ob jemand aus der Familie verletzt war oder ob ihre Häuser beschädigt waren. Einige, die das erste Ausmaß der Zerstörung schon von Weitem sahen, begannen zu kreischen oder zu flehen, die Männer stießen meist Flüche aus. Sie deuteten mit geballter Faust in den Himmel, als ob das jetzt noch etwas geändert hätte. Die Flieger waren weg und die Stadt und ihre Bewohner hatten das Ärgste überstanden. Doch das Ausmaß der Verwüstung war diesmal gewaltig und die Zahl der Opfer ebenso: Am Ende zählte man vierhundertdreiundsechzig Todesopfer und hundertundein zerstörte Gebäude. Immerhin an die achthundert Menschen konnten verletzt aus den Trümmern geborgen werden.

Pino dachte an seine Eltern und das Haus, das auf dem Hang lag. Auch Laura wollte sofort nachsehen, ob ihr Elternhaus getroffen war. Noch größer war ihre Sorge um den Bahnhof, wo ihr Vater seinen Dienst versah. Ein Impuls verleitete sie wie die anderen auch loszulaufen. Doch Pino hielt sie fest und schüttelte den Kopf. Sie gingen über die Straße vor bis zu den Steinklippen und kletterten vorsichtig auf die Steine. Dort hatte man einen Blick über den Hafen und die Stadt. »Schau!«, sagte Pino. »Der Bahnhof hat nichts abbekommen.« Lediglich daneben brannte ein eingestürztes Magazin beim Hafen. Laura seufzte und Pino spürte, wie ihr Körper wieder leicht wie eine Feder in seinen Armen lag. Auch der Hügel in Roiano schien keinen Treffer abbekommen zu haben. Jetzt, da die Sonne wieder durchkam, glänzten die Häuser wie frisch lackiert. Auch Pino fiel ein Stein vom Herzen.

»Schau«, deutete Laura, »da hinten Richtung Chiadino hat es voll eingeschlagen.« Dort war eine große Kaserne und auch die Pferderennbahn. Pino überlegte: »Vielleicht haben sie die Biscottificio Tergeste für eine Waffenfabrik gehalten.«

»Hoffentlich konnten sich die Arbeiter alle in Sicherheit bringen. Dann haben sie nur ein paar Biskuits in die Luft gejagt.«

»Ja, aber die Kirche weiter vorne hat es auch erwischt.« Tatsächlich war der Turm der Chiesa della Madonna delle Grazie nicht mehr zu sehen und der Platz in Rauch gehüllt.

Laura legte ihren Kopf auf Pinos Schulter. Er fuhr ihr durchs Haar und streichelte sie. Er widerstand der Versuchung, sie am helllichten Tag auf offener Straße zu küssen. Auch wenn die Menschen, die an ihnen vorübereilten, wahrscheinlich andere Sorgen hatten. Es geziemte sich nicht für ein unverheiratetes Paar. Doch wem nutzten in diesen Tagen gute Sitten? Die Regeln des Anstands waren eine brüchige dünne Fassade geworden, und jeden Tag wurde jegliche Moral über Bord geworfen, wenn die Würde der Menschen, deren Recht zu leben und zu lieben, mit Füßen getreten und sogar verleugnet wurde. Man hörte von Familien, die auseinandergerissen worden waren, weil man sie getrennt nach Deutschland oder anderswohin deportiert hatte, man kannte Familien, die den Tod ihrer Söhne zu beklagen hatten, weil diese im Krieg gefallen waren oder im Kampf gegen die Partisanen oder als Partisanen im Kampf für die Freiheit. Man hasste die Deutschen, die den Tod brachten, genauso wenig liebte man aber die Amerikaner, weil auch sie den Tod brachten, und man misstraute den Partisanen ebenso wie der eigenen faschistischen Regierung. Die Leute hatten genug vom Krieg. Die Leute hatten genug vom Hunger, der Kälte und der Angst, der täglichen Angst vor dem Tod, dem eigenen oder dem eines Verwandten, eines Freundes oder eines Vertrauten. Sie hatten genug vom Kampf um das tägliche Überleben. Egal ob es die Frauen waren, die ihre Familien zu ernähren hatten, oder die Männer, die Arbeits- oder Militärdienst leisten mussten oder die sich, weil sie solches verweigert hatten, verstecken mussten. Alle hatten genug.

18. MÄRZ 1945
(MINUS 19 TAGE), SONNTAG

Nur der Krieg wollte kein Ende finden. Mit jedem neuen Tag hoffte man inständig auf Frieden, doch das tat man jetzt schon seit einigen Jahren – vergeblich. Keiner hatte wissen können, wie lange dieses als schnelles Abenteuer geplante Unterfangen, in das Mussolini sein Land geführt hatte, noch dauern würde. Die ehemaligen Verbündeten hatten den von ihnen kontrollierten Teil des Landes fest in ihrem Würgegriff. Sie schienen nicht gewillt, aufzugeben oder abzuziehen. Man hörte zwar, dass die Alliierten immer weiter vordrangen, und niemand glaubte mehr an die angeblichen Rückzüge aus taktischen Gründen, doch die Nazis kämpften mit einer unendlichen Verbissenheit. Aber lange würden sie sich gegen die Übermacht nicht behaupten können. Die Russen hatten den Osten zurückerobert und marschierten schon durch Österreich und Deutschland in Richtung Berlin.

»Ich will nicht mehr warten«, sagte Pino.

»Ich kann nicht mehr warten«, sagte Laura. Sie umarmten sich und schmiedeten den Plan, wie sie am nächsten Tag ihr Verlöbnis bekannt machen wollten. Schon untertags wollten sie Pinos Eltern überraschen. Der Vater ging jetzt kaum in die Kanzlei. Es hätte genug zu tun gegeben, doch er spürte, dass eine Umwälzung bevorstand und wollte nicht riskieren, dass er möglichen Horden von Siegern oder von Verlierern in der Innenstadt begegnete, wenn diese Meute durch die Straßen zog und ihre Wut an allem und jedem ausließ. Er verbrachte die Nachmittage meist zu Hause, und da würden Pino und Laura ihr Anliegen vorbringen können. Außerdem nahm Pino an, dass seine Eltern eins und eins zusammenzählen können würden, wenn er mit Laura vor ihnen stünde wie ein schüchternes Kind, das die unangenehm zu stellende Frage auf den Lippen zerkaut. Sobald Pinos Eltern eingewilligt hätten, würden sie weiter zu Lauras Eltern ziehen. Laura war sich sicher, dass die Mutter schon etwas mitbekommen hatte, doch sie war so nobel gewesen, sie nie zu fragen oder eine Andeutung im Beisein des Vaters fallen zu lassen. Und Signor Mulli würde auch seinen Segen geben, wenn er erfuhr, dass die anderen Eltern schon zugestimmt hatten. Was sollte ein einfacher Eisenbahner auch dagegen haben, wenn seine Tochter mit einem Sohn aus angesehenem Haus die Ehe eingeht, und, was wichtiger war, was konnte er dagegen haben, dass seine Tochter glücklich war?

»Aber musst du morgen nicht zum Arbeitsdienst?«, fragte Laura besorgt. Unter diesem Aspekt schien der Plan mangelhaft, doch Pino schüttelte den Kopf.

»Keine Sorge, ich werde noch heute Abend mit Pietro reden, er soll mit mir tauschen, ich weiß, dass er für morgen einen Passierschein hat.«

Sie drückten sich aneinander, lösten sich aber schnell wieder, als ein Polizist um die Ecke bog und sie streng anschaute. Laura machte einen Schritt zurück, um die Distanz zu ihrem Geliebten zu vergrößern. Der Uniformträger musterte sie beide von oben bis unten, doch dann ging er wortlos weiter und das Paar fasste sich wieder an den Händen.

»Morgen hier?«, fragte Laura.

»Sicher«, sagte Pino, »wie immer.«

»Ich kann nicht den Dienst mit dir tauschen. Meine Großtante ist vorgestern gestorben und ich muss meinem Vater helfen, die Beerdigung zu organisieren.«

Pino nickte. Dafür hatte er Verständnis, aber trotzdem musste er morgen freibekommen. Er wollte jetzt nicht mehr länger warten. Die Eltern mussten morgen dem Verlöbnis zustimmen. Unbedingt. Er sagte zu seinem Schulfreund: »Dann borg mir bitte deinen Passierschein, nur kurz, du bekommst ihn später wieder.«

Er kannte eine Druckerei, die manchmal von der Gruppe kontaktiert worden war, wenn man Flugzettel benötigt hatte. Wenig später hatte Pino auch einen Passierschein. Er sah dem von Pietro zum Verwechseln ähnlich. Die Unterschrift des Polizeiwachtmeisters nachzumachen und seine Daten einzusetzen war eine Kleinigkeit für ihn gewesen. Er brachte den Originalschein zu Pietro und umarmte den Freund zum Abschied. Er war so glücklich, am liebsten hätte er jeden Menschen gedrückt. Sogar den fetten Soldaten in seiner speckigen Uniform, der auf seinem Wachtposten vor der Galleria Protti ein Wurstbrot in sich hineinstopfte. Nur wer liebt, verzeiht.

20. MÄRZ 1945
(MINUS 17 TAGE), DIENSTAG

Pino streckte sich auf der Pritsche aus. Schnell zog er die Beine wieder an, als einer der Männer sich zu ihm setzte. Er rückte etwas ab und drückte seinen Rücken gegen die kalte Wand. Im Vergleich zu den anderen Männern in seiner Zelle war er ein Milchgesicht. Die hatten graue, zerfurchte Wangen, die Barthaare bildeten ein Gestrüpp darauf. Die Körper waren ausgemergelt und die Sehnen traten an Armen und Beinen hervor. Ihr Blick war fest und undurchdringlich.

Der, der sich zu ihm gesetzt hatte, trug eine zerfetzte alte Armeehose und ein grobes Leinenhemd, das einige kleine Risse aufwies. Doch seine Augen waren stahlblau und seine Grübchen machten ihn zu einem Spitzbuben. »Warum bist du hier?«

»Ich weiß es nicht.«

Pinos Zellengenosse lachte, die vier anderen, die sich um die beiden verteilt hatten, lachten mit.

»Ich habe auf mein Mädchen gewartet«, sagte Pino. »Auf der Piazza Oberdan.«

»Keine gute Gegend für ein Treffen«, sagte der andere.

»Wir haben uns immer dort getroffen«, erklärte Pino weiter. Der andere schüttelte seinen Kopf und sagte: »Kein guter Platz. Zu viel SS.«

»Und warum seid ihr hier?«

Der andere, der sich als Stipe vorstellte, zuckte die Achseln. »Das ist egal. Sie haben uns gekriegt und sie werden uns alle erschießen.«

Pino gab es einen Stich. Nein, sagte er sich. Ihn würden sie nicht erschießen. Er war ja nicht bei den Partisanen. Eigentlich hatte er sich nichts zuschulden kommen lassen. Es war ein Irrtum. Seine Verhaftung, seine Gefangenschaft, all das war ein entsetzlicher Irrtum. Seine Hand zitterte, er legte sie um den Mund, machte eine Faust, biss hinein. Nein, sie durften ihn nicht erschießen, das ergab keinen Sinn, warum sollten sie das tun? Er musste an das Bild der Gehenkten denken, als er damals nach dem Ausflug in die Höhle im Karst mit Silvano in die Stadt zurückgekehrt war. Die Nazis brachten die Menschen um. Kein Verbrechen konnte gering genug sein, um vermeintliche Gegner zu ermorden. Er kämpfte gegen die Tränen an. Stipe legte ihm eine Hand auf die Schulter und sagte: »Es ist so, und du kannst es nicht ändern. Komm, sing mit uns. Singen macht Mut.« Und die Männer stimmten ein Lied an, doch Pino sprang von der Pritsche auf und rannte zur Zellentür, gegen die er hämmerte und dabei schrie: »Lasst mich raus! Ich habe nichts getan. Ich bin Giuseppe Robusti, und ich habe nichts getan!«

Doch der Gesang der Partisanen überlagerte seinen Protest.

22. MÄRZ 1945
(MINUS 15 TAGE), DONNERSTAG

Der Mann in der deutschen Uniform unterhielt sich mit dem Italiener, der ebenfalls eine deutsche Uniform trug. Offenbar auch einer, der noch an den Endsieg der Germanen glaubte, oder ein besonderer Opportunist, dachte Pino, der solche Landsleute mittlerweile verabscheute. Die Faschisten waren schon schlimm genug, doch Nazi-Kollaborateure konnte er auf den Tod nicht ausstehen. Die wenigen Tage in der Gefangenschaft hatten ihm gezeigt, wie schlimm dieser Krieg wirklich war und wie schrecklich diese Besatzungsherrschaft. Und jeder, der die Nazis aktiv unterstützte, war ein noch größerer Verräter an seiner Heimat. Überall in der Stadt gab es Spitzel oder Denunzianten, die hofften, dass man es ihnen anrechnete, wenn sie einen der Ihren verpfiffen.

Sie hatten Pino aus seiner Zelle geholt. Jetzt saß er in einem kahlen Raum, an einem Tisch, der am Boden verschraubt war. Fenster gab es keine, über ihren Köpfen durchquerte ein Lüftungsrohr das seelenlose Zimmer. Pino spannte die Kiefermuskeln an. Ich bin Giuseppe Robusti. Das hier ist ein Irrtum, ich habe nichts getan. Mein Vater ist Anwalt, rufen Sie ihn an, er wird Ihnen meine Unschuld bestätigen können. Ich habe mich aus allem herausgehalten, meine Familie hat sich aus allem herausgehalten. Doch Pino schwieg eisern. Der Stolz seiner Zellengenossen war ihm Vorbild. Mit solchen Schweinen redete man am besten gar nicht.

»Du bist Giuseppe Robusti. Dein Vater ist Anwalt. Wenn du uns erzählst, was wir wissen wollen, dann kannst du bald zu ihm.« Der Italiener hatte gesprochen, nachdem er zuvor mit dem deutschen Polizisten einige Worte gewechselt hatte. Der Kollaborateur war jung, kaum älter als Pino, und er hatte einen kleinen Bart oberhalb der Lippe, einige Millimeter unter der Nase gestutzt. So sah er weniger wie ein Deutscher aus, eher wie einer der amerikanischen Schauspieler, die Pino aus Mantel-und-Degen-Filmen von vor dem Krieg kannte. Seine Stimme klang weich und er sprach ruhig, wie ein Pfarrer bei der Beichte. Pinos Backen zitterten, als er die Zähne zusammenbiss. Kein Wort würde er sagen.

»Wir wissen, dass du nichts Böses getan hast, aber jemand hat deinen Namen genannt, und jetzt wollen wir von dir auch ein paar Namen wissen. Wenn du mit uns zusammenarbeitest, kannst du bald nach Hause.«

»Ich kenne keine Namen«, sagte Pino beinahe zornig.

»Sag uns, mit wem du dich triffst. Sag uns, wo du dich triffst, und sag uns, was ihr vorhabt.«

»Ich treffe niemanden. Ich kenne auch niemanden.«

»Wer sind deine Freunde?«

»Ich habe keine Freunde.«

Der Italiener setzte zur nächsten Frage an, da erhob sich der Deutsche. Er legte seine Hand auf die Schulter des anderen und sagte auf Deutsch zu ihm: »Der Bursche ist verstockt. So bekommen Sie nichts aus ihm hinaus. Ich werde Ihnen zeigen, wie wir das in Deutschland machen.« Er ging um den Tisch und schob Pino auf seinem Sessel ein Stück nach hinten. Das Leder seiner Stiefel quietschte bei jeder Bewegung. Er beugte sich zu Pino hinunter und schaute ihm kurz ins Gesicht. Der Mann hatte faltige Haut mit Pockennarben und seine Augen waren wässrig in einem gedunsenen Gesicht. Die Uniform roch nach nasser Wolle.

Der Polizist verpasste ihm eine Ohrfeige links, eine Ohrfeige rechts und danach einen Fußtritt. Pino blieb die Luft weg und wie eine Flamme strahlte der Schmerz in seinen Körper aus. Der Raum drehte sich und das Feuer verteilte sich unter seiner Haut.

Pino war mit dem Sessel nach hinten gekippt und erst wieder wach geworden, als er vom Italiener aufgerichtet wurde.

»Ich glaube ja, dass uns der Kerl sehr gut versteht, und nur den Ahnungslosen spielt, aber übersetzen Sie!«, sagte der Polizist in gebieterischem Ton. Und der Italiener in der deutschen Uniform übersetzte. Die beiden Polizisten hatten sich wieder gesetzt und Pino pochte der Schmerz im Körper. Doch dieser Schmerz hatte einen Funken gezündet, neben der körperlichen Pein loderte nun ein anderes Feuer in ihm. Endlich verstand er, wo er hingehörte, endlich hatte sich ihm aufgetan, auf welcher Seite man jetzt zu stehen hatte.

»Er soll sich keine falschen Hoffnungen machen, dass er hier wieder rauskommt. Wenn er weiterhin die Kooperation verweigert, wird er als Verräter erschossen.«

Der Italiener übersetzte.

»Va bene.« Pino lächelte. Er schmeckte das Blut auf seinen Lippen, der Nazi musste ihm auch eine auf den Mund gegeben haben. Genau dieser Schläger wedelte nun mit Pinos Passierschein in der Luft.

»Er will wissen, wer den gemacht hat, woher du den hast, also sprich!« Der Italiener langte damit über den Tisch und schlug ihm das Papier nach Vorbild seines Verbündeten ins Gesicht. Doch der Schmerz blieb aus, das Ganze kitzelte beinahe, Pino rührte keine Miene und schwieg. Da sprang der Deutsche mit dem schwammigen Gesicht auf, trat zu Pino, hielt ihm seine Pistole an die Stirn und brüllte: »Wenn du nicht sofort mit der Wahrheit rausrückst, knall ich dich auf der Stelle ab.«

Pino zuckte kurz. Das kalte Metall des Laufes drückte sich in die Haut. Doch er sagte nichts. Seine Augen blickten starr in eine Leere.

Wieder setzte der Italiener im Tonfall eines Seelsorgers fort: »Gut gemacht, keine Frage, und doch auch plump. Sieh das Datum. 18. März 1945. Unterschrieben hat ihn ein Polizeiwachtmeister Ebert, doch Ebert ist am Tag zuvor im Kampf gegen die Banden gefallen.«

Pino sagte nichts.

»Du wirst als Saboteur erschossen. Wer sich vor der Todt drückt, um mit den Partisanen zu kämpfen, wird erschossen.«

Pino sagte nichts.

Mit einem Mal packte der Deutsche geschäftig die Unterlagen zusammen und erhob sich. »Der Mann sagt nichts, wir sind hier fertig.« Er verließ den Raum und von draußen kamen zwei Polizisten, die Pino abholten.

»Sie werden dich erschießen«, rief der Italiener Pino nach und dieser hatte den Eindruck, dass in der Aussage auch die Bitte enthalten war, den Kopf im letzten Moment aus der Schlinge zu ziehen, denn noch war es vielleicht nicht zu spät, noch könnte er vielleicht die Besatzer milde stimmen und für sich gewinnen, doch Pino würde nichts sagen, weil es nichts zu sagen gab. Und weil neben dem Schmerz auch der Stolz in seiner Brust gewachsen war.

»Sie werden dich erschießen«, sagte Stipe und sie umarmten sich. Und wenn Pino auch fortwährend an seine Eltern dachte, sogar an Ondina, die gute Seele des Hauses, und vor allem an Laura, so hatte er hier im Kerker, im Coroneo, etwas gefunden, dem er sich zugehörig fühlte. Weder die Studenten auf der Uni, nicht einmal Silvano oder der andere Giuseppe, noch die Freunde aus der Schulzeit wie Pietro, keiner von ihnen hatte ihm bis jetzt das Gefühl gegeben zu wissen, wo er hingehörte in diesen wirren, in diesen schrecklichen Tagen, in denen man leicht die Orientierung verlieren konnte. Jetzt hatte er seine Orientierung wieder. Dank Stipe und den anderen, die sein

Schicksal teilen würden. Sie würden gemeinsam sterben, um gemeinsam ihre Ideale zu verteidigen. Mit dem Leben.

29. MÄRZ 1945
(MINUS 8 TAGE), DONNERSTAG

Laura zog den Schal enger um ihren Hals. Der Wind war kalt geworden. Und die Welt war kahl geworden ohne Pino. Schon seit mehr als einer Woche war sie ohne Nachricht von ihm. Jeden Tag um dieselbe Zeit kam sie hierher, zur Piazza Oberdan. Sie gab sich die Schuld, weil sie damals zu spät gekommen war. Wäre sie rechtzeitig gekommen, wer weiß, dann wären sie einfach weitergegangen. Sie hätten den Platz verlassen, bevor Pino den Verdacht der Polizisten auf sich gelenkt hätte. Ein Gedanke kam ihr, und sogleich schüttelte sie den Kopf. Nein, sagte sie zu sich. Sicher hatte Pino nicht das Gebäude näher beäugen wollen. Es war einmal bei einem der Treffen nur so eine Idee gewesen, einen Anschlag auf das Gebäude der RAS zu versuchen. Ruggero hatte diesen Vorschlag in die Runde geworfen, bei einem ihrer geheimen Zusammenkünfte. Das Versteck nahe der Scala Santa hatten sie aufgegeben und waren abwechselnd woanders zusammengekommen. Mehrmals in den letzten Wochen hatten sie zur Sicherheit den Ort gewechselt, nur um ja nicht die Spur auf sich zu lenken. Sie hatte sich oft gefragt, ob Ruggero, der immer ein Stecktuch in seinem zerschlissenen Sakko trug, ein Spitzel sein könnte, doch Pino hatte das immer wieder bestritten. Er kannte ihn von der Universität, wo der junge Mann, der eigentlich Slavko hieß, auch eingeschrieben war. Laut Pino war er dort kaum anzutreffen gewesen, er vermutete ihn eher in den Höhlen oder Erdlöchern im Wald und im Karst, wo er sich versteckt hielt, seit er angeblich einmal einen Deutschen niedergestreckt hatte. Doch Laura zweifelte diese Geschichte an. Wer wusste schon, ob das mit dem anderen Namen stimmte und wer konnte sagen, ob er sich mit dem Mord am Feind nicht nur rühmte, um mehr Beachtung zu finden. Für einen, der angeblich in den Wäldern lebte, erschien er ihr zu gepflegt. Er hatte feine, manikürte Hände und ein einnehmendes Lächeln mit geraden weißen Zähnen. Und doch spiegelte sich dieses Lächeln nicht in seinen Augen wider. Die waren kalt und Laura vermutete, dass es seine Seele dahinter auch war. Sie war froh, wenn er bei den Treffen nicht dabei war. Jetzt war sie selbst lange bei keinem mehr gewesen, auch wenn Pino ihr indirekt dazu geraten hatte.

Sie kam nach wie vor jeden Tag zum vereinbarten Treffpunkt, in der Hoffnung, Pino würde wie schon so oft lächelnd auf sie zukommen. Sie kam hierher in der Hoffnung, die Zeit hätte sich nicht bewegt, und das Geschehene wäre nicht geschehen. Und sie kam hierher in der Hoffnung, dass Pino trotz alledem – und sie wusste ja, dass ihre regelmäßige Wiederkehr dies alles nicht bewirken konnte – erscheinen würde. Müde vielleicht und gezeichnet, aber er würde kommen, weil sie ihn endlich freigelassen hatten. Er hatte nichts angestellt!

Ihr Blick verfinsterte sich und sie blickte zu dem Gebäude, das für sie zum Inbegriff von Unrecht und Unglück geworden war. Natürlich, wegsprengen sollte man es. Mit einem lauten Donner, der die Erde beben ließ, sollte man es in Tausende Stücke zertrümmern. Jetzt, sofort! Sie wanderte die glatte Fassade entlang, ballte die Rechte zur Faust und hielt sie in den Himmel, als ein Schatten aus der Haltestelle trat. Sie öffnete die Faust und hielt die flache rechte Hand ausgestreckt in die Höhe.

»Fräulein«, sagte der deutsche Offizier in der schwarzen Uniform und nickte ihr zu.

Sie wandte sich schnell ab und verließ den Platz.

Pino würde heute nicht kommen. Morgen vielleicht, dachte sie. Vielleicht würden sie ihn morgen freilassen. Oder übermorgen. Und dann würde sie hier sein.

1. APRIL 1945
(MINUS 5 TAGE), OSTERSONNTAG

Abermals saß Vittorio wartend in einem Vorzimmer. Doch diesmal konnte er nicht auf- und abgehen, um seine Nervosität zu beruhigen. Es geziemte sich nicht, an diesen Ort Unruhe zu bringen. Die Tage davor hatte er es überall probiert. Er war nochmals ins Rathaus gegangen, wo man ihn nicht vorgelassen hatte. Die Wache hatte ihn entfernen müssen, da er sich geweigert hatte zu gehen, bevor er sein Anliegen vorgetragen hatte. Er trug noch die blauen Male an den Armen, wo die kräftigen beiden Männer zugepackt hatten. Er war im Gefängnis gewesen, wo man ihn als Anwalt zwar ein-, aber nicht zu seinem Sohn vorgelassen hatte. Er hatte nach dem Direktor verlangt und war dann ebenfalls von einem Unteroffizier auf die Straße gesetzt worden. Er hatte so fest gegen das Tor gehämmert, dass ihn heute noch die Handgelenke schmerzten. Er war sogar zur Piazza Oberdan gegangen und hatte mit den Leuten von der SS zu reden versucht. Er hatte gedacht, dass sie ihn wenigstens anhören würden. Immerhin war er des Deutschen mächtig, er konnte sich verständigen und hätte den Leuten klarmachen können, was hier für ein entsetzlicher Fehler passierte. Doch die beiden Wachmänner in den schwarzen Naziuniformen mit den silbern glänzenden Hakenkreuzemblemen darauf hatten ihn nur ausgelacht. »Was willst du hier, Alterchen«, hatten sie ihn verhöhnt. »Sei froh, dass du hier nicht reinkommst. Wer einmal hier ist, kommt nicht so leicht wieder raus.« Sie hatten ihn abwechselnd mit Fußtritten malträtiert und ihn wieder auf den Platz hinausgetrieben. »Scher dich fort!«, hatte ihm einer nachgerufen. Da war er schon gestürzt und in einer Lacke zu liegen gekommen, was sie nur noch mehr amüsiert hatte. Ein Passant war zufällig vorbeigekommen. Einem ersten Impuls nach hatte er ihm aufhelfen wollen, doch als er die beiden Männer der SS sah, riss er die Augen auf und ging schnell weiter.

Aber Vittorio hatte Elisa versprochen, dass er Pino nach Hause bringen würde. Er würde sein Kind nicht im Stich lassen. Die Deutschen waren Bürokraten, und damit kannte Vittorio sich aus. Er würde einen Weg finden, daran glaubte er ganz fest.

Noch mehr Sorgen machte ihm Elisa. Seit Pinos Verhaftung hatte sie kaum geschlafen. Sie weinte, wenn sie zu Bett ging und sie weinte, wenn sie aufstand. Zumindest hörte Vittorio ihr Schluchzen und das schwere, zittrige Atmen, das aus einem bebenden Herzen kam. Er selbst fiel dazwischen für wenige Stunden in einen schwarzen, traumlosen Schlaf.

»Mach doch endlich etwas!«, hatte sie ihn eindringlich angefleht und er hatte erzählt, dass er überall nur auf Mauern und taube Ohren gestoßen war, er aber jeden Tag Gott um Hilfe bitte. Da war für einen Moment das Leuchten in Elisas Gesicht zurückgekehrt. Sie hatte ihn angestrahlt und gesagt: »Du hast recht. Gott muss uns helfen.«

Jetzt wartete er im bischöflichen Sekretariat. Er hatte noch am selben Tag angerufen und um diese Unterredung mit Santin gebeten, der ihn trotz seines straffen Zeitplans heute eintreten ließ. Für Vittorio war es ein gutes Zeichen, zu Ostern sein Anliegen vortragen zu dürfen. Ostern, das Fest der Hoffnung der Christenheit. Doch keine Auferstehung ohne Kreuzigung, das hatte er nicht bedacht. Andächtig näherte er sich dem Kirchenmann und küsste dessen Ring. Dann trug er seine Bitte vor. Santin war etwa gleich alt wie Vittorio. Er war seit 1938

Bischof von Triest und Capodistria, zuvor war er Bischof in Fiume gewesen. Er war durchaus beleibt und hatte weiche, schlaff hängende Wangen. Er seufzte, kaum, dass Vittorio zu Ende gesprochen hatte. Er sagte: »Und mit dieser Sache wendest du dich an mich? Heute am Tag des Herrn, dem Fest der Freude über die Erlösung Jesu Christi? Ich hoffe, du warst bei der heiligen Beichte.«

»Ich hoffe inständig auf die Hilfe und die Unterstützung der Heiligen Mutter Kirche«, sagte Vittorio.

Der Bischof hielt seine gefalteten Hände in die Höhe und antwortete: »Ich fürchte, unsere Kirche, und noch vielmehr ich bin im Moment für so eine Bitte die gänzlich falsche Adresse.« Damit spielte er wohl darauf an, dass er mit dem Duce persönlich aneinandergeraten war, als er mit diesem die Rassengesetze diskutiert und dabei seinen Papst, Pius den XI., verteidigt hatte, der schon zuvor Partei für die diskriminierten Juden ergriffen hatte.

»Aber es wird doch auch unter den Faschisten ein paar Christen geben?«, sagte Vittorio.

Santin lächelte. »Mehr als du denkst.«

»Kann ich auf Ihre Hilfe zählen?«, fragte Vittorio und küsste zum Abschied nochmals Hand und Ring. Santin drückte Vittorio an der Schulter und der fühlte zum ersten Mal so etwas wie echte Zuversicht.

Als Vittorio draußen war, ließ der Bischof sich von seinem Sekretär mit dem Rathaus verbinden. Er kannte dort tatsächlich jemanden in gehobener Position. Doch leider war dieser Mann auf einem Außeneinsatz. Gleich am nächsten Morgen wollte der Bischof es nochmals probieren.

2. APRIL 1945
(MINUS 4 TAGE), OSTERMONTAG

Im neuen Versteck waren Silvano, Lucio, Giuseppe und die anderen zusammengekommen. Sie diskutierten lautstark und redeten aufgeregt durcheinander.

»Wir müssen Pino helfen!« »Wir müssen etwas unternehmen!« »Wir müssen ein Zeichen setzen!«

Je länger sie stritten und je lauter sie ihre Meinung kundtaten, desto mehr mussten sie einsehen, dass sie nichts ausrichten konnten, dass sie nichts machen konnten, was Pino helfen würde.

»Wir befreien ihn«, sagte Giulio, der selbst nicht daran glaubte, und mit einem Mal waren sie still. Da platzte Silvano der Kragen. Er ging nach hinten und hob eine der Dielen an. Er beugte sich hinunter und zog einen Karabiner aus dem Hohlraum. »Kommt jemand mit?«, fragte er und langsam trat Lucio an seine Seite. Er nahm ebenfalls ein Gewehr. Nun wagte sich auch Giuseppe zu ihnen. Er steckte sich zwei Granaten an den Gürtel. »Für Pino!«, schworen sie sich und reichten einander die Hände.

Ungefähr zur selben Zeit rief der Bischof im Rathaus an und wieder erreichte er den gewünschten Kontakt nicht. Er wurde auf den folgenden Tag vertröstet.

Und ungefähr um dieselbe Zeit holte Allers, der Kommandant des Lagers San Sabba, den SS-Hauptsturmführer Stangl zu sich ins Büro und zog ihn ins Vertrauen. Er bot ihm eine Zigarette an und während die beiden Männer rauchten, sagte Allers:

»Lange werden wir uns nicht mehr halten können. Wir müssen hier reinen Tisch machen.«

»Sie meinen, der Krieg ist ver…?«

Allers brachte den anderen mit einer Geste zum Schweigen und sagte: »Sprechen Sie nicht aus, was Sie denken. Das wäre Defätismus und wird mit dem Tod bestraft. Nein, ich meine, wir werden das Küstenland vielleicht nicht halten können und ich rechne damit, dass wir demnächst den Marschbefehl erhalten, uns in die Alpenfestung zurückzuziehen. Wie viele Gefangene haben wir hier noch?«

Stangl überlegte und sagte dann: »Also von den Juden sollten heute noch an die hundertzwanzig …«

Allers schlug die Hand auf den Schreibtisch und sprach nun lauter: »Papperlapapp, wen interessieren jetzt noch die Juden. Ich meine die politischen Gefangenen. Das sind die, die uns gefährlich werden können.«

Stangl nahm auf seinem Platz eine aufrechte Haltung ein. »Natürlich. Die Zellen sind voll, und es gibt noch gut fünfzig, die im Coroneo einsitzen.«

Allers dämpfte gereizt seine Zigarette im Aschenbecher aus. Er sagte: »Schaffen Sie Platz in den Zellen und dann holen sie die restlichen Gefangenen und verfahren mit denen ebenso.«

»Und die Leichen?«

»Wozu haben wir den Ofen? Die Asche lassen Sie im Meer verschwinden.«

»Und die Juden?«

»Die sind mir egal. Was geht, lassen Sie noch deportieren und den Rest ebenfalls im Meer verschwinden. Wir dürfen hier keine Beweise zurücklassen.«

Stangl dämpfte seine Zigarette ebenfalls aus und erhob sich. Er salutierte und verließ den stickigen Raum.

3. APRIL 1945
(MINUS 3 TAGE), DIENSTAG

Jacopo ließ den Hörer auf die Gabel fallen. Er blies Luft aus.

»Schlechte Nachrichten?«, fragte Lucrezia, die Sekretärin. Nachdem er sie in den letzten Tagen ein paarmal zu sich nach Hause mitgenommen hatte, nannte er sie neuerdings bei ihrem Vornamen.

»Nein«, sagte er und rieb kopfschüttelnd sein Haar an ihrem Busen. Sie stand hinter ihm und er hatte seinen Kopf gegen ihre Brust gelehnt. »Der Bischof hat mich um einen Gefallen gebeten und ich fürchte, ich kann ihm den nicht abschlagen.« Jacopo glaubte nicht mehr an den Faschismus und er glaubte nicht an die Menschen. Aber er glaubte an Gott. Vor allem war es Zeit, Punkte für später zu sammeln. Etwas tun, das für ihn sprach, wenn er seinem Schöpfer entgegentreten musste.

»Verbinde mich mit Colonnello Gatto im Coroneo«, verlangte Jacopo.

Die Sekretärin nahm ihre Hände von seinem Nacken, wo sie ihn wegen seiner fortdauernden, heftigen Kopfschmerzen massierte, und begab sich zu ihrem Schreibtisch und stellte die Telefonverbindung für Jacopo her. An den Gesprächsfetzen, die sie mithörte, und am Gesichtsausdruck Jacopos konnte sie ermessen, dass das Gespräch nicht zu dessen Zufriedenheit verlaufen war. Sie kehrte an seinen Schreibtisch zurück, nahm den Hörer von ihm entgegen und legte ihn für Jacopo auf die Gabel. »Was ist?«, fragte sie den entgeistert dreinblickenden Jacopo, ohne die nötige Diskretion gegenüber dem, was sich hier dienstlich abspielte, zu wahren. Doch Jacopo sah über diese

Distanzlosigkeit hinweg und sagte: »Sie haben den jungen Robusti verlegt. Sie haben ihn ins Lager gebracht. In die Risiera.«

Lucrezia wusste sofort, wen Jacopo da meinte. Zu genau hatte sie den Disput mit dem erregten Vater in Erinnerung. Sie sagte: »Der arme Kerl. Jetzt kann ihm nur noch Gott helfen.« Jacopo drehte den Kopf zu ihr hin. Er sagte: »Und genau Gott hat mich gebeten, dem Burschen zu helfen. Verstehst du?«

»Wir rufen im Polizeilager an«, sagte Lucrezia resolut und holte das Telefonverzeichnis von ihrem Tisch. Sie wählte die Nummer gleich von Jacopos Apparat aus und erreichte einen der wachhabenden Hauptwachtmeister, der sich mit »Schiffner« meldete.

Jacopo nannte seinen Namen, den militärischen Rang und seine Funktion im Rathaus. Er verlangte nach Schiffners Vorgesetztem, doch der teilte ihm mit, dass er aktuell der kommandierende Polizeioffizier sei, da die anderen auf Außeneinsatz seien. Jacopo verlangte im Namen des Bürgermeisters, dass man einen Gefangenen namens Robusti schnell ins Rathaus überstellen möge. Er hatte den Eindruck, dass Schiffner sich zwar Notizen machte, aber nicht wirklich begriff, worum es hier ging. Am Ende des Gesprächs sagte Jacopo: »Natürlich« und warf wütend den Hörer auf den Tisch.

»Er braucht das schriftlich«, sagte er bellend und abgehackt, einen deutschen Akzent nachäffend.

Dann diktierte er den Brief an die deutsche Lagerleitung und ließ nach einem Boten schicken. Ein Melder, der die Nachricht mit seinem Motorrad auf schnellstem Weg überbringen sollte, salutierte und verließ flotten Schrittes das Büro.

Jacopo blähte seine Wangen, seufzte aber dann leise in sich hinein. Das wäre also gerade noch geschafft, dachte er.

Sie hatten Pino und seine Zellengenossen abgeholt und auf einen Lastkraftwagen verfrachtet. Die Wachen hatten sie mit den Gewehren im Anschlag über den Gang hinaus in den Hof getrieben. Auf der Ladefläche des Militärfahrzeugs kauerten bereits andere Männer, die offenbar nicht aus dem Gefängnis kamen. Sie trugen zerrissene Hosen und staubige Mäntel oder Jacken, einige auch nur ein lose über den Bund hängendes Hemd. Die Wachen brüllten über den Hof und trieben die Gefangenen an, sich zu beeilen. War ihnen einer zu langsam, gab es einen Hieb mit dem Gewehrkolben. Pino betrachtete die anderen Männer, deren Gesichter spitzer und noch ausgemergelter schienen. Ein paar bluteten aus notdürftig mit einem Stück Stoff verbundenen Wunden. Sie hatten Binden auf dem Kopf, an den Beinen, viele trugen Schrammen im Gesicht und ihre Körper waren schmutzig von Erde und Schlamm. Sie erwiderten Pinos Blicke nicht, da sie aus leeren Augen ins Nichts starrten. Pino suchte Stipe und war froh, dass er nicht weit von ihm stand. »Das sind Titos Männer«, flüsterte Stipe in Pinos Richtung. Als der Wagen voll mit Männern war, ließ ein Rucken erkennen, dass sich der Laster in Gang gesetzt hatte.

»Wo bringen die uns hin?«, fragte Pino. Den meisten um ihn herum schien die Antwort auf diese Frage egal zu sein. Endlich sagte einer: »Wenn wir Pech haben, in das Lager von San Sabba.«

Pino nickte zwar, fragte aber dennoch: »Und wenn wir Glück haben?«

Der Alte neben ihm grinste aus einem fast zahnlosen Mund. Seine Lippen waren von Blut verkrustet, doch die Antwort schien ihn zu erheitern, so wie er strahlte, als er sagte: »Wenn wir Glück haben, dann bringen sie uns in den Karst, wo sie uns gleich erschießen.«

»Und im Lager?«

»Da schlagen sie uns vorher zusammen, bevor sie uns erschießen.«

Pino erkannte wie die anderen schnell, dass der Wagen die Strecke nach Valmaura einschlug, weg von den steilen Wegen, die in den Karst führten. Schon bald sahen sie durch die Risse in der Plane den roten Backsteinbau der ehemaligen Reisfabrik, wo die Nazis ihr Polizeihaftlager eingerichtet hatten. Es ragten sogar noch einige Schornsteine in den Himmel. Offenbar war einer davon auch in Verwendung, denn es stieg gelbgrauer Rauch auf. Die gesamte Anlage war von Stacheldraht umgeben und ein beißender Geruch lag in der Luft. Sie fuhren durch ein enges Tor und der Lastwagen hielt in einem Innenhof des ehemaligen Fabrikkomplexes. Sofort kam eine Wache in Naziuniform und riss die Ladeklappe auf.

»Runter mit euch, ihr Gesindel!« Wieder hagelten Worte wie Schläge auf die Gefangenen nieder, ganz gleich, ob sie zügig die Ladefläche verließen oder zu langsam waren.

Ein paar der brutalen Wachen waren erkennbar betrunken. Einer der gefangenen Partisanen sagte leise flüsternd zu Pino: »Hüte dich vor diesen Kerlen. Das sind Ukrainer, die sind noch schlimmer als die Deutschen.«

Pino konnte sich kaum vorstellen, dass jemand die Gemeinheit und Brutalität der Nazis noch übertreffen konnte, doch kaum standen sie in Zweierreihen da, sahen sie, wie sie einen der Verwundeten, der nicht stehen konnte und auf dem Platz zusammengebrochen war, lachend den Kopf zerschossen. Sie zielten zuerst auf die Augen, dann wetteten sie darum, wer es schaffte, die Nase wegzuschießen, am Schluss versuchten sie dasselbe auch noch mit den Ohren. Zum Glück war die arme Kreatur aber gleich nach den ersten Schüssen tot. Als Pino sich umsah, entdeckte er hinter dem Laster eine große Halle, die voll mit Menschen sein musste, so wie sich die Schatten, die er durch die vergitterten Fenster sehen konnte, drängten. Die Ukrainer schleiften den Leichnam weg und schienen es auf den Nächsten aus der Gefangenengruppe abgesehen zu haben, als ein Deutscher in Offiziersuniform herbeieilte und die besoffenen Wachen mit ein paar gebrüllten Befehlen wegscheuchte. Die Nazis sonderten ein paar aus ihrer Mitte aus und steckten sie in die Halle, während sie die verbliebenen Gefangenen zu einem anderen Gebäudeteil brachten. Es war ein trauriges Bild, als sich dieser Zug aus geknickten Männern mit hängenden Köpfen, die wie verdorrte Blumen auf dem Feld dem Tode näher als dem Leben schienen, langsam in Gang setzte. Doch plötzlich richtete sich Stipe auf und begann zu singen. Seine schöne Stimme hallte von den Mauern wider. Auf einmal ragte ein Kopf nach dem anderen in die Höhe und eine Stimme nach der anderen stieg in den Gesang ein. Immer kräftiger wurde das Lied, das auch die einschreitenden Wachen mit ihren Schlägen und Drohungen nicht zum Verstummen bringen konnten. Der deutsche Feldmarschall bekam große Augen, sagte nichts und unternahm nichts. Doch seine Augäpfel schienen ihm aus dem Kopf springen zu wollen.

Von irgendwo kamen drei junge Männer die Straße nach Valmaura entlang. Es war die Verbindung zum Lager. Sie trugen lange Umhänge, was um diese Jahreszeit nicht ungewöhnlich war. Es war kalt und die wenigsten Häuser waren geheizt. Unter dem Stoff drückten sie ihre Waffen an ihre Körper. Sie waren umhergeirrt und hatten immer noch keine Idee, was zu tun wäre, spürten aber in sich den Druck wachsen, dass etwas getan werden musste. Doch die Kasernen waren gut bewacht, ein Angriff darauf wäre reiner Selbstmord gewesen. Die Polizeistationen waren auch kein leichtes Unterfangen für solche Anfänger im Morden und Kämpfen, wie sie es waren. Da kam ihnen der einsame Soldat auf seinem Motorrad gerade recht. Er näherte sich schnell, die Zeit drängte. Silvano holte das Gewehr hervor.

An diesem Tag ging Vittorio Robusti nach vielen Jahren erstmals wieder in eine Kirche. Er hatte Gott gezürnt. Für das, was aus seinem Vater geworden war, für das, was aus Italien geworden war. Ein Land, in dem Fremde Familien zerreißen durften. Ein Land, aus dem Menschen nur wegen ihrer Religion oder Abstammung weggebracht wurden. Ein Land, das in Afrika gewütet hatte und das in Europa gewütet hatte. Ein Land, das in Schutt und Asche lag. Zertrümmert vom Hochmut weniger zum Leid vieler.

Doch jetzt wollte er beten. Er wollte Gott als letzte Instanz um Hilfe bitten.

5. APRIL 1945, DER VORLETZTE TAG, DONNERSTAG

Es war ein Wunder, dass Stipe noch lebte. Nicht umsonst hieß die Zelle gleich beim Eingang Todeszelle. Pino war sie erspart geblieben, ein anderer aus seiner Gruppe, der mit ihnen gekommen war, ein Bauernbursche aus Prepotto, hatte weniger Glück gehabt. Den hatten sie gleich bei der Ankunft aus der Gruppe herausgepickt und er war von drei Aufsehern in die Zelle gebracht worden, die von den wenigsten lebend verlassen wurde. Daniele, wie er hieß, war nicht mehr zu ihnen in die kleinen muffigen Zellen gebracht worden, er hatte es wohl endgültig ausgestanden. Davor musste er jedoch die furchtbarsten Qualen erlitten haben, denn das, was man an Schreien durch die dicken Mauern hörte, klang alles andere als menschlich. Daniele war ein eher schmächtiger Bursche gewesen, still und zurückhaltend, doch auch im passenden Moment witzig, wenn er etwa ein Bonmot von seinem Großvater zum Besten gab. Der Mann war angeblich weit über neunzig geworden und hatte sich bis zu seinem Tode bester Gesundheit erfreut. Das schrieb er dem Rotwein zu, den er für den Eigengebrauch gekeltert hatte. Er war ein Dickkopf, der keine Autorität akzeptieren wollte. Angeblich hatte er in der österreichisch-ungarischen Monarchie einmal einen kaiserlichen Steuereintreiber fast totgeschlagen und dann auf den Misthaufen geworfen. Nach zwei Tagen war er zwar weg gewesen, aber ob er es überlebt hatte, konnte keiner sagen. Weder die Polizei noch das Militär hätten den Fall untersucht, keiner traute sich mehr auf den Hof. Und später habe er einen Faschisten so lange mit Fußtritten traktiert, bis sein Kreuz gebrochen war und er nicht mehr gehen konnte. Der Großvater, ein Hüne von über einem Meter neunzig Größe, hatte den Mann schließlich in einen Bewässerungsgraben geworfen, wo ihn in der Nacht wilde Hunde getötet hätten.

Die Geschichten glaubte keiner, aber sie lenkten ab und sie brachten Abwechslung. Daniele war wohl tot. Der schmale Mund würde nicht mehr sprechen. Ein sinnloser Tod mehr, dessen einziger Sinn darin bestand, dass er in Pino die Überzeugung festigte, dass er in der richtigen, dass er in der besten Gesellschaft war. Jetzt war er am Ende eines Weges angelangt, der der richtige war, weil er jetzt wusste, dass er auf der richtigen Seite ging. Mit den richtigen Leuten. Ein Weg ins Verderben, aber auch zur Erlösung. Der gerechte Weg in einer ungerechten Welt.

Und dennoch war die Stimmung wegen des vergangenen Osterfestes einigermaßen gelöst. Das Wunder der Auferstehung erwuchs zu neuer Bedeutung, wenn man so nahe an der Kippe des Todes stand.

Man hatte sie, Pino und die anderen, in einen hohen Raum gebracht, in den enge Zellen eingebaut waren. Sieben Zellen in einer Reihe, darüber das Gebälk, eingewachsen in den Raum wie ein Skelett. Hinten noch zwei Zellen extra, klein, eng und stickig wie die anderen, das enge Loch schon mit den zwei Holzbetten ausgefüllt. Kein Platz zum Schlafen, kein Platz zum Lesen, aber ein Platz zum Denken und ein Platz zum Reden.

Warum man ihn verhaftet hatte, wo er doch nur auf Laura gewartet hatte, konnte er sich trotzdem nicht erklären. Aber dafür begann er zu verstehen, nach und nach wuchs etwas in ihm, das sich als Erkenntnis wie ein Virus in seinem Körper ausbreitete. Er war von einem eigenen Patriotismus erfasst worden. Er konnte jetzt nachvollziehen, warum sein Vater vor fast dreißig Jahren für Italien in den Krieg gezogen war. Einer der Gefangenen hatte ihn gefragt, warum er sich nicht eine Geschichte ausgedacht hatte, um hier wegzukönnen. »Erzähl denen doch irgendwas«, hatte dieser gemeint, doch Pino hatte geantwortet: »Mein Vater hat schon im Großen Krieg gegen die Deutschen gekämpft und ich will das jetzt auch tun. Das ist meine Art des Kampfes.«

Und tatsächlich trug er sein Haupt mit jeder neuen Stunde aufrechter und stolzer, selbst wenn das nicht verhinderte, dass manchmal die Angst durchbrach und er realisierte, in welcher ausweglosen Lage er hier steckte.

6. APRIL 1945,
DER LETZTE TAG, FREITAG NACH OSTERN

Sie holten sie zeitig am Morgen und brachten sie an einen anderen Ort. Als sie ankamen, erwarteten sie Soldaten in deutscher Uniform. Einige lehnten an einer Mauer und nahmen erst Haltung an, als die Gruppe sie erreicht hatte. Es waren Männer verschiedenen Alters. Pino betrachtete deren Gesichter, die fast alle versteinert und ernst wirkten. Anders als die meist betrunkenen Wachen im Lager hatten diese Männer eine Miene aufgesetzt, die verriet, dass sie eine unangenehme Aufgabe erwartete, die aber erledigt werden musste. Leichenwäscher schauen so drein oder Straßenreiniger, die einen Tierkadaver wegräumen müssen. Die Älteren hatten sicher Kinder daheim gelassen. In Deutschland oder Österreich oder von wo sie eben herkamen. Ob sie ihren Familien erzählen würden, was sie hier getan hatten, fragte sich Pino. Heute sang niemand. Nur der Wind war leise zu vernehmen, als er über die Dächer strich. Die Soldaten nahmen Aufstellung und wechselten ihren Platz, während die Gefangenen sich vor die Mauer drängten. Keiner brüllte mehr Kommandos, es war alles klar. Wie bei einem Theaterstück bewegte sich die Handlung vorwärts, die Anweisungen des Regisseurs brauchte es nicht mehr, weil der Ablauf ja schon oft geprobt worden war.

Pino schloss die Augen. Er dachte an seinen Vater. Er dachte an früher, wie es gewesen war, wenn er als Kind Angst gehabt hatte. Da war sein Vater da gewesen. Er hatte Pino an der Hand genommen und die Angst war von ihm abgefallen. Er dachte an Laura. Er hoffte, sie würde in ein neues Leben finden, und er wusste, sie würde alleine und ohne seine Hilfe in dieses neue Leben danach finden müssen. Er spürte die Wärme der anderen Körper, die sich an ihn drückten, fühlte die erhitzten Leiber, die sich aneinander rieben, eng beieinander. Er roch den Schweiß und er sah, wie die Soldaten vor ihnen die Gewehre anhoben, wie die Läufe ihrer Gewehre auf sie gerichtet wurden und jetzt auf sie zeigten. Er hatte Angst. Seine Knie zitterten und trotz der menschlichen Wärme, die sie dampfend einhüllte, war ihm kalt. Wenn nur sein Vater hier wäre! Er streckte seine Hand nach Vittorio aus und schloss die Augen.

Was sich danach zugetragen hat, ist historisch belegt und kann auch in der Dauerausstellung der Risiera di San Sabba (Monumento nazionale) besichtigt werden.

Als Pinos Eltern seine Kleidung von der Polizei abholen, finden sie in den Stoff eingenäht zwei Briefe. Einer ist an sie gerichtet, der andere an seine Verlobte. Die berührenden Zeilen sind Pinos Vermächtnis für die Nachwelt.

Ostern

Meine Allerliebsten!

Dieser Tag ist für uns »Politische« wie eine Überraschung gewesen. Egal welchen Standes, Klasse oder Alters, waren wir in einem einzigen, wahren Glauben vereinigt. In einem Leiden, einzig und doch unterschiedlich für jeden von uns und doch für alle gleich. Wir haben uns alle an diesem Morgen in der Kirche eingefunden. Italiener, Slawen, Amerikaner, Russen, alle gleich vor dem Kaplan, Männer und Frauen. Die Predigt des Priesters ist großartig gewesen, ebenso großartig wie das »reizende« Lächeln, das seit einigen Tagen das stinkende Maul der Wächter schmückt. Sie entschuldigen sich, dass sie uns hierbehalten müssen, aber wie das eben so ist: die Pflicht!

So ein Scheiß, meine Lieben, was für eine gute und schöne Scheiße. Später im Gefängnishof haben wir alle gemeinsam die Partisanenhymne gesungen und ihr müsst wissen, die Slawen sind wahre Meister des Gesangs. Man muss das Gesicht des deutschen Feldwebels, der die ganze Szene beobachtete, gesehen haben. Nichts hat uns gefehlt, weder Wein noch Zigaretten, und nicht einmal Blumen, was für eine Eleganz herrschte an diesem

Morgen. Somit der beste Beweis unserer offenen und aufrichtigen Unverfrorenheit.

Ich hoffe, dass auch ihr diesen Tag mit jener Freude, die die aktuellen Umstände zulassen, verbracht habt, wobei es besser ist, nicht daran zu denken. Ich wünsche euch Frieden, und erinnert euch ebenso wie ich daran, dass die Stunde des Friedens immer näher rückt für jemanden, den ich kenne.

Küsse an alle

5. April 1945

Meine Laura!

Ich beschließe, diese Seiten in Vorausschau eines tödlichen und unvorhergesehenen Ausgangs zu schreiben. Seit zwei Tagen gehen Dutzende Männer und Frauen mit unbestimmter Destination von uns weg. Es kann auch meine Stunde gekommen sein. Und für diesen Fall fühle ich die Pflicht, dir diese Zeilen als mein einziges Andenken zu hinterlassen.

Du weißt, meine Laura, wie schmerzlich es für mich war, von dir getrennt zu sein, mit Gewalt, du allein mit meinen Eltern, ihr seid die Einzigen, die gerecht über mich urteilen können. Und wenn es wirklich so weit kommt, wie ich fürchte, werde ich nur eines von Hunderttausenden Opfern sein, das von der Schnelljustiz in dem einen oder anderen Lager gefordert wird.

Für euch wird das eine erschütternde Sache sein, für die Masse aber nichts, nicht mehr als eine Ziffer gefolgt von vielen Nullen. Die Menschheit hat sich schon daran gewöhnt, im Blut zu leben. Ich glaube, dass alles, was zwischen uns war, für unser Alter völlig normal war, und ich bin mir sicher, dass du von mir nichts gelernt hast, was dir schaden könnte, weder vom moralischen Aspekt noch vom körperlichen her. Weiche aber nicht von dem Weg ab, den ich dir mit Liebe, Fürsorge und Leidenschaft bescheiden beigebracht habe.

Es kommt mir, während ich dir schreibe, eigenartig vor, dass mich eine Gewehrsalve in wenigen Stunden niederstrecken könnte und ich mich dabei ruhig, man könnte fast sagen, heiter fühle, einzig der Gedanke schmerzt mich, dass ich nicht, wie ich wollte, die Blume deiner Jugend würdig pflücken konnte, der einzige erstrebenswerte Lohn für dieses Leben.

Glaube mir, meine Laura, auch wenn ich nicht mehr hier sein kann, werde ich dir immer folgen, und wenn du eines Tages deine Eltern aufsuchst, werde ich da sein, direkt an ihrem Grab, um dir beizustehen, dir zu helfen.

Leb wohl, angebetete Laura, ich gehe dem Unbekannten entgegen, dem Ruhm oder dem Vergessen, sei stark, ehrlich, großzügig und unbeugsam. Heilige Laura.

Mein letzter Kuss an dich umfasst all meine Zuneigung, die Familie, das Heim, die Heimat, die Kinder.

Leb wohl

Pino

Die Piazza Oberdan in Triest ist kein typischer italienischer Platz und nicht touristisch. Es ist kein malerischer Ort, der Verkehr hält ihn umschlungen. Busse befahren ihn, manche Linien haben dort ihre Haltestelle und die meisten Menschen, wenn sie nicht im Albergo alla Posta absteigen, ziehen schnell weiter. Keiner will hier bleiben. Vor besagtem Hotel liegt auch die Haltestelle der Trambahn nach Opicina. Dort fährt sie weg und dort kommt sie an. Wenn sie fährt.

Es gibt wenige Bars, Punkte wie Stecknadelköpfe auf dem Stadtplan, die auch den Eindruck vermitteln, sie wären nur für eilige Gäste gedacht, nicht für Menschen, die hier länger einkehren, die es sich hier gemütlich machen wollen.

Ins Zentrum des strukturierten Platzes hat der Architekt Umberto Nordio eine Insel gesetzt: ein wenig Grün in dem Meer aus grauem Beton, Asphalt und verwittertem Stein; Gras, Sträucher und auch zwei Baumkronen umgeben eine Statue in der Mitte. Diese moderne Skulptur ist von Marcello Mascherini und heißt »Das Hohelied«. Sie wird von der Straße mit einer Kurve wie von einer Flussbiegung umspült. Dort parken die Autos in diesem Halbkreis. Den Platz um den anderen Teil herum nimmt die vielspurige Straße ein, die zur Via Giosuè Carducci führt.

Das Halbrund des Platzes wird von Verwaltungsgebäuden eingekreist. Hohe Arkadengänge lassen den Besucher schrumpfen. Von deren Decke wachsen schwere Leuchter aus schwarzem Gusseisen in die Tiefe, hängen über den Köpfen wie eine unausgesprochene Drohung.

Das Gericht, eines jener Gebäude, deren Errichtung noch in der Monarchie begonnen und erst im geeinten Italien beendet wurde, ist nur einen Steinwurf entfernt und liegt in einer geraden Achse zum Monument. Die Geschichte des Platzes ist bewegt.

In der Habsburgermonarchie stand an diesem Ort eine Kaserne mit Exerzierplatz. Dort wurde der Namensgeber für ein gescheitertes Attentat auf Franz Joseph I. hingerichtet. Ein Märtyrer für die Italiener, ein Kamikaze für die Österreicher, meint Mauro Covacich in seinem wunderbaren Buch »Triest verkehrt«. Die ehemalige Kaserne wurde nach dem »Großen Krieg«, der Triest in das italienische Königreich eingegliedert hat, geschleift und der Platz im Faschismus in der jetzigen Form umgestaltet. Zur Ruhe kam er nicht. Nationalisten steckten das slowenische Versammlungshaus in Brand und später zog dort die SS ein. Im Keller wurde verhört und gefoltert, gefoltert und gedemütigt.

Und dennoch ist dieser Ort und die Statue in der Mitte für Eingeweihte Sinnbild eines Liebespaars, das den Wirren und Verwerfungen des Krieges zu trotzen versuchte.

Ich erzähle die Geschichte von Giuseppe »Pino« Robusti nicht wie sie war – bis auf die wenigen verfügbaren Eckdaten weiß man davon nichts –, sondern wie sie hätte sein können. Die wenigen Hinweise, die sich finden, sind nicht immer in Einklang zu bringen. Das beginnt schon beim Todesdatum, das in vielen Quellen mit 7. April 1945 angegeben ist, während die in der Risiera di San Sabba angebrachte Gedenktafel vom 6. April spricht. Und diese Widersprüchlichkeiten setzten sich in vielen Bereichen fort, je länger ich recherchierte. So war Giuseppe Robusti laut den vorliegenden Angaben Architekturstudent der städtischen Universität, das heute bekannte Gebäude, das in der Via Fabio Severo über der Stadt thront, ein echter Tempel mit hohen Säulen und mächtigen Flügeln zu beiden Seiten, wurde erst in den Anfangsjahren des Faschismus geplant und knapp vor dem Krieg eröffnet und Pino hätte hier studieren können. Doch ein Architekturstudium als solches gibt es in Triest erst seit den 1990ern, davor gab es ein Ingenieurstudium für Schiffsbau. Pino studiert bei mir Architektur, und das an der bekannten Universität, weil es eigentlich egal ist, wo das tatsächlich stattgefunden hat. Die meisten brauchbaren Informationen zu den traurigen Ereignissen fand ich in Adolfo Scalpellis Buch »San Sabba. Istruttoria e processo per il Lager della Risiera«. Anhand der minutiös gesammelten Daten zu den »politischen Opfern« – man unterschied in der Aufarbeitung zwischen dem Genozid an der jüdischen Bevölkerung (und anderer Minderheiten) und jenen, die nicht wegen ihrer Abstammung verhaftet wurden – ergab sich ein etwas klareres Bild für mich. Pinos Vater war anders als bei mir nicht Advokat, sondern Architekt. (Und er hieß Luigi.) Daher war es klar, dass auch der Sohn dieses Fach studierte. Ich entschied mich aber dafür, einen Bruch mit dieser Tradition einzuführen, um Pinos von mir vermuteten Charakter besser darstellen zu können. Er brach zunächst nicht offen mit dem Vater, sondern setzte seinen Kopf durch, ohne es vorher auszudiskutieren. Diese »stille« Auflehnung schien mir hier ganz passend, um diesen ruhigen jungen Mann zu zeichnen, so wie man es aus den wenigen Schilderungen schließen könnte. Ich unterstellte ihm auch die Fähigkeit und den Willen, Dokumente zu fälschen oder in seinem Sinn zu unterzeichnen. Dafür gibt es keinen Anhaltspunkt, außer dem Umstand, dass er von den Männern der SS verhaftet wurde, weil er im Besitz eines falschen Passierscheins der Organisation Todt gewesen sein soll (laut Videoinstallation der Ausstellung der Risiera di San Sabba), doch auch das scheint meines Erachtens nicht gesichert, andere Quellen erwähnen es nicht. So schreibt Covacich, dass Pino trotz des Umstands, dass er im Besitz eines (ordentlichen) Passierscheins (*lasciapassare*) gewesen sei, verhaftet wurde. Übereinstimmend wird nur der Ort der Arretierung mit der Piazza Oberdan angegeben, dem damaligen Sitz der SS. Und das scheint doch auch ein wenig verwunderlich. In den Zeiten, in denen willkürliche Verhaftungen und auch Erschießungen an der Tagesordnung stehen, ist es doch sonderbar, einen solchen Platz als Ort der oftmaligen Rendezvous zu wählen. Noch merkwürdiger wäre es hingegen, dem als gemeinhin unbedarft gezeichneten jungen Mann hier tatsächlich Spionage zu unterstellen. Doch im Zuge der Suche nach Spuren von Pino Robusti im Internet stieß ich auf einen Leserbrief im *Piccolo*, in dem eine Signora Leda Tanganelli Bolle (2009 verstorben) schrieb, dass sie Pino persönlich gekannt habe, da er mit anderen jungen Männern, die den Widerstand organisierten, oftmals bei ihr im Haus zu Besuch gewesen sei. Diese Aussage fand ich in sonst keiner Quelle. Als Reaktion auf diesen Leserbrief antwortete ein Signor Antonio Comin (2015 verstorben), der mit Pino maturiert hatte. Er erzählte von einigen Schulkameraden, die allesamt den Krieg nicht oder nur kurz überlebt haben, sei es weil deren Sabotage gegen die Nazis entdeckt worden war und sie hingerichtet wurden oder die jugoslawischen Besatzer ihnen nach dem Krieg Kollaboration unterstellten, etwa weil sie in der republikanischen Armee gedient hatten oder beim Grenzschutz eingeteilt gewesen waren, auch in diesem Fall wurden sie exekutiert. Es kann daher zumindest angenommen werden, dass Pino Kontakt zu Personen hatte, die im Widerstand aktiv waren. Die meisten anderen Quellen zeichnen Pino als jungen Mann, der sich völlig aus den Geschehnissen heraushielt (Scalpelli nimmt sogar an, dass Pinos Vater die Machthaber bestochen hätte, was erklären würde, warum Pino noch bis in die letzten Kriegstage studieren durfte und letztlich »nur« für die Todt arbeiten, aber keinen Militärdienst leisten musste) und erst in der Haft »umgedreht« wurde. Aber was sagt Pino dazu? Er selbst spricht zu uns in den einzigen aufgefundenen authentischen Quellen, nämlich in den zwei Briefen, die er an Laura richtet und dem Brief an seine Eltern. Im ersten Brief, der das Datum seiner Verhaftung trägt, wendet er sich an Laura und schickt ihr durch einen Boten Geld. Doch wer ist dieser Bote? Er wird nicht genannt, aber Pino vertraut ihm offenbar, denn das rät er auch Laura. Man muss wohl davon ausgehen, dass Vertraute des Widerstands entweder selbst in entsprechenden Positionen waren oder zumindest Zugang zu den faschistischen Stellen hatten. Doch wesentlich ist für mich in diesem Brief der Umstand, dass Pino Laura vor Spionen warnt. Ein reiner Liebesbrief hätte wohl solch einen Hinweis nicht enthalten, wenn es nicht etwas zwischen diesen beiden gab, das sie neben ihrer Liebe teilten. Vielleicht das Wissen um aktive Mitglieder oder Partisanen, ein Waffenlager, wir wissen es nicht. Pino rät Laura auch, das Versteck (offenbar ein Unterschlupf) aufzusuchen (das ist meine Übersetzung des

»ricovero«, das im Normalfall Schutz bedeutet). Vielleicht soll sie dort weitere Informationen erhalten oder Briefe, doch auch das wissen wir nicht. Auch aus der Aussage von Laura Mulli im genannten Prozess geht nichts hervor. Bekannter als dieser Brief vom 19. März ist jener, den Pino am Vorabend seines Todes an Laura geschrieben hat. Dieser spricht für sich und wir lassen ihn am besten für sich sprechen. Auch über Lauras Eltern ist zu wenig bekannt, um hier authentische Wesenszüge oder etwa berufliche Fakten beanspruchen zu können. Aber viel verrät der Brief, den Pino am Vortag seiner Ermordung an seine Eltern verfasst hatte. Aus diesen Zeilen spricht Stolz, Verachtung für den Feind und zugleich auch ein gewisser Heldenmut, wenn man davon ausgehen kann, dass die Gefangenen wussten, was sie erwartete.

Völlig frei erfunden ist die Geschichte von Pinos Vater und seiner Mutter. Ich habe ihr slowenische Wurzeln angedichtet, weil diese Volksgruppe eine lange Tradition in Triest besitzt, aber auch weil es vielleicht erklären könnte, wieso Pino sich mit den mit ihm inhaftierten Partisanen solidarisiert (weit hinaus über ein Sympathisieren geht seine Darstellung im letzten Brief). Dass sich der Vater im Krieg als Freiwilliger der italienischen Armee angeschlossen hat, ist eher auszuschließen, doch gilt es in diesem Roman als Metapher für das Streben der Triestiner Irredentisten, sich mit dem italienischen Mutterland zu vereinen.

Was die historischen Daten betrifft, habe ich danach getrachtet, mich an die belegten Fakten zu halten. Auch was die Plätze und Orte betrifft, war ich um größte Authentizität bemüht. Die Straßennamen entsprechen den damals geläufigen Bezeichnungen.

Ich hätte gern auch fundierte Wetterdaten in meine Erzählung eingeflochten, doch leider wurden die Daten aus der

OZAK nach Berlin übermittelt und in den letzten Tagen des Krieges vernichtet. Also musste ich hier meiner Fantasie freien Lauf lassen.

DANKSAGUNG

Die historisch wechselnden Straßen- und Ortsbezeichnungen habe ich vor allem zwei Reiseführern zu verdanken. Der eine stammt aus dem Jahr 1925, der andere aus 1930. Hier möchte ich namentlich Herrn Albin Painer erwähnen und ihm nochmals dafür danken, dass er mir den Grieben Reiseführer Triest aus dem Jahr 1930, der aus dem Nachlass seines Vaters stammte, überlassen hat. In einem Gespräch hat er mir erzählt, dass sein Vater im Krieg in Triest stationiert gewesen sei und ihm dieser Reiseführer auch danach noch viel bedeutet haben musste und er ihn bis zu dessen Tod aufbewahrt hat. Daneben habe ich zwei historische Pläne der Stadt aus der Österreichischen Nationalbibliothek zurate gezogen. Der eine ist aus der Zeit um 1915, der andere aus 1937, wobei das in diesem Jahr freigelegte Teatro Romano noch nicht eingezeichnet ist, es kann daher angenommen werden, dass das Straßenverzeichnis und die Kartografie einen etwas älteren Bestand dokumentieren.

Ebenso dankenswert ist die Arbeit des von der Facebook-Gruppe »Trieste di ieri e di oggi« betriebenen Blogs, der historische Informationen zu fast jedem Ort der Stadt gesammelt und ins Netz gestellt hat. Ebenso die Posts der vielen Mitglieder, die der Gruppe laufend alte Ansichten sowohl des täglichen Lebens wie auch historisch bedeutsamer Ereignisse mit Hintergrundinformationen zur Verfügung stellen.

Namentlich zu erwähnen sind noch: Univ.-Doz. Dr. Wolfgang A. Lenhardt, Abteilungsleiter Geophysik, der bemüht war, mir die Wetterdaten von Triest zukommen zu lassen, was am Ende leider scheiterte.

Anni Lemberger für ihr erstes Feedback zum Manuskript, ebenso Gerhard Loibelsberger und Lisa Loibelsberger.

Marco Di Blas aus Udine für seine wertvollen Anregungen und Tipps.

Und abschließend noch meine Kolleginnen und Kollegen, oder sollte ich besser sagen auch Vorbilder: Edith Kneifl, Daniela Larcher, Andreas Pittler und Stefan Slupetzky für ihre Ratschläge und Unterstützung.

Und nicht zuletzt meinem Agenten Günther Wildner, der mein Werk und den wunderbaren Picus Verlag zusammenbrachte. Barbara Giller vom Verlag für ihre Arbeit und ihre Anregungen.

Allen, die an dieses Buch geglaubt haben.